Jürgen Ehlers

Der Spion von Dunvegan Castle

Bisher vom Autor bei KBV erschienen:

»Mann über Bord«
»Mitgegangen«
»Neben dem Gleis«
»Die Nacht von Barmbeck«
»In Deinem schönen Leibe«

Jürgen Ehlers wurde 1948 in Hamburg geboren, lebt heute mit seiner Familie auf dem Land und arbeitet hauptberuflich im Geologischen Landesamt Hamburg. Seit 1992 schreibt er Kurzkrimis, die in verschiedenen Verlagen im In- und Ausland veröffentlicht wurden, und ist Herausgeber von Krimianthologien. Er ist Mitglied im »Syndikat« und in der »Crime Writers' Association«.
Sein erster Kriminalroman »Mitgegangen« wurde in der Sparte Debüt für den Friedrich-Glauser-Preis nominert.

Jürgen Ehlers

Der Spion von Dunvegan Castle

KBV

Originalausgabe

www.kbv-verlag.de
E-Mail: info@kbv-verlag.de
Telefon: 0 65 93 - 998 96-0
Fax: 0 65 93 - 998 96-20
Umschlaggestaltung: Ralf Kramp
Redaktion: Volker Maria Neumann, Köln
Druck: Aalexx Buchproduktion GmbH, Großburgwedel
Printed in Germany
ISBN 978-3-942446-41-9

Orkney
Lewis und Harris
St. Kilda
Castle Leod
Nairn
Inverurie
Inverness
Eriskay
SKYE
Aberdeen
Fort William
NORDSEE
Edinburgh
Glasgow
Newcastle
IRLAND
Liverpool
Derby
LONDON
Mugstot
Applecross
Portree
RAASAY
Dunvegan Castle
Skinidin
MacLeod's Tables
Sconser
SKYE
Elgol
0 5 10 20 km
Mallaig

Die Personen

Historische Personen sind durch ein * gekennzeichnet.

PERSONEN AUF DER INSEL SKYE

Jan Veenstra

Am englischen Königshof aufgewachsen. Freund des Duke of Cumberland, Sohn seines Lehrers. 1721 geboren, zu Beginn der Handlung ist er 23 Jahre alt.

Laird **Normand MacLeod** of Dunvegan*

Der Chief des Clans MacLeod, Abgeordneter für Inverness-shire, Witwer, steht auf der Seite der Regierung.

Janet MacLeod*

Seine verstorbene Frau.

Lucy MacLeod

Tochter Normand MacLeods, Jans Schülerin auf Dunvegan. Zu Beginn der Handlung ist sie 17 Jahre alt.

John MacLeod*

Sein Sohn, Leutnant in der englischen Armee, der Erbe, kommt im Buch kaum vor.

Robert MacLeod

Sein jüngerer Bruder, wird mit Jan Veenstra verwechselt.

Lord Alexander MacDonald of Sleat*

Der gutmütige, leicht zu beeinflussende Chief des Clans MacDonald. Freund Normand MacLeods.

Margaret MacDonald*
Seine Frau.

Kingsburgh*
Lord Alexanders rechte Hand.

Doktor Bruce Peacock
Er hilft Jan aus einer schwierigen Situation. Aber ist er ein Freund?

Pastor Thomas Seaford
Seine Qualitäten lernt der Leser erst im Laufe der Handlung kennen.

Roy MacLeod
Ehrlich, mutig. Ein guter Freund. Jan betrügt ihn und rettet ihm das Leben.

Ceana MacLeod
Eine schöne, junge Frau, die an Elfen glaubt.

DIE REGIERUNGSTREUEN

König **George II.***
Dumm, unberechenbar, jähzornig.

Amalie Sophie Marianne **von Wallmoden**, Countess of Yarmouth*
Eine seiner Mätressen.

Frederick (Friedrich Ludwig), Prince of Wales*
Der älteste Sohn, Thronfolger, vom Vater gehasst.

Augusta von Sachsen-Gotha*
Seine zwölf Jahre jüngere Gemahlin. Zu Beginn der Handlung haben die beiden sechs Kinder.

William Augustus, Duke of **Cumberland***

Der ehrgeizige Lieblingssohn des Königs. Aus gutem Grund ist und bleibt er ledig.

George Hamilton

Mehr als ein Freund Cumberlands.

Captain John **Fergusson***

Kommandant der Sloop *Furnace*, terrorisiert seine Landsleute.

Marshall George **Wade***, **General** John **Cope***, **General** Henry **Hawley***, John Campbell, 4th Earl of **Loudoun***, George **Munro***

Weitere Militärs im Dienste der englischen Regierung.

Sir Everard **Fawkener***

Cumberlands Sekretär.

Thomas Pelham-Holles, Duke of **Newcastle***

Ein erfolgreicher Politiker, absolut skrupellos.

Andrew **Stone***

Newcastles Sekretär.

Duncan Forbes*

Oberster Richter Schottlands, Junggeselle, Weintrinker. Steht unbeirrt auf der Seite der Regierung.

Friedrich **Händel***

Der Komponist. Steht auf der Seite des Königs und als Glück bringendes Denkmal im Vergnügungspark.

DIE REBELLEN

James Francis Edward Stuart*

Sohn des abgesetzten englischen Königs James II. Der »König jenseits des Meeres« ist als Katholik von der englischen Thronfolge ausgeschlossen. Da er in Rom bleibt, bleibt er auch von der Handlung ausgeschlossen.

Prinz Charles Edward Stuart*

Sein Sohn, will mit Frankreichs und Spaniens Hilfe die Krone für das Haus Stuart zurückerobern.

Laird John Dubh **MacKinnon***

Alter Schmuggler und Rebell. Ihm gehört der südliche Teil der Insel Skye.

Laird Malcolm MacLeod of Brea in **Raasay***

Ihm gehört die kleine Nachbarinsel von Skye, die von Fergusson verwüstet wird.

George Murray*, Donald Cameron of **Lochiel***, **Lord** Arthur **Balmerino***, **Lord** David **Elcho***, Ranald MacDonald of **Clanranald***

Anführer der Rebellen

Simon Fraser (Lord Lovat)*

Ein durchtriebener Fiesling, hält sich aus allem heraus.

Alan MacLeod **(MacGregor)**

Hasst die MacLeods.

Sowohl die Schreibweise der Personen als auch der Ortsnamen ist in den Quellen nicht einheitlich. Ich habe mich bemüht, die authentischen Namen zu verwenden (Normand statt Norman MacLeod, Kingsburgh statt Kingsborough). Bei den Orten habe ich die heute auf den Landkarten verwendete englische Schreibweise bevorzugt (Elgol statt Elagol, Raasay statt Raasa). Das Schiff, auf dem Prinz Charles Edward Stuart nach Schottland kam, hieß *Du Teillay* und nicht *La Doutelle*, wie in älteren Quellen angegeben.

Hund oder Bulle?

Chigwell bei London, England, Mai 1744

1.

Der Platz vor der Gastwirtschaft war in weitem Rund mit einem provisorischen Zaun abgesperrt, und hinter der Barriere drängten sich jetzt ein paar hundert Menschen. Jan und sein Begleiter waren rechtzeitig gekommen, sie standen in der ersten Reihe. William Augustus, der junge Duke of Cumberland, sah sich um. Die Zuschauer, zumeist Männer, aber auch Frauen und Kinder, schienen überwiegend den ärmeren Bevölkerungsschichten anzugehören. Niemand dabei, der ihn kannte. Gut. Niemand brauchte von diesem Treffen mit Jan und von diesem Gespräch zu wissen.

»Wie hast du von dieser ... dieser Darbietung erfahren?«, fragte Jan.

William lachte. »In meiner Position ist es entscheidend, gut informiert zu sein.« Bull Baiting gab es natürlich auch in London, in Hockley-in-the-Hole zum Beispiel, aber nach der Schlacht von Dettingen hatte William zu oft im Mittelpunkt gestanden. Er konnte sich nicht mehr sicher sein, ob man ihn dort nicht erkennen würde. »Übrigens solltest du lieber Englisch sprechen«, sagte er, »sonst fallen wir auf.«

Jan nickte. »Bull Baiting«, sagte er. »Eine Art Stierkampf also. Bis jetzt hatte ich gedacht, so etwas gäbe es nur in Spanien.«

Wie naiv Jan doch war, dachte Cumberland. Sie hatten sich gemeinsam einige Male aus der behüteten Welt des Hofes entfernt, aber zu den wilderen Unternehmungen, Preiskämpfen etwa, bei denen halbnackte Frauen mit dem Messer aufeinander losgingen, hatte er Jan lieber nicht mitgenommen. Er sagte:

»Stierkampf gibt es auch hier in England. Aber es ist kein gewöhnlicher Stierkampf, bei dem ein strahlender Held mit gezücktem Degen das arme Tier niedermetzelt, sondern es ist ein Kampf Tier gegen Tier. Sie hetzen Hunde auf den Stier.«

Daher also das Gebell. Jan sah sich um. Jemand ging mit einem Eimer herum und sammelte Geld ein.

»Was wird das?«, fragte Jan.

»Du kannst wetten.«

»Wetten?«

»Ja, natürlich. Das ist doch der Sinn des Ganzen. Du musst dich entscheiden: Glaubst du, dass am Ende der Stier am Boden liegt, oder dass er sich die Hunde vom Leib halten kann?«

Gerade wurde der Stier in den Ring geführt. Ein großer, mächtiger Bulle; er sah wild und gefährlich aus.

»Bull or dogs?«, fragte der Mann mit dem Eimer.

»Bull.« Jan setzte einen Shilling auf den Stier.

»Sehr wohl mein Herr, einen Shilling auf den Stier, so geht es, meine Herrschaften, sehen Sie her, so geht es!« Der Mann verbeugte sich in gespielter Ehrfurcht.

William lachte. Jan wurde rot. Ihm war klar, dass er zu viel gesetzt hatte. William setzte Sixpence auf die Hunde.

»Jetzt glaubt keiner mehr, dass du ein kleiner Handwerker bist.«

»Es tut mir wirklich leid ...«

»Unwichtig. Sie dürfen nicht wissen, wer ich bin. Du kannst dich hier ruhig sehen lassen. Es ist ja im Prinzip eine respektable Veranstaltung. Ich habe selbst Lords schon bei solchen Wettkämpfen gesehen, und die haben sich nicht im Mindesten geschämt. Aber in meiner Position ist es nicht ratsam.«

»Nein.« Jan fragte sich, was den Duke of Cumberland so sehr reizte, dass er dennoch gekommen war.

Der Stier stand in der Mitte der Arena. Sein Besitzer hielt ihn an einem Strick, damit er sich nicht auf das Publikum stürzen konnte, das ihn aus sicherer Entfernung verhöhnte. Von rechts wurden jetzt die Hunde hereingeführt. Kräftige Kampfhunde, die an ihren Leinen zerrten. Die Unterhaltung erstarb.

»Es geht los!«, raunte William.

Jan nickte. Einer der Hunde – Jan konnte nicht mit Sicherheit sagen, ob er sich losgerissen hatte oder von seinem Besitzer in den Ring geschickt worden war – raste in wildem Eifer auf den Stier zu. Der versuchte, das Tier auf die Hörner zu nehmen. Der Hund wich aus, sprang den Stier an. Der schüttelte ihn ab, und bevor der Hund sich wieder aufrappeln konnte, hatte der Stier ihn erwischt und ihm mit dem linken Horn die Seite aufgeschlitzt. Das tödlich verletzte Tier jaulte und wälzte sich am Boden. Der Stier stieß noch einmal zu.

»Sieht nicht schlecht aus für dich!«, rief William.

Da wurden die anderen Hunde freigelassen. Sie stürzten sich auf den Bullen, bissen zu, wo sie ihn packen konnten, in die Flanken, in die Hörner. Der Stier schüttelte sie ab.

»Ich bin mit dir hierhergekommen«, sagte William, »weil wir hier ungestört miteinander reden können. Und wir müssen miteinander reden. Du bist dreiundzwanzig Jahre alt, genau wie ich. Aber während für mich völlig klar ist, wie mein weiteres Leben verlaufen wird, ist für dich nichts geklärt. Ich bin der Duke of Cumberland, und ich bin erwachsen. Ich brauche keinen Lehrer mehr.«

Jan nickte. Das wusste er alles.

»Aber was willst du machen? Du hast überhaupt keine Funktion am Hofe. Du bist ja nur der Sohn meines Lehrers, meines verstorbenen Lehrers, um genau zu sein.«

»Du brauchst dir um mich keine Sorgen zu machen«, sagte Jan. »Ich werde schon durchkommen!«

»Ich mache mir aber Sorgen. Du bist mein Freund. Ich will nicht, dass du nur gerade so durchkommst. Ich will, dass du eine gute Position bekommst, einen Posten, der deinen Fähigkeiten entspricht ...«

In diesem Moment brüllte der Stier vor Wut und Schmerz auf; einer der Hunde hatte sich in seiner Flanke festgebissen. Die Menge tobte. Einige feuerten den Stier an, der wie wahnsinnig umhersprang und mit den Hufen ausschlug, während die meisten dem Hund zuriefen, auf keinen Fall loszulassen.

Jan riss sich von dem brutalen Schauspiel los. »Ich könnte als Lehrer arbeiten«, sagte er.

»Ja, das könntest du. Das habe ich auch schon gedacht. Und zufällig habe ich erfahren, dass einer unserer schottischen Freunde, ein gewisser Normand MacLeod, einen Lehrer für seine Tochter sucht.«

Ein neuer Aufschrei. Der Bulle hatte sich auf den Boden geworfen und den Hund unter sich begraben. Sein Besitzer drängte sich durch die Menge und versuchte, die Dogge unter dem rasenden Stier herauszuziehen.

»Fair Play! Fair Play!«, forderte die Menge.

Doch wie der Mann sich auch mühte, es gelang ihm nicht, die Beine des Hundes zu packen; er bekam selbst einen Huftritt vom Bullen und hinkte zur Seite. Der Hund regte sich nicht mehr.

Jan schüttelte den Kopf. »Ich weiß nicht. Mit kleinen Mädchen kann ich überhaupt nicht gut umgehen.«

William lachte. »So klein ist sie gar nicht mehr. Siebzehn Jahre. Du wirst ihr nicht die Windeln wechseln müssen.«

»Edinburgh«, sagte Jan zweifelnd. Was wusste er von Schottland? Er hatte Schwierigkeiten, sich auf das Gespräch zu konzentrieren, das sein künftiges Leben entscheiden sollte, während gleichzeitig vor ihm ein Kampf auf Leben und

Tod tobte. Der Bulle hatte sich erhoben, stand wieder da wie zu Beginn, den Kopf leicht gesenkt, und wartete auf den nächsten Angriff. Der Hund, der es als Nächster versuchte, ein massiges, schwarz-weiß geflecktes Tier, war nicht schnell genug. Der Bulle schleuderte ihn hoch in die Luft, dass er vor Schmerz jaulte. Er landete mitten zwischen den Zuschauern, rappelte sich auf und rannte wieder nach vorn.

William ließ keinen Blick von dem Schauspiel. Er schüttelte den Kopf. »Nicht Edinburgh. Du hast mir doch immer erzählt, dass die großen Städte dir nicht gefallen. Nun, da habe ich genau das Richtige für dich gefunden. Dunvegan auf der Insel Skye.«

»Skye?«

»Ja, das ist eine dieser westlichen Inseln. Gehört alles zum schottischen Hochland. Wild und romantisch ...«

Der Hund flog ein zweites Mal durch die Luft; eine Frau kreischte auf, als ihr der blutige Köter ins Gesicht klatschte. Sie ging zu Boden. Wütend rappelte sie sich wieder auf und rieb sich die Wange. Die Umstehenden lachten. Der Hund rührte sich nicht mehr.

»Aber der gute Laird ist vollkommen zivilisiert, genau wie wir. Er sitzt als Abgeordneter für Inverness-shire im Unterhaus. Er hat für Walpole gestimmt, bis zuletzt. Ich bin sicher, dass du hervorragend mit ihm auskommen wirst. Wenn er denn da ist. Die meiste Zeit hält er sich in London auf.«

Jan sah seinen Freund an.

»Du denkst natürlich an das Geld ...«

Jan schüttelte den Kopf. Er hatte überhaupt nicht an Geld gedacht.

Erneut wurden mehrere Hunde losgelassen. Wieder versuchte der Bulle die Angreifer abzuschütteln, doch jetzt hatte sich das Blatt zu seinem Nachteil gewendet. Einem der

Hunde gelang es, sich in seiner Nase festzubeißen und ihn zu Boden zu zwingen. Der Stier brüllte, schüttelte sich und schlug mit den Hufen aus, doch es half nichts. Mehr und mehr Hunde schafften es, sich in ihn zu verbeißen.

»Dein Shilling ist verloren«, sagte William ungerührt. »Was nun deine schottischen Einkünfte angeht, so kann ich dir versichern, dass der Laird dir genauso viel zahlt wie ein Privatlehrer hier in London erhalten würde. Und du bist Teil des Haushalts, wohnst im Schloss, isst mit der Familie, sodass dir keine weiteren Unkosten entstehen.«

Jan sah sich in einem düsteren schottischen Schloss salziges Porridge essen. Jetzt waren die Hundebesitzer um den schwer verletzten Bullen versammelt und mühten sich, die Tiere zu trennen. Einige waren dabei, den Bullen festzuhalten, während andere darangingen, die Kiefer der Hunde mit Knüppeln auseinander zu zwingen.

»Jetzt weißt du, warum man sie Bulldoggen nennt! – Du kannst also sehr viel Geld sparen. Zwei, drei Jahre, und du besitzt ein kleines Vermögen. Und das ist noch nicht alles. Ich habe außerdem dafür gesorgt, dass du ein zweites Gehalt in gleicher Höhe erhalten wirst.«

»Ein zweites Gehalt?«

»Ja. Deswegen dieses Treffen hier draußen, wo uns niemand zuhören kann. Du weißt, dass Schottland ein – sagen wir einmal schwieriger Teil des Vereinigten Königreichs ist. Wir können uns hier in London nie ganz sicher sein, ob und wie weit wir den Schotten trauen dürfen. Der Geist der Papisten spukt noch immer in den Bergen herum, und jetzt ... Vorsicht!«

Der Bulle hatte mit einem verzweifelten Ruck die Männer abgeschüttelt, die ihn halten sollten. Es zeigte sich nun, dass er keineswegs kampfunfähig war. Er schüttelte sich, sah die

Männer mit ihren Hunden am Rande des Rings und raste los. Es schien Jan, dass er genau auf ihn zustürmte. Die Zuschauer schrien auf und versuchten, sich in Sicherheit zu bringen. Links und rechts von ihnen stürzten Menschen übereinander. Kinder kreischten. Der Bulle kam näher, sie waren verloren! Verzweifelt warf sich Jan zu Boden. Jetzt war das Tier heran. Ein trockener Knall, und der Bulle – der Bulle kam nicht. Zögernd richtete Jan sich auf.

»Das war knapp«, sagte William. Gelassen steckte er die Pistole wieder ein.

»Er hat ihn erschossen!«, rief jemand. Er zeigte mit dem Finger auf William. »Der Mann da, der hat den Bullen erschossen!«

»Keine Aufregung!«, sagte William. Und zu Jan: »Kein Aufsehen. Gib ihm Geld. Zahl, was er verlangt.«

»Er hat meinen Bullen erschossen!«

»Tut mir leid«, sagte Jan. »Aber es war notwendig. Wie hoch ist der Schaden?«

Die Umstehenden, die schon darauf gehofft hatten, anstelle des abgekürzten Bull Baitings nun eine handfeste Schlägerei zu erleben, verloren ihr Interesse. »Wo bleibt der Affe?«, riefen sie. »Wann kommt endlich der Affe?«

Der Hund, der als Erster in den Ring gerast war, war noch immer nicht tot, sondern schleppte sich mit heraushängenden Eingeweiden über den Platz.

»Wo waren wir stehen geblieben?«, fragte William. »Ach ja. Da wir uns im Krieg mit den katholischen Mächten des Kontinents befinden, könnte es nur allzu leicht passieren, dass jemand auf den Gedanken kommt, die Situation zu unserem Nachteil auszunutzen. Und da ist Schottland nun einmal der schwächste Punkt.«

»Du rechnest mit einem Aufstand?«

»Eigentlich nicht. Aber ich weiß, dass das Haus Stuart im Norden bis heute über zahlreiche Anhänger verfügt. Und ich weiß aus sicherer Quelle, dass es noch immer Kontakte zu dem falschen Prinzen auf dem Kontinent gibt.«

»Dem Alten Thronanwärter? Der muss doch inzwischen steinalt sein!«

»Ich meine den Jungen Thronanwärter, wenn du in dieser Terminologie bleiben willst. Meinen Cousin. Aber Charles Edward Stuart ist natürlich kein rechtmäßiger Anwärter auf den englischen Thron, sondern ein Schwindler. Ein Hochstapler. Die Thronfolge ist klar geregelt. Per Gesetz. *Act of Settlement*, 1701, wenn du dich erinnerst. Und darin steht, dass kein Katholik König von England werden kann. Eine klare Sache. – Dennoch ist natürlich nicht auszuschließen, dass mein Cousin versucht, mit französischer Hilfe unser Königshaus zu stürzen und die Macht an sich zu reißen.«

»Und was soll ich dabei tun?«

»Die Augen offen halten. Du bist unser Mann im schottischen Hochland. Du sprichst mit den Leuten, hörst dich um und schreibst uns alles, was dir auffällt.«

Jan schüttelte den Kopf. »Zum Spion bin ich nicht geeignet.« Er hielt inne.

Ein Pferd wurde in den Ring geführt; auf seinem Rücken saß ein Affe. Der Affe war mit grotesk buntem Zeug gekleidet wie ein zu klein geratener Mensch, und er war auf dem Rücken des Pferdes festgebunden, sodass er nicht herunter konnte. Jan ahnte, dass jetzt der Höhepunkt der Veranstaltung bevorstand, und er war sich sicher, dass er ihm nicht gefallen würde.

»Wir brauchen einen absolut ehrlichen Menschen für diese Aufgabe.«

Jan sagte: »Das geht nicht. Das kann doch gar nicht gehen. Wenn ich von Schottland aus einen Brief an den Herzog von Cumberland schicke, dann sieht doch jeder sofort ...«

»Du wirst es so machen, dass es nicht jeder sofort merkt. Und ich bin sowieso außen vor. Ich bin die nächste Zeit bei meinen Truppen in Flandern. Du musst dich mit Lord Tweeddale auseinandersetzen. Er ist der für Schottland zuständige Minister.«

»Das tue ich nicht. Du weißt genau, dass ich nicht lügen kann.«

Cumberland schwieg einen Augenblick. Er hatte seinen Plan mit dem Duke of Newcastle diskutiert. Der hatte aus dem Fenster gesehen, so als ob ihn das alles nichts anginge, und ganz beiläufig bemerkt, eine dauerhafte Lösung sei wahrscheinlich sicherer. Eine dauerhafte Lösung! Nein, das kam nicht infrage. Er sagte: »Tweeddale kann auch nicht lügen. Er ist einer der ehrenwertesten Politiker, die ich kenne.« Und einer der ahnungslosesten, hätte er hinzufügen können. In Wahrheit lief alles Wesentliche über den Duke of Newcastle.

Jan antwortete nicht.

»Ich bitte dich, Jan, es geht um alles, was uns wert und teuer ist. Wenn die Jakobiten wieder an die Macht kommen, werden sie alle Freiheiten abschaffen, die dieses Land in den letzten Jahrzehnten mühsam erkämpft hat. England ist eine Demokratie, das modernste Land der Erde, ein Hort der Aufklärung ...«

Die Hunde wurden losgelassen. Die Menge raste vor Begeisterung. Der Affe zappelte und schrie wie ein Mensch in höchster Todesangst. Er versuchte vergeblich, sich loszureißen, während das Rudel mörderischer Hunde unter ihm sich daran machte, das Pferd zu Fall zu bringen und zu zerfleischen.

Die Vorführung war vorüber, jetzt drängten sich die Menschen vor dem Eingang der Kneipe. Der Wirt machte ein glänzendes Geschäft. Auch William war in die Gastwirtschaft verschwunden. Er kam mit zwei Krügen Bier zurück. Sie setzten sich in den Schatten

»Ich hätte dir das Bier ausgeben müssen. Du hast uns das Leben gerettet«, sagte Jan.

William winkte ab. »Nicht der Rede wert.«

»Was für ein verteufelt guter Schuss, mit einer Pistole einen heranstürmenden Stier zu erlegen!«

»Du musst nur gut zielen, das ist alles.«

Ja, William war äußerst kaltblütig, wenn es darauf ankam, daran bestand kein Zweifel.

»Dieses Bull Baiting – was für ein grausames Schauspiel«, sagte Jan.

»Ja, furchtbar. Königin Elisabeth hat schon vor gut 150 Jahren versucht, diesen Sport verbieten zu lassen, aber sie ist damit nicht durchgekommen.«

»Sport nennst du das? Tiere quälen und töten!«

»Du musst nicht gleich jedes Wort auf die Goldwaage legen«, sagte der Duke. »Und bei näherer Betrachtung wirst du zugeben müssen, dass dieses Bull Baiting zunächst einmal das Leben des Stieres verlängert.«

»Verlängert?« Jan starrte ihn an.

»Ja, natürlich. Die Tiere werden doch gewöhnlich gezüchtet, um geschlachtet und verzehrt zu werden. Und den größten Gewinn erzielst du, wenn du das machst, sobald das Tier ausgewachsen ist. Aber dieser Bulle, den wir gerade gesehen haben, der war weit über seine Schlachtreife hinaus. Und selbst heute wäre er nicht gestorben, wenn ich ihn nicht erschossen hätte.«

»Die Hunde hätten ihn zerfetzt.«

»Nein, das hätten sie nicht getan. Das ist nicht der Sinn der Sache. Sie hätten ihn bezwungen, aber vermutlich nicht getötet. In ein bis zwei Wochen wären seine Wunden verheilt, und er hätte wieder im Ring gestanden.«

»Selbst wenn der Stier, wie du sagst, auf diese Weise sein Leben verlängert hätte – was für ein Leben wäre das gewesen? Ein Leben voll höllischer Schmerzen, und das womöglich Woche für Woche. Da ist es schon besser für ihn, wenn er tot ist!«

»Das sagst du, weil du nicht in seiner Lage bist. Ich glaube, dass das Rindvieh in diesem Punkt genauso denkt wie ein Mensch. Und wie ein Mensch denkt, ist klar. Ich habe in Dettingen bei unserem Angriff Dutzende auf die grausamste Weise verletzte und verstümmelte Franzosen gesehen, aber keiner hat mich um den *Coup de Grace* gebeten. Sie wollten alle am Leben bleiben. Als Invaliden, als Krüppel, ganz egal. Leben. Um jeden Preis.«

Jan schwieg. Dettingen – er wollte nicht mehr daran denken. Und dies hier, das war eine unglaubliche und völlig unnötige Grausamkeit, die verboten gehörte.

William sah ihn spöttisch an: »Es ist interessant zu sehen, dass du dich ausschließlich für das Schicksal des armen Stieres interessierst. Die getöteten Hunde bedeuten dir nichts?«

»Keines dieser Tiere sollte sterben!«, rief Jan. Aber es war wahr, er hatte in erster Linie Mitleid mit dem Opfer, dem Bullen gehabt, dabei waren in Wahrheit beide Opfer, Stier und Hunde.

»Diese Hunde, mein Freund, würden gar nicht erst leben, wenn es kein Bull Baiting gäbe. Sie werden eigens für diesen Zweck gezüchtet. Dabei haben die Tiere eigentlich gar nichts gegeneinander, und zum Teil schlafen sogar Stiere und Doggen friedlich nebeneinander im selben Stall, bis es dann schließlich zum Kampf kommt. Die Menschen sind es, die sie aufeinander hetzen.

Jan nickte.

»Und damit kommen wir zum interessantesten Punkt des ganzen Spektakels, zu den Menschen. Das ist der Aspekt, der mich am meisten reizt. Du hast sie gesehen. Hunderte von Leuten. Alles Christen, alles aufgeklärte Menschen unseres Jahrhunderts. Du hast gehört, wie sie gejohlt und geschrien haben. Besonders als der Affe seinen großen Auftritt hatte.«

»Das war barbarisch.«

»Ja, das war barbarisch. Die Menschen sind Barbaren, Jan. Alle Menschen. Und es gibt nur eines, was sie noch stärker erfreut hätte: wenn statt des Affen ein Mensch auf diesem Gaul gesessen hätte und wenn er am Ende tatsächlich zerrissen worden wäre.«

»Das kann ich nicht glauben«, sagte Jan mechanisch.

William lächelte. Es wurde Zeit, dass sie nach London zurückfuhren. »Wir sehen uns heute Abend bei Ranelagh«, sagte er.

2.

Das Gebäude sah aus wie eine riesige, reich dekorierte Hutschachtel. Berühmte Künstler hatten es gemalt, mehrfach sogar, nicht weil es so schön war, sondern weil es wichtig war. Die Kapelle spielte; keine Tanzmusik natürlich; zu Ranelagh ging man nicht, um zu tanzen, sondern um Leute zu treffen. Dennoch schien die Stimmung fröhlicher als sonst. Viele waren direkt von der Siegesfeier hierher gegangen. Der Platz des Königs war noch leer; er würde erst später kommen, aber Jan sah Lord Carteret und den Duke of Newcastle, die sich angeregt unterhielten. Whigs waren sie beide, und doch politische Gegner. So hieß es zumindest. Ein Glück, dass Jan sich um Politik nicht zu kümmern brauchte. Cumberland war auch schon da; ein anderer junger Mann redete auf ihn ein.

»Unsinn«, sagte William Augustus gerade. »Die paar Pfund kann ich dir auch nächste Woche noch geben. Und merk dir eines: Wenn du etwa versuchen solltest ... Ah, Jan! Gut, dass du kommst! George, darf ich euch miteinander bekannt machen? Das ist Jan Veenstra.«

»Hamilton, angenehm«, murmelte der Mann. »Übrigens, wenn du Lust hast ... Ich habe gehört, dass am Wochenende wieder in Hockley ...«

Jan starrte den Mann an. Woher kannte er ihn? Er war sich sicher, ihn schon irgendwo gesehen zu haben.

Cumberland unterbrach ihn. »Nein, George, tut mir leid: Ich werde nicht mit dir nach Hockley-in-the-Hole gehen. Ich habe Besseres vor. – Entschuldige mich bitte!«

»Oh! – Ja, dann ...« George Hamilton wandte sich ab.

Und jetzt fiel es Jan ein. Ganz kurz nur hatte er ihn gesehen, ihn und William Augustus, dann hatte er die Tür rasch wieder zugemacht.

»Einige Leute sind wirklich hartnäckig! Und dieser Hamilton ... Manchmal ist er ja ganz witzig, aber wenn man längere Zeit mit ihm zusammen ist, kann er einem ganz schön auf die Nerven gehen.« William Augustus lachte. Dabei warf er Jan einen forschenden Blick zu. Hatte sein Freund den Mann wiedererkannt? Möglich. Aber war das noch wichtig? »Hast du dich entschieden?«, fragte er beiläufig.

Jan nickte. »Ja, ich werde die Stelle annehmen.«

Das war gut. »Übrigens: Das Konzert vorhin war großartig«, sagte er.

Das *Dettinger Te Deum*. Händel hatte es geschrieben, zum Ruhme des Königs. Die Uraufführung hatte Jan verpasst.

Eine gewaltige Musik für eine prächtige Siegesfeier. Und für William Augustus war es zugleich ein letzter kultureller Höhepunkt vor dem Abschied von London.

»Einfach grandios«, sagte er. »Schade, dass du nicht mit dabei sein konntest. Glanz und Gloria. Die Aufführung hätte auch der Königin gefallen!«

Jan nickte. Caroline, die Mutter seines Freundes, war vor sechs Jahren gestorben. Jan sah hinüber zum Tisch des Königs. Der hatte inzwischen seinen Platz eingenommen. Da saß er nun, ihr oberster Herr, im Kreise seiner Höflinge. George der Zweite, von Gottes Gnaden König von Großbritannien, Frankreich und Irland, Verteidiger des Glaubens – so lautete sein offizieller Titel. Dabei besaß er kein Stück von Frankreich, außer den Kanalinseln. Er galt als launisch und jähzornig, aber Jan gegenüber hatte er dies nie gezeigt. Trotz seiner niedrigen Stellung hatte er als Sohn des Lehrers immer irgendwie mit zum Haushalt gehört.

Bis zur Schlacht von Dettingen jedenfalls. Jans Arm schmerzte noch immer. Fünf Monate war es jetzt her. Es war ein komplizierter Bruch gewesen, aber natürlich hatten die Feldscher im Lazarett Wichtigeres zu tun gehabt, als sich groß um den lächerlichen Armbruch eines Zivilisten zu kümmern. Dettingen. Ein mörderisches Gemetzel. Siebentausend Tote und Verwundete hatte es gegeben. Die *Pragmatische Armee*, ein bunt zusammengewürfelter Haufen aus Engländern, Holländern und Deutschen, hatte gesiegt, der König hatte gesiegt, und William Augustus hatte gesiegt, auch wenn er einen Schuss ins Bein abbekommen hatte. Jan hatte allerdings nicht gesiegt, sondern verloren. Sein Vater war zu Beginn der Schlacht beim Umsturz ihres Wagens umgekommen, und er selbst hatte damit seine Position und Stellung am Hofe eingebüßt. Jetzt war er nur noch der Sohn des toten

Lehrers, er wurde nicht mehr gebraucht. Aber er konnte nicht klagen. Viele waren schlechter dran als er.

»Was macht dein Bein?«, fragte er.

»Danke, es geht schon.«

»Du wirkst bedrückt«, fand Jan.

»Nein, das täuscht«, log Cumberland. Selbst wenn das Problem mit Jan gelöst schien, blieb noch genug Ärger. Auch Hamilton musste natürlich weg. Der vor allem. Aber was ihm am meisten Sorge bereitete, war das Problem mit der Thronfolge. Die Unterredung mit seinem Vater gleich nach dem Konzert war wieder einmal ergebnislos geblieben. Lob natürlich, aber das kannte er schon, das waren nur Floskeln. Da war er nun der Lieblingssohn des Königs von England, aber es half alles nichts; mochte der Vater seinen Bruder noch so sehr schmähen und verachten, Frederick war der Erstgeborene, vierzehn Jahre älter als William Augustus, und es gab eigentlich keinen Zweifel: Frederick würde der nächste König von England sein.

Eine Zeitlang hatten König und Königin geglaubt, Frederick sei nicht nur lebensuntüchtig, sondern obendrein auch zeugungsunfähig. War nicht der Sohn seiner Mätresse in Wahrheit das Kind von Lord Hervey, ihrem vorherigen Liebhaber? Als der kleine George geboren wurde, hatten sie angenommen, auch dieses Kind sei nur untergeschoben. Caroline hatte wieder den schönen Lord Hervey in Verdacht gehabt. Aber das Kind war nicht untergeschoben. Vom ersten Augenblick an war William Augustus klar gewesen, dass das Baby keineswegs Herveys Schönheit geerbt hatte, sondern vielmehr aussah wie die kleine Ausgabe von George II., seinem Großvater. Und damit war William von Platz Zwei in der Thronfolge auf Platz Drei gerückt, denn geerbt wurde zunächst einmal in gerader Linie.

Aber damit nicht genug. Frederick und seine Gemahlin hatten Kind auf Kind gezeugt, und inzwischen war William auf Platz Sieben zurückgefallen. Dabei war er der bessere Führer. Er hatte sein Können in Dettingen unter Beweis gestellt, und obwohl er einer der jüngsten Offiziere war, hatten die älteren, erfahreneren Kollegen seine Fähigkeiten neidlos anerkennen müssen. Oder vielleicht auch neidvoll, das war ihm egal.

Für ihn, William Augustus, gab es nur einen Weg. Er musste auf militärischem Gebiet glänzen. Das beherrschte er, das war für England von ungeheurer Wichtigkeit, und auf dem Gebiet konnte ihm Frederick nicht das Wasser reichen. Wenn es ihm gelänge, als Heerführer den Krieg gegen Frankreich siegreich zu beenden, würde England geradezu gezwungen sein, ihm entsprechende Anerkennung zu zollen. Und für einen solchen Sieg gab es nur einen angemessenen Lohn: die Thronfolge.

Jan sah Willian Augustus an: »Du träumst!«

»Ja, in der Tat, ich habe einen Moment lang geträumt. – Wie lange kennen wir uns nun? Zwölf Jahre? Oder dreizehn? Und dies ist nun der Abschied. Komm, lass uns etwas trinken.«

3.

›Ein wesentlicher Grund dafür, dass der Mensch so wenig über sich weiß, besteht darin, dass die meisten Schriftsteller der Menschheit nur sagen, wie sie sein sollte, und wenig Geist darauf verschwenden, ihr zu zeigen, wie sie wirklich ist. Ich glaube, dass der Mensch (außer aus Haut, Fleisch, Knochen und derartigen Dingen) sich aus einem Gefüge verschiedener Begierden zusammensetzt, von denen jede einzelne die Oberhand gewinnen und sein Handeln bestimmen kann, ob er will oder nicht. Zu zeigen, dass diese Eigenschaften, von denen wir alle vorgeben, uns ihrer zu schämen, in Wahrheit die Grundlage unserer blühenden Gesellschaft darstellen, das ist mein Anliegen ...‹

»Ich weiß nicht, ob du ausgerechnet dieses Buch lesen solltest!«, sagte MacPherson.

Jan erschrak. Er hatte den Buchhändler nicht kommen hören. »Ich will es mir nicht kaufen«, sagte er. »Ich habe davon gehört, und ich wollte sehen, wie es ist.«

»Die *Bienenfabel*. – Ich vermute, es ist einer deiner Freunde vom Königshof, der davon gesprochen hat?«

Jan nickte. William Augustus hatte das Buch erwähnt.

»Ja, das kann ich mir gut vorstellen. Sie alle entrüsten sich über dieses Buch, und doch leben sie genauso, wie es de Mandeville beschreibt.«

»Sie kennen sich aus«, sagte Jan.

»Am Hofe? Nein, nicht so richtig. Nur was die Bücher angeht, da habe ich einen gewissen Überblick. Das bleibt nicht aus, wenn man königlicher Hofbuchhändler ist. Davon leben kann man freilich nicht.« Er lachte. »Was führt dich zu mir?«

»Ich bin gekommen, um mich zu verabschieden.«

»Oh.«

Der Abschied tat Jan weh. Wenn ihn etwas in London fasziniert hatte, dann waren es die grenzenlosen Möglichkeiten, sich zu bilden. Bücher ohne Ende. Nicht dass er sich viele davon kaufen konnte, aber die Möglichkeit, sie anzusehen, darin zu blättern und zu lesen. Schon als Kind hatte er viele Stunden im Buchladen zugebracht. MacPherson wusste, dass er die Bücher nicht beschädigte. Er hatte ihn darin blättern lassen, so viel er wollte.

»Ich werde als Lehrer nach Schottland gehen«, sagte Jan.

»Nach Schottland? – Das ist gut, wir brauchen Lehrer in Schottland.«

Wir hatte er gesagt. Jan wurde bewusst, dass MacPherson ja Schotte war. Einer von vielen Schotten in London. »Ich gehe nach Skye, nach Dunvegan.«

»Nach Dunvegan? Zu Normand MacLeod? Dem Abgeordneten? Den kenne ich, der kauft seine Bücher auch bei mir. – Und du gehst, um die Tochter zu unterrichten, nehme ich an. Die Söhne sind ja schon erwachsen und wohnen nicht mehr zu Hause. Aber die Kleine ... Wie hieß sie doch noch gleich?«

»Lucinda«, sagte Jan.

»Richtig, Lucy.«

»Ich hoffe, dass ich es kann«, sagte er. »Ich meine – ich habe ja keine richtige Ausbildung. Und es steht nicht fest, dass der Sohn des Lehrers auch wieder ein guter Lehrer wird.«

»Ich bin überzeugt, dass du es kannst«, sagte MacPherson. »Und ... ach, entschuldige mich einen Augenblick!«

Zwei Männer waren in den Laden gekommen. Der eine hatte offenbar eine Liste von Büchern mitgebracht, die er MacPherson vorlegte. Der andere sah einen Augenblick lang zu, wie der Buchhändler daran ging, die entsprechenden Bände zu holen; dann ging er in den hinteren Teil des Ladens und sah sich um.

Jan stellte die *Bienenfabel* zurück in das Regal. Der Mann stand jetzt plötzlich neben ihm, räusperte sich. Jan blickte auf.

»Herr Veenstra?«, fragte der Mann mit leiser Stimme.

Jan nickte. Den Mann kannte er nicht. Er hatte den Minister erwartet.

»Schöne Grüße von Tweeddale«, sagte der Mann. »Er konnte nicht kommen. Ich bin sein Bote.« Er überreichte Jan einen Umschlag.

»Danke.« Jan wollte das Kuvert aufreißen, aber der Mann hielt ihn zurück. »Nicht hier, nicht jetzt.«

Jan steckte den Umschlag ein. Der Mann wandte sich wortlos ab, so als habe diese Begegnung niemals stattgefunden. So sah es also aus, wenn man als Spion arbeitete, dachte Jan. Er hatte nicht geglaubt, dass schon hier in London große Heimlichkeit vonnöten sein könnte. Der Minister Tweeddale war ein sehr umgänglicher Mann; Jan hatte sich mit ihm über Literatur unterhalten. Dieser Bote dagegen mit seinem groben Gesicht wirkte geradezu furchteinflößend.

Der Mann war zu seinem Kollegen zurückgekehrt, und die beiden sahen zu, wie MacPherson Verlagsverzeichnisse studierte. Offenbar waren nicht alle gewünschten Bücher vorrätig. Jan zog sich hinter ein Regal zurück, sodass man ihn vom Eingang nicht sehen konnte, und öffnete den Umschlag.

Er enthielt vierzig Pfund und ein Schriftstück, das die Buchung seiner Schiffspassage nach Leith bestätigte. Leith, das war der Hafen von Edinburgh. Jan sollte sich bis 18 Uhr an Bord einfinden. Heute bis 18 Uhr! Jan erschrak. Das ging nicht. Das hieß, das ginge schon, natürlich, er hatte ja nicht viel zu packen, er besaß ja fast nichts, aber ... da musste er ja sofort los, konnte sich nicht einmal mehr von William Augustus verabschieden. Jan steckte den Brief ein, wollte den Mann ansprechen, nachfragen, doch die beiden Herren waren inzwischen verschwunden.

»Wer war das?«, fragte Jan den Buchhändler.

»Die beiden Männer? Der eine, der Finstere, das war Andrew Stone. Lord Newcastles rechte Hand sozusagen. Den anderen kannte ich nicht. Wieso fragst du?«

»Ach, nichts. Ich hatte gedacht ...«

»Dass du ihn kennst? Unwahrscheinlich. Stone tritt öffentlich kaum in Erscheinung. Aber er liest viel.«

»Ein guter Kunde«, stellte Jan fest.

»Ach«, sagte MacPherson, »nette Kunden sind mir lieber!«

Jan wurde rot. Es war klar, dass der Buchhändler ihn damit meinte.

»Was nun die *Bienenfabel* angeht«, sagte er, »so bin ich nicht der Meinung des Autors. De Mandeville irrt, wenn er glaubt, die niederen Triebe brächten die Gesellschaft voran. Ich bin vielmehr überzeugt, dass die Bildung das Grundgerüst unserer modernen Gesellschaft ist. Noch nie haben die Menschen so viel gewusst wie heute. Noch nie ging es ihnen so gut.«

»Ja«, sagte Jan. Die vierzig Pfund fielen ihm ein, die er in der Tasche hatte. Er war jetzt ein reicher Mann.

4.

Thomas Pelham-Holles, der Duke of Newcastle, war der Bruder des Premierministers Henry Pelham. Während Henry vor allen Dingen um die Staatsfinanzen besorgt war, zog Newcastle im Kabinett die Fäden, und gemeinsam waren sie unschlagbar. Stone hatte ihm Bericht erstattet.

»Und der junge Mann reist tatsächlich noch heute ab?«, fragte Newcastle.

Stone nickte.

Das war gut. Er würde wenig Gelegenheit haben, irgendwelche Freunde und Bekannte in die Einzelheiten seiner Reisepläne einzuweihen. Per Schiff würde er mindestens zwei Wochen bis Edinburgh brauchen, von dort eine weitere Woche bis nach Inverness. Ein guter Reiter mit einem schnellen Pferd konnte dagegen die Strecke in der Hälfte der Zeit zurücklegen. Und Stone war ein guter Reiter. Er war auch ein guter Schütze, aber darauf wollte Newcastle lieber nicht zurückgreifen. Es durfte keine Spuren geben, keine Verbindung zur Regierung in London, keine Verbindung zur Krone.

»Sie haben Zeit genug, in Inverness einen oder besser zwei Männer anzuwerben, die sich mit modernen Jagdwaffen in den Hinterhalt legen. Das wird doch möglich sein, oder?«

»Für Geld tun Menschen alles.«

»Zahlen Sie nicht zu viel, aber auch nicht zu wenig. Und alles, was Veenstra bei sich trägt, können Sie natürlich behalten.«

»Die Männer kennen Veenstra nicht«, gab Stone zu bedenken.

»Sie können ihn gar nicht verfehlen. Ein einzelner Reisender aus London – so etwas ist eine Rarität im schottischen Hochland.«

»Sehr wohl.«

Newcastle nickte. War es richtig, was er da tat? Ja, es war richtig so. Der Duke of Cumberland wäre zweifellos ein besserer Regent als Frederick, der Prince of Wales. Und Cumberland wusste das; er wollte König werden. Aber das war natürlich unmöglich, unter normalen Umständen. Zwar würde König George II. es begrüßen, sollte Cumberland seine Nachfolge antreten, aber er würde keinen Finger dafür rühren, dies auch tatsächlich durchzusetzen. George II. war nur an Dingen interessiert, die ihn selbst betrafen. Was nach seinem Tode geschehen mochte, war ihm völlig gleichgültig. Nein, Cumberland konnte nicht König werden. Aber Prinzregent anstelle des kleinen George III., für den Fall dass Frederick ausfiele, das wäre denkbar. Damit wäre er *de facto* König. Aber Frederick würde nur ausfallen, wenn er stürbe. Ob William Augustus sich darüber im Klaren war? Ob er sein Vorhaben bis zu diesem Ende durchgedacht hatte? Es reichte nicht aus, Jan Veenstra zu beseitigen, bei Weitem nicht, auch sein eigener Bruder würde aus dem Wege geräumt werden müssen. Hatte er das bedacht? Wäre er dazu fähig? Einer wie er, der schon Skrupel hatte, wenn es um den völlig unbedeutenden Veenstra ging?

Nun, das würde sich herausstellen. In Veenstras Fall war es leicht, Cumberland alle Sorgen abzunehmen.

»Ich werde mich um ihn kümmern«, hatte Newcastle gesagt, und Cumberland hatte ihn nur angesehen und nicht gefragt, was er damit meinte. Aber widersprochen hatte er ihm auch nicht.

5.

»Wenn man bedenkt, wie ungeheuer beschwerlich noch vor zehn Jahren die Reise von Edinburgh nach Inverness war, dann kann man nur sagen: Lob und Preis sei der Regierung des Vereinigten Königreiches!«

Jan nickte. Sie waren zu Fuß unterwegs auf einer der neuen Straßen, die Marshall Wade hatte anlegen lassen. Wenn auch der Zweck dieser Straßen in erster Linie militärisch sein mochte, so kamen sie doch auch dem Handel und Verkehr zugute.

Jan war per Schiff bis Edinburgh gereist. Er hatte gehofft, von dort eine weitere Passage bis nach Inverness zu bekommen, aber nach den erheblichen Verzögerungen auf dem ersten Teil der Seereise – das Schiff hatte eine Woche vor der Küste gelegen und auf ein Drehen des Windes gewartet, um in den Firth of Forth einlaufen zu können –, hatte er sich entschlossen, die Reise auf dem Landweg fortzusetzen. Ein Pferd schien ihm zu teuer; er hätte es in Inverness mit Verlust verkaufen müssen, und der Weg von dort aus nach Westen war, soweit er gehört hatte, ohnehin im Wesentlichen ein Fußweg. Außerdem war Jan noch nie geritten. So war er denn über Perth nach Norden gewandert, hatte am vierten Tag Dalwhinnie erreicht und sich danach den endlosen Anstieg zum Pass von Corrieyairack hinaufgequält. Er hatte sein Gepäck verflucht und den Regen, der nicht aufhören wollte. Kurz vor der Passhöhe hatte ihn dann der junge Kaufmann eingeholt.

Sie waren zusammen weitermarschiert, das Wetter hatte sich gebessert, genau wie Jans Laune, und nach einer unbequemen Nacht in einer engen und überfüllten Herberge in Fort Augustus waren sie jetzt auf dem Weg nach Inverness, der Hauptstadt des Nordens, die sie am Abend erreichen wollten.

»Schade, dass Marshall Wade diese Straßen nicht quer durch das ganze Land hat bauen lassen!«, sagte Jan.

Sein Begleiter sah ihn belustigt an. »Wozu?«, fragte er. »Jenseits vom Great Glen, auf der anderen Seite vom Loch Ness, da gibt es doch nur noch Berge und Wildnis.« Er nahm seine Brille ab, hauchte auf die Gläser und rieb sie mit einem Tuch blank.

Jan gestand, dass er genau dorthin wollte. »Ich gehe als Lehrer auf die Insel Skye.«

Der Kaufmann sah ihn mitleidig an. »Bist du dir sicher, dass es da überhaupt Schulen gibt?«

Nein, da war Jan sich nicht sicher. Aber dass er als Privatlehrer zum Laird of Dunvegan gehen würde, das wollte er dem Mann nicht auf die Nase binden.

Jan sah seinen Begleiter an. Wie konnte der Mann Kaufmann sein und mit so leichtem Gepäck reisen? »Ich habe dich noch gar nicht gefragt, womit du eigentlich handelst.«

»Mit Arznei.«

»Bist du also ein Apotheker?«, fragte Jan.

»Apotheker, Arzt – ich bin alles in einer Person. Wenn du irgendeine Krankheit hast, komm nur zu mir. Ich werde dir helfen. Und jetzt, wo ich dich kennen gelernt habe, mache ich es bei dir sogar zum Sonderpreis.«

»Nein, danke«, sagte Jan.

»Oder sogar umsonst!«

Jan versicherte, er sei völlig gesund.

»Schade. Du musst nämlich wissen, ich bin ein Spezialist für Augenkrankheiten. Ich kuriere alle Mängel der Augen. Menschen, die ihr Augenlicht vor Jahren verloren haben – von mir bekommen sie es zurück. Den grauen Star heile ich in zehn Minuten.«

»Glückwunsch«, sagte Jan knapp. Er verstand nicht viel von Medizin, aber so viel wusste er doch, dass der graue Star für gewöhnlich so leicht nicht zu besiegen war.

»Oder bei Unfruchtbarkeit.« Der Mann war nicht zu bremsen. »Auch da habe ich das rechte Mittel parat. Pillen, die ich extra vom Kontinent habe importieren lassen. Zwei davon eingenommen, nach dem Essen, das hilft auf jeden Fall. Die Schwangerschaft wird garantiert. Selbst ohne Beischlaf.«

Jan behauptete, dass er lieber auf die Schwangerschaft verzichten wollte als auf den Beischlaf.

6.

Die beiden Männer aus Inverness waren früh auf den Beinen. Der Wirt rieb sich den Schlaf aus den Augen. Gern hätte er weitergeschlafen, aber es ging um sein Geld. Die beiden Männer gefielen ihm nicht. Und sie hatten noch nicht bezahlt.

»Schönes Wetter«, sagte er, um irgendetwas zu sagen. »Ideal für die Reise.«

»Ihr habt noch einen weiteren Gast gehabt heute Nacht?« Derjenige, der Alan MacGregor hieß, wies auf den Schimmel, der neben ihren Gäulen stand.

Der Wirt nickte. »Schönes Tier«, sagte er.

»Ja.« Sie selbst hatten billige Gäule gemietet. Alan wusste, dass sie sich auf einen Wettritt mit Jan Veenstra nicht würden einlassen können. Aber das war auch nicht geplant.

»Kommt aus London«, sagte der Wirt. »Will auf die Inseln.«

»Auf die Inseln? Die Hebriden?«

»Skye, glaube ich.«

MacGregor nickte. Er hatte nur zur Sicherheit noch einmal nachgefragt. Kein Zweifel, es war ihr Mann. Sie hatten zu spät gemerkt, dass er schon unterwegs war. Zwei Tage lang waren sie ihm gefolgt; nun hatten sie ihn endlich eingeholt. Er hatte schon geschlafen, als sie am Vorabend in der Dämmerung hier in dem einsamen Gasthof eingetroffen waren. Und er schlief jetzt noch immer. Sie hatten ihn bisher nicht zu Gesicht bekommen.

»Was sind wir Ihnen schuldig?«, fragte Ben Gordon, der zweite der Männer.

Der Wirt nannte den Betrag. Nervös sah Alan zu, wie sein Begleiter umständlich die Münzen aus seinem Beutel fischte. Er hatte es eilig. Jeden Moment konnte Veenstra hier im Stall auftauchen. Wenn sich herausstellte, dass sie denselben Weg hatten, würde er vermutlich mit ihnen zusammen reiten wollen, und das würde alles viel schwieriger machen. Und eine zweite Chance würde es sowieso nicht geben. Am späten Nachmittag würde er in Glenelg eintreffen, und auf die Insel wollte Alan ihm auf keinen Fall folgen. Dort kannte man ihn zu gut.

»Wir wollen nur bis Glenelg«, sagte Ben überflüssigerweise, während er die Rechnung beglich. »Wir sind geschäftlich unterwegs.«

»Geschäftlich?«

»Ja. Getreide für die englische Garnison.«

»*Bernera Barracks*.« Der Wirt spuckte die Worte geradezu aus. »Geschäfte mit den Engländern!«

Ben zuckte mit den Schultern. »Geschäft ist Geschäft«, sagte er.

»Es wird Zeit, dass wir loskommen!«, mischte sich Alan MacGregor ein. Sie waren weiß Gott genug aufgefallen inzwischen.

»Viel Erfolg!«

»Den können wir brauchen. Wir hoffen, dass sich in Glenelg die Gelegenheit ergibt, ein bisschen auf die Jagd zu gehen«, sagte Ben.

»Auf die Jagd?« Der Wirt schien skeptisch.

»Ja, ich weiß«, sagte Ben rasch. »Schusswaffen sind eigentlich verboten. Aber wir haben ganz gute Beziehungen, und da gibt es schon mal Ausnahmen.«

Die beiden Männer saßen auf. Der Wirt sah ihnen nach, wie sie in Richtung Westen davonritten.

»Hier könnte es gehen«, sagte Alan.

Ben nickte. Sie waren fast eine Stunde geritten. Der Abstand zu dem Dorf, in dem sie übernachtet hatten, sollte jetzt groß genug sein. Sie waren auf dem Weg keiner Menschenseele begegnet. Hier befanden sie sich in offenem Gelände, hier hatten sie freies Schussfeld. Und es gab ein paar große Felsbrocken, hinter denen man sich verbergen konnte.

»Wohin mit den Pferden?«

Die Pferde waren zu groß, ließen sich nicht verstecken. Alan entschied sich dafür, die Tiere ein Stück weiter talabwärts anzupflocken. Sie nahmen ihre Waffen und gingen etwa hundert Yards zurück. Da lag der Stein, der ihnen Deckung bieten würde. Ausgezeichnet. Und Veenstra war noch immer nicht in Sicht. Ben hatte die ganze Zeit befürchtet, dass der junge Mann sie noch einholen könnte, immerhin hatte er das bessere Pferd. Aber das war nicht geschehen, offenbar schlief Veenstra lange, und nun saßen sie hier in der Einöde und lauerten ihm auf.

»Er ist ein Spion«, sagte Alan unvermittelt.

»Ja.« Ben registrierte, dass auch Alan Angst hatte. Nicht so sehr davor, dass der Anschlag misslingen könnte, sondern davor, auf einen Menschen zu schießen und ihn zu töten. Ben hatte noch nie auf einen Menschen geschossen. Aber Alan, der war Soldat gewesen, der hatte Erfahrung, dem sollte es eigentlich nichts ausmachen.

»Wir schießen auf das Herz«, sagte Alan. »Nicht auf den Kopf. Das Herz ist sicherer. Und aus dieser Entfernung kann gar nichts schiefgehen.«

»Nein.« Ben fragte sich, ob es nicht sicherer wäre, wenn zumindest einer von ihnen auf das Pferd schießen würde, damit der Mann nicht wegreiten konnte, falls sie ihn verfehlten. Aber natürlich würden sie ihn nicht verfehlen. Dennoch hätte Ben lieber auf das Pferd geschossen als auf den Menschen.

Die Sonne stand schon hoch am Himmel. »Jetzt könnte er eigentlich allmählich kommen!«, sagte Alan.

Ben nickte. Es gefiel ihm nicht, dass es so lange dauerte. Ja, natürlich war dies eine einsame Gegend, aber irgendwann würde ganz sicher irgendjemand vorbeikommen und sich darüber wundern, dass hier zwei Pferde standen, und wenn er sich dann weiter umsah, würde er die beiden Männer hinter dem Felsblock entdecken und sich noch viel mehr wundern. Zwei Männer mit Gewehren, und dass die auf der Jagd waren, das würde niemand glauben.

»Das Warten ist das Schlimmste«, sagte Alan. »So ist das immer. Wenn es dann wirklich zum Kampf kommt, dann hat man keine Zeit mehr zum Nachdenken, und du schießt und stichst zu, mit dem Bajonett, und du brüllst, und alles ist gut. Aber vorher, wenn nichts passiert, und wenn du dir ausmalst, was alles passieren könnte – das ist die Hölle.«

»Warum bist du eigentlich weg vom Militär?«

»Schlechte Bezahlung. Und schlechte Menschen. Die Soldaten, das sind einfach schlechte Menschen.«

Ben schwieg. Konnte es schlechtere Menschen geben als zwei für Geld gedungene Attentäter, die sich anschickten, aus dem Hinterhalt einen ahnungslosen Mann zu erschießen?

»Er ist ein Spion«, wiederholte Alan. Offenbar machte er sich dieselben Gedanken. »Und außerdem brauchen wir das Geld. Mein Gott, Ben, ich war noch nie so pleite wie jetzt, und wenn dieser Mann nicht gekommen wäre und uns diesen Auftrag gegeben hätte ...«

Ja, pleite waren sie beide. Woran der Mann das wohl erkannt hatte? Vermutlich hatte er herumgefragt. Es war jedenfalls kein Geheimnis, dass Alan mit der Miete im Rückstand war. Erheblich im Rückstand.

»Was ist, wenn wir einfach vorbeischießen?«, fragte Ben plötzlich.

Alan schüttelte den Kopf. »Das geht nicht. Denk an das Geld. Die zweite Hälfte gibt es erst, wenn wir den Auftrag ausgeführt haben«, sagte er. »Und ich brauche den ganzen Betrag.«

Ben fragte sich, ob er nicht trotzdem vorbeischießen sollte. Es war solch ein friedlicher Frühsommermorgen. Das Tal lag in der Sonne. Ein paar weiße Wölkchen ...

»Er kommt!«

Ben schrak auf. Ja, er kam. Aus ihrem Versteck beobachteten die beiden Männer, wie der Reiter langsam näher kam. Jan Veenstra schien viel Zeit zu haben. Das erleichterte ihre Aufgabe. Und gerade vor ihrem Versteck machte der Weg eine kleine Biegung, sodass der Reiter ein Stück weit direkt auf sie zukommen musste. Sie konnten ihn nicht verfehlen.

Alan murmelte vor sich hin: »Jan Veenstra, du verdammter französischer Spion, jetzt haben wir dich, jetzt haben wir dich!«

Ben fragte sich, ob der Mann wirklich ein Spion war, oder ob ihr Auftraggeber das nur behauptet hatte.

Der Reiter hatte jetzt die Biegung erreicht. Er hielt an, sah nach vorn. Offenbar hatte er ihre Pferde entdeckt. Jetzt, dachte Ben. Jetzt war der richtige Moment. Er sah Alan an. Der hatte bereits auf den Reiter angelegt. Ben tat es ihm nach. Nun setzte der Reiter sich wieder in Bewegung. Er verließ den Weg, schnitt die Kurve ab, bewegte sich jetzt quer zu ihnen, aber alles in gemächlichem Tempo.

»Jetzt!«, rief Alan.

Sie schossen fast gleichzeitig. Der Reiter stürzte vom Pferd; der Gaul wieherte auf und rannte davon, während sein Reiter bewegungslos am Boden liegen blieb.

»Getroffen!«

Sie rannten los. Einen flüchtigen Moment lang dachte Ben, sie hätten nachladen sollen, aber das hätte viel zu lange gedauert; wenn der Mann wirklich noch am Leben sein sollte, müssten sie ihn mit dem Messer erledigen. Alan hatte das Gewehr fallen gelassen und den Dolch in die Hand genommen. Auch Ben griff nach seinem Messer, aber das war überflüssig, der Mann lag auf dem Bauch und rührte sich nicht mehr.

»Jetzt ist's vorbei mit dem Spionieren!«

Alan stieß den Mann mit dem Fuß an, drehte ihn auf den Rücken. Ben sah, dass beide Einschüsse dicht nebeneinander lagen. Beide hatten sie die Brust zerfetzt, das Herz getroffen. Kein Zweifel, dachte er, Jan Veenstra war tot.

Alan biss sich auf die Lippen. Er wusste, dass dieser Tote nicht Jan Veenstra war. Aber das ließ sich nun nicht mehr ändern. Auch gut, dachte er. Eigentlich war es so noch besser.

7.

Jan Veenstras Wanderung nach Norden hatte länger gedauert, als er erwartet hatte. Der Weg war beschwerlich. MacPherson hatte behauptet, das schottische Hochland sei wild und gefährlich, und selbst er als Schotte – er stammte aus Edinburgh – würde sich nicht in die Berge trauen, ohne vorher sein Testament gemacht zu haben. Ein Scherz, hatte Jan gedacht. Inzwischen war er sich nicht mehr so sicher.

Jetzt, nachdem er Inverness verlassen und sich allein auf den Weg nach Westen begeben hatte, kam es Jan so vor, als habe er einen Sprung rückwärts in der Geschichte gemacht.

Die Behausungen wirkten ärmlich, die Bewohner, die ihn verwundert anstarrten, waren erbärmlich gekleidet. Das enge Tal bot wenig Raum für Acker oder Weideland, und Jan ahnte, dass es in diesen Gegenden gegen Ende des Winters noch immer Hunger gab. Jan wollte dieses trostlose Tal so rasch wie möglich durchqueren. Er ging, solange es hell war, und er war froh, als er schließlich in der Dämmerung zu einer Art Gasthaus gelangte, aus dem fröhliche Musik erschallte.

»Was ist denn hier los?«, fragte Jan, nachdem er sich mit Mühe einen Weg in das Innere der Herberge gebahnt hatte. »Eine Hochzeit?«

Der Mann, an den er sich gewandt hatte, schüttelte den Kopf. »Eine Beerdigung.«

Jan zog die Augenbrauen hoch. In der Tat gewahrte er jetzt, dass mitten im Saal der Leichnam eines Mannes aufgebahrt war. »Das ist der Wirt.«

»Ich will nicht stören«, murmelte Jan.

Der andere hielt ihn am Ärmel fest. »Du bist nicht von hier, was?«

Jan schüttelte den Kopf.

»So machen wir das hier im Norden. Wenn einer stirbt, kommen alle Freunde zu Besuch, und die Nacht nach dem Tode wird durchgetanzt. Das da ist übrigens die Witwe.«

Jan sah zu seiner Verwunderung, dass die Witwe an dem bunten Treiben beteiligt war. »Sie tanzt mit?«, fragte er.

»Muss sie doch«, sagte der Mann. »Die Witwe führt den ersten Tanz an. Und dann wird die ganze Nacht gelacht und gesungen und gesoffen. Wenn du hier über Nacht bleiben willst, wirst du nicht viel Ruhe finden!«

»Wo ist der Schlafsaal?«, fragte Jan. Er war todmüde und konnte nicht mehr weiter.

»Dies ist der Schlafsaal!«, sagte der Mann. Und, als er Jans entgeistertes Gesicht sah, fügte er hinzu: »Du kannst es ja im Pferdestall versuchen. Nicht sehr bequem, aber deutlich ruhiger.«

Jan schlief fest und gut. Nur zweimal wurde er gestört. Das erste Mal, als ein kicherndes, junges Pärchen über ihn stolperte, und das zweite Mal, als jemand unmittelbar neben ihm ins Stroh kotzte. Bei Sonnenaufgang wurde Jan wach und begab sich in die Gaststube. Der Leichnam lag noch immer dort. Männer und Frauen schliefen auf den Bänken und auf dem Fußboden. Es war kalt im Raum. Das Torffeuer war ausgegangen. Jan fror.

»Ich habe gewusst, dass das so kommen musste«, sagte einer, der schon zu früher Stunde ein Glas Whisky vor sich stehen hatte.

»Ist er krank gewesen, der Wirt?«, fragte Jan.

Der Mann schüttelte den Kopf. »Ich hab es gesehen.«

»Gesehen?«

»Ich war draußen auf dem Feld, wollte nachgucken, ob die Kartoffeln schon raus sind, aber zu früh natürlich. Jedenfalls – da habe ich es vor mir gesehen, ganz deutlich. Das Gasthaus, die Bahre, den mit Blumen geschmückten Leichnam.«

»Wann haben Sie das gesehen?«, fragte Jan.

Der Mann zuckte mit den Schultern. »Vor zwei, drei Tagen vielleicht.«

Er wird gemerkt haben, dass der Mann krank ist, und sich den Rest ausgemalt haben, dachte Jan. Er wusste, dass einem die Phantasie üble Streiche spielen konnte – schon gar, wenn Whisky im Spiel war.

»Das zweite Gesicht«, sagte der Mann. »Ich hab das zweite Gesicht. Sehe Dinge im Voraus, und dann passieren sie. – Du glaubst nicht an so etwas, nicht wahr? Das sehe ich dir an, du kommst aus Edinburgh oder aus London, was weiß ich. Aber es ist so, das kannst du mir glauben.«

Jan nickte. Keinen Streit anfangen, dachte er.

»Es ist so«, wiederholte der Mann. »Der junge Mann, der neulich hier durchgekommen ist? Der Lockenkopf aus London? – Tot ist er heute! Und ich hab ihn noch gewarnt!«

Einen Augenblick lang saßen sie sich schweigend gegenüber. Jan nippte an seinem Becher Milch. Dann sagte der Mann: »Und da ist noch etwas, was ich weiß.« Er wies mit dem ausgestreckten Zeigefinger auf Jan. »Über dich! Einsperren werden sie dich ...«

Aber Jan war nicht scharf darauf, irgendeine unheimliche Prophezeiung über sein zukünftiges Leben zu erfahren. Er warf ein paar Münzen auf den Tisch und machte, dass er davonkam.

»Nimm dich in Acht!«, rief der Mann hinter ihm her. »Freunde sind Feinde, und Feinde sind Freunde! Nimm dich in Acht!«

8.

Am Morgen des siebten Tages setzte Jan Veenstra mit der Fähre nach Skye über. Aber noch hatte er sein Ziel nicht erreicht. Es dauerte bis zum späten Nachmittag, bis Jan den westlichen Rand der Hochfläche erreichte und nun plötzlich das Schloss vor sich sah. Dunvegan Castle. Keiner dieser dunklen, altertümlichen Wehrtürme, sondern ein richtiges Schloss, durch einen breiten Graben gesichert. Alles war genau so, wie der Laird es ihm in seinem Brief beschrieben hatte. Allein das Boot lag auf der anderen Seite, für Jan unerreichbar. Er fragte sich, ob er rufen sollte, bis er schließlich eine Glocke entdeckte, die am Ast eines großen Baumes befestigt war.

Jan läutete. Wenig später öffnete sich auf der anderen Seite das Tor, und ein großer Mann trat heraus, gekleidet wie ein Engländer. Er mochte vielleicht vierzig Jahre alt sein.

»Bin ich hier richtig bei Laird MacLeod?«, rief Jan hinüber. Er kam sich dumm vor; es war offensichtlich, dass er in Dunvegan angekommen war.

Der Laird lachte. »Sie müssen Jan Veenstra sein!« Er machte das Boot los und ruderte die paar Schläge, die nötig waren, um den Burggraben zu überqueren, der hier in das Meer mündete. »Herzlich willkommen! Ich hoffe, Sie hatten eine angenehme Reise.«

Jan bejahte dies. Er stieg in das Boot, und während der Laird wieder die Ruder ergriff, sah Jan, dass inzwischen in der Pforte ein junges Mädchen erschienen war.

»Ist das die junge Dame?«

Der Laird sah sich um. »Ja, das ist Lucy.«

Jan wusste, dass sie siebzehn Jahre alt war. Sie wirkte jünger – wahrscheinlich, weil sie weder Schminke noch Puder benutzte. Womöglich auch kein Parfüm. Vermutlich stank sie also. Jedenfalls war sie keine dieser steifen Prinzessinnen und Hofdamen, die er aus London kannte. Sie wirkte fröhlich und ungezwungen. Sein erster Eindruck: Sie würden miteinander auskommen.

Lamm mit Hörnern

Dunvegan, Isle of Skye, Schottland, Juni 1744

1.

Sie werden oben im Fairy Tower schlafen«, sagte der Laird, »wenn Sie nichts dagegen haben. Ich hoffe, die vielen Stufen machen Ihnen nichts aus.«

»Nein, natürlich nicht.«

»Aber es spukt dort oben«, gab Lucy zu bedenken. »Nicht umsonst heißt der Turm Elfenturm!« Ein Blick in ihr Gesicht verriet, dass sie gewiss nicht an Gespenster glaubte. »Und ich weiß nicht, ob Elfen im Schlafzimmer des Lehrers wirklich angemessen sind.«

»Eher akzeptabel jedenfalls als Menschen aus Fleisch und Blut«, brummte Normand MacLeod.

Lucy schwieg. Hatte der Laird einen wunden Punkt berührt? Der Turm, ein typischer alter, schottischer Wehrturm, lag an der Südostecke der Burg. Er hatte vier Stockwerke, und in jedem gab es ein kleines Zimmer. Der Raum, der für Jan vorgesehen war, lag ganz oben.

»So, da wären wir.«

Waren die Stufen der schmalen Wendeltreppe auch alt und ausgetreten, so fand Jan das Turmzimmer jedenfalls modern eingerichtet. Es hatte richtige Fenster mit Glasscheiben, nicht nur Schießscharten, wie sie früher üblich gewesen waren. Von hier oben hatte man einen herrlichen Blick über den Meeresarm des Loch Dunvegan mit seinen Inseln. Es gab einen Kamin, einen großen Bücherschrank, viel zu groß für die drei Bücher, die Jan mitgebracht hatte, und es gab ein herrliches Bett.

Der Laird hatte Jans Blick richtig gedeutet. »Hier werden Sie nicht auf Stroh oder auf Heidekraut schlafen müssen«, sagte er. »Für den gewöhnlichen Highlander mag das angehen, er wickelt sich in seinen Plaid und merkt nicht, worauf er liegt. Aber für uns, die wir uns an die angenehmen Seiten des Lebens gewöhnt haben, sind richtige Bettwäsche aus Leinen und eine gut mit Daunen gefüllte Decke nicht mehr wegzudenken.«

»Das ist wahr«, sagte Jan. In London hatte er noch geglaubt, das ländliche Leben würde ihm nichts ausmachen, aber auf der Reise durch das Hochland hatte er sich doch in manch unbequemer Nacht nach einem richtigen Bett gesehnt.

Abends saßen sie auf der Terrasse. Lucy hatte Jan das ganze Schloss gezeigt. Es war nicht so groß, wie es von außen wirkte. Die Wirtschaftsräume und der Flügel, in dem die Bediensteten wohnten, nahmen einen erheblichen Teil in Anspruch. Hinzu kam, dass die Burg auf einen Fels gebaut war und daher hoch über ihre Umgebung hinausragte.

»Schön, dass Sie gekommen sind«, sagte der Laird. »Und dass Sie heil angekommen sind. Die Reise durch das Hochland ist selbst heute noch nicht ohne Risiko. Erst letzte Woche ist irgendein junger Engländer hinterrücks erschossen worden. Und ausgeraubt natürlich. Wir wissen bis heute nicht, wer das war.«

»Ich hatte unterwegs keine Probleme«, sagte Jan.

»Das freut mich. – Es ist nicht leicht, jemand zu finden, der überhaupt bereit ist, zu uns in die schottische Einsamkeit zu ziehen. Und dann noch mit so guten Zeugnissen!«

Jan wurde rot. Er hatte nicht gewusst, dass falsche Zeugnisse für ihn ausgestellt worden waren. »Ich freue mich, dass ich hier bin«, sagte er.

»Ich hatte schon befürchtet, ich müsste Lucy nach Edinburgh schicken.«

»Ich wäre nicht gegangen«, behauptete Lucy. *»Hold fast!* Das ist unser Motto!«

Jan hatte das Bild mit dem Stier und dem Schriftzug in der Eingangshalle wohl bemerkt.

»Ja«, sagte der Laird, »das stammt noch aus alter Zeit, als viel gekämpft und gestritten wurde. Vieles, was Sie hier im Schloss sehen, sind Überreste von früher. Alles Geschichte. Heute haben die Anführer der Clans das Schwert mit dem Parlamentssitz vertauscht, aber unser Einfluss ist dadurch nicht kleiner geworden.«

»Nicht alle teilen diese Ansicht«, sagte Lucy.

»Nein, nicht alle. Aber die wichtigsten. Hier auf Skye gehört fast alles Land den MacLeods und den MacDonalds. Und Alexander MacDonald und ich, wir sind beide Vertreter des Fortschritts. Die kleineren Clans, also die MacKinnons im Südosten und die anderen MacLeods auf unserer Nachbarinsel Raasay, die mögen glauben, dass alles so weitergeht wie früher, aber das ist natürlich falsch. Das Vereinigte Königreich befindet sich in einer Phase starker Veränderungen. Die Aufklärung hat die Engstirnigkeit der Vergangenheit verdrängt, und wir sind auf dem Weg zu einer Zukunft, die gekennzeichnet sein wird von Wohlstand, Frieden und Freiheit.«

»Du bist hier nicht im Parlament, Papa!« Lucy lachte.

»Das mag zwar wie eine Parlamentsrede klingen, aber das meine ich auch so. Und *Hold fast!* ist der falsche Wappenspruch für uns. Am liebsten würde ich ihn ändern in *Let go*, Lass los!«

»Das gefällt mir«, sagte Jan.

»Sehr gut. Der junge König von Preußen hat ein Buch geschrieben, das wie kein anderes die Abkehr von den alten

Verhältnissen widerspiegelt. Den *Anti-Machiavell.* Kennen Sie das?«

»Ich habe es gelesen.«

»Als das herausgekommen ist«, sagte der Laird an Lucy gewandt, »im Frühjahr 1740 ist das gewesen, da haben wir es verschlungen und im Parlament darüber diskutiert. Wir waren begeistert. Endlich hat einmal jemand geschrieben, worauf es in der Politik ankommt. Und nicht irgendein entlegener Dichter oder Philosoph, nein, ein Prinz, der wenig später selbst zum König geworden ist. Sinngemäß schreibt er: Ein Fürst der heutigen Zeit hat die Pflicht, die Menschlichkeit gegen alle Anfeindungen zu verteidigen. Das bedeutet: Keine Kriege mehr! – Jedenfalls haben wir das so verstanden.«

»Aber John ist bisher nicht arbeitslos geworden«, sagte Lucy.

»Nein, so schnell wird das wohl nicht gehen«, gab Normand MacLeod zu. »Lucys großer Bruder hat die Offizierslaufbahn eingeschlagen. Er ist in London. Und noch brauchen wir das Militär, noch gibt es Kriege. Wir sind ja sogar im Krieg, auch wenn man hier nicht viel davon merkt. Und Friedrich II. von Preußen hat ja inzwischen auch einen Krieg angefangen. Nicht einmal ein Jahr, nachdem sein Buch erschienen ist.«

Am nächsten Tag begann der Unterricht. Er verlief völlig anders, als Jan ihn sich vorgestellt hatte. Von seinem Vater war er es gewohnt, dass der Lehrer redete und der Schüler zuhörte – ganz gleich, ob das nun nur der Sohn des Lehrers war oder der Duke of Cumberland. Aber Lucy dachte nicht daran, sich auf die Rolle der Zuhörerin zu beschränken. Und sie wollte ihren Spaß haben. Sie ähnelte offenbar mehr Robert, dem jüngeren ihrer beiden Brüder, deren Portraits sie ihm gezeigt hatte. John, der ältere, blickte ernst drein; er hatte sich in seiner Leutnantsuniform malen lassen. Robert war dagegen ein lustiger Lockenkopf. Er wollte Maler werden, studierte bei Francis Hayman in London. Lucy meinte, wahrscheinlich werde er irgendwann im Laufe des Jahres zu Besuch nach Dunvegan kommen; Jan würde ihn also bald kennen lernen.

»Im Deutschen geht alles durcheinander«, sagte Lucy. »Wozu gibt es männliche, weibliche und sächliche Wörter, wenn niemand sich an diese Einteilung hält? Warum ist das Weib sächlich, der Wurm männlich und die Schildwache weiblich?« Sie sah Jan in komischer Verzweiflung an.

»Es ist nicht so ungeordnet, wie du denkst«, sagte Jan. Jetzt kamen ihm die Aufzeichnungen seines Vaters zugute. »Lass uns die Sache ganz systematisch angehen. Es gibt bestimmte Regeln. Da sind zunächst einmal die Dinge, die männlich sind. Dazu gehören die Wochentage, die Monate, die Berge, die Steine, die Jahreszeiten, die Winde ...«

»Warum kommen die Männer immer zuerst?«

»Das weiß ich nicht. Aber eine weitere Regel besagt, dass man seinem Lehrer nicht ins Wort fallen soll.«

»Ich mag keine Regeln.«

»In der Sprache kommt man ohne sie nicht aus.«

»Also ... wie war das? Der Montag, der Juli, der Granit, der Winter, der ... der Föhn? Heißt es so?«

Jan nickte.

»Und der Zugspitze.«

»Das ist eine Ausnahme. Die Zugspitze ist weiblich. Aber der Ben Nevis, der Mac Leod's Table ...«

»Ausnahmen sollte es nicht geben!«

»Es sind ja nur wenige. Außerdem sind alle Hauptworte männlich, die auf -en, -ich, -ig und -ing enden. Also zum Beispiel der Jüngling, der König, der Teppich und der Garten.«

»Der Garten. – Sollten wir nicht lieber nach draußen gehen? Jetzt ist Sommer, jetzt scheint die Sonne, aber schon bald beginnt wieder der lange, kalte Winter ...«

Jan war sich nicht sicher, ob der Laird nicht eigentlich von ihm erwartete, dass er den Unterricht im Haus erteilte. Aber solange es um mündliche Übungen ging, gab es keinen Grund, diese im Inneren des Schlosses abzuhalten.

»Gut«, sagte er. »Komm.«

Lucy sprang auf.

»Die Treppe«, sagte Jan. »Hauptworte auf -e sind in der Regel weiblich.«

»Das Auge«, konterte Lucy.

»Ich weiß auf Anhieb nur drei Ausnahmen. Das Auge, das Ende, und außerdem alle Hauptworte auf -e, die sich direkt auf einen Mann beziehen. Also zum Beispiel der Bote, der Erbe.«

»Da bleibt ja nicht viel übrig!«

»Oh doch, natürlich. Die Eiche, die Tasse, die Tapete, die Blume, die Wärme, die Lampe ... Es gibt unendlich viele Hauptwörter, die auf -e enden.«

»Die Liebe«, sagte Lucy. Sie reichte Jan die Hand, dass er ihr ins Boot helfen sollte.

»Ja, die Liebe auch.« Das war das falsche Thema. Jan nahm ihre Hand nicht; er stieg allein in das Boot und langte nach den Rudern.

»Es ist schön, mit Ihnen zu lernen«, sagte Lucy.

Jan lächelte. Es war eine Herausforderung, dachte er. Eine angenehme Herausforderung.

»Der letzte Lehrer, den ich hatte, der hat im Unterricht immer nur mit der Bibel gearbeitet. Das sind so komplizierte Texte, voller Symbolik und altertümlicher Sprache, mit denen man gar nichts anfangen kann.«

»Das Ziel sollte es sein, dass du am Ende in der Lage bist, dich auf Deutsch zu unterhalten – und das nicht nur mit Pastoren!«

Lucy lachte. »Das sehen nicht alle Lehrer so. Ich weiß, dass bei uns in der Schule, die mein Vater für die Kinder aus dem Dorf eingerichtet hat, auch das Lernen der biblischen Texte an erster Stelle steht. Zweimal in der Woche werden die Kinder abgefragt, und wer seinen Text nicht weiß, der kriegt Prügel.«

»Aber dein Lehrer hat dich vermutlich nicht verprügelt?«, sagte Jan.

»Das hätte er wohl gern, aber er hat sich nicht getraut.«

Jan nickte. Er vermutete, dass Lucy ihm die Arbeit nicht leicht gemacht hatte. Sie stank übrigens nicht. Sie musste sich wesentlich häufiger waschen als die Prinzessinnen in London.

2.

Auf dem Weg nach Dunvegan hatte Jan bei Portree hohe Steilufer gesehen, die, wie es ihm schien, fast senkrecht zum Meer hin abfielen. Diese wollte er jetzt an seinem ersten freien Tag aufsuchen. Jan wusste, dass er einen weiten Weg vor sich hatte; er war im Morgengrauen aufgebrochen. Es war ein warmer Sommertag, und Jan erkannte rasch, dass er sich für die Wanderung zu warm angezogen hatte. Auch die Perücke war lästig. Jan fragte sich, ob er nicht seine Haare lang wachsen lassen sollte, wie die meisten Schotten es taten. Andererseits trugen sowohl der Laird als auch der Herr Pastor, den Jan inzwischen kennen gelernt hatte, Perücken. Der Doktor nicht. Aber den hatte er bis jetzt kaum gesehen.

Die erste Woche war wie im Flug vergangen. Der Unterricht bereitete ihm keine Mühe. Lucy konnte besser Deutsch, als er vermutet hatte, und das größte Problem war nicht die Grammatik, über die das Mädchen sich ein ums andere Mal aufregen konnte, sondern die Aussprache. Jan verwandte daher viel Zeit darauf, sich mit Lucy auf Deutsch zu unterhalten, und er bildete sich ein, dass schon nach dieser einen Woche Fortschritte erkennbar waren. Der Unterricht brachte es mit sich, dass er auch mehr und mehr über Lucy und ihre Familie erfuhr.

Jan hatte vermutet, dass Lucy hier auf Skye aufgewachsen sei, aber das stimmte nicht. Sie war auf Castle Leod in Ross-shire groß geworden und erst vor wenigen Jahren mit ihren Eltern hierhergezogen. Ihre Mutter Janet war relativ jung gestorben. Und da Normand MacLeod als Abgeordneter viel Zeit in London zubrachte und ihre beiden älteren Brüder in England weilten, war Lucy oft allein zu Hause. Jan hatte gefragt, wie ihr Skye gefalle. Er hatte vermutet, dass sie lieber in Castle Leod geblieben wäre; das war keine 15 Meilen von Inverness entfernt, der Hauptstadt der Highlands, während Dunvegan bei aller Schönheit der Landschaft doch ziemlich einsam lag. Nein, Lucy zog Dunvegan vor. Auf Castle Leod gab es zu viele Tanten, die alle in ihre Erziehung reinreden wollten, während sie hier auf Skye weitgehend sich selbst überlassen war. Das war ein Problem. So lustig es sein mochte, ein so wildes Mädchen zu unterrichten, sie würde doch später Schwierigkeiten haben, einen geeigneten Partner fürs Leben zu finden. Denn eigenständiges Denken und Handeln von Frauen wurden im Umkreis des Hofes jedenfalls nicht geschätzt.

Von Portree aus wandte sich Jan nach Norden. Er ging am Strand entlang. Nachdem er ein größeres Geröllfeld hinter sich gelassen hatte, kam er in ein Gebiet, in dem der Boden aus den großen, flach geneigten Tafeln eines Sandsteins bestand, die von zahlreichen Klüften durchzogen waren und zum Meer hin wie die Stufen einer Treppe abfielen. Jan setzte sich auf eine der Felsstufen und verzehrte sein Mittagsbrot.

Vor ihm, jenseits des Wassers, lag die Nachbarinsel Raasay im Sonnenlicht.

Der Stein, auf dem er saß, war über und über mit Seepocken bedeckt, und dort, wo Klüfte ihn durchzogen, hatten sich Miesmuscheln angesiedelt. Am Fuß der Gesteinsstufe lagen einige faust- bis kopfgroße Gerölle. Jan drehte eines davon um und entdeckte, dass dieser Stein eine Art Schnecke enthielt. Keine der Schnecken, wie man sie sonst am Strand fand, sondern ein völlig anderes Tier, und es saß nicht auf dem Stein, sondern im Stein. Ein Petrefakt.

Jan hätte nicht in die Kneipe gehen sollen. Einen Schluck Bier nach der heißen Wanderung am Nachmittag, so hatte er sich das vorgestellt. Aber kaum hatte er die Tür zur Gaststube hinter sich geschlossen und sich an die Dunkelheit gewöhnt, da sah er, dass er einen Fehler gemacht hatte. Jan war in London in den unglaublichsten Lokalen gewesen, zusammen mit William zumeist, aber nirgendwo hatte er sich spontan so unwillkommen gefühlt wie hier. Der enge Raum war gut besucht. Einen Augenblick verstummte die laute Unterhaltung; dann nahmen die Leute ihre Gespräche wieder auf.

»Jedenfalls müssen sie weg«, sagte einer der Männer.

»Für mich bitte ein Bier«, rief Jan.

Hatte die Frau hinter dem Tresen ihn nun gehört oder nicht? Jedenfalls würdigte sie ihn keines Blickes. Sollte er einfach wieder gehen? Nein, das kam nicht infrage.

»Ein Bier bitte!«, wiederholte er, jetzt etwas lauter.

»Ja doch!«

Es dauerte eine Weile, aber schließlich schob die Frau ihm einen Krug mit dunklem Bier hin. Auch der Krug war dunkel. Von Schmutz? Das ließ sich in der düsteren Gaststube nicht ausmachen.

»… werden ihre gerechte Strafe schon kriegen, wenn unser rechtmäßiger König …«

»Ich will sie alle tot sehen. Alle!«, sagte einer der Männer. Er hatte eine auffällige Narbe über dem Auge.

»Der Laird wird sich vor Gericht verantworten müssen«, widersprach einer der Älteren.

»Das reicht mir nicht.«

»Ich verstehe das, nach allem, was sie dir angetan haben, aber dennoch …«

Wo war Jan hier hereingeraten?

»Prost auf die kleinen Herrschaften in schwarzem Samt!«, rief einer der Männer.

»Sie sollen hoch leben!«, riefen die anderen.

Jan wusste nicht, wovon die Rede war. Sie starrten ihn an. »Prost!«, sagte er.

Alle lachten. Der Mann mit der Narbe drängte sich an ihn heran, fasste ihn bei der Schulter. »Junger Freund ...«, sagte er. Da öffnete sich die Tür.

»Oh, der Herr Doktor!«, rief jemand. Es klang wie eine Warnung an die anderen.

Der Mann mit der Narbe ließ Jan los und starrte den Neuankömmling an. Der Doktor starrte zurück, bis der andere den Blick senkte. Dann wandte er sich an Jan: »Was machen Sie denn hier? Dies ist nicht der richtige Ort, um ein Bier zu trinken.«

»Der richtige Ort schon, aber vielleicht nicht der richtige Mann!«, tönte eine Stimme aus dem Hintergrund. Die anderen lachten.

»Ich dachte, ich könnte mein Bier überall trinken«, meinte Jan. Er hatte gezahlt und stand jetzt mit dem Doktor draußen vor der Kneipe.

»Hier nicht«, sagte der Doktor. »Wir trinken nachher ein Glas beim Pastor. Sie sind natürlich herzlich dazu eingeladen.«

Beim Pastor? Wahrscheinlich würde das auf ein langweilig-frommes Geplauder hinauslaufen. »Gut, dass Sie vorbeigekommen sind,« sagte Jan.

»Ich hatte schon befürchtet, dass ich Sie hier finden würde. Dies ist ein Treffpunkt der Jakobiten. Der Unzufriedenen und ewig Gestrigen. Hat Ihnen der Laird das nicht gesagt?«

Jan schüttelte den Kopf. »Ich hatte nicht gewusst, dass es hier noch so viele Anhänger des alten Regimes gibt«, sagte er.

»So viele sind es auch gar nicht. Aber sie reichen aus, um diese Kneipe zu füllen. – Dieser Alan, der Mann mit der Narbe, das ist ein übler Raufbold. Vor dem sollten Sie sich in Acht nehmen. Ich heiße übrigens Bruce Peacock. Bruce also. Ich denke, wir sollten uns mit Vornamen anreden.«

»Jan«, sagte Jan.

»Ian?«, fragte der Doktor.

»Nein, wirklich Jan. Meine Eltern kommen aus Deutschland.«

»Ah«, sagte der Doktor.

»Was hat es auf sich mit den Herrschaften im schwarzen Samt?«, fragte Jan.

Der Doktor lachte. »Maulwürfe sind das. Das kannst du nicht wissen, das war vor deiner Zeit. König William, der ja den letzten Stuart auf dem englischen Thron abgelöst hatte, ist dadurch zu Tode gekommen, dass sein Pferd in einen Maulwurfshaufen getreten ist. Das Pferd ist gestürzt, samt König, und der ist dann gestorben. – Aber den Jakobiten hat es natürlich nicht viel genützt, denn dann kam ja Queen Anne, und als die keine Kinder gehabt hat dann schließlich das Gesetz, der sogenannte *Act of Settlement*, der die Jakobiten und alle übrigen Katholiken für immer von der Thronfolge ausschließt.«

3.

Der Laird saß am Schreibtisch über seinen Bilanzen. Jan wollte nicht stören, aber Normand MacLeod hatte ihn schon bemerkt. »Kommen Sie ruhig«, sagte er. »Hier gibt es keine Geheimnisse. Ich bin bei der Aufstellung der Kosten für das laufende Jahr.«

Jan sah, dass die Gehälter der Angestellten deutlich unter dem lagen, was in London gezahlt wurde. Der Gärtner erhielt 5 Pfund 2 Shilling im Jahr, der Förster 5 Pfund 10 Shilling, ein Zimmermeister 12 Pfund 10 Shilling, der Schmied 2 Pfund 12 Shilling. Angestellte, die im Schloss wohnten, bekamen nur 2 Pfund pro Jahr und 4 Paar Schuhe. Jan schämte sich ein wenig, dass er den zwanzigfachen Betrag erhielt, die zusätzliche Summe vom Ministerium nicht mitgerechnet.

Der Laird sah ihm seine Verlegenheit an. »Das ist alles in Ordnung so«, sagte er. »Sie bekommen das Gehalt, das Sie verdienen. Eine Magd auf Dunvegan kriegt 12 Shilling im Jahr, die Putzfrau für unser Haus in Edinburgh dagegen 2 Shilling Sixpence pro Tag. Mehr als das Fünfzigfache«

»Das ist viel Geld«, sagte Jan.

»Das Leben ist teuer. Aber was für die Erziehung nötig ist, das wird selbstverständlich bezahlt. Und ich denke, dass die Erziehung das wert ist. Meine Söhne John und Robert sind in Edinburgh zur Schule gegangen. Das Schulgeld allein hat fast 25 Pfund gekostet. Dazu kommen natürlich Kosten für Personal und Verpflegung. Wenn man das zusammenrechnet, ist der Unterricht für Lucy hier draußen billiger und wahrscheinlich besser – und außerdem ist es das, was Lucy will.«

»Dunvegan ist ein fabelhafter Besitz. Wie ein Märchenschloss.«

»Warten Sie ab, bis der Winter kommt. Lange, dunkle Nächte, Kälte und Schnee. Und jeder Kontakt zur Außenwelt abgeschnitten.«

Jan glaubte nicht, dass ihn das erschrecken könnte. »Die Landwirtschaft hier muss viel einbringen«, sagte er.

Der Laird lächelte. »Nicht so viel, wie Sie glauben«, sagte er. »Wirklich viel verdienen kann man mit der Landwirtschaft heute wahrscheinlich nur noch in den Kolonien. In Nordamerika zum Beispiel. Ich habe immer überlegt, ob ich nicht dort investieren sollte. Aber bis jetzt habe ich mich nicht getraut.«

Jan hatte zu seiner Freude festgestellt, dass der Laird ein belesener Mann war. Er hatte es ihm freigestellt, seine Bibliothek zu benutzen, wovon er auch gern und reichlich Gebrauch machte. Der Laird besaß nicht nur eine große Zahl von Büchern, sondern er hatte auch das *Gentleman's Magazine* abonniert, sodass Jan zumindest mit einigen Wochen Verspätung über die Entwicklungen in der großen Politik im Bilde war. Jan saß jetzt nach dem Abendessen noch in der Bibliothek. Lucy sah ihm über die Schulter.

Debatten im Senat von Lilliput. – Lucy hatte ursprünglich geglaubt, es handelte sich dabei um ein paar besonders langweilige Nachträge zu *Gullivers Reisen*. In Wahrheit waren es Berichte über die Parlamentsdebatten, wenn auch in leicht verschlüsselter Form. Und wenn jetzt der Boship von Odfrox sich für die Branntweinsteuer stark machte, so war selbst Lucy inzwischen in der Lage, dahinter den Bischof von Oxford zu erkennen. Die Hurgos waren die Lords, genau wie in Swifts Buch. Lilliput war das Vereinigte Königreich, und Blefuscu natürlich Frankreich.

»Hurgo Heryef?«, frage Lucy.

»Lord John Hervey«, antwortete Jan.

»Sie kennen sie anscheinend alle!«

»Die Meisten nur aus den Zeitungsberichten«, log Jan.

»Wer diese Dinge aufzeichnet, der muss ziemlich schnell schreiben können. Ich meine, um das alles mitzubekommen, was da gesagt wird ...«

»Es sind keine wörtlichen Mitschriften«, wusste Jan. »Das wäre auch verboten. Es ist nur der Sinn der Reden, der mitgeteilt wird.« Auch das war streng genommen verboten. Daher die durchsichtige Maskerade in Anlehnung an Jonathan Swifts Parodien. Niemand ließ sich dadurch täuschen, auch die Zensurbehörde nicht. Aber sie sah einfach nicht hin. Was die Meinungsäußerung anging, war England eines der freiesten Länder der Welt.

Lucy gähnte. »Ich glaube, für mich wird es langsam Zeit, ins Bett zu gehen.«

»Ja«, sagte Jan. »Ich werde auch nicht mehr lange aufbleiben.«

»Gute Nacht!« Lucy winkte ihm von der Tür her zu.

Jan tat, als habe er das nicht gesehen. »Gute Nacht.«

Nun war er allein. Der Laird hatte sich schon eher zur Ruhe begeben. Jan versuchte, sich auf seine Lektüre zu konzentrieren. Aber der *Nardac Secretary* hatte es schwer, sein Interesse zu fesseln. Jans Blick schweifte immer wieder ab von der Seite des *Gentleman's Magazine* und hinüber zu dem großen, geflochtenen Papierkorb. Der Laird hatte vorhin hier gesessen und geschrieben. Und dort, in dem Papierkorb, lag zumindest ein Entwurf des Briefes, den Normand MacLeod heute Abend verfasst und versiegelt hatte. Sollte er nachsehen, was darin stand? Sollte er nicht? Hier gebe es keine Geheimnisse, hatte der Laird gesagt. Wirklich nicht? Jan hatte bisher nichts getan, um sein doppeltes Gehalt zu rechtfertigen. Und dies, dies schien ihm eine harmlose Nachforschung.

Ein Brief, Jan, ein ganz normaler Brief! Was sollte da schon drinstehen? *Liebe Maria, wie geht es dir? Mir geht es gut, hoffentlich geht es dir auch gut,* und so weiter? – Nein, dazu hatte der Laird zu lange gebraucht, um den Text zu entwerfen. Wenn es der Brief an eine Frau war, dann jedenfalls an eine wichtige Frau, eine, die dem Laird etwas bedeutete. Gab es eine solche Frau in dessen Leben?

Jan versuchte, sich auf die Rede des *Nardac Secretary* zu konzentrieren. Das war der Duke of Newcastle. Er sprach von Frankreich, vom Feind also, von dessen unstillbarem Ehrgeiz und seiner empörenden Grausamkeit.

Sollten wir nicht hoffen, meine Herren, dass diejenigen, die ihre Nachbarländer mit Mord und Gewalt in Schutt und Asche gelegt haben, baldigst gezwungen sein werden, sich hinter ihre Grenzen zurückzuziehen? Sollten wir nicht alles tun, sie von Festung zu Festung zu jagen, von einer Stellung zur nächsten, bis sie gezwungen sind, um Frieden zu betteln? Sie sind nicht unbesiegbar ...

Wieso zögerte er? Was war schon dabei, wenn er diesen Brief las? Der Laird war ein Mann des Fortschritts, wenn man seinen Äußerungen Glauben schenken durfte. Andererseits hatte Tweeddale ihm vor der Abreise den Bericht gezeigt, in dem Marshall Wade damals die Zuverlässigkeit der einzelnen Clans beurteilt hatte. Und die MacLeods hatte er als nicht zuverlässig eingestuft. Sicher nicht ohne Grund. Die Kneipe fiel ihm ein. Warum tolerierte der Laird diesen Treffpunkt der Unbelehrbaren, wenn er doch auf der Seite des Königs stand?

... liegt es daher auf der Hand, meine Herrschaften, dass kein Gesetz dem König verbieten kann, seine Truppen zur Unterstützung der Königin von Hungruland einzusetzen. Er mag sehr wohl im Rahmen entsprechender Verträge nach Allemannu einmarschieren ...

Zum Teufel, dachte Jan. Jetzt war es genug. Wenn jemand kam, dann würde er einfach sagen, er habe einen Zettel gesucht, um sich Notizen zu machen, oder ... Ach, es würde schon keiner kommen. Jan bückte sich und nahm den zerknüllten Briefentwurf. Er strich das Blatt glatt. Sollte er es mitnehmen? Nein, das war zu riskant. Hier lesen und dann zurück damit in den Papierkorb! Jan überflog den Text.

My Lord, stand da. *Danke für Ihr Schreiben vom 17. Ich habe meine Vorkehrungen getroffen. Ich glaube nicht, dass es notwendig ist, aber zur Sicherheit / damit Sie beruhigt sind* (beides durchgestrichen) *vorsichtshalber werden wir die Augen offen halten. Im Norden bis nach Sutherland, aber der Süden ist schwierig / im Süden ist das wahrscheinlich nicht / ist das völlig unmöglich* (alles durchgestrichen). Hier endete der Entwurf.

Der Text sagte Jan gar nichts. Außer, dass es irgendwelche Aktivitäten zu geben schien, von denen er nichts wusste, und die bei den Mahlzeiten, bei denen sonst über alles geredet wurde, nicht zur Sprache kamen. *Hier gibt es keine Geheimnisse.* Er würde die Augen offen halten.

My Lord, ohne Namen. Sollte es sich um Lord Alexander handeln? Nein, sehr unwahrscheinlich. Die Entfernung war zu gering; wenn er seinem Nachbarn etwas mitteilen wollte, dann würde er einfach nach Mugstot hinüberreiten. Und *My Lord* – das sagte gar nichts. Das war nur eine Höflichkeitsanrede, das musste nicht heißen, dass der Empfänger wirklich ein Lord war. Jan knüllte den Brief zusammen und warf ihn zurück in den Papierkorb.

In dem Augenblick schlug oben an der Treppe eine Tür zu. Jan erschrak. Einen Augenblick lauschte er. Nichts. Das Fenster – er hatte vergessen, es zu schließen. Nur ein Luftzug, dachte er. Kein Grund zur Beunruhigung. Jan schloss das Fenster, löschte das Licht und zog sich auf sein Zimmer zurück.

4.

Kein Zweifel, Lucy lebte gern auf Skye, aber dennoch stellte Jan Veenstra rasch fest, dass auch die unbekannte Großstadt eine gewisse Faszination auf sie ausübte.

»Bist du noch nie in London gewesen?«, fragte er.

Lucy schüttelte den Kopf. »Noch nie. Papa ist oft in London, aber er hat mich bisher noch nie mitgenommen. Nach Inverness, ja, schon viele Male, und auch einmal nach Edinburgh, als wir John besucht haben, bei seiner Hochzeit, aber London – das ist ja so weit.«

»Du wirst schon noch hinkommen«, sagte Jan.

»Ja. Vielleicht nimmt mich Robert ja mit, wenn er wieder zurückfährt.«

»Noch ist er nicht einmal hier!«

»Nein. Ich hatte gedacht ... Aber er ist nicht besonders zuverlässig. Meistens kommt er, wenn er Geld braucht.« Lucy lachte. »Erzählen Sie mir von London!«, bat sie.

»Was soll ich erzählen? Es ist eine sehr, sehr große Stadt. Man sagt, die Zahl der Einwohner übersteigt eine halbe Million. Aber das stimmt nur, wenn man die ganzen Dörfer der Umgebung mitzählt. Also Orte wie Kensington, Chelsea und Tottenham, die ja nicht so richtig dazugehören.«

»Eine halbe Million Einwohner? Was für eine ungeheure Zahl! Edinburgh ist schon so riesig, aber London – das muss ja noch unendlich viel größer sein!«

»London ist zehnmal so groß wie Edinburgh.«

»Was für ein Gewimmel muss das sein!«

»London ist zwar riesig, aber längst nicht alle Flächen sind bebaut. Da ist zunächst einmal die Themse, der Fluss mitten in der Stadt, und außerdem gibt es zahlreiche Parks und öffentliche Gärten, sodass überall viel Grün ist. Ranelagh zum Beispiel ...«

»Davon habe ich gelesen! Das würde ich gern einmal sehen! Sind Sie dort gewesen?«

»Ja, ich bin dort gewesen.« Viele Male. Auf Einladung seines Freundes William natürlich; allein hätte er die zwei Shilling Sixpence für den Eintritt kaum aufbringen können.

»Es heißt, dass der König dort regelmäßig zu Gast ist.«

»Ja, das ist richtig.«

»Und? Lassen Sie sich doch nicht alles so aus der Nase ziehen! Haben Sie den König gesehen?«

Sie stellte ihn sich offenbar vor wie einen Märchenkönig! Veenstra lachte. »Ja, ich habe den König gesehen.« Nicht nur den König. Er hätte sagen können, dass er sie alle persönlich kannte, König George II., seine Söhne und Töchter, die meisten der Minister. Aber das ging nicht. Die Geheimniskrämerei war lästig.

»Und? Wie ist er, unser König?«

Ein kleiner, cholerischer Hitzkopf, der sich nach Deutschland sehnte und aus der Politik so weit wie möglich heraushielt, dachte Jan. Er sagte: »Das kann ich nicht beurteilen. Dazu weiß ich viel zu wenig von ihm.«

»Wo haben Sie ihn getroffen?«

»Bei Ranelagh zum Beispiel.«

»Weiter! Was hat er gesagt?«

»*Débarrassez-moi de cet imbécile!*«

»Was?« Eine Sekunde lang glaubte sie es. Dann sagte Lucy: »Sie sollen mich nicht auf den Arm nehmen!«

»Nein.« Aber Lucy forderte es geradezu heraus. »Ranelagh ist langweilig«, sagte Jan. »Für ein junges Mädchen wie dich wäre wahrscheinlich ein Besuch in den Vauxhall Gardens wesentlich amüsanter.«

»Wie heißt das?« Das kannte sie nicht.

»Vauxhall Gardens. Das ist ein großer Park an der Themse. Dort gibt es jeden Abend Tanz und alle Arten von Unterhaltung. Theatervorführungen, Gaukler aus dem Orient, Feuerschlucker, Schlangenbeschwörer oder Fakire, die sich halbnackt auf ein Nagelbrett setzen, und alle paar Tage ein großes Feuerwerk. Frederick, der Kronprinz, hat sich sogar einen eigenen Pavillon auf dem Gelände bauen lassen. Er ist ja sehr an Kunst und Unterhaltung interessiert. Mehr als sein Vater jedenfalls. Vauxhall Gardens ist ein Ort der Kultur, während Ranelagh eher ein Ort der Politik ist.«

»Politik ist abscheulich«, befand Lucy. »Es wird gelogen und betrogen, und jeder versucht nur, sich zu bereichern. Denken Sie nur an diesen grässlichen, fetten Walpole. Gut, dass wir den endlich los sind.«

»Da bin ich anderer Ansicht. Fett oder nicht – Robert Walpole war einer der größten Politiker, die England je hatte; unter seinem Einfluss hat das Vereinigte Königreich wie kein anderes Land in Europa eine Zeit des Friedens und der Entwicklung durchgemacht.«

»Ich mag ihn trotzdem nicht. Stammt nicht von ihm der Ausspruch: ›Jeder Mann hat seinen Preis‹? Hat er nicht genau nach diesem Grundsatz gehandelt und die politischen Entscheidungen nach Belieben manipuliert?«

»Das ist wahr, aber all diese kleinen und größeren Skandale sind unwichtig im Vergleich zu dem, was er erreicht hat ... den Frieden. Er hat den Frieden verteidigt bis zuletzt. Und als die Königin Caroline dem Drängen der sogenannten Patrioten nachgeben wollte – du weißt ja, welch großen Einfluss die Königin auf die Politik gehabt hat –, da hat Walpole nur mit dem Kopf geschüttelt und gesagt: ›Majestät, in diesem Jahr sind in Europa 50.000 Menschen durch Kriege umgekommen. Ich bin stolz darauf, sagen zu können, dass keiner von ihnen ein Engländer gewesen ist.‹«

»Sie reden wie mein Vater«, sagte Lucy.

Jan lächelte. »Vielleicht hat er mich deshalb als Lehrer nach Dunvegan geholt?« Es hätte zumindest so gewesen sein können.

5.

Jan hatte den Doktor bei seinen Hausbesuchen begleitet. Auf dem Rückweg nach Dunvegan fragte er: »Was ist das für ein merkwürdiges Sommerfieber, das das Kind hatte, das wir eben gesehen haben?«

»Den *Synochus* meinst du? Ich habe keine Ahnung.«

»Du als Doktor?«

»Ja, ich als Doktor. Die medizinischen Handbücher führen alle möglichen Krankheiten auf, ohne dass jemand genau wüsste, wie sie zu unterscheiden sind. Hauptsache sie haben einen schönen, lateinischen Namen. Es gibt auch ein Winterfieber, natürlich, und ein Herbstfieber.«

»Sollte man sie nicht einfach alle als ›Fieber‹ bezeichnen?«

»Möglicherweise. Aber das müssen die gelehrten Herren in Edinburgh und London entscheiden. Ich bin nur ein einfacher Landarzt.«

Jan schwieg. Der Doktor war kein einfacher Landarzt, so viel stand fest. Dafür wusste er zu viel. Was mochte ihn in diese Gegend verschlagen haben? Jan traute sich nicht, danach zu fragen; aller Wahrscheinlichkeit nach hätte diese Frage sofort eine Gegenfrage nach sich gezogen, auf die Jan nur ungern eingehen mochte. Seine eigene Anwesenheit hier draußen am äußersten Ende des Vereinigten Königreichs war gar zu ungewöhnlich, und das gute Gehalt, wie hoch auch immer es sein mochte, konnte als Erklärung kaum hinreichen.

»Es gibt eine Art von *Synochus*«, sagte der Doktor, »die sich allerdings etwas näher spezifizieren lässt. Und ich fürchte, mein Freund, du bist in Gefahr, davon befallen zu werden.«

»Ich?« Jan war sich keiner Krankheit bewusst.

»Es ist die Art von Fieber, das junge Männer bekommen, wenn sie sich in die Nähe attraktiver, junger Damen begeben.«

»Meinst du Lucy? Unsinn! Lucy MacLeod ist meine Schülerin, nichts weiter.«

»Jan, das magst du dir vielleicht einreden, aber es stimmt nicht ganz. Sei ehrlich: Du magst sie! Und wenn ihr allein im Haus wäret und sie zu dir sagen würde: Komm mit in mein Bett, dann würdest du nicht nein sagen!«

»Hör mal!« Nein, in der Tat, er würde nicht nein sagen. Aber diese Frage stellte sich doch überhaupt nicht. »Wie kommst du darauf?«

»Deine Augen verraten dich. Nimm dich in Acht, wo du hinsiehst.«

»Das bildest du dir ein!«

»Nein. Die Augen verraten viel mehr über das Wesen eines Menschen, als es seine Worte es je tun würden.«

»Und – was sagen dir Lucys Augen?«

Der Doktor lachte. »Wenn sie dich ansehen, meinst du? – Dann sagen sie ganz eindeutig: ›Nimm mich!‹ Aber das darfst du so wörtlich nicht nehmen, Jan. Wir sind nicht in London oder in Edinburgh. Die arme Lucy lebt hier wie im Kloster. Es gibt weit und breit niemanden, der als Partner für sie auch nur halbwegs infrage käme, deshalb ist sie empfänglich für – für deine männlichen Reize.«

»Und du? Was ist mit deinen männlichen Reizen?«

»Ich halte mich fern von ihr. Ich setze mich der Gefahr nicht aus. – Ich sehe ein, dass du das nicht kannst. Du bist ihr Lehrer, du musst ihr täglich in die Augen sehen, und du musst nett zu ihr sein, aber nicht zu nett. Das ist schwierig.«

»Ich mag sie eigentlich ganz gern«, bekannte Jan.

»Ich sagte ja, dass es schwierig ist. Lenk dich ab. Such dir ein Mädchen aus dem Dorf.«

»Aus dem Dorf!«

»Sie sind nicht so scheu, wie du denkst! Und wenn sie auch

dreckige Füße haben und zottelige Haare, zwischen den Beinen sind sie nicht anders als andere Frauen auch ...«

»Was redest du!« Jan war empört.

Der Doktor zuckte mit den Schultern. »Nur so ein Ratschlag«, sagte er. »Damit du nicht deine Stellung verlierst. Deine beiden Vorgänger haben jeweils kein halbes Jahr ausgehalten. Der Laird hat sie davongejagt, und ich weiß, dass sie nicht einmal einen Kuss von der schönen Lucy bekommen haben. Es hat sich nicht gelohnt für sie.«

6.

»Diesen Stein habe ich am Strand gefunden.« Jan saß mit dem Laird, dem Pastor und dem Doktor zusammen bei einem Glas Wein in der Bibliothek.

»Hier in Dunvegan?« Normand MacLeod betrachtete den Stein skeptisch.

Jan Veenstra schüttelte den Kopf. »Drüben auf der anderen Seite der Insel.«

»Auf der anderen Seite? Was meinen Sie damit?«

»Nördlich von Portree gibt es ein hohes Steilufer, und wenn man dort am Strand entlanggeht, dann findet man sehr viele ...«

»Nördlich von Portree? Wie sind Sie da hingekommen?«

»Zu Fuß.«

Der Laird schüttelte den Kopf. »Mein lieber Herr Veenstra, ich bewundere Ihre sportliche Leistung. Aber gleichzeitig muss ich Ihnen sagen, dass das so nicht geht. Zu Fuß! Von Dunvegan bis zu dem Steilufer, das sind fünfzehn Meilen in einer Richtung, wenn nicht noch mehr! – Hat Sie jemand gesehen bei diesem Unternehmen?«

»Ja. Ein Gentleman ist angeritten gekommen und hat gefragt, was ich da mache. Ein gewisser MacDonald. Ich habe es ihm erklärt, und er war zufrieden.«

»Er ist angeritten gekommen? Das war bestimmt Lord Alexander. Mein Schwager.« Der Laird seufzte. »Na gut«, sagte er schließlich. »Das können wir jetzt nicht mehr ändern. Aber in Zukunft nehmen Sie bitte ein Pferd.«

Jan wurde rot. »Ich kann gar nicht reiten«, sagte er.

»Das ist nicht Ihr Ernst, oder? – Mein Gott, wie alt sind Sie? Dreiundzwanzig Jahre, fast schon vierundzwanzig, und Sie können nicht reiten? Das müssen wir ändern. Roy soll es Ihnen zeigen. Oder Lucy. Besser noch Lucy. Die reitet wie der Teufel.«

Eine Reitlehrerin, die wie der Teufel ritt! Jan fürchtete, dass er sich den Hals brechen würde.

7.

Mit der Post war die neue Ausgabe des *Gentleman's Magazine* gekommen. Lucy legte sie auf den Tisch. »Hier!«, sagte sie. »Es hat eine Schlacht gegeben. In Flandern.« Sie wies auf das Inhaltsverzeichnis. Da stand es: *Account of the battle near Tournay, published by authority, with a list of the killed, wounded and missing of the British, Hanoverian, and Dutch in ye action.* Und da das *Gentleman's Magazine* eine unparteiische Zeitschrift war, folgte darunter gleich die offizielle, französische Darstellung.

Jan hätte am liebsten sofort nachgeschlagen, was geschehen war, wie es William als Heerführer ergangen war. Aber er durfte kein übermäßiges Interesse zeigen. Und den Überschriften war nicht einmal zu entnehmen, ob es sich nun um einen Sieg oder eine Niederlage gehandelt hatte.

Der Laird griff nach der Zeitschrift, überflog die ersten Seiten, und kam dann offenbar zu der Stelle, an der von der Schlacht berichtet wurde.

Lucy stand hinter ihm und sah ihm über die Schulter. »John ist nicht in Flandern, oder?«, fragte sie.

»Nein, zum Glück nicht.«

Lucy schwieg einen Moment. Dann tippte sie mit dem Finger auf das Blatt: »Wozu sind diese Gräben?«

Jan hätte die Darstellung gern gesehen.

»Tournai«, sagte der Laird. »Die Franzosen haben angefangen, Tournai zu belagern und Gräben auszuheben, um näher an die Befestigungen heranzukommen.«

Wieder herrschte Stille. Jan versuchte, vom Gesicht des Laird abzulesen, wie die Schlacht ausgegangen sein mochte, doch Normand MacLeod verzog keine Miene.

»Möchtest du noch Tee?«, fragte Lucy ihren Vater.

Keine Reaktion.

»Papa!«

»Wie? Was hast du gefragt?«

»Ob du noch Tee möchtest!«

»Ja, gern. Bitte.« Der Laird sah nicht auf von seiner Lektüre.

Jan stand auf und ging hinüber zum Fenster. Er nahm den langen Weg, um den Stuhl des Laird herum, versuchte, ihm über die Schulter zu schauen. *Die Befestigung am Waldrand hätte angegriffen werden müssen ... wie Seine Königliche Hoheit angeordnet ... hätte wahrscheinlich* – länger konnte Jan nicht zögern auf seinem Weg zum Fenster. Er stellte sich vor das Fenster und sah hinaus.

Was er gelesen hatte, das sah nicht gut aus. Hätte, hätte. Demnach war einiges schiefgegangen bei dieser Schlacht.

»Wollen Sie auch noch Tee?«, fragte Lucy.

»Ja, gern.« Jan ging an seinen Platz zurück.

Der Laird legte die Zeitschrift zur Seite. »Es hat eine Schlacht gegeben in der Nähe von Tournai«, sagte er schließlich. »Bei Fontenoy. Sie schreiben, dass die Engländer fast gewonnen hätten.«

»Also verloren?«, fragte Jan.

Der Laird nickte. »Der Wechsel in der Armeeführung hat nichts genützt. Zwar sind alle des Lobes voll über den Einsatz des Duke of Cumberland, aber für einen Sieg hat es dennoch nicht gereicht. Schade.«

»Sie sollten die Armee zurückrufen«, meinte Lucy.

Der Laird nickte. »Wenn dieser unglückliche Krieg gegen Frankreich nicht wäre, brauchten wir uns auch wegen der Jakobiten keine Sorgen zu machen. – Warum mussten wir da eingreifen? Was interessiert uns die österreichische Erbfolge? Die ›Pragmatische Sanktion‹! Wenn ich das schon höre!«

»Du sitzt doch im Unterhaus«, sagte Lucy. »Hättet ihr es nicht verhindern können?«

»Nein. – Alle haben so getan, als stünde die Existenz des Vaterlandes auf dem Spiel. Natürlich hatte Walpole damals völlig recht, als er gesagt hat: ›Patrioten, die schießen wie Pilze aus dem Boden! Kaum weigert man sich, einer unsinnigen Forderung nachzugeben, schon schießt wieder ein Patriot aus dem Boden!‹ Aber Walpole hat sich am Ende nicht mehr durchsetzen können. Jetzt ist er tot, und die heutige Regierung kann nur noch versuchen zu retten, was zu retten ist. Es lässt sich nicht leugnen: Im Augenblick ist das Vereinigte Königreich auf der Verliererseite.«

Jan warf einen Blick auf die Liste der englischen Verluste. Niemand dabei, den er kannte. Doch, hier. George Hamilton. Der junge Mann aus William Augustus' Zimmer, der nackte junge Mann, den hatte es erwischt.

In diesem Augenblick kam Alistair mit einem Brief herein. Der Laird nahm ihm das Schreiben aus der Hand, las den Absender. »Aus Inverness. Was schreibt er denn, der gute Duncan Forbes?«

Forbes war der Oberste Richter Schottlands. Der Brief war wie üblich zweimal quer gefaltet und versiegelt. Der Laird brach das Siegel auf und las.

Lucy sah ihn an, versuchte in seinem Gesicht zu lesen. »Schlechte Nachrichten?«

»Jedenfalls keine guten. Dieser unbekannte Jüngling, der neulich auf dem Weg durchs Highland ums Leben gekommen ist – Duncan Forbes schreibt, dass sie aus seinem Körper zwei Kugeln herausgeklaubt haben. Beide haben genau das Herz getroffen.«

»Was ist daran so besonders?«, fragte Lucy.

»Zum einen sind natürlich Gewehre in Schottland verboten, das weißt du.«

»Ja, aber niemand hält sich daran.«

»Die meisten Leute halten sich sehr wohl daran«, widersprach der Laird.

»Du nicht.«

»Wie dem auch sei – Forbes hat die Kugeln untersuchen lassen. Es sind keine gewöhnlichen Kugeln. Beide weisen eigenartige Striemen auf. Forbes nimmt an, dass sie aus Waffen mit gezogenem Lauf abgefeuert wurden. Aber die Gewehre, die es hier in Schottland gibt, das sind gewöhnliche Musketen mit glattem Lauf.«

»Das eine oder andere Militärgewehr mag auch unterwegs sein«, mutmaßte Lucy.

»Auch die haben einen glatten Lauf. – Nein, hier sind Waffen verwendet worden, wie sie nur Scharfschützen benutzen. Das waren keine Räuber, die diesen jungen Mann erschossen haben. Das war eine gezielte Hinrichtung.«

8.

Am Abend saßen sie wieder zusammen bei einem Glas Wein. Der Pastor, der Doktor, der Lehrer und der Laird. Die Elite von Dunvegan. Diesmal hatten sie sich in MacLeods Bibliothek getroffen. Es ging um Politik. Jan hörte genau hin, aber er wusste schon, dass niemand hier jakobitische Töne anschlagen würde.

»Im Grunde ist es bergab gegangen, seit die Königin gestorben ist. Caroline die Glanzvolle!«, sagte der Doktor.

»Sie hat nicht nur geglänzt, sondern auch großen Einfluss auf die Politik gehabt«, bestätigte Jan. »Und die Friedenspolitik unter Walpole war zumindest indirekt auch ihr Verdienst. Sie hielt die Fäden in der Hand. Sie hat bestimmt, was gemacht wurde.«

»Du redest, als ob du dabei gewesen wärst!«, sagte der Doktor.

Hatte er sich im Übereifer zu weit vorgewagt? »Das sind Dinge, die weiß jeder in London,« behauptete Jan.

»Das ist der Vorteil, wenn man ein Deutscher in London ist«, sagte der Laird. »Der König ist Deutscher, und manche Dinge werden eben nur auf Deutsch besprochen, die wir Engländer gar nicht mitbekommen.«

»Lassen Sie deshalb Lucy in Deutsch unterrichten?«, fragte der Pastor.

»Es ist sicher kein Fehler, die Sprache zu kennen, die bei Hofe gesprochen wird.«

»Aber Veenstra – das ist kein deutscher Name, oder?«

»Nein«, sagte Jan. »Friesisch. Wir stammen ursprünglich aus der Gegend um Leeuwarden. Meine Eltern sind als junge Leute nach Kassel gezogen, später dann nach London.« Marie-Luise von Hessen-Kassel, die Statthalterin von Friesland, hatte bei dieser Umsiedlung eine Rolle gespielt. Und über diese Prinzessin von Oranien waren sie schließlich am englischen Königshof gelandet. Aber darauf wollte Jan nicht eingehen, und zum Glück fragte niemand weiter nach.

»Um noch einmal auf die Königin zurückzukommen«, sagte der Doktor. »Caroline ist die letzten zehn Jahre immer wieder krank gewesen. Das weiß ich nun wieder. Das hat sich selbst hier in Schottland herumgesprochen. Alles Mögliche soll sie gehabt haben: Gicht, Ausschlag, Rippenfellentzündung, Schüttelfrost, Koliken. Aber ihre wirkliche Krankheit hat sie selbst vor dem König geheimgehalten. Sie hat eine Art Nabelbruch gehabt. Seit der Geburt der Prinzessin Louise. 1724 ist das gewesen ...«

»Die ist ja jetzt auch schon verheiratet«, warf der Laird ein. »Wie schnell das geht!«

»Es geht immer viel zu schnell«, sagte der Doktor. »Als ich hier ankam, war Lucy noch ein kleines Mädchen, und jetzt ist sie eine junge Frau!«

Lucy wurde rot. Sie war aus der Küche gekommen und hatte sich zu ihnen gesetzt. Jan fragte sich, ob sie tatsächlich Wein in ihrem Glas hatte.

»Jedenfalls ist die Königin nicht zum Arzt gegangen«, fuhr der Doktor fort. »Es war die große Stunde der Quacksalber und Kurpfuscher. Und als schließlich Ranby, der Leibarzt des Königs, hinzugezogen wurde – den hätte man natürlich zuerst fragen müssen –, da war alles zu spät. Er hat zwar rasch erkannt, was los war, aber da konnte selbst die sofortige Operation die Königin nicht mehr retten. Und so ist sie dann gestorben. Nicht ohne vorher noch allen Leuten gute Ratschläge zu geben, versteht sich.«

Jan sagte: »Zum Duke of Cumberland hat sie gesagt: ›Du weißt, William, dass ich dich von ganzem Herzen liebe, und dass ich immer meine größte Hoffnung auf dich gesetzt habe. Zeige deine Dankbarkeit dadurch, dass du dich dem König, deinem Vater, gegenüber gut benimmst. Verdopple deine Anstrengungen, um die Enttäuschungen und den Ärger wettzumachen, den er ständig durch deinen verdorbenen und wertlosen Bruder Frederick erleben muss ...‹«

»Das hat sie wirklich gesagt?«, fragte Lucy.

Der Doktor nickte. »Sie sind schon ein fröhliches Völkchen, diese Hannoveraner!«

»›Du bist meine ganze Hoffnung‹, hat sie gesagt, ›du musst am Ende die Ehre der Familie hochhalten, wenn dein Vater einmal nicht mehr sein wird. Unternimm nichts gegen deinen Bruder. Beschäme ihn einfach nur dadurch, dass du besser bist als er.‹«

»Eine lange Rede!«, brummte der Laird.

»Und was hat sie zu Frederick gesagt?«, fragte Lucy.

»Zum Kronprinzen? Gar nichts. Der war nicht anwesend.«

»Das schickt sich nicht«, empörte sich Lucy. »Selbst wenn er seine Mutter nicht ausstehen konnte, wie es ja allgemein behauptet wird, so hätte er doch wenigstens an ihrem Sterbebett auftauchen müssen.«

»Es wäre schön gewesen, wenn sie sich ausgesöhnt hätten«, meinte Jan diplomatisch.

Der Laird warf ihm einen Blick zu. Er wusste natürlich, dass die beiden von einer Aussöhnung weit entfernt waren. Frederick hatte zu seiner Mutter gewollt; sie hatte ihn aber nicht sehen wollen, und der König hatte ihm den Zutritt verweigert.

9.

»Das ist Blefuscu«, sagte Lucy.

Blefuscu war vierzehn Jahre alt. Ein Schimmel. Er wirkte friedlich. Aber er war entsetzlich groß, und seit dem Desaster in Dettingen hatte Jan seine Angst vor Pferden noch nicht wieder verloren. Er sah zu, wie Lucy den Gaul bestieg und mühelos ein paar Runden ritt. Erst im Schritt, dann im Trab. Sie saß dabei rittlings im Sattel wie ein Mann. Jemand klatschte.

Jan sah sich um und wurde gewahr, dass fast das gesamte Personal des Schlosses sich an den Fenstern versammelt hatte, um zu sehen, wie der Lehrer Reitunterricht nahm.

Lucy stieg ab. »So«, sagte sie, »nun sind Sie an der Reihe!«

Jan sah ihr ins Gesicht. Ihr üblicher, leicht spöttischer Ausdruck war verschwunden. Sie nahm ihre Aufgabe ernst; sie hatte es nicht darauf angelegt, ihren Lehrer als Trottel vorzuführen. Also los, Stiefel in die Steigbügel, Zügel in die Hand, gerade sitzen, und dann ab. Lucy führte ihn mit dem Pferd auf dem Platz herum. Erst im Schritt, dann im Trab.

»Wenn das Pferd loslaufen soll, oder wenn es schneller laufen soll, dann drücken Sie einfach leicht mit den Schenkeln.«

Lucy saß inzwischen auf ihrem eigenen Gaul, der auf Jan einen wesentlich sportlicheren Eindruck machte, aber er war mit Blefuscu vollauf zufrieden. »Los«, sagte Jan. Das Pferd rührte sich nicht. Jan drückte ihm die Hacken in die Seite. Das Pferd rührte sich nicht. Stärker drücken! Das Pferd rührte sich noch immer nicht.

»In kurzen Abständen drücken und wieder locker lassen!«, riet Lucy.

Schließlich setzte sich der Gaul langsamen Schrittes in Bewegung. Steuern ließ er sich mit den Zügeln, hatte Lucy gesagt. »Man dreht sich mit den Zügeln in die Richtung, in die man reiten will, und dann geht das Pferd da hin.«

Oder auch nicht, dachte Jan. Man würde sehen. Zunächst jedenfalls lief Blefuscu ohne Widerspruch hinter Lucys Pferd her, und sie ritten den Hügel hinauf. Nach wenigen Minuten war Dunvegan Castle ihren Blicken entschwunden.

Jan hatte sich das Reiten aufregender vorgestellt. Er saß aufrecht und ruhig auf dem Pferd, ohne Probleme. Das breitbeinige Sitzen war ungewohnt. Lucy hatte gesagt, er solle die

Beine möglichst gestreckt halten, sodass er auch ohne Weiteres im Sattel aufstehen könnte – und gegebenenfalls die Füße schnell aus den Steigbügeln bekam, falls er schneller vom Pferd herunter müsse als geplant.

»Nun gehen Sie nach vorn!«, bestimmte Lucy.

Sie hielt an, um Jan vorbeizulassen. Blefuscu hielt ebenfalls an, und es bedurfte großer Mühe, das Pferd dazu zu bewegen, langsamen Schrittes an Lucy vorbei nach vorn zu gehen. Nun blieb es stehen und sah sich nach Lucy um.

»Schneller!«, verlangte Lucy.

Blefuscu ließ sich davon nicht beeindrucken. Vorsichtig übte Jan etwas mehr Druck aus. Blefuscu setzte sich wieder in Bewegung. Aber jetzt hatte Lucy die Geduld verloren. Sie gab ihrem Pferd die Sporen, und Ross und Reiterin flogen geradezu an Jan vorbei. Jan hielt sich fest, denn jetzt trabte auch Blefuscu los; offenbar wollte er sich vor seinem Artgenossen keine Blöße geben.

Das Pferd halte an, wenn man »Whoa!« sagte, hatte Lucy behauptet, und wenn man den Bauch und den Po einzog. Das mit dem Bauch- und Po-Einziehen hatte Jan nicht richtig verstanden, er veränderte einfach seine Haltung ein wenig und rief: »Whoa!«

Blefuscu trabte weiter. »Whoa!«, rief Jan jetzt lauter, und jetzt gehorchte das Pferd. Irgendwie fand Jan es überraschend, dass so ein großes Tier, das so viel stärker war als er selbst, sich so leicht dem Willen des Reiters unterordnete.

Lucy hatte ebenfalls angehalten. »Das geht doch«, sagte sie. »Das geht doch gar nicht schlecht!«

Nein, das ging wirklich nicht schlecht. Jan konnte sich tatsächlich vorstellen, künftig mit einem Pferd auszureiten. Eine große Erleichterung bei den Entfernungen, die er auf Skye zurücklegen musste, um an die Orte zu kommen, die ihn interessierten. Alles schien auf einmal erreichbar: MacLeod's Table, sogar die Höhlen im Süden.

In diesem Moment wollte Jan nach rechts abbiegen. Das Pferd hatte dagegen beschlossen, nach links zu gehen. Die gegenläufige Bewegung brachte Jan aus dem Gleichgewicht, und ehe er sich versah, fand er sich hinter Blefuscu am Boden wieder. Er sprang auf und klopfte sich den Staub aus den Kleidern.

Lucy lachte. »Das kommt davon, wenn man nicht aufpasst«, sagte sie.

10.

Der erste größere Ausritt führte Jan gemeinsam mit Normand MacLeod nach Mugstot, dem Sitz Lord Alexanders. Im Gegensatz zu den MacLeods hatte Lord Alexander für sich und seine Familie ein modernes Haus errichten lassen. Hatte Jan der Reitunterricht mit Lucy nicht viel ausgemacht, und auch weitere Ritte nach Portree, bei denen er sich viel Zeit gelassen hatte, so war er nach diesem langen Ritt doch heilfroh, als sie endlich das Anwesen Lord Alexanders erreicht hatten. Normand MacLeod ritt ein forsches Tempo. Zu Jans Verwunderung passte sich Blefuscu dieser Gangart an. Ohne Mühe, wie es schien. Nur Jan hatte Mühe. Und sie mussten ja auch noch wieder zurück!

Ein Mädchen servierte Champagner. Lord Alexander begrüßte Jan wie einen alten Bekannten. »Na, waren Ihre Ausflüge an den Strand erfolgreich?«

Jan nickte. Er hatte den Stein mitgebracht.

»Ah, was haben Sie denn da gefunden?«

Jan Veenstra legte das Fossil auf den Tisch. »Das ist ohne Zweifel ein Ammonshorn. *Cornu ammonis*, wie die Wissenschaftler sagen.«

»Wo ist das her?«, wollte Normand MacLeod wissen.

»Von der Ostküste, ein paar Meilen nördlich von Portree.«

»Sie treiben sich erstaunlich oft auf den fernen Seiten unserer Insel herum!«, stellte der Laird fest.

Jan wurde rot.

»Es stört mich kein bisschen«, sagte Lord Alexander, »wenn der junge Mann auf meiner Seite der Insel herumläuft. Es ist nun mal die schönere Seite. Und wann hat man schon mal jemanden, der mit den Steinen reden kann?«

»Mit den Steinen reden – das ist stark übertrieben«, sagte Jan. »Ich sehe sie mir an und versuche herauszufinden, wie sie wohl entstanden sein mögen.«

»Sehen Sie, das ist ja gerade der interessante Punkt. Sie sagen, die Steine sind entstanden. Für mich, der ich nichts davon verstehe, waren sie einfach schon immer da.«

»Zu unseren Lebzeiten haben sie sich wahrscheinlich kaum verändert«, gab Jan zu. »Aber das heißt nicht unbedingt, dass sie schon immer da gewesen sind.«

Lord Alexander nippte an seinem Glas. »Und dieses ... dieses Ding, das Sie da gefunden haben, was soll das sein?«

»Es heißt, es sei das Horn eines Schafes.«

»Ein ganz anständiges Schaf muss das gewesen sein«, stellte Alexander MacDonald fest. »Hier auf der Insel gibt es aber kaum Schafe. Sie sollten eher damit rechnen, Hörner von Kühen zu finden als Hörner von Schafen. – Haben Sie schon einmal ein versteinertes Kuhhorn gefunden?«

Jan schüttelte den Kopf.»In Yorkshire findet man genau solche Gebilde am Strand, wenn auch zumeist kleiner als das Exemplar, was unser junger Freund hier auf den Tisch gelegt hat. Das zugehörige Schaf könnte nicht größer sein als dieses Weinglas hier.«

»Ein sehr kleines Lamm vielleicht?«, schlug Jan vor.

»Mein Lieber, daran erkennt man den Stadtmenschen! Selbst ein neugeborenes Lamm ist viel, viel größer. Und Hörner hat es auch nicht. Die bekommt das Schaf erst später.«

»Lass uns lieber über lebende Schafe reden«, sagte Normand MacLeod. Er sah seinen Gastgeber an.

»Hast du dir meinen Vorschlag durchgelesen?«

Der Laird nickte. »Durchgelesen und durchgerechnet. Es funktioniert nicht, Alexander. Wir können das hier auf Skye nicht machen.«

»Meine Kollegen im Oberhaus sind da ganz anderer Auffassung. Und ich habe über diesen Vorschlag auch mit Kingsburgh gesprochen ...«

»Ich kann mir vorstellen, dass dein Verwalter deiner Meinung ist.«

»Kingsburgh ist mehr als einfach nur ein Verwalter. Er ist ...«

»Wenn ich die Herrschaften einmal kurz unterbrechen dürfte? Das Essen ist fertig!« Lady MacDonald öffnete die Flügeltür zum Esszimmer. Sofort breitete sich angenehmer Bratenduft aus. Die Männer erhoben sich.

»Ah, das riecht ja hervorragend! – Und das sieht auch hervorragend aus. Margaret, ich wusste, dass du einen Hang zum Ungewöhnlichen hast!«

»Alexander hat ihn selbst geschossen!«, sagte die Hausfrau.

In der Mitte der Tafel lag mit gespreizten Flügeln und mit Gemüse hübsch dekoriert ein Kranich.

»Alexander ist schon in Ordnung«, sagte der Laird. Sie waren auf dem Rückweg nach Dunvegan.

»Ich hatte den Eindruck, dass der Lord und seine Gemahlin sehr nette Leute sind«, bestätigte Jan. Er wunderte sich, dass der Laird gewillt war, mit ihm, dem jungen Angestellten, über seinen Schwager zu reden.

»Ich kenne Alexander seit er ein kleines Kind war«, sagte der Laird. »Manchmal tut er mir schrecklich leid. Er ist fünf Jahre jünger als ich, aber das sieht man nicht. Er leidet. Er müht sich, es zu verbergen, aber die Gicht hat ihn fest im Griff.«

»Kann der Doktor ihm nicht helfen?«

»Alexander ist in London zu allen möglichen Ärzten gegangen. Sie haben das Übliche ausprobiert: Aderlass, Abführmittel und heiße Bäder. Geholfen hat nichts.«

Eine Weile ritten sie schweigend nebeneinander her. Etwas war Jan aufgefallen, aber er sah keine Möglichkeit, dieses Thema anzusprechen. Zwischen Margaret MacDonald und Normand MacLeod schien es eine Art unsichtbarer Wand zu geben. Beide redeten normal miteinander, lächelten sich an, wo dies angebracht erschien, und doch hatte Jan den Eindruck, dass diese Normalität nur aufgesetzt war.

»Warum gibt es keine Schafe auf Skye?«, fragte Jan stattdessen.

»Ah, Sie denken immer noch an das Horn? – Ja, die Schafe! Sie würden hier schon gedeihen«, sagte MacLeod.

»Aber?«

»Aber das Problem ist, dass Schafe viel Land brauchen und wenig Menschen. Wenn wir hier auf Skye mit Gewinn Schafzucht betreiben wollen, dann sind die Menschen überflüssig. Sie müssten fort von der Insel. Das geht nicht, das kann man nicht machen, auch wenn Alexanders Freunde im Oberhaus das anders sehen. – Er lässt sich zu leicht beeinflussen, der Gute! Das ist der Nachteil der Sanftmütigen. Die anderen glauben meistens, sie können mit ihnen machen, was sie wollen.«

»Ich habe das Ende der Diskussion nicht mitbekommen. Ist es Ihnen gelungen, Lord Alexander zu überzeugen?«, fragte Jan.

»Ja«, sagte MacLeod.

Keine Geheimnisse

Dunvegan, Isle of Skye, Schottland, Herbst 1744

1.

Sonntag. Jan hatte bis jetzt immer seine freien Tage am Strand verbracht, aber nun, wo das Wetter draußen unangenehmer wurde, sah er, dass er sich nicht länger drücken konnte.

»Ich nehme an, heute werden Sie uns in die Kirche begleiten?«, hatte der Laird gefragt. Und da selbst das Küchenmädchen bei diesen Worten aufgeblickt hatte, hatte Jan die gewünschte Antwort gegeben.

Der Besuch in der kleinen Kirche beeindruckte Jan stärker, als er erwartet hatte. Sie hatten es so eingerichtet, dass sie erst im letzten Moment unter dem Läuten der Glocken eintraten. Jan sah, dass man für den Laird und seinen Anhang in der ersten Reihe Platz gelassen hatte. Und während sonst offenbar Männer und Frauen getrennt saßen, machte Lucy eine Ausnahme. Sie setzte sich direkt neben ihren Vater. Jan zögerte einen Moment: Der Laird warf ihm einen auffordernden Blick zu; da setzte er sich neben Lucy.

Der Pastor wollte gerade beginnen, als im letzten Moment die Tür aufging und der Doktor hereinkam. Er machte eine Geste in Richtung des Pastors, die offenbar bedeuten sollte, dass er noch aufgehalten worden sei, irgendein wichtiger Krankenbesuch wahrscheinlich, und dann nahm er in derselben Reihe Platz wie der Laird und Lucy. Sie mussten aufrücken; Jan wurde gegen Lucy gedrückt. Er hatte nichts dagegen, und er hatte den Eindruck, dass auch Lucy der enge Kontakt nicht unangenehm war. Sie machte jedenfalls keine Anstalten, von ihm abzurücken.

Nach dem Choral wandte sich der Pastor mit salbungsvollen Worten an die Gemeinde, sah dabei öfter als nötig auf den Laird, so als ob er sich versichern wollte, dass auch alles in dessen Sinne sei. Der Laird gab mit keiner Miene zu erkennen, was er von der Predigt hielt. Er hatte die Hände gefaltet, blickte aber weder auf die Hände noch auf den Pastor, sondern auf irgendeinen Punkt in der Ferne, der nur in seiner Einbildung existierte. Lucy sah ernst aus, aber es war ihr anzumerken, dass es sie Mühe kostete, und dass sie beim erstbesten Anlass laut loslachen würde. Der Doktor hatte sein Taschentuch gezückt, putzte seine Brille und sah anschließend den Pastor über den Rand der Gläser hinweg mit leicht spöttischem Grinsen an, so wie vielleicht ein Schwindler einen anderen ansehen mochte.

Hinter ihnen kicherte jemand. Das Küchenmädchen. Der Laird sah sich um; das Kichern erstarb augenblicklich.

Als gesungen wurde, musste Jan feststellen, dass er die Lieder nicht kannte. Das war kein großer Verlust für die Gemeinde, da er nicht gut singen konnte, aber er würde die Texte lernen müssen, um zumindest den Mund entsprechend bewegen zu können. Der Laird sang mit lauter, kräftiger Stimme, und Jan verstand, dass dieser Kirchgang ein Ritual war, das dazu diente, die Einheit mit seinen Leuten zu demonstrieren. Wir gehören zusammen, wir sind alle MacLeods.

Dann war der Gottesdienst zu Ende. Der Laird und seine Tochter verließen die Kirche als Erste. Jan und der Doktor warteten, bis sie an der Reihe waren. Der Doktor wies mit dem Daumen auf die Anwesenden: »Für uns mag es nur eine Zeremonie sein«, sagte er. »Für diese Leute ist es in der Tat das Evangelium.«

Jan nickte.

Draußen war inzwischen offenbar etwas vorgefallen. Lucy lachte laut. Ein Junge, der irgendetwas zu ihr gesagt hatte, bekam rote Ohren und zog mit gesenktem Kopf ab. Was er wohl gesagt hatte? Jan würde es vermutlich nie erfahren.

2.

Der Süden – bis jetzt war Jan nicht im Süden der Insel gewesen. Höhlen sollte es dort geben, hatte der Doktor behauptet. Eine sogar mit einem See – er solle besser eine Fackel mitnehmen, damit er nicht ins Wasser falle. Der Pastor hatte ein bedenkliches Gesicht gemacht und gesagt, die Höhlen seien gefährlich. Er wusste, wo sie lagen, aber er hatte sie nie betreten. Jan glaubte nicht, dass die Höhlen gefährlich seien. Er war am Morgen aufgebrochen, noch vor Sonnenaufgang, und es hatte bis Mittag gedauert, bis er Elgol erreicht hatte. Jan fragte sich, ob er sich und Blefuscu nicht zu viel zugemutet hatte. Der Rückweg im Dunkeln würde schwierig werden.

Der Weg zu den Höhlen, so wie ihn der Pastor beschrieben hatte, führte weg vom Ort und über ein karges Felsplateau weiter nach Süden. Jan hatte das Pferd angebunden, sodass es ausruhen und weiden konnte, und war dann zu Fuß weitermarschiert. Er glaubte schon fast, dass er in die Irre gegangen war, als schließlich doch das Gelände vor ihm nicht länger anstieg, sondern in Richtung zum Meer hin abfiel. Und links von ihm gab es eine grasbestandene Senke, in der Kühe weideten. Magere, schwarze Hochlandrinder, wie er sie überall in Schottland gesehen hatte.

Bullen konnten gefährlich werden; Jan sollte Obacht geben, dass er nicht von einem der langen Hörner aufgespießt wurde, hatte Lucy zum Scherz gesagt. Und der Laird hatte bestätigt, dass man den Stieren besser nicht zu nahe kommen sollte. Aber das hier, das waren Kühe, vor denen brauchte Jan keine Angst zu haben.

»Halt!«

Jan drehte sich um. Das Mädchen, das gerufen hatte, mochte vielleicht achtzehn Jahre alt sein; es kam von oben, von der anderen Seite der Mulde herunter auf ihn zugerannt.

»Halt, um Gottes willen!«

Jan blieb stehen, sah sich um. Er konnte nichts Schreckliches entdecken, aber das Mädchen rannte in großer Panik auf ihn zu, stürzte, raffte sich wieder auf, fiel erneut und blieb schließlich vor seinen Füßen liegen.

»Sie dürfen hier nicht weitergehen!«

»Nicht? Warum denn nicht? – Dieses Land ist doch offen zugänglich, und ich denke ...«

»Wissen Sie es denn nicht?« Angstvoll sah ihn das Mädchen an.

»Nichts weiß ich!«

»Die Elfen!«

»Die Elfen?« Jan musste sich zusammennehmen, um nicht laut loszulachen. »Vor den Elfen habe ich keine Angst!«

»Sie wohnen hier. Hier in den Steinen. Wenn Sie das Ohr an die Felsen legen, können Sie hören, wie sie miteinander wispern!«

Jan legte das Ohr an den Felsblock neben ihm. »Ich höre nur den Wind«, sagte er.

Das Mädchen schüttelte den Kopf. Sie hatte Angst, keine Frage. Vor den Elfen? Wenn sie sich wirklich vor Elfen fürchtete, warum kam sie dann hierher?

»Ich bin hier, um auf die Kühe aufzupassen«, sagte sie. »Dass sie nicht an den Strand gehen. Keine giftigen Pflanzen fressen. Und vor allem nicht dort hingehen, wo die Elfen sind. Die Elfen dürfen nicht gestört werden.«

»Und wo ist das? Wo sind die Elfen?« Jan schien, dass die Kühe keinen besonderen Respekt vor den Elfen hatten. Sie hatten sich über das ganze Grün verteilt. Einige weideten, andere lagen faul im Gras und käuten wieder.

»Dort drüben!« Das Mädchen wies in Richtung Ufer.

»Dort unten am Strand?«

»Nein, weiter rechts, in den Felsen. Dort, wo die Höhlen sind.«

»Es gibt keine Elfen«, sagte Jan. Er wollte sich nicht auf so dumme Weise von seinem Vorhaben abbringen lassen.

»Doch, es gibt sie! Ich habe sie selbst gesehen! Wenn ich nachts hier draußen bin ...«

»Sie sind auch nachts hier draußen?«

»Manchmal schon. Und dann sehe ich sie, wie sie hin und her laufen, und ihre Stimmen höre ich auch. Es ist gefährlich, dort hinzugehen. Ich muss aufpassen, dass keiner das tut. Kein Vieh und kein Mensch.«

»Ich glaube, so leicht lasse ich mich nicht erschrecken!« Jan wandte sich zum Gehen.

Das Mädchen erhob sich, sank sofort wieder zu Boden. »Au!«

»Haben Sie sich verletzt?«, fragte Jan.

»Mein Fuß! Mein Bein! Ich kann gar nicht aufstehen!«

»Wirklich? Zeigen Sie mal her!« Jan kniete sich neben das Mädchen, besah sich den Fuß. Er schien ihm nicht beschädigt. Keine Schramme, keine Schwellung, gar nichts. »Tut das hier weh?«, fragte er.

Das Mädchen schüttelte den Kopf.

»Und das?«

Nein, das auch nicht. Jan hockte im Gras, knetete den Fuß eines hübschen, jungen Mädchens, das offenbar große Angst hatte, und kam sich lächerlich vor.

»Es ist höher am Bein«, sagte sie. »Noch höher!«

Sie hatte hübsche Beine. Sie fühlten sich gut an. Jan konnte keine Verletzung feststellen.

»Vielleicht ist es am besten, wenn ich hier einfach eine Weile liegen bleibe«, sagte das Mädchen. »Vielleicht geht dann der Schmerz von selber weg. Was meinen Sie?«

»Das ist gut möglich«, sagte Jan. Er wollte sich erheben.

Sie hielt ihn zurück. »Können Sie nicht ein bisschen bei mir bleiben? Nur bis es mir wieder besser geht?«

»Ja, das könnte ich.« Die Höhlen konnten warten. Jan setzte sich wieder hin.

Die Züge des Mädchens entspannten sich. »Ich bin die Ceana«, sagte sie. Ihre wirren Haare hatte sie mit roten Bändern geschmückt. Und sie hatte schmutzige Füße. Der Doktor hatte recht: Es störte wirklich nicht.

Jan hatte sein Pferd weiter weggeführt und war dann in großem Bogen zurückgekehrt. Ihm war klar, dass er auf der kahlen Hochfläche nicht unsichtbar war, aber er hoffte, dass niemand ihn bemerkte, wenn er die kleinen Senken und Tälchen ausnutzte, die das Gelände bot. Die Sonne brannte noch immer, obwohl sie jetzt bereits tiefer am Himmel stand. Ab und zu blieb Jan stehen und sah sich um. Aber die Heide lag verlassen. Kein Mensch war zu sehen, und selbst die schwarzen Kühe konnte er von hier aus nicht erblicken. Und auch kein Mädchen.

Das Mädchen. Wie ein Vogel, der von seinem Nest ablenken will, hatte Ceana sich benommen. Ihr Fuß – gebrochen war er nicht, und wenn er verstaucht war, so jedenfalls nur ganz leicht. Jan nahm an, dass sie ohne Weiteres hätte nach Hause gehen können, ohne fremde Hilfe. Stattdessen hatte sie sich ihm geradezu an den Hals geworfen; es war sehr angenehm gewesen, aber auch sehr überraschend. Es musste eine Absicht dahinterstecken. Und je länger Jan darüber nachdachte, desto sicherer war er sich: Es gab hier am Strand etwas, was er nicht sehen durfte. Etwas, was das Mädchen bewachen sollte. Schmuggelgut wahrscheinlich.

Der Abstieg zum Strand, den er jetzt gewählt hatte, war mühsamer als der Weg über die Wiese. Vorsichtig kletterte Jan nach unten. Zum Glück waren die Felsen nicht nass, sodass seine Schuhe guten Halt fanden. Aber der Strand erwies sich als schwer begehbar. Er war mit großen, runden Steinen bedeckt, die unter seinen Füßen unverhofft in Bewegung gerieten, und mehr als einmal konnte er sich nur durch einen raschen Schritt zur Seite vor einem Sturz retten.

Mit einer Hand an der Felswand des Kliffs tastete Jan sich weiter vor. Endlich hatte er die Felsnase erreicht. Ein Blick um die Ecke – ja, dies war die Stelle, die er vorhin nicht hatte erreichen können. Jedenfalls kam es ihm so vor. Der schmale Strand verbreiterte sich. Und dort in der Felswand – ein tiefer Riss, der sich nach unten verbreiterte. Kein Zweifel, das war die Höhle, von der der Pastor gesprochen hatte. Noch einmal sah Jan sich um. Niemand in Sicht. Von der Wiese, über die er vorhin zum Strand hinuntergestiegen war, trennte ihn eine weitere Felsnase.

Jan hielt sich mit beiden Händen an den angrenzenden Felswänden fest und zog sich hinauf zum Eingang der Höhle. Die Felsen glänzten nass. Ein letzter Blick zurück – alles war friedlich. Das blaue Meer lag in der Sonne, in der Ferne fuhr ein Fischerboot, die kleinen Inseln zwischen Skye und dem Festland waren als graue Silhouetten am Horizont zu erkennen. Die größere der Inseln, das musste Eigg sein. Jan wandte sich ab und drang in das Halbdunkel der Höhle vor.

Bereits nach wenigen Metern war die Dunkelheit vollkommen. Jan tastete sich vorsichtig weiter. Sein Verstand sagte ihm, dass das unvernünftig sei. Sollte er nicht besser umkehren? Wenn er hier ausrutschte und sich den Fuß brach, würde ihn niemand finden. Selbst sein Pferd hatte er so gut verborgen, dass es Tage dauern würde, bis es jemand entdeckte. Aber Jan war noch nie in einer Höhle gewesen. Und nun, wo er eine gefunden hatte, wollte er sie auch ganz und gar erkunden. Am Boden der Höhle lag grobes Geröll, glitschig vor Algen. Jan setzte vorsichtig einen Fuß voran und wartete jeweils, bis er im Zwickel zwischen zwei Steinen sicheren Halt gefunden hatte, bevor er den anderen Fuß nachzog.

Vor ihm im Dunkeln flatterte etwas. Eine Fledermaus? Nein. Ein Vogel schlug in Panik mit den Schwingen gegen den Stein. Jan erschrak. Was konnte das sein? War er hier am Ende in das Heim eines Seeadlers eingedrungen, der sich im nächsten Moment mit seinen scharfen Krallen auf ihn stürzen würde? Jan war stehen geblieben. Jetzt herrschte wieder Stille. Doch, es roch nicht nur nach fauligem Seetang, es roch auch nach Vogelkot, da war sich Jan jetzt ganz sicher.

Zögernd tastete er sich weiter vor. Erneut wildes Geflatter, und schließlich sauste ein großer Vogel dicht über seinen Kopf hinweg; Jan duckte sich; er hatte das Gefühl, dass die Schwingen seinen Kopf streiften. Doch es war kein Greif, nur eine lächerliche Taube, die verschreckt den Weg nach draußen suchte.

Weiter. Allmählich wurde die Höhle enger, und Jan musste den Kopf einziehen, um nirgends anzustoßen. Er konnte nichts sehen, selbst wenn er sich umdrehte und in Richtung Ausgang blickte, war da nichts als Dunkelheit. Ein hervorragender Ort, um Dinge zu verbergen, die kein Mensch je erblicken durfte. Allerdings auch ein feuchter Ort. Warum hatte er diese Höhle nicht sehen sollen? Es blieb rätselhaft. War es die falsche Höhle?

Jetzt wurde die Felsspalte so eng, dass Jan selbst in gebückter Haltung nicht mehr vorankam. Er ließ sich auf seine Knie nieder. Sollte er wirklich noch weiter kriechen? Wäre es nicht besser, mit einer Fackel zurückzukommen? Und mit Begleitern, die dafür sorgten, dass ihm nichts passieren konnte? Unschlüssig tastete sich Jan mit den Händen nach vorn. Und da lag etwas. Jan fühlte Holz. Eine Kiste? Ein Teil einer Kiste? Jan zerrte daran. Das Teil gab nach, und Jan wäre fast hintenübergefallen.

Es war eine Art Brett, was er hier erbeutet hatte. Nicht allzu lang, einen Meter vielleicht. Und dort im Dunkeln mochten noch mehr liegen. Was waren das für Bretter? Vorsichtig tastete sich Jan zurück zum Eingang. Fast wäre er mit seinem Fund hinaus ins Freie gestolpert, doch überrascht hielt er inne. Das Fischerboot, das er vorhin gesehen hatte, lag jetzt dichter am Ufer, und am Strand waren Männer dabei, ein kleines Beiboot zu entladen.

Jan zog sich in den Eingang der Höhle zurück. Hier im Schatten konnten die Männer ihn nicht sehen. Wenn sie freilich planten, ihre Ladung in dieser Höhle zu deponieren, war er in Schwierigkeiten. Es gab keine Fluchtmöglichkeit. Das Wasser war gestiegen; der Weg über den Strand zurück nach Elgol war jetzt unpassierbar. Jan stand in seiner Höhle und fror. Die nasse Hose lag kalt an seinen Beinen, und Jan sah jetzt, dass sie rot verschmiert war. Das musste aus der Höhle stammen.

Blut? Nein, kein Blut. Ein rostiger Schlamm, den er da von den Felsen abgestreift hatte. Und das Brett, das er erbeutet hatte? Ein normales Brett, am einen Ende abgebrochen, ohne

Farbe, ohne Aufschrift. Strandgut, vom Meer bei einer Springtide bis in diese Höhle gespült. Springtide? Wie hoch würde das Wasser heute steigen? Jan hatte keine Ahnung, ob vielleicht gerade Vollmond war. Zum Glück war das Meer ruhig. Selbst wenn das Wasser in die Höhle eindrang, würde er wahrscheinlich nicht ersaufen. Aber sehr, sehr unangenehm würde es werden.

Vorsichtig lugte Jan um die Felskante. Die Männer schleppten etwas an Land. Kisten? Jan konnte es nicht mit Sicherheit erkennen. Der Blick war durch herumliegende Felsblöcke eingeschränkt. Aber wenn es eine ganz normale Fracht war, dann würde man sie nicht hier, in dieser verlassenen Bucht an Land bringen. Jan zählte fünf Männer. Vier waren damit beschäftigt, die Last ans Ufer zu tragen. Sie verschwanden hinter einem Felsvorsprung. Der Fünfte stand etwas abseits, weiter von Jan entfernt, und schaute offenbar aufmerksam in die Gegenrichtung, dahin, wo Jan vorhin mit der jungen Frau gelegen hatte. Offenbar wussten sie, dass von der anderen Seite bei diesem Wasserstand niemand kommen konnte. Dass hier bereits jemand im Versteck lag, ahnten sie nicht.

Die Männer hatten jetzt ihre Ladung an Land gebracht und warteten. Die Sonne ging unter. Das Wasser stieg. Wenn sie noch lange warteten, wäre Jan tatsächlich in seiner Höhle blockiert. Er lehnte sich gegen die Felswand und beobachtete die Männer. Aber die Männer taten nichts. Zumindest konnte er keine Aktivität erkennen. Die rote Färbung des Abendhimmels verblasste und wich einem dunklen Grau.

Endlich tat sich etwas. Zwei der Männer schoben das Boot zurück ins Meer. Die anderen folgten. Jan hörte sie fluchen, weil sie durch relativ tiefes Wasser mussten. Offenbar hatten sie nicht damit gerechnet, hier so lange warten zu müssen. Sie hatten wohl geglaubt, dass jemand kommen würde, um die Ladung zu übernehmen. Aber derjenige war nicht erschienen. Nun würden sie ihre Kisten hier zurücklassen und davonsegeln. Davonrudern vielmehr, denn der Wind war inzwischen ganz eingeschlafen. Das ging sehr langsam, und da die Ruderer dabei zwangsläufig das Ufer im Blick hatten, blieb Jan nichts anderes übrig, als weiter in seiner Höhle auszuharren. Schließlich erreichten die Männer den Logger und kletterten behände an Deck. Der Logger nahm das Boot auf, Segel wurden gesetzt, und unendlich langsam fuhr das Schiff davon.

Jans Geduld wurde auf eine harte Probe gestellt. Schließlich fand er, dass die Entfernung groß genug war, und dass man ihn gegen den dunklen Fels wahrscheinlich nicht mehr ausmachen konnte. Vorsichtig kletterte er zum Strand hinunter. Offenbar war keine Springtide, und der Weg nach Osten, zu seiner Mädchenwiese, war noch gangbar.

Und jetzt? Jan fragte sich, wo die Männer ihre Ladung gelassen hatten. Große Kisten, die konnten sich nicht einfach in Luft auflösen. Jan suchte den Strand ab, aber er fand nichts. Es war schon fast dunkel; dennoch entschloss er sich, noch einmal zurückzugehen. Irgendwo mussten diese geheimnisvollen Kisten doch stecken. Schmuggelgut ganz ohne Frage. Im Auftrag der Krone hatte er geradezu die Pflicht herauszufinden, was es damit auf sich hatte. Und die Gefahr war gering, jetzt, wo die Schmuggler fort waren. Oder hatten sie etwa einen Posten zurückgelassen? Hoffentlich nicht.

Führte da nicht eine Art Pfad nach oben? Jan trat näher heran. Tatsächlich sah es so aus, als sei dort schon öfter jemand den Hang hinaufgeklettert. Und hier an diesem Stein waren die Algen verschmiert, so als sei jemand mit dem Fuß abgerutscht.

Jan stieg nach oben. Durch einen großen Felsblock gegen Blicke vom Strand her geschützt lag ein großes Loch, von dem aus sich eine breite Höhle tief in den Fels hinein erstreckte. Vorsichtig ließ Jan sich hinunter. Niemand war hier, niemand konnte hier sein. Jan tastete sich in das Dunkel. Die Höhle war fast zwei Yards breit und nach oben – Jan versuchte die Höhlendecke mit den Fingerspitzen zu berühren – nach oben offenbar sehr hoch. In dem Augenblick stieß Jan mit dem Fuß gegen ein Hindernis, und er schlug lang hin.

Jan rappelte sich auf. Das waren Kisten, über die er gestolpert war. Keine Fischkisten, so viel stand fest. Längliche Kisten, zu zweit und zu dritt übereinander gelagert, aus rohem Holz zusammengezimmert; Jan fuhr ein Splitter unter die Haut, als er versuchte, Form und Größe zu ertasten. Vergeblich mühte er sich, die Kisten zu öffnen. Sie waren fest verschlossen, wahrscheinlich zugenagelt.

Draußen wieherte ein Pony. Jan brauchte einen Augenblick, bis ihm bewusst wurde, dass das Gefahr bedeutete. Schnell heraus aus dem Loch! Zu spät. Oben am Höhleneingang erschien eine dunkle Gestalt. »Wo bleibt ihr denn?«, rief der Unbekannte nach rückwärts. Und dann: »Ohne Licht ist hier nichts zu machen!«

»Und wer hat behauptet, dass er die Höhle wie im Schlaf kennt?« Eine andere dunkle Gestalt war neben der ersten erschienen.

»Regt euch nicht auf! Wir haben ja die Fackeln dabei«, verkündete eine dritte Stimme.

Fackeln! Jan saß in der Falle. Er tastete sich an den Kisten vorbei, stolperte erneut, konnte sich gerade noch festhalten und ging hinter dem Stapel in Deckung.

»Wo bleibt ihr denn?«

»Wir kommen ja schon. Aber die Fackel geht nicht, das Zeug ist nass ...«

»So ein Unsinn! Harz brennt immer!«

Als es am Eingang hell wurde, hatte Jan sich tief in das Innere der Höhle zurückgezogen. Auch dieses Loch, so geräumig es sein mochte, war letzten Endes nichts als eine Felsspalte, die das Meer weiter und weiter ausgespült hatte, und der Riss setzte sich in den Berg hinein fort. Jan kroch so weit, wie er kommen konnte. Dennoch war ihm klar, dass er damit nicht unsichtbar war. Wenn die Männer die Höhle gründlich absuchten, mussten sie ihn entdecken.

Doch die Männer hatten andere Sorgen.

»Elende Plackerei! Wozu muss das Zeug hier erst in diese Höhle geschleppt werden, es wäre doch viel einfacher ...«

»Halt den Mund, MacGregor. Du weißt, dass Neil mit dem Boot hier nachts nicht landen kann. Und bei Tag können wir die Kisten nicht ins Dorf schaffen. Es muss alles so sein, wie es ist.«

»Verdammt, schwatzt nicht rum, fasst lieber mit an!«

3.

»Wir gucken uns das an!«, sagte Normand MacLeod, als Jan ihm von seinem Fund in der Höhle berichtete. War er überrascht? Vergeblich versuchte Jan zu ergründen, ob der Laird von dem Schmuggel wusste. Nach dem Frühstück waren sie losgeritten; der Unterricht hatte ausfallen müssen. Der Laird hatte noch zwei seiner Leute mitgenommen. Entgegen Jans Erwartung ritten sie nicht direkt nach Elgol, sondern suchten zunächst den alten Laird MacKinnon auf. Normand MacLeod berichtete von Jans Entdeckung.

»Kisten?«, sagte MacKinnon. »Längliche Kisten, etwa so lang?«

»Ja.«

»Das klingt nicht gut. Ich weiß nur eine Art von Gegenständen, die in dieser Art Kisten transportiert wird. Gewehre.«

»Das fürchte ich auch«, sagte MacLeod. »Es sind wahrscheinlich Gewehre. – Deshalb bin ich auch sofort zu dir geritten. Du hast nicht zufällig die Hand im Spiel?«

»Normand, ich bitte dich!« MacKinnons weißer Bart zitterte. »Das kannst du doch nicht annehmen! Nach 1715 haben wir alle unsere Waffen abgegeben. Du nicht, weil du erst ein kleines Kind warst. Aber ich und dein Vater und Lord Alexanders Vater – wir alle.«

»Ja, das weiß ich.«

»Der Besitz von Waffen ist jetzt verboten. Du weißt, dass mich als alten Highlander dieses Verbot schmerzlich trifft. Was ist ein Mann ohne seine Waffe? Was ist ein Schotte ohne sein Schwert? – Aber es geht nicht, es darf leider nicht mehr sein, und also lassen wir die Finger davon.«

Das klang überzeugend. Dennoch hatte Jan seine Zweifel. Er starrte auf das Wappen mit dem Eberkopf und dem Wahlspruch der MacKinnons: *Audentes Fortuna Juvat.*

»Ich jedenfalls will mich nicht mit der Obrigkeit anlegen,« bekräftigte MacKinnon.

»Das habe ich auch nicht erwartet. Aber was denkst du, wer hinter dieser Geschichte steckt?«

Der alte Laird zuckte mit den Schultern: »Ich habe keine Ahnung. Ich werde mich umhören, das verspreche ich dir. Aber ich glaube nicht, dass ich viel Erfolg haben werde.«

Audentes Fortuna Juvat. Das Glück begünstigt den Mutigen. Von Vergil stammte das, aus der *Aeneis.* Kein Zweifel, MacKinnon war mutig, und es sah so aus, als würde er damit durchkommen.

Sie suchten den Strand ab. Es regnete leicht. Der alte Laird war nicht mitgekommen, hatte ihnen nur einen seiner Leute als Begleiter mitgegeben. Er schien sich sicher zu sein, dass sie nichts finden würden. Und sie fanden nichts. Die Höhle war leer; die Spuren am Moos nicht mehr erkennbar. Alles war feucht; das letzte Hochwasser musste die Steine bis in große Höhe überspült haben. Jan war enttäuscht.

Am Nachmittag saß Jan in seinem Zimmer und überlegte. Lucy hatte er gesagt, er müsse den Unterricht für die nächsten Wochen vorbereiten, aber vor ihm auf dem Tisch lag ein weißes Blatt. Es war klar, was er zu tun hatte. Er hatte Waffenschmuggler beobachtet, und darüber musste er nach London berichten.

Keine Anrede und kein Absender, das hatte Tweeddale ihm eingeschärft. Nur die reine Nachricht. Also: *Am Abend des 10. September 1745 habe ich an der Südküste von Skye unweit Elgol beobachtet, wie Schmuggler zehn Kisten in eine Höhle geschafft haben. Bei dem Inhalt dürfte es sich um Gewehre handeln. Aufmerksam geworden bin ich …*

Nein, das ging nicht. Diesen Teil musste er weglassen. Er hatte nicht die Absicht, Tweeddale oder den anderen hohen Herren in London auf die Nase zu binden, auf welche Weise Ceana versucht hatte, ihn davon abzubringen, die Höhle zu untersuchen. Er hatte überhaupt nicht die Absicht, irgendjemandem von Ceana zu erzählen. Er würde sie gern wiedersehen. Ob sie aus Elgol stammte?

Wenn er seine Beobachtungen nach London meldete – was würde geschehen? Vermutlich würde wenig später englisches Militär von Fort William aus anrücken und in Elgol und Umgebung Haussuchungen durchführen. Und er, Jan Veenstra, würde ihnen die Höhle zeigen müssen. Dann wäre jedem auf Skye klar, dass Jan diese Informationen weitergegeben hatte, und dass er ein Agent der Regierung war. Seine Mission in Dunvegan wäre beendet. Kein Unterricht mehr, keine fröhliche Lucy und vor allem keine verführerische Ceana.

War das notwendig? Tweeddale hatte gesagt, dass nur wirklich wichtige Informationen nach London geschickt werden sollten. Wie wichtig waren zehn Gewehre? War die Situation nicht ohnehin unter Kontrolle? Laird Normand MacLeod würde sicher alle erforderlichen Schritte unternehmen, um weitere Aktionen dieser Art zu unterbinden.

Und wenn nun nicht?

Wenn die Lairds ihm nun Theater vorgespielt hatten? Hatte nicht in dem Bericht Marshall Wades gestanden, dass die MacLeods von Skye zu den Sympathisanten des falschen Prinzen gehörten? Nein, das war unwahrscheinlich. Marshall Wades Bericht war mehr als zehn Jahre alt, und viele Informationen, die er damals zusammengetragen hatte, stammten aus unzuverlässigen Quellen. Normand MacLeod stand fest auf der Seite der Regierung. Und wenn Jan jetzt diese Schmuggelgeschichte nach London meldete, dann machte er ihm nur unnötig Schwierigkeiten.

Es war also nicht nur wegen Ceana, wenn er jetzt nicht nach London schrieb. Es waren rein sachliche Überlegungen. Zumindest könnte er das notfalls behaupten.

Zur gleichen Zeit fand bei Laird MacKinnon eine Besprechung zwischen dem Laird und den Schmugglern statt.

»Dieser verfluchte Lehrer! Auch einer von diesen Hannoveranern! Ich hätte ihm den Hals umdrehen sollen, gleich damals, als er bei uns in der Kneipe aufgetaucht ist!«, schimpfte MacGregor.

»Ruhig Blut!«, beschwichtigte MacKinnon. »Es ist kein Schaden angerichtet worden.«

»Sollen wir ihn beseitigen?«, fragte einer der Schmuggler.

»Auf keinen Fall. Das würde viel zu viel Aufmerksamkeit erregen. Vergesst nicht: Wir sind hier nicht irgendwo in der Wildnis. Dies ist Inverness-shire. Wenn hier irgendein schweres Verbrechen verübt wird, dann wird das sofort nach Inverness gemeldet. Duncan Forbes schaltet sich ein, und es gibt langwierige Untersuchungen. So etwas können wir nicht gebrauchen.«

»Er ist nur ein Lehrer«, murrte MacGregor. »Da kräht doch kein Hahn nach, wenn der verschwindet!«

»Das ist heute nicht mehr so. Forbes ist ein scharfer Hund, der lässt so leicht nicht locker. Erinnert ihr euch an den Unbekannten, der im Frühjahr auf dem Weg durch die Highlands erschossen worden ist? Es weiß bis heute keiner, wer das gewesen ist. Aber Forbes hat wochenlang seine Leute herumschnüffeln lassen. Würde mich nicht wundern, wenn er noch immer weitermacht!«

»Und was soll jetzt geschehen?«, fragte einer der anderen.

»Wir unterbrechen für ein paar Wochen. Die übrigen Waffen sind sicher versteckt. Ob wir sie nun sofort nach Skye schaffen oder erst später, das spielt keine Rolle. Noch werden sie ja nicht gebraucht.«

4.

»Es gibt nichts Friedlicheres, als hier im Arboretum zu sitzen, den Vögeln zu lauschen und den Blick über die Bucht schweifen zu lassen, in der sich die Wasser des Nordatlantiks kräuseln.«

»Es ist ein sehr schöner Ort«, musste Jan zugeben.

»Das war eines der ersten Dinge, die ich unternommen habe, als mir die Verantwortung für das Schloss und das

Land zufiel. Ich habe einen Gärtner eingestellt, der dafür sorgen sollte, dass aus der bisherigen Öde und Wildnis eine freundliche Landschaft entstand. Das hier, das war alles kahl und leer, von Gebüsch und Unkräutern einmal abgesehen. Ich habe diesen Wald pflanzen lassen ...«

»Was sind das für Bäume?«, fragte Jan. »Ich glaube, diese Art habe ich noch nie gesehen.«

»Das ist Sycamore, eine amerikanische Platanenart. Ich habe sie aus den Kolonien kommen lassen. Sie wachsen sehr schnell. Sechs bis zehn Fuß pro Jahr. Ich wollte rasch Ergebnisse sehen. Mein Freund Lord Alexander hat die Stirn krausgezogen und gesagt: Die werden hier nicht gedeihen! Sie werden unsere Winter nicht überstehen! Aber sie sind hier gewachsen. – Man muss etwas riskieren, wenn man Erfolg haben will!«

»Sir?« Einer der Bediensteten war zu ihnen getreten.

»Was gibt es denn, Simon?« Es war offensichtlich, dass der Laird sich in diesem Augenblick der Stille nur höchst ungern stören ließ.

Simon warf einen Seitenblick auf Jan, sagte dann etwas auf Gälisch.

Der Laird sprang auf. »Das ist äußerst unangenehm. Einer meiner Leute ist verunglückt. Entschuldigen Sie, Jan, ich muss mich sofort darum kümmern!«

5.

Was war das für ein Unglück? Jan war neugierig, traute sich aber nicht, den Laird direkt zu fragen. Es schien etwas zu sein, was er nicht wissen sollte. Warum sonst hatte der Diener plötzlich Gälisch geredet? Niemand sprach Gälisch auf Dunvegan, jedenfalls war es bisher so gewesen. Jan erhob sich ebenfalls und ging langsam zum Haus zurück. Die Burg lag im tiefsten Frieden. Was immer geschehen sein mochte, hier war es offenbar nicht passiert. Das Boot lag auf dieser Seite. Jan stieg ein und ruderte zum Schloss zurück.

Der erste Mensch, den er traf, war Lucy. »Weißt du, wo dein Vater steckt?«, fragte Jan.

»Nein.« Lucy wirkte abwesend. »Er ist noch einmal fortgeritten.« Anscheinend wusste sie von nichts.

»Ich glaube, ich werde das gute Wetter ausnutzen und rasch noch einmal ins Dorf reiten«, sagte Jan.

»Soll Alistair Blefuscu satteln, oder wollen Sie ohne Sattel reiten?«, fragte Lucy.

Das traute er sich nicht. »Sagen Sie bitte Alistair, dass er das Pferd satteln soll.«

Natürlich kam er viel zu spät. Was immer geschehen sein mochte, es war vorbei. Und Normand MacLeod? Der war nirgends zu sehen. Jan band sein Pferd an und ging die Dorfstraße entlang. Hier irgendwo, in einem dieser Häuser, musste der Laird verschwunden sein. Doch Normand MacLeods Pferd war nirgendwo zu entdecken.

Der Doktor kam ihm auf der Straße entgegen. Jan hielt ihn an. »Es soll ein Unglück gegeben haben. Weißt du etwas davon?«

»Ein Unglück, ja, das stimmt. Ein Junge aus dem Dorf ist tot. Der Fíonan. Du wirst ihn nicht kennen. Sie haben ihn vorhin gebracht. Von Mallaig herübergerudert, und dann per Pferd. Der Laird war auch schon hier deswegen.«

»Und wo ist der Laird jetzt?«

»Gleich weitergeritten nach Mugstot.«

Zu Lord Alexander also. Warum? Warum war dieser Unfall so wichtig, dass die beiden mächtigsten Männer der Insel sich umgehend damit befassen mussten? »Was ist denn überhaupt passiert?«, fragte Jan.

»Viel weiß ich auch nicht. Die ihn gebracht haben, meinten, der junge Mann sei von einem Felsen gestürzt. Im Süden. Loch Moidart.«

»Vom Felsen gestürzt?« Jan hatte bisher nicht den Eindruck gehabt, dass die örtliche Bevölkerung zu gefährlichen Klettereien neigte. Niemand hatte in seiner Anwesenheit irgendwelche Felsen bestiegen, außer um Vogeleier zu sammeln. Aber niemand würde für Vogeleier auf das Festland fahren.

»Vielleicht ist er gestürzt worden«, mutmaßte der Doktor.

»Gestürzt worden? Wie kommst du darauf? Und was hat der Junge überhaupt beim Loch Moidart gemacht?«

»Das weiß ich nicht, Jan, das geht mich nichts an. Und wie ich darauf komme, dass er gestürzt wurde? Weil sein Schädel gespalten ist, hier oben!« Der Doktor zeigte mit der Hand die entsprechende Stelle an seinem Kopf. »Und weil ich mir beim besten Willen nicht vorstellen kann, wie jemand sich diese Verletzung bei einem Unglück zuziehen kann.«

»Mein Gott! – Und was tust du jetzt?«

»Nichts.«

»Nichts?«

»Da sich sonst niemand darüber aufregt, rege ich mich auch nicht auf. Weißt du, hier in Schottland passieren manchmal merkwürdige Dinge. Erst der Mord an dem Unbekannten, und jetzt dieses hier. Das muss man einfach so hinnehmen. Nicht nachfragen. Sich nicht einmischen. Du stellst zu viele Fragen, Jan. Wer zu viel fragt, kommt nur in Schwierigkeiten. Und du ... Du fragst zu viel. Wenn ich dir einen guten Rat geben darf ...«

Jan hörte nicht zu.

»... die Sache auf sich beruhen lassen, das ist meine Meinung. Wenn hier etwas getan werden muss, dann wird der Laird es tun.«

»Ja, ja,« Jan interessierte in diesem Augenblick etwas ganz anderes. »Dieses Mädchen da – wer ist das?«

»Wo? – Ach, die meinst du, das ist gar kein Mädchen, das ist eine junge Frau. Ceana, die Frau von Roy MacLeod.«

»Verheiratet?« Damit hatte Jan nicht gerechnet. »Ohne eine Kopfbedeckung?«

»Sie muss keine Kappe tragen. Die Bänder im Haar reichen aus.«

»Ceana MacLeod.« Kein Zweifel, es war das Mädchen, das ihn am Betreten des Strandes hatte hindern wollen.

»Ja. Ich habe gehört, dass sie ein Waisenkind von den Orkneys ist.«

»Von den Orkneys? – Und wo hat dieser Roy sie kennen gelernt?«

»Da wo man Waisenkinder kennen lernt«, sagte der Doktor. »In irgendeinem Hurenhaus vermutlich. Aber das weiß ich nicht sicher, das glaube ich nur.«

Jan nickte.

»Und wer ist Roy MacLeod? Ein Verwandter des Laird?«

»Nein.« Der Doktor lachte. »Er ist der jüngere Sohn von Tom MacLeod, einem der Tacksmen. Alle im Clan MacLeod heißen MacLeod, das weißt du doch. Das hat mit Verwandtschaft nichts zu tun. Nicht viel jedenfalls. Wer hier wohnt und ein MacLeod sein will, der heißt eben MacLeod. So einfach ist das.«

»Ich kann mich nicht daran gewöhnen«, sagte Jan.

»Zur Unterscheidung hast du doch die Beinamen oder auch Ortsnamen. Der Verwalter von Lord Alexander, den hast du ja wahrscheinlich in Mugstot schon getroffen, der heißt ja auch nicht etwa Kingsburgh, sondern er wird nur so genannt, weil er in Kingsburgh wohnt. In Wirklichkeit heißt er natürlich MacDonald, genau wie sein Herr.«

»Na schön.« Sie waren jetzt auf gleicher Höhe mit Ceana. Die junge Frau warf Jan einen ganz kurzen Blick zu und ging dann weiter. Hatte sie gelächelt? Ganz leicht gelächelt?

»Wie gesagt, das ist die Frau von Roy MacLeod«, wiederholte der Doktor. Auch er hatte gesehen, dass Ceana auf Jan reagiert hatte. »Netter Kerl übrigens, der Roy«, fügte er hinzu.

»Und was macht dieser Roy MacLeod?«, fragte Jan.

»Nicht viel, fürchte ich.«

»Was heißt das?«

»Roy ist der zweite Sohn des Tacksman. Ein Tacksman hat eine ziemlich hohe Stellung innerhalb des Clans. Aber die vererbt sich natürlich auf den Erstgeborenen. Die jüngeren Söhne gehen leer aus.«

»Das ist ungerecht.«

»Nein, das ist zwingend notwendig. Man kann das Land nicht immer weiter aufteilen. Irgendwann kann keiner mehr davon leben.«

»Aber – die meisten Familien haben doch ziemlich viele Kinder. Was machen die jüngeren Söhne?«

»Krieg«, sagte der Doktor leichthin. »Die jüngeren Söhne machen Krieg. Daher ja die zahlreichen Stammesfehden. Da können sie sich hervortun und vielleicht irgendetwas erbeuten, wovon es sich leben lässt. Oder aber sie werden erschlagen, und dann ist das Problem auch gelöst.«

»Du bist zynisch.«

»Ja, ich weiß. Tut mir leid. Das war nicht immer so; ich bin so geworden.«

Der Doktor schwieg. Jan wartete auf eine Erklärung, aber die kam nicht.

»Sag mal«, fragte Jan schließlich, »kannst du dir vorstellen, dass dieser Roy MacLeod in Elgol Kühe auf der Weide hat?«

»Nein.« Der Doktor schüttelte den Kopf. »Das ist ausgeschlossen. Elgol, das gehört zu MacKinnons Land, da hat ein MacLeod nichts zu suchen. Nicht als Bauer jedenfalls. Roy hat drei Kühe, glaube ich. Irgendwo in Duirinish drüben.«

»Aber ich habe Ceana in Elgol gesehen. Und sie hat gesagt, dass sie dort die Kühe hütet.«

»Quatsch. Wer weiß, was du gesehen hast!«

Jan schwieg. Er war sich jetzt sicher, dass Ceana dort ganz gezielt als Posten aufgestellt worden war. Und das sicher nicht wochenlang, sondern genau an dem Tag, an dem das Schmuggelgut kommen sollte. Sie steckte mit drin. Und dieser Roy? Der wahrscheinlich auch.

Die Rolle des Laird war Jan noch immer nicht klar. Er hatte wenig unternommen, als Jan den Schmuggel aufgedeckt hatte. Dass der Laird sich nicht stärker für die Schmuggelei interessierte, mochte allerdings eine private Ursache haben. Er machte sich Sorgen um Lucys Bruder. Ob ihm etwas zugestoßen war? Auch Lucy fand es ungewöhnlich, dass Robert noch immer nicht angekommen war. Jan spürte Unbehagen. Der junge Engländer, der auf dem Weg durch die Highlands ermordet worden war – konnte das am Ende Robert MacLeod sein? Der unbekannte Tote war inzwischen natürlich längst begraben. Er hatte keine Papiere bei sich gehabt. Möglicherweise hatten die Räuber diese gestohlen. Der Laird hatte nach London geschrieben. Hayman, Roberts Lehrer, hatte geantwortet. Er wusste von nichts, hatte Robert seit Monaten nicht gesehen.

6.

Lucy saß in der Bibliothek und las. Jan warf einen Blick über ihre Schulter. »Was für eine ernste Lektüre!«, sagte er.

Lucy errötete. Sie hatte Edward Young's *Night Thoughts* aufgeschlagen, und vor ihr auf der Seite stand:

A part how small of the terraqueous globe
Is tenanted by man! The rest a waste,
Rocks, deserts, frozen seas, and burning sands:
Wild haunts of monsters, poisons, stings, and death.
Such is earth's melancholy map! But far
More sad! This earth is a true map of man.
So bounded are its haughty lord's delights
To woe's wide empire; where deep troubles toss,
Loud sorrows howl, envenom'd passions bite,
Ravenous calamities our vitals seize,
And threatening fate wide opens to devour.

Welch einen kleinen Teil vom Erdkreis
Besitzt der Mensch! Der Rest ist Wüste,
Fels, Einöde, gefrorne See und heißer Sand.
Erfüllt von Monstern, Stacheln, Gift und Tod.
Das ist der Erde melancholisch' Abbild! Doch, ach!
Die Erde ist ein wahres Bild des Menschen.
Wie klein sind doch die Freuden ihres eitlen Herrn
Gegen das weite Reich des Jammers; wo Aufruhr tobt,
Laut die Klage heult, gift'ge Leidenschaft uns beißt,
Raubgier'ge Plage unser Innerstes zerfleischt,
Und dräuend das Verderben seinen Rachen
weit aufreißt, uns zu verschlingen.

»Ich glaube nicht«, sagte Jan leichthin, »dass der Teil der menschlichen Natur, den Young als Wüste bezeichnet, über den Rest unseres Wesens herrscht. Wir sind Herren unseres Schicksals, wir können selbst entscheiden, was wir tun und was wir lassen, und unser Leben muss keine Wüste sein!«

Lucy sah auf. »Manchmal glaube ich, dass das Gute nur eine dünne Schicht an der Oberfläche des Lebens ist. Und wenn sie verletzt wird, stürzen wir ins Verderben.«

Jan starrte Lucy an. Hatte sie geweint? Ja, kein Zweifel, sie hatte geweint. Und plötzlich wusste er, was der Grund ihres Kummers sein musste. »Du hast ihn gekannt, den jungen Mann«, sagte er.

Sie nickte. »Warum habe ich gelacht?«, fragte sie.

»Wie? Ich verstehe nicht.«

»Nach der Kirche. Warum nur? Das war unmittelbar bevor er fortgegangen ist. Er ist direkt zu mir hergekommen, hat mir in die Augen gesehen und gesagt: Lucy, ich will dich heiraten. – Und ich, ich habe ihn einfach nur ausgelacht!«

»Ich glaube nicht, dass dein Herr Vater ...«

»Darum geht es doch gar nicht«, heulte Lucy. »Er war so fröhlich, und ich, ich habe ihn gekränkt, und ich kann das nie, nie mehr zurücknehmen.« Lucy weinte hemmungslos.

Jan ging in seinem Zimmer auf und ab. Er überlegte. Warum hatte der junge Mann sterben müssen? Jan hatte versucht, Lucy behutsam auszufragen, aber die wusste nichts. Ein wichtiger Auftrag, hatte Fíonan damals vor der Kirche gesagt. Er war stolz gewesen, diesen Auftrag bekommen zu haben. Und im Hochgefühl dieses Erfolges hatte er offenbar Lucy den überraschenden Heiratsantrag gemacht.

Und der Auftrag? Was war das für ein Auftrag gewesen? Wer konnte einem Jungen aus dem Dorf einen wichtigen Auftrag erteilen? Einer der Tacksmen? Unwahrscheinlich. Der Doktor oder der Pastor? Sicher nicht. Blieb nur der Laird.

Wo war der Junge ums Leben gekommen? In Moidart, hatte der Doktor gesagt. Moidart lag südlich von Skye. Eine völlig abgeschiedene Gegend, soweit Jan wusste. Warum sollte der Laird jemanden nach Moidart schicken? Der Brief fiel ihm ein. *Im Norden bis Sutherland, aber der Süden ist schwie-*

rig. Hatte der Laird überall Leute hingeschickt, von Sutherland bis nach Moidart? Wozu?

Es gibt hier keine Geheimnisse. Doch, dachte Jan, hier gab es Geheimnisse. Wahrscheinlich war auch Lucys Bruder ermordet worden. Der unbekannte Tote – das musste Robert MacLeod sein. Aber warum? Vielleicht konnte London ihm Auskunft geben. Jan hatte einen unverschlüsselten Brief in die Post gegeben, in dem er von seiner Unterrichtstätigkeit geschrieben hatte, von dem Ammonshorn, von dem für das nächste Frühjahr geplanten Ausflug nach St. Kilda. Und ganz nebenbei hatte er auch die merkwürdigen Todesfälle erwähnt.

»Jan Veenstra lebt«, sagte der Duke of Newcastle. Er hielt Jans Brief in der Hand. »So wie es aussieht, haben wir den falschen Mann erschossen.«

Stone erbleichte.

»Ich mache Ihnen keinen Vorwurf, Stone.«

Stone nickte. Er wusste, dass Newcastle ihm sehr wohl einen Vorwurf machte, und dass er jetzt alles daran setzen musste, den Fehler wiedergutzumachen. Aber das würde nicht leicht sein.

Newcastle sagte: »Ich nehme die Sache jetzt selbst in die Hand. Ich habe die notwendigen Schritte bereits in die Wege geleitet. Die Marine soll das machen. In Fort William liegt eines unserer schnellen Schiffe, eine Sloop. Und der Kommandant, ein gewisser Fergusson, ist ein sehr zuverlässiger Mann. Er soll Erkundigungen einholen und Veenstra bei der ersten Gelegenheit als Spion festnehmen. Als französischen Spion, versteht sich. Und ich weiß auch schon, auf welche Weise das mühelos funktionieren wird.«

»Aber – wenn ich mir diese Bemerkung erlauben darf – ist es nicht sehr ungewöhnlich, wenn unsere Marine auf Skye landet, um eine solche Festnahme durchzuführen? Wird das nicht ein erhebliches Aufsehen erregen?«

»Unsere Marine wird nicht auf Skye landen, Stone. Sie wird warten, bis sich der Herr Veenstra auf ein Schiff begibt. Und da Skye eine Insel ist, wird das früher oder später der Fall sein.«

Ein Albtraum

Dunvegan, Isle of Skye, Schottland, März 1745

1.

Jan Veenstra träumte. Er hatte Hunger. Sein Vater sagte nichts, aber Jan wusste, dass es ihm genauso ging. Es war ein Fehler gewesen, mit der englischen Armee auf den Kontinent zu fahren. Es hatte ausgesehen wie eine billige Reisemöglichkeit. Nun war es zu spät. Sie saßen in der Falle. Es mangelte an Nahrung für Mensch und Tier. Selbst Plünderungen halfen nicht mehr; die Bauern hatten ihr Vieh fortgetrieben. Seit zwei Tagen war die Armee ohne ausreichende Verpflegung. Selbst die Offiziere hatten nichts als das verhasste Schwarzbrot zu essen, und am Ende waren auch diese Vorräte erschöpft.

Der König konnte von den Fenstern des Schlosses, in dem er sich einquartiert hatte, die Ebene bei Darmstadt und die Franzosen sehen, die auf der anderen Seite des Mains ihr Lager aufgeschlagen hatten. Im Traum standen William und Jan neben dem König auf dem Schlossturm. Jan war beunruhigt. Hatte er sich inmitten der englischen Armee noch relativ sicher gefühlt, so war ihm jetzt klar, dass sie in der Unterzahl waren. Sein Freund beobachtete ihn mit leicht spöttischem Lächeln.

»Keine Angst«, sagte er. »Es sind viele, aber wir sind besser.«

Es war Nacht. Jan hörte die Trompetensignale der Franzosen, und mit wachsendem Unbehagen ahnte er die Bewegungen ihrer Armee, die er im Dunkeln nicht sehen konnte, und von denen er wusste, dass sie nichts Gutes verhießen. Die Engländer lagerten rings um das Schloss. Es schien Jan, als kröchen sie immer dichter an das Gemäuer heran, um

Schutz zu suchen vor den Gefahren, die draußen lauerten. Der König sollte sie schützen.

Der König – die Soldaten bejubelten ihn. In der Not greift der Mensch nach jedem Strohhalm. Und hier war jemand, der ihnen Hoffnung verlieh. Ein Symbol der Macht war bei ihnen, in ihrer Mitte. Aber Jan wusste, dass der König sie nicht schützen konnte.

Jan wusste, sie mussten zurück nach Hanau. Nur dort gab es etwas zu essen, und nur dort konnten sie auch auf Verstärkung durch hessische und hannoversche Truppen hoffen. William Augustus war bei ihm. »Hab keine Angst!«, sagte er. »Es macht nichts, wenn sie uns verfolgen.« Jan sollte sich geborgen fühlen. Er hatte sich immer geborgen gefühlt, wenn William Augustus in der Nähe war. Der Sohn des Königs hatte ihn bisher stets beschützt.

Aber dann klangen die Trommeln, und sie mussten marschieren. Und plötzlich waren sie vor ihnen, die Franzosen; sie hatten ihnen den Weg abgeschnitten. Schon begannen die Kanonen zu feuern. Wir müssen hier raus, dachte Jan. Wie kommen wir hier bloß raus? Sein Vater und er, sie steckten fest zwischen den beiden Armeen.

»Zur Seite!«, rief einer der Offiziere. »Weg mit dem Karren!«

Aber wohin? Die Straße war von Gräben gesäumt, und der schwere Wagen würde umstürzen, wenn sie vom Wege abkamen. Sie mussten weiter, mussten hoffen, dass irgendwann eine Abzweigung kam, bevor sie am Ende noch mitten in die französische Armee hineinfuhren. Zu sehen war der Feind noch nicht, aber Jan spürte seine Nähe.

»Aus dem Weg! Habt ihr nicht gehört?«

Verzweifelt sah Jan sich um. Hufgetrappel. Dragoner jagten an ihnen vorbei. Hinter ihnen versuchte jemand, sein Gespann zu wenden. Sollte er ...? In dem Augenblick schlug eine Kanonenkugel unmittelbar vor ihnen in die Straße. Die Pferde scheuten, der Wagen stürzte. Jans Vater schrie auf, dann verschwand er unter dem umstürzenden Fuhrwerk. Jan fiel zwischen Pferde und Wagen. Er versuchte, sich aus dem Chaos zu befreien. Um ihn herum ein Gewirr von zerborstenem Holz und Pferdeleibern. Ein Huftritt gegen den Arm ließ ihn fast das Bewusstsein verlieren. Noch einer. Er schlug der Länge nach hin, rappelte sich auf. Der Arm, was war mit dem Arm passiert? Jan starrte auf den schräg abgewinkelten Unterarm, dann setzte der Schmerz ein. Der Arm war gebrochen. Wo war sein Vater? Er konnte ihn nicht finden.

»So helft mir doch!«, rief er. Soldaten eilten herbei, doch sie halfen nicht. Sie stießen ihn zur Seite.

»Aus dem Weg mit dem Gerümpel!«, schrie jemand.

Wieder zischte eine Kanonenkugel über sie hinweg. Die Männer versuchten vergeblich, die Pferde auszuspannen.

»Erschießt doch die verdammten Viecher!«

»Nein! Aufhören!«, rief Jan. Niemand hörte auf ihn. Schüsse knallten; die Pferde brachen zusammen, rührten sich nicht mehr. Jetzt war die Straße erst recht blockiert. Aber kräftige Hände packten zu und schleiften und stürzten alles auf die Seite, was im Weg war.

»Mein Vater!«, schrie Jan die Soldaten an. »Mein Vater liegt da drunter! Eingeklemmt!«

»Später.« Die Soldaten eilten weiter. Und Jan stand allein im Gewühl. Hilfe! Er war zu schwach, seinen Vater unter dem zertrümmerten Gespann herauszuziehen, erst recht mit seinem gebrochenen Arm.

Aber da war auf einmal William Augustus.

»Hilfe!«, rief Jan. »Hilf mir, William!«

»Ja«, rief William Augustus. »Ja, ich hole Hilfe!« Dann wäre alles gut, hatte Jan gedacht. Aber es war nicht gut. Pferdegetrappel im Hintergrund. William Augustus war nicht als Helfer und Retter unterwegs; seine Augen hatten ganz woanders hingesehen, während er mit Jan sprach, auf einen nackten Mann, der tot war, und um seinen Mund hatte dieser leicht spöttische Ausdruck gespielt, ganz kurz nur. Da war Jan aufgewacht.

Er war nicht in Dettingen, er war in Dunvegan, in Sicherheit. Und das Getrappel – jemand klopfte an seine Tür.

»Ja?« Jan richtete sich auf.

»Sind Sie wach, Sir? Der Doktor wartet schon auf Sie!«

Richtig: Der Ausflug nach St. Kilda. Jan hatte verschlafen.

2.

Jan weilte nun schon fast ein Jahr in Schottland. Er hatte die Besitztümer des Laird kennen gelernt, teils mit ihm gemeinsam, teils zusammen mit dem Doktor. Und jetzt waren der Doktor und er schließlich im entlegensten Winkel angelangt, auf St. Kilda, einer gottverlassenen Insel, über vierzig Meilen vor der schottischen Küste.

Vor ihnen auf dem Boden, auf einem rasch aufgeworfenen Lager aus Gras und Heidekraut, lag ein Mädchen. Sie mochte an die vierzehn Jahre alt sein, man hätte sie als hübsch bezeichnen können, wäre nicht das wirre, viel zu lange Haar gewesen. Ihr Gesicht verzog sich in unregelmäßigen Abständen vor Schmerz.

»Wir können ganz unbekümmert reden«, sagte der Doktor. »Die Leute sprechen nur Gälisch. Ich möchte dich allerdings bitten, keine unnötigen Gefühlsregungen zu zeigen, um niemanden zu beunruhigen.«

Jan schwieg. Das Mädchen hatte nicht nur Schmerzen, sondern auch Angst. Jan hätte sie gern in den Arm genommen, versucht, sie zu trösten, aber er traute sich nicht, sie zu berühren.

Der Doktor betastete ihre Brust. »Das ist einer der Vorteile dieses Berufes«, sagte er. »Man kann Dinge tun, die einem sonst nicht erlaubt sind.«

Er fragte etwas, offenbar, ob das weh täte, und das Mädchen schüttelte den Kopf. Des Doktors Hände glitten tiefer. Seine Hand ruhte auf dem Bauch des Mädchens, der sich mit jedem Atemzug leicht hob und senkte.

Das Mädchen lag in der Nähe des Eingangs, der jetzt offen stand. Die Eltern hielten sich im Hintergrund, mehr als einen Schritt von Jan und dem Doktor entfernt. Ihre Gesichter wirkten unbeweglich, und doch war sich Jan sicher, dass auch sie Angst hatten.

Der Doktor sah Jan an: »Du kannst sie auch anfassen«, sagte er.

Jan schüttelte den Kopf.

Der Doktor lachte. Er nahm Jans Hand und legte sie auf den Bauch des Mädchens. »Ich habe den Leuten erzählt, du bist mein Gehilfe«, sagte er.

Jan wurde rot. Er nahm die Hand weg, aber er konnte nicht bestreiten, dass es ein schönes Gefühl gewesen war, das Mädchen zu berühren.

»Was hat sie?«, fragte Jan. »Ist sie schwanger?«

Der Doktor schüttelte den Kopf. »Pass auf!«, sagte er. Er legte seine Hand in die Leistengegend, drückte kurz und kräftig zu. Das Mädchen schrie auf, biss dann die Zähne zusammen und krümmte sich vor Schmerz.

Jan sah den Doktor erschrocken an.

»Es ist die Seitenkrankheit«, sagte der. »Das habe ich gleich gewusst, als man mir geschildert hat, was für Schmerzen sie hat.«

»Was können wir tun?«

»Wenig genug. Irgendwelche schädlichen Stoffe haben sich im *Caecum* angesammelt, und wenn sie dort nicht wieder herauskommen, dann geht die Krankheit übel aus. In leichten Fällen kann man versuchen, die Dinge regelrecht herauszuschütteln. Reiten, empfiehlt Sydenham. Viel, viel reiten. Aber hier auf St. Kilda gibt es keine Reitpferde.«

»Was dann?« Jan hatte das Gefühl, dass der Doktor ihn mit Absicht auf die Folter spannte. »Irgendein Medikament, das sie einnehmen kann?«

»Ich habe gehört, dass man es mit Blei versucht hat. Der Kranke hat Gewehrkugeln schlucken müssen, um die Schadstoffe zu bekämpfen. Aber ich glaube nicht, dass man damit viel Erfolg gehabt hat. Boerhave ... von dem hast du sicher schon gehört?«

Jan schüttelte den Kopf.

»Boerhave, der große holländische Mediziner, schreibt, dass man zunächst einmal den Patienten stark und mehrfach zur Ader lassen soll. Aber ich fürchte, dass wir bei diesem schmalen, blassen Kind damit mehr Schaden anrichten, als dass es nutzen könnte. Nein, die Kleine braucht zunächst ein abführendes Mittel. Dafür nehmen wir Blasentang, den gibt es hier jedenfalls reichlich. Und einen Einlauf mit einer kühlenden Flüssigkeit. Wasser zum Beispiel. Würdest du bitte mal dieses Klistier hier mit Quellwasser füllen? Weißt du, wie man das macht?«

Jan nickte. Er hatte das zwar noch nie gemacht, aber das Gerät, das der Doktor ihm in die Hand drückte, ließ nicht viele Irrtümer zu.

»Mehrmals wiederholen müssen wir das. Eigentlich soll man das alle paar Stunden wiederholen, mehrere Tage lang, aber du weißt ja, dass wir in Kürze wieder zurück müssen.«

Jan lief und kam kurze Zeit später mit dem Wasser zurück. Er sah schamvoll zur Seite, als der Doktor seine Behandlung durchführte. Er schaute erst wieder hin, als das Mädchen wie zuvor auf seinem provisorischen Bett lag. Der Doktor hatte es an der Hand gefasst, und einen Moment lang glaubte Jan, dass der Zynismus seines Gefährten nur vorgetäuscht war, und dass er genauso um dieses Mädchen besorgt war wie er selbst.

»Nimm du einmal ihre Hand«, sagte der Doktor schließlich.

Jan nickte. Die Hand des Mädchens fühlte sich rau und alt an. Das Leben auf St. Kilda war hart, und jeder musste bei der Arbeit mit anpacken.

»Jetzt kommt etwas, das sowohl Thomas Sydenham als auch Boerhave empfohlen haben«, sagte der Doktor. »Aber es ist nichts für zarte Seelen. Das Mädchen wird weinen, fürchte ich.«

»Was hast du vor?«, fragte Jan alarmiert.

»Ich brauche einen jungen Hund, am besten eine Welpe.«

»Eine Welpe?«

Der Doktor sprach auf Gälisch mit den Eltern des Kindes, eine kurze Diskussion entspann sich, und schließlich wurde einer der Söhne geschickt, um den Hund zu holen. Er kam mit einem verspielten, jungen Tier zurück, nach Jans Schätzung wenige Wochen alt. Das Mädchen sah den kleinen Hund, lächelte, wollte nach ihm greifen, aber ihr Bruder hielt ihn außer Reichweite.

»Draußen!«, bestimmte der Doktor.

Der Junge verschwand. Er kam nach einem kurzen Augenblick zurück. Er hielt den toten Hund an den Hinterbeinen. Das Mädchen schrie auf.

»Es gibt nach der Meinung der Experten kein besseres Mittel«, sagte der Doktor. Er machte sich daran, den leblosen Körper des Hundes der Länge nach aufzuschneiden. »Ein warmer Umschlag aus einem frisch erschlagenen, jungen Hund, der soll Wunder wirken.«

Das Mädchen weinte hemmungslos. Jan streichelte ihre Hand. »Es wird gut, es wird alles gut!«, murmelte er.

Der Doktor zog das Mädchen aus und band ihm den aufgeklappten Körper des jungen Hundes auf den Unterleib, sodass er nicht verrutschen konnte. Dann sprach er ein paar Worte zu den Eltern.

Zu Jan sagte er: »Ich gebe ihr noch ein Medikament, das sie mehrmals täglich einnehmen soll. Es enthält Opium, um die Schmerzen zu mildern. Das ist alles, was wir hier tun können. Sie kann sich wieder anziehen.«

Erst als sie wieder auf dem Schiff waren und die Insel mit ihren erbärmlichen Hütten hinter ihnen kleiner und kleiner wurde, traute sich Jan, die Frage zu stellen, die ihm von Anfang an am Herzen gelegen hatte: »Sie wird doch gesund werden?«

Der Doktor schüttelte den Kopf. »Sie wird sterben, das ist so gut wie sicher.«

Entgeistert starrte Jan ihn an.

»Guck nicht so entsetzt«, sagte der Doktor. »Wir müssen alle sterben, der eine früher, der andere später. Das ist der Lauf der Dinge.«

»Das arme, arme Mädchen!« Sie hatten die Kleine umsonst gequält.

»Wir sind zu spät gekommen«, sagte der Doktor ungerührt. »Ich habe die Eltern gefragt. Die Schmerzen hat das Mädchen schon seit zehn Tagen. Sie sind schlimmer und schlimmer geworden, und ich glaube nicht, dass all unsere Mühe noch helfen wird. Außerdem werden sie das Kind spätestens morgen wieder mitarbeiten lassen, auch wenn ich das Gegenteil angeordnet habe.«

»Aber ... kann man denn gar nichts machen?«

»Gar nichts. Du weißt, ich habe in Edinburgh studiert, und das ist der beste Ort im Vereinigten Königreich, um Medizin zu studieren. Ich habe Menschen auseinandergeschnitten, mehr als einmal, und ich weiß, wie wir von innen gebaut sind. Dieser Blinddarm, der hat so einen lächerlichen Fortsatz, wie eine Art Wurm sieht er aus. Keiner weiß, wozu der gut ist, außer dass sich gelegentlich Dinge darin festsetzen. Und wenn die nicht wieder herauskommen, kann es eine Entzündung geben, dieses Stück Darm schwillt an, platzt schließlich und der Mensch muss sterben.«

»Wie furchtbar.« Jan biss sich auf die Lippe. »Kann man nicht ... Ich meine, wenn es einfach nur eine Entzündung ist und man dieses Ding sowieso nicht braucht ... Kann man es nicht einfach entfernen?«

Der Doktor schüttelte den Kopf.

»Aber bei Gallensteinen macht man das doch auch!«, beharrte Jan.

»Das ist eine ganz andere Geschichte. Was der Steinstecher macht, ist ein kurzer, relativ harmloser Stich. Wenn ich aber am Blinddarm herumoperieren wollte, dann müsste ich die Leibeshöhle richtig aufschneiden, und das ist viel, viel riskanter als die Entfernung eines Steins.«

»Aber wenn doch das Mädchen stirbt, wenn du es nicht operierst?«

»Es geht nicht. Ich kann es nicht.«

»Aber du hast doch eben gesagt, dass es möglich ist.«

»Es ist zu riskant.«

»Riskanter als der Tod kann es doch gar nicht sein! Wir kehren um!«

Der Doktor schüttelte den Kopf. »Wir kehren nicht um. – Ich habe es einmal versucht. Habe mich überreden lassen. Der Versuch ist fehlgeschlagen. Damit war meine Karriere zu Ende.«

»Wegen eines einzigen Fehlers?«

Der Doktor nickte. »Es war meine Verlobte«, sagte er.

Jan schwieg. Einen Augenblick lang sah er zu, wie das Boot sich mit der Kraft des Segels unmerklich voranbewegte. Schließlich sagte er: »Und dennoch. Es ist im Prinzip möglich. Du kannst das Mädchen aufschneiden, und wenn du Glück hast, kannst du es retten.«

»Ich kann das Mädchen nicht aufschneiden. Einen toten Hund aufschneiden, das lassen sie mich tun, aber nicht einen lebenden Menschen. Weißt du, was passiert, wenn ich das versuche? Der Schmerz ist ungeheuerlich. Sie wird schreien, schreien, schreien, und wir werden sie zu zweit nicht festhalten können. Sie wird das ganze Dorf zusammenschreien, und sie werden uns aufhängen, ehe noch entschieden ist, ob der Versuch geglückt ist oder nicht.«

»Du bist feige!«, behauptete Jan.

»Nein. Ich habe mehr Mut, als du glaubst, aber zwischen Mut und Wahnsinn besteht ein Unterschied. Ich bin nicht wahnsinnig. Ich habe diesen Fehler einmal gemacht. Ich habe daraus gelernt; ich werde ihn nicht wiederholen. Was glaubst du denn, warum ich hier bin, in dieser gottverdammmten Einsamkeit? Arzt auf Skye, Arzt auf St. Kilda? Bis ans Ende der Welt musste ich flüchten nach meiner Operation in Edinburgh. Meinem Mord. MacLeod hat mich aufgenommen. Er weiß davon, er hat das Thema niemals angeschnitten, aber es gibt eine selbstverständliche, stille Übereinkunft, dass ich nie wieder etwas so Schreckliches versuche. Wir haben alle unsere dunklen Geheimnisse, Jan. Die Hebriden sind meine Strafe, meine Verbannung. Sie sind für mich das Ende der Welt.«

Jan schwieg. Er sah ein, dass er seinen Gefährten nicht würde umstimmen können. »Ich werde für das Mädchen beten«, sagte er schließlich.

Der Doktor sah ihn an. »Wenn es dir hilft, bete für sie. Ihr kann es nicht helfen.«

Jan wandte sich ab. Das Gespräch war beendet.

Es kam Wind auf. Hatten sie sich anfangs nur allmählich vorwärtsbewegt, so fuhr das Schiff jetzt deutlich schneller, und Jan sah zu seiner Beunruhigung, dass der Kapitän sich anschickte, weitere Segel zu setzen. Jan befürchtete, seekrank zu werden. Noch war zwar die See fast glatt, aber am bis dahin strahlend blauen Himmel zeigten sich erste Wölkchen, und das Land, wahrscheinlich die Doppelinsel Lewis und Harris, war vorerst nicht viel mehr als ein Schatten am Horizont.

Der Doktor, der die letzte Stunde reglos an Deck gelegen hatte, richtete sich auf und sah sich um.

»Wenn wir so weiterfahren, werden wir kaum mehr als sechs Stunden für die Rückfahrt brauchen«, sagte Jan. »Jedenfalls nicht bis wir in den Schutz der großen Inseln kommen.«

Der Doktor schwieg.

Jan kam das Schweigen unheimlich vor, und er fürchtete, er hatte den Gefährten durch seine taktlosen Bemerkungen beleidigt. Sollte er sich entschuldigen? Nein, das war wahrscheinlich übertrieben.

Jan räusperte sich. »Wir haben mehr Segel gesetzt. Ich denke, der Kapitän will sicher stellen, dass wir auf jeden Fall vor Einbruch der Dunkelheit zu Hause sind.«

Der Doktor schüttelte den Kopf. »Das ist es nicht.«

»Was dann?«

»Wir haben einen Begleiter.«

»Wo?« Jan drehte sich um. Jetzt gewahrte er, dass ihnen in größerem Abstand ein zweimastiges Segelschiff folgte.

»Sieh nicht hin!«, sagte der Doktor.

»Warum soll ich nicht hinsehen?«

»Der Skipper tut so, als ob er sie nicht bemerkt habe. Sie haben Ferngläser, sie beobachten uns. Sie sollen nicht denken, dass wir vor ihnen davonlaufen.«

»Warum sollten wir?«

»Es ist ein Kriegsschiff«, sagte der Doktor.

»Was für ein Kriegsschiff? Etwa ein Franzose?«

»Unwahrscheinlich.«

»Dann haben wir doch nichts zu befürchten!«

Der Doktor zuckte mit den Achseln. »Warten wir es ab!«

Jan warf gelegentlich aus den Augenwinkeln einen Blick zurück auf das fremde Schiff. Es konnte kaum ein Zweifel bestehen, dass der große Segler hinter ihnen her war. Warum sonst hätte er genau diesen Kurs wählen sollen? Jan registrierte, dass der Abstand zwischen den beiden Schiffen sich langsam aber stetig verringerte. Doch sie näherten sich der Insel, und mit etwas Glück könnten sie es schaffen, vor dem fremden Schiff dort einzutreffen. Es schien sehr wichtig zu sein. Jan hoffte, dass es gelingen möge, obwohl er den Sinn nicht einsah.

Wieder blickte Jan sich um. Verwundert beobachtete er, dass auf dem Vordeck des Fremden ein kleines, weißes Rauchwölkchen aufstieg. Sekunden später vernahm er den Knall des Kanonenschusses.

»Sie schießen auf uns!«, rief er aufgeregt.

Der Doktor schüttelte den Kopf. Die Kugel war weit vor ihnen ins Wasser geschlagen. »Wir sollen anhalten.« Der Kapitän fluchte auf Gälisch. Er und seine Leute machten sich daran, die Segel einzuholen. Das Boot verlor mehr und mehr an Fahrt, bis es schließlich scheinbar bewegungslos auf dem Wasser trieb.

Im Nu war das fremde Schiff heran. Jan beobachtete, wie der Segler beidrehte. Er war größer als ihr Schiff, aber doch kleiner als Jan zunächst gedacht hatte; Jan zählte auf der ihm zugewandten Backbordseite acht Kanonen. Eine Sloop-of-War.

»Ratten«, sagte der Kapitän in schwer zu verstehendem Englisch. »Verdammte Ratten! Sie lassen ein Boot zu Wasser!«

»Ja.« Kein Grund zur Unruhe, dachte Jan. Der Doktor tat, als gehe ihn das Ganze nichts an. Mit seinem dunklen Arztkittel konnte man ihn fast für einen aus der Mannschaft halten. Er sprach mit dem Kapitän. Der sah ihn an, wies mit dem Daumen auf Jan. Wieder sagte der Doktor etwas. Der Kapitän nickte.

Es dauerte eine ganze Weile, bis das Boot heran war. Es wurde von acht Seeleuten gerudert. Ein Mann in weißer Uniform, ein Offizier wahrscheinlich, saß im Heck und sah zu ihnen herüber.

»Willkommen an Bord unseres Schiffes«, sagte Jan. Er stand bereit, um dem Offizier an Deck zu helfen, doch der Mann ignorierte seine ausgestreckte Hand und sprang ohne fremde Hilfe an Bord.

Der Offizier sah den Doktor an. »Sind Sie der Kapitän?«

Er schüttelte den Kopf. »Ich bin Arzt, auf dem Weg von St. Kilda zurück nach Skye.«

»Ich bin der Kapitän«, brummte der Kapitän.

»Warum haben Sie auf unser Signal nicht reagiert?«

Der Kapitän sagte, er habe nach vorn Ausschau gehalten und die Sloop nicht bemerkt. Erst durch den Kanonenschuss sei er darauf aufmerksam geworden, dass ihm jemand folgte.

»Das Schiff durchsuchen!«, befahl der Offizier. Vier der Matrosen kletterten an Bord und machten sich daran, alle Räume zu inspizieren. Doch es gab nicht viel zu inspizieren. Der Segler war klein, und er fuhr ohne Ladung. Einer der

Matrosen kam mit einer Flasche an, die offenbar Alkohol enthielt, Whisky wahrscheinlich, aber der Offizier schüttelte den Kopf. Die Flasche war halb leer, offenbar der persönliche Vorrat des Kapitäns, kein Verstoß gegen irgendwelche Zollvorschriften.

Der Offizier wandte sich nun Jan zu. »Und Sie?«, fragte er.

»Ich bin nur als Passagier mitgekommen.«

»Als Passagier?« Der Mann schien dies aus irgendeinem Grunde für völlig unglaubwürdig zu halten.

»Ja, als Passagier«, bekräftigte Jan.

»Ihr Name?«

»Veenstra. Jan Veenstra.«

»Jan Veenstra.« Der Mann hatte Schwierigkeiten, den ungewohnten Namen auszusprechen. »Kommen Sie mit. Captain Fergusson möchte Sie gern kennen lernen.«

Jan sah den Doktor an; der zuckte mit den Achseln. Jan hatte keine Ahnung, wer Captain Fergusson war und was er von ihm wollte, aber er sah keinen Grund, der Einladung nicht zu folgen. Auch hatte er natürlich kaum eine Wahl; eine Weigerung hätte der Offizier sicher nicht akzeptiert. So stieg Jan an Bord des Ruderbootes. Der Offizier bedeutete ihm mit einer Handbewegung, neben ihm Platz zu nehmen. Der ganze Vorgang lief formal völlig korrekt ab, so wie eine Einladung an Bord eines fremden Schiffes sein sollte, aber dennoch spürte Jan leichtes Unbehagen, als das Boot ablegte. In kürzester Frist hatten die Blaujacken sie zu der Sloop hinübergerudert.

Aus der Nähe sah Jan, dass das Schiff *Furnace* hieß. Über eine Strickleiter gelangten sie an Bord. Captain Fergusson wartete schon auf sie. Die Messingknöpfe seiner blauen Uniformjacke glänzten in der Sonne. Eitel und selbstzufrieden wirkte der Mann. Er begrüßte Jan in fließendem Französisch.

»Bienvenu à bord, Monsieur, enchanté de faire votre connaissance.«

»Moi de même«, erwiderte Jan mechanisch ebenfalls auf Französisch. Er wollte dem Captain die Hand geben, aber ehe es dazu kam, wurde er selbst von kräftigen Fäusten gepackt.

»Was soll das?«, rief er. Er versuchte, sich loszureißen. Vergeblich.

»Monsieur Veenstra, tut mir leid, dass wir uns unter diesen Umständen treffen, aber ich habe keine Wahl. Sie sind festgenommen.«

Jan befand sich in einem fensterlosen Raum unter Deck. Das Schiff hatte Fahrt aufgenommen. Wohin würden sie ihn bringen? Sicher nicht nach Skye. Bernera wäre denkbar, das wäre der nächstgelegene Stützpunkt der englischen Armee. Aber Jan vermutete, dass sie auch nicht nach Bernera gehen würden. Fort William vielleicht. Von dort gab es gut ausgebaute Landverbindungen in alle Richtungen. Fort William war an das von Marshall Wade angelegte Straßennetz angeschlossen.

Einen Augenblick hatte Jan erwogen, seine Trumpfkarte auszuspielen, den Auftrag des Duke of Cumberland. Ohne Zweifel wäre damit seine Gefangenschaft sofort beendet. Aber damit wäre auch sein Auftrag vorzeitig beendet, und er würde nach London zurückkehren müssen, denn der Laird würde einen Spion der Regierung nicht als Lehrer seiner Tochter haben wollen. Ein sehr unwürdiges Ende seiner Mission.

Nein, er würde abwarten. Der Segler war nicht beschlagnahmt worden, soweit er wusste, und der Doktor würde in Dunvegan Bericht erstatten. MacLeod würde sich an die zuständigen Dienststellen wenden, und in ein paar Tagen wäre er wieder frei.

3.

Eine Woche später war Jan noch immer nicht frei. Die *Furnace* hatte noch einige Schiffe angehalten. Außer Jan waren nach und nach vierzehn weitere Männer festgenommen worden. Alle beteuerten ihre Unschuld, keiner von ihnen war ein Franzose. Es hieß, sie sollten nach Fort William gebracht und dort vor Gericht gestellt werden. Aber zunächst ging die Fahrt weiter nach Norden. Sie wollten die Äußeren Hebriden umrunden, so viel hatte Jan inzwischen mitbekommen. Ein Schlag gegen die Waffenschmuggler und Spione. Die Gefangenen waren nicht auf der *Furnace* untergebracht, sondern auf einem alten Frachtsegler, der *Jane of Leith*, die der Sloop als Versorgungsschiff in einigem Abstand folgte.

Das Schiff legte sich sanft auf die Seite. Jan nahm an, dass sie auf dem offenen Meer waren. Sehen konnte er nichts; er und die anderen Gefangenen waren im Laderaum eingesperrt. Sie hockten oder lagen auf dem Ballast. Grobes Geröll war das, und inzwischen taten ihnen alle Knochen weh.

»Das Schlimmste sind die Läuse!«, sagte der junge Mann, der neben Jan saß. Er kratzte sich.

Überall krabbelten sie herum, die kleinen Plagegeister. Auf den Steinen, auf den Menschen. Auch ihn verschonten sie nicht.

»Ich habe Hunger«, bekannte Jan.

Sein Nebenmann lachte. »Hast du dich immer noch nicht daran gewöhnt? Ein halbes Pfund Mehl pro Tag, mehr gibt es nicht. Und auch das nur, wenn die Wächter es wollen.«

Schlimmer als der Hunger war der Durst. Einen Eimer Wasser pro Tag für fünfzehn Männer, das war zu wenig. Wenn die Seeleute betrunken waren, und sie waren häufig betrunken, pissten sie vorher in das Wasser. Sie seien gut dran, wurde den Gefangenen versichert, eine wahre Luxusreise. Immerhin lebten sie noch alle. Aber noch waren sie nicht am Ziel. Noch lange nicht.

Jan hoffte, dass sie es in zwei Wochen schaffen würden. Nach den Geräuschen, die sie wahrnahmen, machte das Schiff gute Fahrt. Wie lange waren sie jetzt unterwegs? Neun Tage, fast schon zehn. Die meisten der Gefangenen wirkten matt und apathisch. Der junge Mann neben Jan klagte über Kopfschmerzen.

Da sie nicht an Deck durften, hatten sie einen Teil des Raumes zur Latrine erklärt. Es stank bestialisch. Frische Luft in ausreichender Menge drang nur von oben zu ihnen, wenn die Luke geöffnet wurde. Das war nicht oft der Fall; Jan konnte sich ausrechnen, dass bei offener Luke der Gestank sich oben an Deck ausbreitete, und das wollte keiner. Also blieb die Luke zu.

Jetzt wurde die Luke aufgerissen.

»Mein Gott, das riecht ja wie im Schweinestall!« Die Seeleute oben schütteten sich aus vor Lachen.

»Heute ist Waschtag!«, rief einer. »Na, wer will als Erster?«

Der Junge neben Jan ließ sich mit dem Tau nach oben ziehen, das die Männer heruntergelassen hatten. Jan fragte sich, ob er ihn nicht hätte zurückhalten sollen. Die Fröhlichkeit der Männer an Deck ängstigte ihn. Das war nicht einfach nur gute Laune. Die Stimmung schien ihm bedrohlich. Kein Zweifel, Alkohol war im Spiel.

»Geh nicht!«, sagte Jan, aber es war zu spät. Der Junge winkte ihm zu. Dann verschwand er nach oben durch die Luke.

Gelächter an Deck. Dann ein großer Platsch, als ob etwas Schweres ins Wasser geworfen wurde, mehr Gelächter, das Kreischen einer Winde, dann ein Schrei, ein neuer Platsch und wieder die Winde. Dann Stille.

»Der Nächste, los, der Nächste!«

Wieder wurde das Seil nach unten gelassen. Wo war der Junge geblieben? Jan wollte es wissen. Er band sich das Tau um die Brust, ließ sich nach oben ziehen.

»Wo ist der Junge?«

Keine Antwort. Lachende Seeleute waren das Erste, was er sah. Eine Flasche kreiste. Der Junge lag auf den Planken und rührte sich nicht.

»Mal sehen, ob dieser mehr abkann!«

»Der sieht aus wie ein verdammter Engländer, die können überhaupt nichts vertragen!«

»Doch, dieser doch, das wette ich!«

»Dreimal hält er nicht aus. Darauf wette ich Sixpence.«

»Doch, das schafft er.«

Die Männer hatten Jan ergriffen und eine Schlinge um seinen Unterschenkel gelegt. Die Winde zog an; Jan verlor den Halt, knallte auf das Deck, es tat höllisch weg, und im nächsten Moment spürte er, wie der Mastbaum ausgeschwenkt wurde; Jan baumelte hilflos über den schwarzen Wellen. Nur einen Moment lang, dann stürzte er in die Tiefe. Das war das Ende, dachte er. Das kalte Wasser war wie ein Schock; Jan konnte nicht schwimmen, schon gar nicht mit einer Schlinge am Bein. Er strampelte verzweifelt. Schließlich gelangte er an die Oberfläche. Luft!

Er wurde wieder hochgezogen. Die Seeleute johlten. Triefend hing er in der Luft. Über Kopf, in Erwartung des nächsten Sturzes. Wo waren sie überhaupt? Das Wasser lief ihm in die Augen; er konnte nichts sehen. Und dann kam der nächste Absturz.

Diesmal schien es ihm, als sei er noch tiefer gesunken. Wieder ruderte er verzweifelt mit den Armen, aber er schaffte es nicht. Er musste es doch schaffen, musste doch durchhalten, aber jetzt konnte er nicht länger, jetzt musste er atmen, jetzt war alles ... Da riss ihn die Winde aus dem Wasser. Jan spuckte und schrie, zur Begeisterung seiner Zuschauer. Ihm war klar, sein Leben hing jetzt ab von dem Mann an der Winde. Hatte er sich an der Wette beteiligt? Hatte er auf Leben oder auf Tod gesetzt?

Der nächste Sturz. Jan hatte im letzten Moment die Arme ausgebreitet und so den Aufprall gemildert. Er sank nicht so tief wie die ersten Male, aber er war auch nicht mehr so kräftig. Er würde es nicht schaffen. Mein Gott, er würde es nicht schaffen. Mit letzter Kraft ruderte er mit den Armen. Er tauchte auf. Er lebte.

Jan hing am Mastbaum zwischen Himmel und Erde, und plötzlich wurde ihm bewusst, dass nichts entschieden war. Wenn die Seeleute auf die Idee kamen, den Einsatz zu erhöhen, ihn noch ein viertes und fünftes Mal zu testen, dann war er verloren. Aber das taten sie nicht. Der Ladebaum wurde eingeschwenkt, und sie ließen Jan direkt in die Luke fallen. Er schlug mit dem Kopf auf den Boden, dass er fast die Besinnung verlor, aber die anderen halfen ihm aus der Schlinge, und nun war es vorbei.

»Der Nächste! Los, der Nächste!«, riefen die Seeleute von oben.

Niemand rührte sich.

»Ein ganzes Brot für den, der sich traut!«

Ein ganzes Brot? Warum hatten sie das nicht vorher gesagt? Schon drängten sich zahlreiche Freiwillige unter der Luke. Der Mann, der sich schließlich durchsetzte, legte sich gleich selbst die Schlinge um das Bein, um sich den Aufprall an Deck zu ersparen.

»Fangt mich auf, wenn sie mich zurückbringen!«

Schon verschwand er nach oben durch die Luke.

»Sie machen es wegen der Läuse«, sagte einer der Männer.

Jan hatte das Gefühl, dass sie auf diese Weise gleich Läuse und Gefangene auf einen Streich loswerden wollten.

»Und wegen der Krankheiten.«

»Krankheiten?« Jan wurde plötzlich bewusst, dass ein enger Kerker wie dieser ein idealer Ort für die Ausbreitung von Krankheiten sein musste. Der unglaubliche Gestank, ein echtes Miasma. Wahrscheinlich war es doch gut, dass er sich hatte ins Meer tauchen lassen, auch wenn es ihn fast das Leben gekostet hätte.

4.

»Ich muss hier raus!« Jan schlug mit der Faust gegen die Planken der Schiffswand, bis seine Hand schmerzte. Längst hatte er die Hoffnung aufgegeben, die bloße Erwähnung des Duke of Cumberland werde ihm die Freiheit bringen. Ganz gleich, was er oder einer der anderen Gefangenen sagte – niemand hörte auf sie.

Sein Nachbar grinste. »Wir kommen hier nicht heraus. Wir sind vergessen worden und werden in diesem Schiff sterben.«

Ihr Schiff lag jetzt irgendwo im Loch Linnhe, gegenüber von Fort William. Sie hatten die Seereise überstanden, aber ihre Hoffnung, rasch vor Gericht gestellt zu werden und anschließend wieder freizukommen, hatte sich nicht erfüllt. Dass der Tod eine reale Möglichkeit war, hatte Jan inzwischen einsehen müssen. Gestern war einer seiner Mitgefangenen am Morgen nicht mehr wach geworden. Abgemagert waren sie alle, und wenn nicht bald etwas geschah, würden sie hier zu Grunde gehen.

Es gab keine Hoffnung auf Flucht. Ihr schwimmendes Gefängnis lag weit ab vom Ufer, und an Land standen Posten, die jeden niederschießen würden, der es wagte, sich ihnen zu nähern. Und Jan konnte sich ihnen nicht einmal nähern. Er konnte nicht schwimmen. Zwar hatte er als Kind sich mit Hundepaddeln über Wasser halten können, aber das war in einem sonnenbeschienenen, flachen Teich gewesen, nicht in einem Meeresarm mit gefährlicher Strömung.

Die Nahrung wurde immer schlechter; noch hatten sie Glück, noch war keine ernsthafte Seuche ausgebrochen, außer dem allgegenwärtigen Durchfall, aber lange konnte das nicht auf sich warten lassen. Zu essen bekamen sie jetzt Abfälle aus der Schlachterei. Ekelhaftes Zeug, zumal sie es roh essen mussten.

Unter den Abfällen war auch eine Schweinsblase. Ungenießbar natürlich, aber vielleicht nicht völlig nutzlos. Der Sinn so einer Blase bestand doch darin, dass sie auf jeden Fall dicht hielt. Und was für Urin galt, das würde auch für Luft gelten, wenn man sie aufblies und anschließend verknotete. Jan blies probeweise Luft hinein. Die Blase füllte sich. Es funktionierte! Jan versteckte die Blase und wartete auf seine Chance. Gern hätte er seinen Ausbruchsplan mit den anderen diskutiert, hätte gehofft, dass sie ihm Mut machten, aber das war völlig unmöglich. Hier gönnte keiner dem anderen einen Vorteil, und genügend Schweinsblasen für alle würde es niemals geben.

Jan wartete. Es dauerte eine gute Woche, bis er vier Schweinsblasen für seine Arme und Beine beisammen hatte. Jetzt musste er nur noch an Deck kommen.

5.

Jan wartete die Nacht ab. Als er das Gefühl hatte, dass Mitternacht überschritten war, erhob er sich leise. Er stieß seinen Nachbarn an.

»Was ...?«

Rasch hielt Jan ihm den Mund zu. »Hilf mir mal!«, hauchte er.

Schlaftrunken erhob sich der Mann.

»Räuberleiter«, forderte Jan. Nur so war es möglich, die Luke überhaupt zu erreichen.

Der Mann tat, was Jan verlangte. »Was soll das? Was hast du vor?«, brummte er.

»Mal sehen, was draußen los ist!«, sagte Jan.

»Die Hölle«, sagte der Mann. »Draußen ist die Hölle los. Wenn du den Kopf durch die Luke steckst, kriegst du eine Kugel in den Schädel, das steht mal fest! Also lass es lieber!«

Jan berührte die Luke mit den Fingern. Knapp genug war es, aber es könnte gerade so gehen. Aber – war die Luke am Ende verschlossen? Jan nahm all seine Kraft zusammen und stieß die Klappe nach oben. Sie bewegte sich, aber sie öffnete sich nicht.

»Ich muss auf deinen Kopf steigen!«, kündigte Jan an.

»Bist du wahnsinnig? Au!« Bevor der Mann sich wegducken konnte, hatte Jan den entscheidenden Schritt getan und die Luke mit Schwung aufgestemmt. Mit lautem Krach fiel sie aufs Deck.

»Was ist denn jetzt los?«, rief jemand unter ihm. »Kommen sie jetzt schon mitten in der Nacht, um uns zu holen?«

Die Luke war mit einem Holzrahmen eingefasst; an diesem fand Jan genügend Halt, um sich mit letzter Kraft in die Höhe zu stemmen. Er wusste, er hatte nur diesen einen Versuch. Es musste gelingen! Er musste an Deck kommen, dann war er frei! Es gelang.

Die Wache! Jan hatte den Mann nicht kommen hören. Als er sich aufrichtete und umdrehte, stand der Soldat direkt vor ihm. Hatten sie also doch eine Wache an Bord gelassen, auch nachts, trotz des Gestanks! Der Mann starrte ihn mit weit aufgerissenen Augen an. Er hatte mindestens ebenso viel Angst wie Jan, aber er hatte ein Gewehr. Er oder ich! Jan schlug zu. Der Schuss ging ins Leere.

Bevor der Soldat reagieren konnte, riss Jan ihm die Waffe aus der Hand. Weg damit, weg mit dem verdammten Bajonett! Jan schmiss das Gewehr in hohem Bogen über Bord. Da traf ihn der Stiefel des Mannes. Jan ging zu Boden, packte im Fallen zu, riss den Mann mit sich herunter, sie rollten auf die Luke zu, der Soldat fiel mit einem Aufschrei in die Tiefe. Jan wäre fast hinterher gestürzt, aber er bekam den Rahmen der Luke zu fassen und klammerte sich eisern fest. Erst mit einer Hand, dann mit beiden.

»Alles in Ordnung da drüben?« Eine Stimme vom Ufer.

»Ja, alles in Ordnung.« Jan schwang sich nach oben. Er baute darauf, dass man vom Ufer her in der Dunkelheit nicht viel erkennen konnte. Da lag der Dreispitz, der dem Soldaten bei dem Gerangel vom Kopf gefallen war. Jan setzte ihn auf.

»Warum hast du geschossen?«

»Einer wollte weg.«

»Und?«

»Ich hab ihn erwischt.«

Stille. Glaubten sie ihm das? Unter ihm im Schiffsrumpf rumorte der Soldat; offenbar hielten die anderen ihn fest, sodass er nicht um Hilfe schreien konnte. Jan stand still an Deck und wartete einen Moment. Jetzt keine Unruhe zeigen! Dann begann er, ganz langsam auf und ab zu gehen.

»Wir kommen rüber!«, rief der Mann an Land.

»Nicht nötig!«, antwortete Jan. Aber es war klar, dass sie kommen würden. In fieberhafter Eile blies Jan seine Schwimmblasen auf. Würde es gelingen, würde die Luft ausreichen, um ihn zu tragen? Er hatte keine Ahnung. Er mühte sich, die Blasen in Ärmel und Hosenbeine zu zwängen. Sie passten nicht! Sie mussten passen! Am Ufer wurde inzwischen ein Boot losgemacht. Schneller, Jan, schneller! Etwas Luft herauslassen, bloß nicht zu viel, neu verknoten. So, jetzt ging es. Die im Boot waren, konnten ihn nicht sehen, sie saßen zu tief! Jan duckte sich weg und ließ sich vorsichtig auf der dem Ufer abgewandten Seite ins Wasser gleiten. Ein tiefer Sturz; es platschte gewaltig, als er eintauchte, aber das machte nicht viel. Die Ruderer auf der anderen Seite des Schiffes würden ihn nicht hören können.

»Wo steckst du denn, Henry?«, rief einer. Noch waren sie nicht an Bord. Jan mühte sich, vom Schiff wegzuschwimmen. Das gelang auch, jedoch anders, als er es sich gedacht hatte. So sehr er sich auch anstrengte, er kam dem anderen Ufer kein Stück näher. Und zum nahe gelegenen Ufer konnte auch er nicht. Die Ebbe hatte eingesetzt; die mächtige Strömung riss ihn mit in Richtung Meer.

Zwiebelsaft

Dunvegan, Isle of Skye, Schottland, 23. Juli 1745

1.

Sie haben Glück gehabt!«, sagte der Laird.

Ja, Jan hatte Glück gehabt. Er war meerwärts getrieben, endlos, wie es ihm schien, bis dann die Flut einsetzte. Nun bereitete es keine Mühe mehr, ans Ufer zu gelangen. Im Morgengrauen war Jan in der Nähe der Corran Narrows an Land gestiegen, völlig erschöpft und durchgefroren. Er hätte sich am liebsten direkt in das Gras fallen lassen und geschlafen. Aber das wäre der Tod gewesen. Jan musste wach bleiben, sich bewegen, sich warm halten, so warm, wie es denn eben ging in den nassen Kleidern. Und wenn sie erst begriffen hatten, dass er entkommen war, würden sie ihn jagen. Er war nicht in Richtung Fort William marschiert, sondern geradewegs in die Berge, die er überqueren musste, wenn er nach Skye wollte. Um die Dörfer machte er einen Bogen. Und es war gelungen. Ein Fischer hatte ihn schließlich nach Skye übergesetzt. Er war die ganze Nacht durchmarschiert, und jetzt war er wieder in Dunvegan.

»Sie sehen aus wie ein Räuber.«

Jan nickte. »Ich bin ein Räuber. Das Zeug, das Sie hier sehen, habe ich von einer Wäscheleine gestohlen, und ich habe mich von rohen Hühnereiern ernährt, direkt aus dem Nest!«

»Not kennt kein Gebot! – Aber das ist jetzt vorbei. Sie sind in Sicherheit.«

Jan fragte sich, ob er wirklich in Sicherheit war. »Vielleicht werde ich gesucht«, sagte er.

Der Laird schüttelte den Kopf. »Es sieht nicht so aus«, sagte er. »Duncan Forbes jedenfalls weiß von nichts. Und wenn der Oberste Richter Schottlands nichts weiß, dann kann es keinen Haftbefehl geben.«

»Wir haben uns solche Sorgen gemacht«, sagte Lucy. »Papa hat überall nachgefragt. Selbst beim englischen Militär in Bernera. Und in Fort William.«

»Die wussten von nichts", sagte der Laird. »Jedenfalls haben sie das behauptet.«

»Wann sind Sie da gewesen?«, fragte Jan.

»Gleich nach Ihrer Festnahme. Noch in derselben Woche.«

»Da konnten sie noch nichts wissen«, sagte Jan. »Da waren wir noch auf dem Meer. « Jan war froh, dass er das grausame Abenteuer überhaupt überlebt hatte. »Dieser Fergusson hat mich für einen Franzosen gehalten.«

»Ja, die Regierung hat Angst vor französischen Spionen, und das ist auch nicht ganz unberechtigt. Aber die Art, wie hier vorgegangen wurde, die ist schon reichlich ungewöhnlich. Beschossen haben sie euch! Und wochenlang festgehalten, ohne Gerichtsverfahren. Das ist unglaublich. Als ob sie euch für die schlimmsten Räuber gehalten hätten!«

Er wirkte resigniert, fand Jan. Er machte sich Sorgen um Robert. Der hatte sich fast ein Jahr lang nicht gemeldet. Normand MacLeod hatte ihm nach London geschrieben, aber seine Briefe waren unbeantwortet geblieben. Womöglich wurde er auch irgendwo festgehalten. Aber alles war gut, alles würde sich aufklären. Jan war todmüde.

»Glauben das nicht alle Engländer?«, fragte Lucy.

»Was?« Jan schrak hoch.

»Glaubt ihr in London nicht sowieso, dass wir Schotten nur Räuber und Viehdiebe sind?« Lucy liebte es, Leute zu provozieren. Sie sah Jan herausfordernd an.

»Nein.« Jan wollte heute auf derart tiefschürfende Diskussionen gern verzichten.

»Aber Schottland ist für die Menschen in London sehr weit weg«, vermittelte der Laird. »Seit der Vereinigung der beiden Königreiche ist der Kontakt zwar enger geworden, und die Lebensbedingungen in den Lowlands haben sich immer mehr den Verhältnissen in England angenähert, aber die Highlands sind den meisten Engländern genauso fremd wie das Innere Afrikas.«

»Niemand hat das Innere Afrikas je gesehen«, warf Jan ein, »aber es gibt durchaus Engländer, die das Innere der Highlands bereist haben.«

»Ja, Daniel Defoe zum Beispiel.«

Lucy hatte es ganz unschuldig gesagt, aber dennoch erschrak Jan zutiefst. »Nicht nur der«, sagte er rasch. Wusste Lucy, warum Defoe in Schottland gewesen war? Der Verfasser des *Robinson* hatte für die englische Regierung spioniert. Sah sie etwa einen Zusammenhang?

Zum Glück wechselte der Laird das Thema. »Dieser Komponist, dieser Händel hat wieder ein neues Stück herausgebracht.«

»Ich verstehe das nicht«, mischte sich das Küchenmädchen ein. »Auch so ein Deutscher. Haben wir keine eigenen Komponisten? Sind denn die Deutschen alle besser als die Engländer?«

»Ailsa!«

»Keineswegs«, beeilte sich Jan zu versichern.

»Das war eine sehr ungehörige Bemerkung«, rief der Laird. »Ailsa, Sie nehmen sich zu viel heraus!«

»Entschuldigung. Ich hatte nicht bedacht, dass unser Herr Lehrer auch ein Deutscher ist.«

Jan war sich sicher, dass sie es sehr wohl bedacht hatte.

Aber es war ihm egal. Er hatte nichts gegen ungezogene Mädchen. Jetzt wollte er nur noch schlafen.

»Ailsa, Sie haben sich in die Unterhaltung der Herrschaft nicht einzumischen!«

»Ich weiß.«

»Dann richten Sie sich danach!«

2.

Am Abend saßen sie wieder beim Wein zusammen; alles schien wie früher. »Die Fortschritte unserer heutigen Zeit sind ungeheuerlich«, sagte der Pastor. »Denken Sie nur an all die Geräte, die unser Herr Doktor mit sich herumführt. Wie hieß noch mal dieser Apparat mit all den Schrauben, den Sie mir neulich vorgeführt haben? *Tourniquet*?«

»Ja, das ist richtig.«

»Haben Sie ihn schon benutzt?«

»Nein, bisher noch nicht. Und ich hoffe auch, dass ich ihn überhaupt niemals einsetzen muss. Übrigens würde ich ein *Tourniquet* nicht als Wunderwerk bezeichnen, das ist nur ein gut durchkonstruiertes, technisches Hilfsmittel.«

»Für mich ist es ein Wunder unserer Zeit.«

»Wunder sind nicht mehr zeitgemäß«, widersprach der Doktor.

»Man kann es kaum glauben«, sagte Jan, »dass auch heute noch viele Menschen an Wunderheilung glauben. Soll es nicht sogar hier eine Alte geben, die sich auf derlei Medizin versteht?«

»Nicht hier«, sagte der Doktor. »Sie wohnt weiter drüben, in Richtung Portree. Die bucklige Marie. Sie reist nicht herum. Wer ihre Dienste in Anspruch nehmen will, der muss schon zu ihr kommen.«

»Kennst du sie persönlich?«

»Ich bin ihr ein paarmal begegnet. Aber sie redet nicht mit mir. Sie straft mich mit Missachtung, wie man so schön sagt.«

»Und du, strafst du sie auch mit Missachtung?«

»Ja«, sagte der Doktor knapp.

»Die Automaten. Die sind auch so ein modernes Wunder.« Der Pastor kehrte zu seinem Thema zurück.

Der Laird nickte. »Ja, davon habe ich in der Zeitung gelesen. Dieser Franzose – wie hieß er doch noch gleich?«

»Vaucanson. Ein Uhrmacher, wenn ich recht unterrichtet bin.«

»Ja, natürlich, wer sonst sollte in der Lage sein, derart komplizierte Geräte herzustellen? – Aber auch das sind eigentlich keine Wunder. Es sind Maschinen, und sie gehorchen den Gesetzen der Mechanik.«

»Aber die Illusion ist perfekt. Ich habe es nicht geglaubt, bis ich es mit eigenen Augen gesehen habe.«

Der Laird starrte den Pastor an. »Sie haben es selbst gesehen?«

»Ja. Vor sechs Jahren ist das gewesen. In Paris. Es war unfassbar. Eine Statue, groß wie ein Mensch, schön wie ein Marmorstandbild – ich glaube, ein solches Denkmal hat er sich auch zum Vorbild genommen – aber diese Statue lebte. So sah es jedenfalls aus. Der Mann nahm die Flöte, führte sie zum Mund und spielte darauf die herrlichsten Melodien.«

»Wie hat er das gemacht?«, fragte der Laird.

»Ich habe alles gesehen. Dieser Vaucanson – erst hat er den Automaten vorgeführt, und dann hat er uns gezeigt, wie er funktioniert. Der Atem, den der Flötenspieler braucht, um sein Instrument zu spielen, der wird mit Blasebälgen erzeugt. Jedes Körperteil, jeden Finger kann der Mann bewegen, das läuft alles über ein kompliziertes Räderwerk, und die Hände – damit er überhaupt die Löcher seiner Flöte fest verschließen kann – die Hände, die sind mit echter Haut überzogen.«

»Menschenhaut?«, fragte der Doktor neugierig.

»Das weiß ich nicht. Aber es sah so aus.«

»Unfassbar. Wie lange hat der Flötenspieler denn gespielt?«

»Mir schien es unendlich lange. Wahrscheinlich eine Viertelstunde, vielleicht auch mehr. Und er konnte so viele verschiedene Stücke spielen, und in einer Qualität, dass man es von einem echten Flötenspieler nicht unterscheiden konnte.«

»Daran sieht man«, sagte der Doktor, »dass unser verehrter Herr Pastor von der Musik nicht viel versteht. Wenn er die Töne, die eine Maschine von sich gibt, nicht von der Darbietung eines echten Flötisten unterscheiden kann ...«

»Sie hätten sie auch nicht unterscheiden können!«

»Hat er auch Frauen gemacht?«, wollte der Doktor wissen.

»Davon weiß ich nichts.«

Jan überlegte. Der Pastor war in Paris gewesen. Was hatte er dort gemacht? Sicher war er nicht eigens nach Frankreich gefahren, um sich den Automaten anzusehen. War der Pastor ein heimlicher Jakobit?

Der Pastor sah den Laird an: »Sie sind so still, Normand! – Noch immer keine Nachricht von Robert?

Der Laird schüttelte den Kopf. »Ich habe mich jetzt an Duncan Forbes gewandt. Er soll Nachforschungen anstellen.«

Der Doktor zog die Augenbrauen hoch.

Der Laird sagte nichts weiter, aber wenn Duncan Forbes eingeschaltet wurde, dann rechnete er jetzt offenbar damit, dass Robert hier in Schottland etwas zugestoßen war. Der unbekannte Tote vom letzten Frühjahr – sollte das etwa Robert gewesen sein?

3.

Jans Aufgaben als Lehrer in Dunvegan beschränkten sich nicht auf den Deutschunterricht. Gerade hatte Jan mit Lucy über den Fortschritt in Politik und Wissenschaft geredet; sie hatte sich alles mit höflichem Interesse angehört, aber die ganze Zeit schon auf irgendetwas gewartet. Jetzt war der Moment gekommen. Zielsicher griff sie in den Bücherschrank und legte ihrem Lehrer ein dünnes Bändchen vor.

»Und das hier?«, fragte sie in aller Unschuld.

A modest proposal for preventing the children of poor people in Ireland from being a burden to their parents or country, and for making them beneficial to the publick. Jonathan Swift hatte die Schrift verfasst, und dies war kein Kinderbuch, auch *Gullivers Reisen* waren ja eigentlich kein Kinderbuch, aber dieser Text ging weit darüber hinaus.

»Das ist eine Satire«, sagte Jan. Der *gemäßigte Vorschlag, um zu verhindern, dass die Kinder armer Leute in Irland ihren Eltern oder dem Staat zur Last fielen*, lief darauf hinaus, sie zum Verzehr freizugeben.

»Ein Scherz?«

»Jedenfalls kein ernst gemeinter Vorschlag.«

»Kaufleute haben mir versichert«, las Lucy vor, *»dass für Jungen oder Mädchen von zwölf Jahren durchaus ein Markt bestünde. Aber wenn man sie bis zu diesem Alter großzieht, so würden sich die Einnahmen kaum auf mehr als drei Pfund oder allerhöchstens drei Pfund und eine halbe Krone pro Stück belaufen, wodurch weder den Eltern noch dem Staat die Kosten für die Aufzucht, Ernährung und Kleidung erstattet würden. Dafür wäre der vierfache Betrag anzusetzen …«*

Lucy machte eine Pause und sah Jan provozierend an. Er bemühte sich, nicht rot zu werden. Er hatte keineswegs die Absicht, seiner Schülerin zu erklären, zu welchem Zweck jemand einen Knaben oder ein Mädchen von zwölf Jahren käuflich erwerben mochte. Vermutlich wusste sie es sowieso. Aber das war nicht das Thema.

»Ein gut unterrichteter Amerikaner aus meinem Londoner Bekanntenkreis hat mir versichert, ein junges, gesundes Kind, gut genährt, im Alter von einem Jahr etwa, sei sehr nahrhaft und geradezu eine Delikatesse, ganz gleich, ob nun gegrillt, gebraten oder gekocht. Und ich habe keinen Zweifel, dass dasselbe auch bezüglich der Eignung als Frikassee oder Ragout gesagt werden kann ...«

»Das ist kein ernsthafter Vorschlag«, sagte Jan rasch. Er stellte sich vor, man würde ihm eines der dreckigen, nackten Kinder aus dem Dorf zum Dinner servieren.

»Ernsthaft oder nicht – glauben Sie nicht, dass es schon ein kleines bisschen verwerflich ist, sich so etwas überhaupt auszumalen?«

»Was den moralischen Aspekt angeht, so ist dafür vermutlich der Herr Pastor zuständig«, sagte Jan. »Aber darum geht es gar nicht. Es geht darum, die Aufmerksamkeit der Öffentlichkeit zu erregen. Die Kinderarmut ist ja ein sehr, sehr ernstes Problem, und der Staat soll handeln.«

»Die Schrift ist von 1729«, sagte Lucy. »Hat der Staat gehandelt?«

Jan musste zugeben, dass er davon nichts wusste. Dennoch fand er, dass er die Sache nicht auf sich beruhen lassen durfte. »Du siehst hier einen Abgrund, der nicht da ist«, sagte er. »Niemand, der auch nur halbwegs bei Verstand ist, würde auf den Gedanken kommen, etwas Derartiges in die Tat umzusetzen. Wir leben im 18. Jahrhundert! Das Vereinigte Königreich ist ein Hort der Zivilisation. Niemand, kein Schotte und kein Engländer jedenfalls, würde einem kleinen Kind auch nur ein Haar krümmen!«

In diesem Augenblick trat Normand MacLeod ins Zimmer.

Lucy sprang auf. »Was ist passiert?«, rief sie.

»Ich habe ... schlechte Nachrichten, sehr schlechte Nachrichten«, sagte der Laird stockend. »Duncan Forbes hat geschrieben. Robert ist tot. Jetzt ist es sicher: Er ist der junge Mann, von dem es hieß, dass Räuber ihn getötet hätten.«

4.

»Das ist das Grab?«, fragte Normand MacLeod.

Der Mann nickte. Jan Veenstra und der Laird standen auf dem kleinen Friedhof, gemeinsam mit Duncan Forbes, dem Obersten Richter, der aus Inverness angereist war. Es regnete. Um sie herum standen in gebührendem Abstand etwa fünfzig Personen, Männer, Frauen und Kinder aus dem benachbarten Dorf, und warteten ab, was hier weiter geschehen würde.

»Ausgraben«, sagte Duncan Forbes.

Zwei Männer mit Schaufeln traten vor und machten sich daran, das Grab zu öffnen. Weitere Kinder kamen herbeigerannt. Jan wünschte dagegen, er wäre nicht hier. Es widerstrebte ihm, die Totenruhe zu stören. Aber der Laird hatte darauf bestanden, dass er mitkommen solle, und keine weiteren Erläuterungen abgegeben.

Wasser sammelte sich in der Grube. Die Totengräber hatten Mühe, den zähen Lehm herauszuschaufeln. Dennoch dauerte es nicht lange, bis der Deckel des Sarges freigelegt worden war.

»Das ist nicht zulässig«, sagte Duncan Forbes leise.

Normand MacLeod nickte. Die Leute hatten den unbekannten Toten am schlechtesten Platz ihres Friedhofes beigesetzt. Der Sarg lag unter dem Wasserspiegel. Das war verboten, aber in diesem Fall bot es einen unbestreitbaren Vorteil. Es hatte den Toten vor der Verwesung bewahrt.

Die Männer hoben den Sarg aus der Kuhle und brachen den Deckel auf. Gestank breitete sich aus. Der junge Mann, der im Sarg lag, war nicht viel älter als Jan Veenstra. Er hatte dunkles, lockiges Haar. Sein Gesicht war unversehrt. Es sah aus, als ob er schliefe. Die Mörder hatten auf sein Herz gezielt, nicht auf den Kopf.

Jan sah den Laird an. Der verzog keine Miene. »Es ist Robert MacLeod«, sagte er leise. »Ich wünsche, dass er auf Skye begraben wird. In Dunvegan.«

»Mein Beileid«, sagte Duncan Forbes.

»Und der das getan hat, soll sterben!«

Jan sah, dass der Laird die Hände zu Fäusten geballt hatte.

»Es waren zwei«, sagte Forbes. »Einer der Mörder ist tot.«

»Und das erzählst du mir erst jetzt?«

»Wenn der Tote nicht Robert gewesen wäre, hätte ich es niemandem erzählt.«

»Wer war es?«

»Ein gewisser Ben Gordon.«

Der Laird zuckte mit den Schultern. »Kenne ich nicht.«

Der Mann war aufgefallen. Er hatte im Suff von ihrem Auftrag geprahlt, das Geld gezeigt, das sie bekommen hatten. In einer verrufenen Kneipe in Inverness. Das war gemeldet worden, und Forbes hatte den Mann festnehmen lassen. Auch seine Waffe war inzwischen sichergestellt.

»Ein französisches Gewehr?«, fragte der Laird.

Forbes schüttelte den Kopf. »Die Waffe stammt aus London. – Der Anschlag ist nicht Teil irgendeiner jakobitischen Verschwörung, Normand. Diese Männer sind unpolitisch. Es sind einfach nur Kriminelle, die für Geld getötet haben.«

»Aber warum? Warum ausgerechnet Robert? Der Junge hat doch niemandem etwas getan!«

»Den Grund kenne ich nicht. In einer ersten Vernehmung hat der Mann ausgesagt, dass sie einen Mann töten sollten, der aus London kam und nach Skye wollte. Eine Art Student oder Lehrer oder so etwas.«

»Robert war kein Lehrer.«

»In gewisser Weise doch. Er hat Kunstunterricht gegeben, um sich etwas Geld dazuzuverdienen.«

»Da weißt du mehr als ich. – Ja, kann schon sein, dass er Unterricht gegeben hat. Geld hat er immer gebraucht. – Weiter. Was weißt du noch?«

»Nichts. Am nächsten Morgen, als ich das Verhör fortsetzen wollte, war dieser Ben Gordon tot.«

»Was soll das heißen?«

»Tot. – Du weißt ja, dass es bei uns üblich ist, dass Verwandte die Gefangenen mit Nahrung und Getränken versorgen. Eigentlich sollte es nicht sein, aber wenn man den Aufsehern etwas Geld gibt, lassen sie das zu. Und gestern Abend ist jemand gekommen, angeblich der Bruder des Mannes, und der hat Wein gebracht. Und der Wein, der muss vergiftet gewesen sein.«

»Hast du den Bruder festnehmen lassen?«

Forbes schüttelte den Kopf. »Der Mann hat keinen Bruder. Ich habe die Wachen natürlich vernommen, aber deren Beschreibung ist ziemlich vage. Ein großer Mann, vielleicht dreißig oder vierzig Jahre alt, gut gekleidet ...«

»Das hilft uns nicht weiter!«

»Ein Engländer, sagen sie. Grobes Gesicht.«

Jan Veenstra erschrak. Stone, dachte er. Sollte das Stone gewesen sein? Womöglich hatte der Anschlag auf Robert in Wirklichkeit ihm gegolten. Seine Ankunft hatte sich verzögert, weil das Schiff zu lange gebraucht hatte, und da hatten die Mörder den Falschen erwischt. Sollte er mit dem Laird darüber sprechen? Nein, unmöglich, dann müsste er auch über seinen geheimen Auftrag reden. Und ändern konnte er sowieso nichts mehr.

»Und was ist mit dem zweiten Mann?«, fragte der Laird.

Duncan Forbes zuckte mit den Schultern. »Irgendein Alan. Angeblich ein MacGregor.«

»Ein MacGregor?«

»Ja. Er soll wohl früher Soldat gewesen sein. Aber bevor ich ernsthaft nachfassen konnte, war dieser Ben Gordon schon tot.«

»Das hilft uns alles nicht weiter.«

Forbes berichtete, wie er diesen Gordon gefasst hatte. Jan hörte nicht mehr richtig zu. War er selbst in Gefahr? Warum sollte ihm jemand nach dem Leben trachten? Nein, das war alles Unsinn. Es gab viele Männer, die unsympathisch aussahen, und es gab viele Männer, die irgendwelche Narben hatten. Stone war in London, und der Mann mit der Narbe, den er kannte, der hieß nicht MacGregor. Keiner von beiden hatte etwas mit dem Mord an Robert MacLeod zu tun. Sicher, der Anschlag war kein Zufall gewesen, wie er erst geglaubt hatte, aber wahrscheinlich stand er nicht im Zusammenhang mit ihm, sondern mit den verborgenen Aktivitäten seines Arbeitgebers, von deren Art und Umfang er sich bisher kein Bild machen konnte. Später, auf dem Weg zurück nach Dunvegan, versuchte Jan den Laird ein wenig auszuhorchen, aber der war überaus einsilbig, und so ritten sie die meiste Zeit schweigend nebeneinander her.

5.

Jan wusste, dass es ein langer Ausflug werden würde. Er hatte sich reichlich Verpflegung mitgenommen, und er war unmittelbar nach dem Frühstück aufgebrochen. Die MacLeod's Tables – unbezwingbar sahen sie aus, fast so unnahbar wie die Cuillins im Süden von Skye. Würde es ihm gelingen, einen der Berge zu besteigen?

Lucy hatte nur den Kopf geschüttelt, als er von seinem Plan erzählt hatte. Und der Laird hatte die Stirn gerunzelt. »Mit so einer Idee kann nur ein Ausländer kommen!« Aber er hatte keinen Einspruch erhoben, sondern ihn ziehen lassen.

Der Ausflug in die Berge gab Jan zumindest die Gelegenheit, für ein paar Stunden der gedrückten Stimmung in Dunvegan Castle zu entfliehen. Lucy hatte laut geweint, als sie mit der schrecklichen Nachricht zurückgekehrt waren. Jan fühlte sich schlecht, da er sie nicht trösten konnte. Und außerdem wurde er das unbestimmte Gefühl nicht los, dass er vielleicht am Ende doch auf irgendeine Weise am Tod ihres Bruders mit schuldig war, obwohl er sich beim besten Willen nicht vorstellen konnte, warum das so sein könnte. Inzwischen war Robert begraben, und Lucy weinte nicht mehr, aber fröhlich war sie auch nicht, und der Laird sprach mit niemandem, fraß den Kummer in sich hinein.

Draußen schien die Sonne. Es würde ein heißer Tag werden; kein Lüftchen regte sich. Vielleicht keine idealen Bedingungen für einen Ausflug in die Berge, aber der weite Ausblick reizte Jan, den man ohne Zweifel von oben haben musste. Und die Berge waren ungewöhnlich. Sie sahen anders aus als alle anderen Berge auf der Insel, ja, überhaupt anders als alle Berge, die er je gesehen hatte. Je näher er nun den steilen Felswänden der MacLeod's Tables kam, desto sicherer war er sich, dass sie aus demselben dunklen Gestein bestanden, das er am Ufer des Loch Dunvegan gesehen hatte, und von dem er annahm, dass es sich um Basalt handelte, dessen gleichmäßig geformte Säulen er bisher nur aus dem Lehrbuch kannte.

Jan entschied sich, den nördlichen der beiden Berge zu besteigen, oder es zumindest zu versuchen. Längst hatte er die letzten Häuser hinter sich gelassen – einen Ort namens Skinidin – und war in eine endlos erscheinende Moor- und Heidelandschaft geraten, auf der er schließlich den schmalen Pfad verlassen und sich nach Süden wenden musste. Blefuscu ging nur ungern in dieses Gelände, doch schien es Jan, dass das Pferd, wenn er es nur laufen ließ, einen Pfad verfolgte, den er selbst nicht erkennen konnte.

Jeder Fleck der Insel, der nur irgendwie nutzbar war, diente der Landwirtschaft. Und selbst hier draußen, in dieser völligen Einöde, sah Jan Kühe auf der Sommerweide. Er hatte zuerst den Eindruck, die Tiere seien hier völlig sich selbst überlassen, aber als er näher herankam, entdeckte er die Almhütte. Sie war wie üblich mit Soden gedeckt, und in diesem Fall waren auch die aus losen Steinen aufgesetzten Mauern noch zusätzlich mit einem Wall aus Soden umgeben, sodass das ganze Shieling wie ein Erdhügel wirkte. Erst aus der Nähe sah man die Stricke mit den Steinen, die das Dach zusammenhielten und dafür sorgten, dass es bei Sturm nicht wegflog.

Jan wollte sein Pferd hier bei der Hütte lassen, aber es war niemand da, den er um Erlaubnis fragen konnte. Die Hütte war leer; das Torffeuer brannte, sodass man sehen konnte, dass sie bewohnt war, aber von den Bewohnern keine Spur. So band Jan schließlich sein Pferd an einen der Felsblöcke und machte sich zu Fuß auf den Weg zum Gipfel.

Er hatte sich zu lange aufgehalten, zu viele Steine umgedreht, zu viele kahle Felsen inspiziert, und als Jan schließlich den flachen Gipfel des Berges erreicht hatte, sah er, dass sich an dem klaren Himmel inzwischen Quellwolken gebildet hatten, die rasch größer wurden und sich anschickten, die Sonne zu verdecken. Dunvegan lag noch im Licht, aber schon schoben sich Wolkenschatten über die breite Meeresbucht auf das Schloss zu.

Ein entsetzlicher Krach ließ Jan zusammenfahren. Ein Gewitter! Der Donner rollte, und Jan fürchtete, dass er völlig durchnässt werden würde. Er rannte los. Doch so sehr er sich auch beeilte, das Unwetter war über ihm, lange bevor er die Almhütte erreichte. Auf dem letzten Stück des Weges geriet er überdies noch in sumpfiges Gelände, sodass ihm das Wasser in die Stiefel lief. Er stürzte in die Hütte, stolperte und fiel der Länge nach hin.

Jemand lachte. Ceana? Es war tatsächlich Ceana.

Jan zog die Luft ein. Der Haufen, in den er gestürzt war, roch nach fauligem Fisch.

»Willkommen in unserem Shieling!«

»Entschuldige, dass ich ...« Ein greller Blitz erhellte selbst das Innere dieser dunklen Hütte, sodass Jan für den Bruchteil einer Sekunde die junge Frau sehen konnte; in die nachfolgende, noch schwärzere Dunkelheit fiel ein gewaltiger Donnerschlag.

»Es ist gut, dass du es bis zur Hütte geschafft hast«, sagte Ceana.

»Wegen der Elfen?«, fragte Jan.

»Wegen des Gewitters«, sagte Ceana.

»Ja, da habe ich Glück gehabt.«

Draußen prasselte der Regen.

»Ich – ich hatte einfach mein Pferd hier stehen lassen; ich hoffe, das hat nicht gestört. Ich meine, als ich heute früh hier vorbeikam, da war niemand da, bei dem ich ...«

Ceana lachte wieder. Jan war klar, dass er Unsinn redete.

»Ich war im Dorf«, sagte Ceana. »Wie jeden Tag.«

»In Dunvegan?«

»Nein, in Skinidin. Wir wohnen hier in Skinidin. Weißt du das nicht? Aber die Kühe sind auf der Sommerweide, und so verbringe ich den Sommer hier im Shieling. Und jeden Tag bringe ich die Milch runter ins Dorf und komme mit Seetang für die Kühe wieder zurück. Das ist der Seetang, über den du gefallen bist.«

Daher der Fischgeruch. »Und – dein Mann?«

»Roy ist im Dorf und kümmert sich um unsere Landwirtschaft.«

»Aber dies – dies ist schwere Arbeit. Warum macht er das nicht?«

»Du hast keine Ahnung, Jan. Das Kühehüten, der Sommer in den Shielings, das ist Frauenarbeit. Oder Kinderarbeit, wenn welche da sind. Aber wir haben ja noch keine Kinder ...«

»Wenn der Regen aufhört«, sagte Jan, »mache ich mich wieder auf den Weg.«

»Warum? Gefällt es dir nicht bei mir?«

»Es gefällt mir sehr gut bei dir.« In der Dunkelheit der Almhütte konnte Ceana nicht sehen, dass Jan rot wurde.

Ceana legte weiteren Torf auf das Feuer. Es wurde heller im Raum und wärmer. »Zieh deine nassen Sachen aus, sonst wirst du dich erkälten!«

»Aber ich kann doch nicht ...«

»Du bist hier in meinem Haus, und du kannst alles tun, was ich sage.«

Jan zögerte. Schließlich begann er, Stiefel und Strümpfe auszuziehen.

»Das war dumm von dir«, sagte Ceana. »Man geht nicht mit Stiefeln ins Moor. Die werden nur nass oder bleiben im Matsch stecken.«

»Ich bin das Barfußgehen nicht gewohnt«, sagte Jan.

»Du wirst mehr ausziehen müssen, als nur die Stiefel!« Ceana hockte sich neben ihn und begann, ihm das Hemd aufzuknöpfen.

Nun war Jan sich sicher, wo das enden würde. Er zog die junge Frau an sich heran. Unter dem Arisaid, dem Plaid der Frauen, trug sie ein knöchellanges Hemd aus Leinen. Jan wusste, dass sie darunter nackt sein würde.

Als Jan aufwachte, lag er allein auf dem Bett. Es war noch früh, noch keine sieben Uhr. Ceana war schon draußen und molk die Kühe. Das Torffeuer hatte die ganze Nacht gebrannt. Jans Sachen waren jetzt trocken. Er erhob sich, streckte sich und zog sich an. Das Bett aus trockenem Heidekraut und Moorgras war erstaunlich bequem gewesen, wenn auch zu kurz.

Ceana kam herein. »Du bist schon wach?«

»Ja.« Viel zu spät! Jan sprang auf. Er würde frühestens zum Mittag in Dunvegan zurück sein.

»Willst du nicht mit mir frühstücken?«

Nein, dachte Jan. »Doch«, sagte er.

»Dann komm.«

Jan setzte sich auf die Bettkante. Ceana gab ihm einen Becher Milch.

»Willst du selbst keine?«, fragte er.

»Ich habe nur einen Becher. Wir müssen ihn beide benutzen.«

Jan trank. Er überlegte. »Ceana«, sagte er schließlich. »Was hast du in Elgol gemacht, damals, als wir uns zum ersten Mal getroffen haben.«

»Ich habe dafür gesorgt, dass du nicht den Elfen begegnest, das weißt du doch!«

»Ceana, das ist Unsinn«, sagte Jan sanft. »Du glaubst nicht an Elfen. Und deine Kühe gehören nicht nach Elgol. Das waren auch gar nicht deine Kühe. Du hast nur so getan, als ob du sie hütest. Du hattest eine ganz bestimmte Aufgabe.«

»Ich glaube sehr wohl an die Elfen. Aber deshalb war ich nicht dort. Du weißt, welche Aufgabe ich hatte.«

»Was war in den Kisten?«, fragte Jan.

»Auch das weißt du. Gewehre.«

Jan setzte den Becher ab. »Es ist nicht in Ordnung, Gewehre zu schmuggeln«, sagte er.

»Ein Mann braucht Waffen, sonst ist er kein richtiger Mann, Jan. Wenn der fremde König in London verbietet, dass man die Waffen normal kauft, dann muss man sie auf anderem Wege beschaffen.«

»Ein Mann braucht keine Waffen. Niemand braucht Waffen. Sieh mich an, ich bin unbewaffnet.«

»Ja, du vielleicht. Ich nicht!« Mit einer blitzartigen Bewegung hatte sie ein Messer gezogen, das in ihrem Gürtel gesteckt haben musste, verborgen von den Falten ihres Gewandes. Jan zuckte zurück.

Ceana lachte. Sie steckte das Messer wieder ein. »Du kommst aus London. Wir haben dir nicht getraut. Deshalb habe ich dort gesessen und auf dich gewartet.«

»Auf mich gewartet?« Jan war davon ausgegangen, dass sie dort gesessen hatte, weil dies der Tag war, an dem die Waffen kommen sollten. Dass sie speziell auf ihn gewartet hatte, verblüffte ihn.

»Ja. – Aber jetzt kenne ich dich. Ich traue dir. Und wenn unser König von jenseits des Meeres zurückkommt, dann weiß ich, dass du ihm kein Feind bist.«

»Woher wusstest du, dass ich kommen würde?«

»Das darf ich nicht verraten.«

»Ich bin kein Feind, das hast du doch gerade selbst gesagt.«

»Ich verrate es trotzdem nicht.«

Jan schwieg. Irgendwann würde er es schon erfahren. Aber das war unwichtig. Alles war unwichtig. Alles außer Ceana. »Ich werde dich öfter besuchen – wenn ich darf!« Sein Herz schlug ihm bis zum Hals. Wie würde das enden?, dachte er. Roy würde es herausfinden und ihn erstechen. Oder erschießen. »Ich werde dich ganz, ganz oft besuchen.«

Ceana lächelte. »Das ist schön, dass du das gesagt hast.«
»Ich habe es auch so gemeint!«
»Ja. – Aber du kannst mich nicht besuchen. Heute ist der dreißigste Juli, Jan. Morgen früh kommt Roy, und wir treiben die Kühe auf die Winterweide. Die Zäune sind schon gesetzt. Der Sommer ist vorbei.«
»Aber ...«
»Es war schön, Jan. Und vielleicht können wir es irgendwann noch einmal haben. Im nächsten Jahr.«
»Oder jetzt gleich«, sagte Jan. Er griff nach Ceana.
»Oder jetzt gleich.«

Ceana sammelte ihre Kleider ein. Da lag etwas auf dem Boden. Jan bückte sich danach. Eine kleine Goldmünze. »Was ist denn das?«
»Mein Goldschatz«, sagte Ceana.
»Hast du noch mehr davon?«
»Nur die eine.«
Jan besah sich die Münze. Es war keine englische Guinee, wie er zunächst gedacht hatte, sondern eine spanische Dublone.
»Wundert dich das?«, fragte Ceana. »Fragst du dich, wo die herkommt? Mein Vater war mit Admiral Vernon in der Karibik. Vor Cartagena haben sie ein spanisches Schiff gekapert. Dies ist sein Anteil an der Beute.«
»Nicht schlecht«, sagte Jan. Aber hatte nicht der Doktor gesagt, dass Ceana ein Waisenkind war?

6.

Endlich Post aus London. Der Inhalt ... belanglos. Jan hatte den geöffneten Brief absichtlich auf dem Tisch liegen gelassen. Wenn jemand sich dafür interessierte, sollte er ihn gern lesen. Das Geheimnis war zu gut verborgen, als dass jemand zufällig darauf stoßen konnte. Als er sich sicher sein konnte, dass die Bediensteten schliefen, schlich Jan nach unten. Das Licht der Kerze reichte knapp aus, um seinen Weg zu erhellen.

Da lag der Brief. An anderer Stelle, als er ihn zurückgelassen hatte, aber das musste nichts bedeuten. Es konnte sehr gut sein, dass Ailsa, das Küchenmädchen, beim Aufräumen auch die Papiere zur Seite gelegt hatte. Jan nahm das Schreiben und ging in die Küche. Das Torffeuer im Herd glühte noch. Und die Herdplatte … Jan zuckte zurück. Sie war teuflisch heiß. Er hatte sich den Finger verbrannt.

Nun also Vorsicht. Er nahm die erste Seite des Briefes und brachte sie mit Hilfe eines Holzlöffels vorsichtig in Position. Einen kleinen Augenblick lang geschah nichts. Dann begann sich das Blatt unter der Einwirkung der Hitze zu krümmen. Jan strich mit dem Holzlöffel über den Bogen. Das Papier wurde braun. Und – da! Am linken oberen Rand, gleich neben der Anrede, erschien jetzt plötzlich und deutlich sichtbar ein großes P.

Rasch nahm Jan das Blatt vom Herd. Jetzt kam der entscheidende, der zweite Teil. Die dritte, fast weiße Seite. Jan nahm einen zweiten Holzlöffel zu Hilfe, um das Blatt so glatt wie möglich auf der Herdplatte zu halten. Er wusste, dass er nur wenig Spiel hatte. Ließ er den Bogen zu kurz auf der Platte, konnte er nichts erkennen. Hielt er ihn zu lange auf dem Herd, so würde er sich entzünden und verbrennen. Das Papier wellte sich und begann, sich zu bräunen. Und dann erschienen plötzlich wie von Geisterhand Zahlen auf dem weißen Grund, ganze Reihen von Zahlen, eine unter der anderen, und im nächsten Moment wurde die obere, rechte Ecke des Bogens dunkelbraun, sodass Jan das Papier hastig von der heißen Platte riss. Geschafft! Der Brief war gerettet. Aber noch nicht vollständig lesbar. Was tun?

Einen Moment lang stand er unschlüssig in der Küche. Dann kam ihm der rettende Einfall. Er nutzte die überflüssige, zweite Seite des Briefes, schob sie so weit unter das Papier, dass sie die gebräunten Teile abdeckte und vor übergroßer Hitze schützte. Er hoffte, dass es so gelingen würde, auch den Rest des Textes sichtbar zu machen. Der Schweiß lief ihm über die Stirn. Ein Tropfen fiel auf den Herd und verdampfte.

Ja, es funktionierte! Tatsächlich, da war der Rest der Botschaft. Was der Text bedeutete, würde er bei Tageslicht feststellen. Jetzt kam es zunächst darauf an, unbemerkt in sein Zimmer zurückzukommen.

Das erste Mal, als Jan aufwachte, war es noch dunkel. Zu früh! Noch konnte er nichts tun. Er rollte sich in seine Decke und schlief wieder ein.

Plötzlich schrak Jan hoch. Die Sonne! Er hatte verschlafen. Jetzt musste er sich beeilen, wenn er den Text noch vor dem Frühstück entschlüsseln wollte. Da lag der Brief. P stand auf der ersten Seite.

P – das hieß *Pamela*. Jan holte das Buch aus dem Regal. Drei verschiedene Schlüssel standen zur Auswahl. R hätte *Robinson* bedeutet, und B wäre die Bibel gewesen. Sie hatten sich auf eine doppelte Verschlüsselung geeinigt. Die Zahlen bezogen sich auf die Buchstaben der aufeinander folgenden Zeilen. Der Text der Botschaft war auf Deutsch, sodass selbst für den Fall, dass ein unbefugter Leser die Geheimschrift entdecken würde und den Code enträtseln konnte, was schon sehr unwahrscheinlich war, er immer noch nicht wusste, was in dem Brief stand.

2 – 21 – 0 – 23 – 100 – 39 – 100 – 1 – 4 – 0 – 100 – 9 – 36 – 7 – 11 – 6 – 13 – 100 – 7 – 1 – 3 – 3 – 6 – 0 — 12 – 24 – 7 – 38 – 25 – 100 – 100 – 27 – 100 – 100 – 100 – 100 – 25 – 41 – 2 – 10 – 16 – 5 – 22 – 0, so begann der Zahlencode. Jan schlug die erste Seite des Buches auf.

PAMELA;
OR,
VIRTUE REWARDED.
LETTER I.

Das war die Überschrift, die zählte sicher nicht mit.

DEAR FATHER AND MOTHER,

Alles in Großbuchstaben, das zählte vermutlich auch nicht. Und dann die erste Zeile:

I HAVE great trouble, and some comfort, to acquaint you

2 – das wäre dann also das H.

with. The trouble is, that my good lady died of the

21 – das M. Das M? Es gab kein Wort, das mit HM anfing. Hatte er sich verzählt? Nein, hatte er nicht. Ein plötzlicher Schreck durchfuhr ihn. Sie hatten sich nicht gut genug abgestimmt; er hatte geglaubt, dass alles klar wäre, aber jetzt – jetzt konnte er den Text nicht lesen.

Hatte er einen Fehler gemacht? Wahrscheinlich war die Zeile mit den Großbuchstaben mitzuzählen. Wie würde das aussehen?

DEAR FATHER AND MOTHER,

2 – das wäre dann das E.

I HAVE great trouble, and some comfort, to acquaint you

21 – das wäre das S. Ja, nicht schlecht. Danach dann die Null, das hieß ›neues Wort‹. Wunderbar, das schien zu stimmen, das erste Wort hieß »Es«.

Jetzt weiter. Jan musste feststellen, dass der vereinbarte Code zwar einfach war, dass es aber dennoch lange dauerte, die Nachricht zu entschlüsseln. Mal verzählte er sich bei den Buchstaben, mal geriet er mit den Zeilen durcheinander, und es dauerte eine Viertelstunde, bis er die ersten Worte eindeutig entziffert hatte:

*D**E**AR FATHER AND MOTHER,*
*I HAVE great trouble, and **S**ome comfort, to acquaint you*
*with. The trouble is, that my **G**ood lady died of the*
illness I mentioned to you, and left us all much grieved for
*the loss of her; for she was a dear good lady, and k**I**nd to*
all us her servants. Much I feared, that as I was taken
***B**y her ladyship to wait upon her person, I should be*
*qui**T**e destitute again…*

ES GIBT – das sah doch schon ganz vielversprechend aus! Weiter. Zeile um Zeile überflog er, zählte die Buchstaben. ES GIBT DRAMATISCHE …

And these were some of her last words! O how my eyes
*run! Don't wond**E**r to see the paper so blotted.*
*Well, but God's will must be do**N**e! And so comes the*
*comfor**T**, that I shall not be obliged to return back to be a*
*clog upon my dear parents! For my master said, I **W**ill*
*take care of you all, my good ma**I**dens; and for you,*
Pamela, (and took me by the hand; yes, he took my hand
before them all,) for my dear mother's sake, I will be a
*friend to you, and you shall take **C**are of my linen. God*
bless him! and pray with me, my dear father and mother,
for a blessing upon him, for he has given mourning and a
year's wages to all my lady's servants; and I having no
wages as yet, my lady having said she should do for me as
*I deserved, ordered the house**K**eeper to give me mourning*
*with the rest; and gave me with his own hand four go**L**den*

*g**U**ineas, and some silver, which were in my old lady's pocket whe**N** she died; and said, if I was a good girl, and faithful and dili**G**ent, he would be a friend to me, for his moth**E**r's sake. And so I send you these four guineas for your comfort; for Provide**N**ce will not let me want: ...*

Providence will not let me want – Nein, dachte Jan, die Vorsehung würde auch ihn nicht im Stich lassen. Der Satz hieß: ES GIBT DRAMATISCHE ENTWICKLUNGEN!

Jan zögerte einen Augenblick. Er war sich der Ironie bewusst, dass London ausgerechnet diesen Text ausgewählt hatte. Lohn der Tugend! Was für eine Tugend war es, die hier belohnt werden sollte? Die ihn als Spion hierher nach Schottland geschickt hatte? War es wirklich tugendhaft, seinen Arbeitgeber zu täuschen, den Laird und seine Tochter hinters Licht zu führen? Jan war überzeugt, dass die MacLeods grundanständige Menschen waren und nicht im Traum daran dachten, sich etwa gegen König Georg aufzulehnen. Aber natürlich ging es nicht in erster Linie darum, die Familie seiner Gastgeber auszuspionieren, sondern verlässliche Nachrichten über die generelle Situation im Nordwesten Schottlands nach London zu bringen. Das war eine ehrenhafte Aufgabe, glaubte er. Doch, das war eine ehrenhafte Aufgabe.

Warum hatte er dennoch ein schlechtes Gewissen?

Erst nach dem Frühstück gelang es Jan, den gesamten Text zu entschlüsseln. Er hatte Lucy eine schriftliche Ausarbeitung gegeben, die sie für einige Zeit beschäftigen würde. Danach hatte er sich in sein Zimmer zurückgezogen. Die Nachricht lautete:

Es gibt dramatische Entwicklungen! Charles Edward Stuart, der Sohn des Prätendenten, ist am 15. Juli mit zwei Schiffen von Belle Île aus in See gestochen. Eines der Schiffe ist im Kampf mit unse-

rem Schiff »Lion« außer Gefecht gesetzt worden und nach Frankreich zurückgekehrt. Das andere Schiff mit dem Prinzen ist nach Westen zum Atlantik hin entkommen. Landung in Irland oder Schottland wahrscheinlich. Halte die Ohren offen!

7.

Das Antwortschreiben sollte gleich am nächsten Tag mit der Post herausgehen. Die Zwiebel – würde es wirklich funktionieren, aus dem Saft der Zwiebel eine Geheimtinte herzustellen, so wie William es ihm gesagt hatte? Sicher, sie hatten gemeinsam die Geheimschrift ausprobiert, aber in London hatten sie statt der Zwiebel den Saft einer Zitrone verwendet. Der war wesentlich leichter zu gewinnen als der Zwiebelsaft, und es hatte hervorragend funktioniert. Hier im schottischen Hochland gab es zwar Zitronen, aber die waren wertvoll und schwer zu bekommen. Jan musste mit dem vorliebnehmen, was zur Verfügung stand. Und selbst das Beschaffen der Zwiebel hatte sich als unerwartet schwierig herausgestellt.

Er hatte sich einen kleinen Topf aus der Küche besorgt. Jan häutete die Zwiebel und schnitt sie in kleine Würfel. Saft gab es dabei nicht. Jan nahm den Stein, in dem das Ammonshorn steckte, und begann, die Zwiebelstücke damit zu zermahlen. Intensiver Zwiebelgeruch breitete sich aus. Eine Brille wäre nützlich gewesen; Jan rieb sich die Augen. Es half alles nichts. Seine Augen begannen zu tränen, und das Ergebnis seiner Bemühungen war noch immer nicht so, dass er damit hätte einen Brief schreiben können. Er brauchte mehr Flüssigkeit, viel mehr!

Auf der Fensterbank stand die Vase mit den Zweigen, die er vom Strand mitgebracht hatte. Gewöhnliche Weidenzweige; er wollte versuchen, ob es ihm gelänge, dass sie Wurzeln trieben. Jan nahm die Zweige heraus und goss einen kleinen

Schuss Wasser in den Topf mit dem Zwiebelbrei. So war es schon besser. Wenn er jetzt noch das Ganze im Kamin erhitzte, dann würde es wahrscheinlich gelingen, den Zwiebelsaft aus den harten Stücken herauszutreiben, und dann konnte er vielleicht tatsächlich damit schreiben.

Jan ließ den Topf so lange im Feuer, bis die Masse darin zu brodeln anfing. Das ganze Zimmer roch jetzt nach Zwiebeln. Er durfte nicht vergessen, das Fenster zu öffnen. Nun war das Gefäß heiß geworden; Jan holte es mit Hilfe einer Socke aus der Glut und setzte den Topf zunächst auf den Steinen vor dem Kamin ab, bis er wieder abgekühlt war und er ihn auf den Tisch stellen konnte, ohne im Holz verräterische Spuren zu hinterlassen. Dann machte er sich ans Werk.

8 – 1 – 7 – 40 – 0 – 39 – 5 – 14 – 0 – 15 – 100 – 3 – 26 – 2 – 0 – 20 – 29 – 2 – 24 – 25 – 0 schrieb er. HIER IST ALLES RUHIG. Es war schwierig, auf dem Papier dem Verlauf der unsichtbaren Tinte zu folgen. Es ließ sich kaum feststellen, ob tatsächlich genügend Flüssigkeit auf dem Blatt landete. Und wenn er absetzte, um die Feder erneut einzutunken, konnte er nicht mehr erkennen, wo er aufgehört hatte. Er musste die Stelle mit dem Finger markieren. Aber – funktionierte das wirklich? War nicht vielleicht am Ende die ganze Botschaft, die er mit so viel Mühe erzeugt hatte, gar nicht lesbar?

Jan entschloss sich, das erste Blatt Papier als Probe zu benutzen. Um nicht wieder in die Küche hinunter zu müssen, hielt er das Blatt über die Kerzenflamme. Wieder dauerte es einen Moment, wieder begann das Papier, sich allmählich braun zu färben. Dann standen plötzlich wie von Geisterhand Zahlen auf dem Blatt, und im selben Moment fing der Brief Feuer.

8.

»Es ist also wirklich wahr?«, fragte Lucy aufgeregt.

Jan nickte. Der Laird hatte vorhin beim Frühstück bestätigt, dass Charles Edward Stuart in Schottland gelandet sei.

»Was wird geschehen?«

»Nichts, hoffe ich«, sagte Jan. Er sah Lucy forschend an. Er hatte das Gefühl, dass das Mädchen in erster Linie das Abenteuer sah und den mutigen Prinzen, der allen widrigen Umständen trotzte und hier gelandet war, um seinen Anspruch auf die Krone geltend zu machen. Seines Vaters Anspruch auf die Krone, um genau zu sein. »Er wird nicht weit kommen. In Bernera liegen Soldaten des Königs, vor der Küste kreuzen die Schiffe der Royal Navy, und jenseits der Berge liegt englisches Militär in großer Zahl. Der Aufstand wird schnell zu Ende sein.«

»Und wenn es nun doch nicht so schnell zu Ende ist?«

»Das wollen wir nicht hoffen«, sagte Jan. »Krieg ist etwas Furchtbares.«

»Aber Vater hat gesagt, dass sich auch da vieles verändert hat. Wir sind ja nicht mehr im dunklen Mittelalter. Es gibt doch inzwischen gute Militärärzte, die sich der Verwundeten annehmen.«

»Es gibt Militärärzte«, sagte Jan. »Wie gut sie sind, das wage ich nicht zu beurteilen.« Er dachte an das Lazarett in Dettingen. Das Blut. Die Schreie.

»Der Doktor hat mir erzählt, dass es heute phantastische Möglichkeiten gibt, das Leben der Verwundeten zu retten. Und selbst wenn jemand tatsächlich einen Arm oder ein Bein verlieren sollte, dann kann man die notwendige Operation heute ganz einfach durchführen. Völlig gefahrlos. Man klemmt die Adern vorher mit einem *Tourniquet* ab, dass kein unnötiges Blut verloren geht, und dann sägt man das Bein ab.«

»So in etwa.« Lucy hatte offenbar keine Vorstellung davon, was es bedeuten würde, tatsächlich einen Arm oder ein Bein zu verlieren.

»Vater hat gesagt, dass es außerdem Vereinbarungen zwischen den Armeen gibt, um die Verluste gering zu halten. Bei Dettingen soll es zum Beispiel so gewesen sein, dass der englische Befehlshaber mit den Franzosen vereinbart hat, dass man gegenseitig die Lazarette respektiert und auf keinen Fall beschießt.«

»Ja, das stimmt. Das Frankfurter Kartell. Daran hat man sich auch im Wesentlichen gehalten. Als die Pragmatische Armee überstürzt abziehen musste, weil die Versorgungslage so schlecht war, da hat Stair den gegnerischen Marshall Noailles per Kurier gebeten, sich um die englischen Verwundeten zu kümmern.«

»Was er auch getan hat?«, fragte Lucy.

»Was er auch getan hat. Er hat die Verwundeten ins Kloster nach Seligenstadt schaffen lassen, wo sie dann gepflegt worden sind.«

»Also bemüht man sich doch zumindest um Menschlichkeit, oder?«

»Ja, man bemüht sich.«

Der Laird kam herein, eine Tasse Tee in der Hand; Lucy beachtete ihn nicht. Sie sagte: »Und die Gefangenen, also wenn man in Gefangenschaft gerät, dann ist es doch heute so, dass man nach der Schlacht die Gefangenen auf Ehrenwort wieder freilässt.«

»Ja, das stimmt«, sagte Jan. »Das stand auch im Frankfurter Kartell. Sie sind Gegner, aber sie hassen sich ja nicht. Auf dem Weg nach Dettingen habe ich selbst gesehen, wie die Offiziere beider Seiten sich über den Main hinweg gegrüßt und ganz zwanglos unterhalten haben, ohne aufeinander zu schießen.« Jan erschrak. Jetzt würde er erklären müssen, warum er in Dettingen gewesen war!

Aber der Laird zeigte keine Reaktion, und Lucy hakte nicht nach. Sie überlegte. »Sie hassen sich nicht, sagen Sie. Sie haben eigentlich gar nichts gegeneinander. Warum bekriegen sie sich dann?«

Der Laird sagte: »Kriege sind überflüssig. Wenn wir uns gegenseitig vertrauen würden und endlich aufhören würden, miteinander zu streiten, hätten wir alle nur Gewinn. Der Warenaustausch mit England hat sich erheblich ausgedehnt in den letzten Jahren. Wir profitieren davon. Unsere Rinder werden in Crieff vermarktet, und von da gehen sie weiter, bis nach England.«

»Wenn sie bis nach Crieff kommen«, warf Lucy ein.

»Ja, wenn sie bis nach Crieff kommen. In der Tat gibt es noch heute Viehdiebstähle in großem Umfang. Unser Nachbar, mein Freund Alexander MacDonald, weiß ein Lied davon zu singen.«

»Es sind die MacGregors«, sagte das Mädchen, das den Tee nachschenkte. Tee, der natürlich über London seinen Weg hierher in den äußersten Winkel Schottlands gefunden hatte.

»Nicht nur die MacGregors. Viele andere auch.«

»Kann man diese Räuberei nicht unterbinden?«, fragte Jan.

Der Laird lachte. »Viehdiebstahl gilt nicht als Räuberei. Es ist eine Art Sport für die Männer hier in den Highlands. Und wenn dir dein Vieh gestohlen wird, dann gehst du nicht etwa vor Gericht und erhebst Anklage, sondern du stiehlt es dir zurück.«

»Macht Sir Alexander das auch?«, fragte Lucy.

»Er selbst nicht. Aber seine Leute natürlich. Wenn das nicht gemacht würde, stünde man am Ende ziemlich arm da. Ja, Schottland ist tatsächlich in großen Teilen noch ein gesetzloses Land, und es wird noch lange dauern, bis sich das wirklich ändert.«

»Bis hier nach Dunvegan erstreckt sich das«, rief das Küchenmädchen empört. »Bis hier in unseren Gemüsegarten. Jemand war bei meinen Zwiebeln!«

»Unsinn«, sagte der Laird. »Das bildest du dir ein. Wer sollte das tun?«

»Wer das tun mag, weiß ich nicht. Aber ich weiß, dass eine meiner Zwiebeln gestern noch da war, und heute ist sie weg.«

9.

Schon wieder Post aus London! Vielleicht diesmal die Antworten auf die offenen Fragen? Unter einem Vorwand hatte Jan sich nach dem Unterricht so rasch wie möglich davongestohlen. In fieberhafter Eile hatte er das Schreiben über einer Kerzenflamme sichtbar gemacht, den Code mit dem Quelltext verglichen – diesmal war es die Bibel – als jemand zaghaft an seine Tür klopfte. Jan raffte den Brief zusammen. »Was gibt's?«

»Kommen Sie zum Abendessen?«, fragte Ailsa. »Der Herr Pastor und der Doktor sind schon da.«

»Ja, natürlich.« Keine Zeit mehr, das Schriftstück zu vernichten. Aber dafür war später noch reichlich Gelegenheit. Niemand würde in der Zwischenzeit in sein Zimmer kommen. Sie respektierten seine Privatsphäre; er brauchte nicht einmal abzuschließen. Rasch lief er nach unten.

Da saßen sie beim Abendbrot. Jan sah von einem zum anderen. Die jüngsten Entwicklungen hatten keinen von ihnen unberührt gelassen. Anders als sonst lag eine spürbare Spannung in der Luft. Während Lucy kindlich aufgeregt schien wie am Vorabend ihres Geburtstages, wirkte der Laird ernster als üblich, so als bereite er sich innerlich darauf vor, in die

Geschichte Schottlands einzugreifen. Der Pastor schien nervös, und er trank mehr als sonst.

Lediglich der Doktor wirkte unverändert. »Und?«, fragte er den Laird. »Werden Sie jetzt die Elfenfahne aus dem Schrank holen?«

»Die Elfenfahne? Wieso?«, fragte Jan.

»Wegen der Wunder«, sagte Lucy. »Kennen Sie nicht die Geschichte der Elfenfahne?«

Lucy veränderte ihre Stimme. Sie war jetzt nicht mehr Lucy, die Schülerin, sondern Lucinda, eine alte, weise Frau. Eine Märchenerzählerin. »Vor langer, langer Zeit hatte ein Chief des Clans MacLeod eine wunderschöne Frau kennen gelernt, und er wollte sie unbedingt heiraten. Sie war aber eine Elfe und konnte ihn nur unter der Bedingung heiraten, dass die Ehe nach zwanzig Jahren erlosch, und dass sie dann wieder ins Feenreich zurückkehren würde. Und so geschah es. Als der traurige Tag schließlich gekommen war, hat der Chief sich von seiner Frau verabschiedet. Das war an einer Brücke, drei Meilen von hier. Die Brücke heißt seit jener Zeit *Fairy Bridge* – Elfenbrücke. Zum Abschied gab ihm die Fee noch diese Fahne, und sie sagte, wenn er jemals im Kampf in Bedrängnis geriete, dann müsste er nur die Fahne schwenken, und schon würde sich die Zahl der eigenen Krieger vervielfachen, und er würde den Feind besiegen.«

»Ein schönes Märchen!«

»Es ist wahr! Die Brücke heißt seit jener Zeit *Fairy Bridge* – Elfenbrücke. Und die Elfenfahne hängt hier im Schloss.«

»Sehr nützlich, so eine Fahne«, sagte Jan spöttisch.

»Sie hat gewirkt«, behauptete Lucy.

»Wie?«

»In der Schlacht am krummen Deich. Wissen Sie das etwa nicht?«

Jan schüttelte den Kopf.

»Und Sie sind Lehrer und unterrichten mich in Geschichte? Schande über Sie!«

»Lucy!«, rief MacLeod.

»Nein, Entschuldigung, das habe ich nicht so gemeint. Es ist ja kein großes Ereignis der Weltgeschichte. 1578 ist das gewesen, gleich nach dem Trumpan-Massaker.«

Es war offensichtlich, dass Jan auch nichts von einem Trumpan-Massaker wusste. Lucy schenkte ihm ein spitzbübisches Lächeln und ging aus dem Zimmer.

»Gute Nacht!«, rief der Laird hinter ihr her.

»Gute Nacht«, scholl es von oben zurück.

»Ja, die Vergangenheit ist voller Gewalt und Grausamkeit«, sagte der Doktor.

»Das sind alles Legenden aus alter Zeit«, sagte Normand MacLeod.

Der Doktor widersprach. »1578 – das sind gerade mal 167 Jahre. So sehr lange ist das gar nicht her. Und es war ja nicht der letzte Konflikt zwischen den MacLeods und den MacDonalds. Ich sage nur: 1601. Da gab es nämlich noch den Krieg um die einäugige Braut ...«

»Hören Sie auf, Doktor! Ich glaube, für heute haben wir genug von diesen Dingen gehört.« Normand erhob sich. »Und wir sollten den Herrn Veenstra nicht zu sehr erschrecken. Schottland ist eines der schönsten Länder der Erde. Und auch eines der friedlichsten ...«

In diesem Augenblick ertönte draußen ein markerschütternder Schrei. Alle sprangen auf.

»Was war das?«, rief der Laird.

Lucy, dachte Jan, das ist Lucy! Es war eindeutig der Schrei einer jungen Frau.

»Schnell, schnell!« Der Doktor lief hinaus auf die Terrasse. »Wer ist da? Was ist hier los?«

Keine Antwort.

Der Laird und Jan rannten zum Treppenhaus. Es war nicht Lucy, die geschrien hatte. Sie kam ihnen auf der Treppe entgegen.

»Was ist denn passiert? Wer hat da geschrien?«

»Wissen wir nicht«, rief der Laird. »Wir sehen nach.«

»Ich komme mit!«

»Du bleibst da!«

Jan und der Laird rissen das Tor auf, sprangen in das Boot. Der Laird griff nach den Rudern.

»Braucht jemand Hilfe?«, rief der Pastor von der Terrasse. »Hören Sie mich? So antworten Sie doch!«

Niemand antwortete. Jan und der Laird sprangen an Land. »Da drüben, glaube ich!« Aber da drüben war niemand. »Kommen Sie, wir müssen uns aufteilen!«

Sie hätten Fackeln mitnehmen sollen, dachte Jan. Die Dunkelheit war schier undurchdringlich. Er blieb stehen und lauschte. Nichts regte sich. Kein Laut war zu hören, außer dem Rascheln weiter rechts, wo der Laird suchte.

»Hier ist nichts!«, rief der Laird.

»Hier auch nicht«, sagte Jan.

»Warten Sie, ich hole Verstärkung!«

Jan sah, wie der Laird zum Boot lief und zum Schloss zurückruderte. Das blanke Wasser des Burggrabens konnte er selbst in dieser mondlosen Nacht klar erkennen. Aber unter den Bäumen rings um das Schloss war es finster. Außer ihm schien niemand hier draußen zu sein. Und doch musste jemand hier sein, es hatte hier gerade noch ein Mensch geschrien.

Doch, da war jemand. Eine ganz schwache Bewegung am Rande seines Gesichtsfeldes, kaum wahrzunehmen, und ein leises Geräusch. Eine Frau?

»Halt!«, rief Jan. »Halt, bleiben Sie stehen!«

Keine Antwort. Jan rannte los, stolperte über eine Baumwurzel, konnte sich gerade noch fangen, hastete weiter. Ein Zweig schlug ihm ins Gesicht. Wieder eine Baumwurzel, wenn er so weiterrannte, würde er sich noch die Knochen brechen. Jan landete in dichtem Gebüsch. Hier konnte niemand durch, hier war niemand, aus, Ende.

Jan blieb stehen, lauschte erneut. Doch jetzt kamen die Bediensteten vom Schloss her. Sie hatten Fackeln mitgebracht, riefen, lärmten. Es hatte keinen Sinn mehr, zu warten und zu lauschen. Jan ging zurück dorthin, wo er die Fackeln sah.

»Bei den Ställen ist niemand«, sagte der alte Simon. Er war der Erste, der Jan entgegenkam. »Was für ein furchtbarer Schrei. Ich hatte gefürchtet, wir würden hier eine Tote finden.«

»Ja«, sagte Jan. Das hatte er auch befürchtet.

Sie suchten die ganze Umgebung des Schlosses ab, doch sie fanden niemanden. Auch Lucy beteiligte sich jetzt an der Suche. Schließlich sah Jan, dass der Doktor und der Pastor sich verabschiedeten. Es hatte keinen Sinn mehr weiterzumachen. Morgen früh, wenn es hell war, könnten sie vielleicht Spuren finden. Wenn sie bei der nächtlichen Suche nicht alles zertrampelt hatten. Jan ließ sich zum Schloss zurückrudern.

In der Bibliothek war niemand. Der Kamin brannte, und die Weingläser, aus denen sie vor Kurzem getrunken hatten, standen noch an ihrem Platz. Wo mochte der Laird geblieben sein?

Der Brief fiel ihm ein. Dies war der richtige Moment, um das Schreiben zu vernichten. Jan eilte die Treppe hinauf. Als er die letzte Biegung umrundete, sah er, dass in seinem Zimmer das Licht noch brannte. Leichtsinnig, dachte er, die Kerzen nicht gelöscht zu haben! Jan trat ein.

Er erstarrte. Auf dem Tisch lagen ausgebreitet die Seiten des letzten Briefes aus London, gebräunt, die Ziffern des Geheimcodes klar lesbar. Jenseits des Tisches stand Normand MacLeod. Der Laird hielt eine Pistole in der Hand.

»Und ich hatte mich gewundert, warum so ein talentierter, junger Mann die Mühe auf sich nehmen wollte, sich im finstersten Schottland als Hauslehrer zu verdingen!« Seine Stimme klang eisig.

Die Mündung der Waffe war auf Jans Kopf gerichtet.

Jans Puls raste. Was sollte er sagen?

»Ein Mann von Ihren Fähigkeiten. Bekannt mit den wichtigsten Männern Englands. – Und ich habe mich gewundert, warum solch ein Mann hier als Lehrer arbeiten will!«

Es gab keinen Ausweg. »Die Tatsachen sprechen für sich«, sagte Jan. »Meine Freunde in London haben mich gebeten, sie über die Lage hier an der schottischen Westküste auf dem Laufenden zu halten.«

»Ein Spion«, sagte MacLeod.

»Wenn Sie so wollen!« Warum war er so dumm gewesen? Die Falle war doch gar zu offensichtlich gewesen. Ein Schrei in der Nacht – völlig absurd! Und er, er hatte sich davon herauslocken lassen, irgendeinen Schatten durch die Büsche verfolgt, während der Laird sein Zimmer durchsucht hatte.

»Sie enttäuschen mich«, sagte der Laird.

Jan wurde rot.

»Ich habe Ihnen mein Vertrauen geschenkt, vom ersten Augenblick an, ich habe Sie mit der Erziehung meiner Tochter beauftragt, und Sie – Sie spionieren mich heimlich aus!«

»Ich spioniere Sie nicht aus. Es geht um die allgemeine Lage, um mögliche jakobitische Verschwörungen, und ich versichere Ihnen ...«

»Ich glaube Ihnen kein Wort. Was steht in dem Brief?«

Jan starrte auf das Papier. Richtig, der Laird konnte ja mit den Zahlen nichts anfangen. Jan erklärte ihm den Code und trug ihm den Inhalt des Briefes vor. Jan sollte nach London kommen und über den Stand der Rebellion berichten.

MacLeod schüttelte den Kopf. »So ein Unfug! Ich stehe auf der Seite der Regierung, ich hatte überall an der Westküste Posten aufstellen lassen, damit der Prinz nicht heimlich landen konnte. Ich habe seine Ankunft zuerst gemeldet. London weiß das alles. Warum haben sie mir noch zusätzlich einen Spion ins Haus geschickt? Und – warum dieser Code? Wer hat sich denn diesen Schwachsinn ausgedacht?«

Jan wusste es nicht. Er hatte sich selbst schon gefragt, ob diese umständliche Art der Verschlüsselung wirklich die beste Möglichkeit war, dringende Meldungen in der gebotenen Eile weiterzuleiten.

»Das muss Tweeddale gewesen sein!«

»Schon möglich«, gab Jan zu. Der Minister für schottische Angelegenheiten war ein ausgesprochener Umstandskrämer.

»So macht man das nicht«, sagte der Laird. »Es geht alles viel einfacher und schneller. Ich schicke einen Boten los mit zwei Briefen, einem harmlosen mit belanglosem Inhalt, den kann er bei einer Kontrolle vorzeigen. Dann gibt es noch einen zweiten Brief. Den trägt er eng zusammengefaltet am Körper, und der enthält die wirkliche Nachricht. Die ist nicht verschlüsselt, und die kann der Empfänger sofort lesen. Und im Krieg entscheiden Stunden – ja sogar Minuten über Sieg oder Niederlage.«

»Ich weiß«, sagte Jan. Er kam sich vor wie ein Schuljunge, der bei einem besonders dummen Streich ertappt worden war. »Ich möchte mich bei Ihnen in aller Form ...«

»Für die Form haben wir keine Zeit, Herr Veenstra. Die Lage ist ernst. Nicht nur die Franzosen mischen mit, inzwischen haben auch die Spanier Waffen und Geld nach Schottland gebracht. Auf die Äußeren Hebriden, vor Monaten schon. Es kommt jetzt darauf an, dass die Regierung rasch und hart zuschlägt. Sie stehen auf Seiten der Regierung.« Der Laird senkte die Waffe. »Was ich persönlich von Ihnen halte, ist jetzt egal.«

»Vielleicht kann ich auf irgendeine Weise ...« Jan unterbrach sich, denn in diesem Augenblick kam Lucy herein, die offenbar den Lärm gehört hatte.

MacLeod beachtete sie nicht. »Ja, Herr Veenstra, das können Sie in der Tat. Der falsche Prinz ist in Moidart gelandet. Sie werden mit Roy zusammen hingehen und die Lage erkunden! Wenn Sie schon nach London sollen, dann haben Sie als Spion jedenfalls etwas Konkretes zu berichten!«

Lucys Augen weiteten sich vor Schreck. »Nein!«, rief sie. »Du kannst doch nicht ...«

MacLeod hob die Augenbrauen. Er sah Jan an: »Nein?«, fragte er.

»Doch«, sagte Jan. »Ich werde es tun.«

Starke Worte

Auf dem Weg nach Moidart, Schottland, 7. August 1745

1.

Was soll passieren?«, fragte Roy.

»Hoffentlich nichts«, erwiderte Jan. Seine Stimme klang fest; soweit hatte er sich in der Gewalt. Aber ihm war schlecht vor Angst. Das war sein Todesurteil, dachte er, als der Laird ihm den Auftrag gegeben hatte. Er hätte sich weigern sollen. Jan sprach kein Gälisch, und sein Aussehen war das eines Engländers, nicht das eines Hochland-Schotten. Da half es auch nicht viel, dass er keine Perücke mehr trug und dass Roy ihm die Haare gestrubbelt hatte, dass sie wild aussehen sollten. Und der Tartan, den sein Gefährte ihm mit großer Mühe angelegt hatte – Jan kam sich darin vor wie in einer Verkleidung.

»Mach dir keine Sorgen. Viele Männer sind unterwegs, um den Prinzen zu sehen!«

»Ja, natürlich.« Aber keiner von denen war ein Deutscher.

»Keine Angst, ich bin bei dir!«

Das kam noch erschwerend hinzu. Ceanas Mann! Ein netter Kerl, hatte der Doktor gesagt, und das stimmte auch. Aber wenn er wusste, was sich zwischen Jan und Ceana abgespielt hatte, würde er nicht zögern, Jan zu töten.

Sie waren nach Elgol geritten, Roy hatte geführt, war viel zu rasch geritten für Jans Geschmack, aber er hatte das nicht zugeben wollen und die Zähne zusammengebissen. Roy war nicht älter als Jan, aber er wirkte vollkommen ruhig und sicher.

»Warum fahren wir von hier und nicht von Kyle?«, wollte Jan wissen.

Roy erklärte ihm, dass in der Meerenge die Strömung zu stark sei, und dass die Engstelle außerdem zu weit im Norden liege. »Wir müssen nach Moidart, vergiss das nicht!«

Sie stiegen in das Boot. Jan starrte auf das schwarze Wasser. Er hatte keine Ahnung, wo genau Moidart lag. Er wusste nur, dass Prinz Charles Edward Stuart dort angeblich gelandet war. Mit einem Häufchen Getreuer, sagten die einen, mit ein paar hundert französischen Soldaten, sagten die anderen. Und weitere Verstärkung sei unterwegs. Roy ruderte schweigend. Jan fühlte sich ihm ausgeliefert.

»Soll ich dich ablösen?«, fragte er.

Roy schüttelte den Kopf. »Nicht nötig«, sagte er. »Ich bin es gewohnt zu rudern. Du nicht.«

Das stimmte natürlich. Jan taten ohnehin von dem Ritt schon alle Knochen weh. Aber sich rudern zu lassen, schien ihm falsch. Jan blickte zurück. Skye lag weit hinter ihnen. Dunvegan, eine feste Burg. Zu Hause hatte er sich dort gefühlt. Und jetzt verstoßen. Er sah seinen Begleiter an. Ceanas Mann. Jetzt war der Moment, dachte er. Wenn Roy es wusste, würde er genau jetzt über ihn herfallen. Roy war natürlich im Umgang mit der Waffe geübt, davon ging Jan aus. Aber einer Waffe bedürfte es gar nicht. Jan konnte nicht schwimmen. Ein kräftiger Stoß, und er wäre verloren. Jetzt, dachte er, jetzt war es soweit. Aber Roy ruderte und ruderte, und nichts geschah.

Leichter Dunst lag über dem Wasser. Nur nach oben zu den Sternen war der Blick frei. Dieselben Sterne wie in London, dieselben Sterne wie in Dunvegan. Wie klar sie leuchteten in dieser Einsamkeit! Jan spürte, wie seine Zuversicht zurückkehrte. Er dachte an Lucy. Wie erschrocken sie war, als der Laird ihn mit Roy auf diese gefährliche Erkundung geschickt hatte. Plötzlich wurde ihm bewusst, dass das Mädchen tatsächlich Angst um ihn hatte!

In dem Augenblick hörte Roy auf zu rudern.

Jan erschrak. »Was ist?«

Roy sah ihn an. »Ich muss dir etwas sagen.«

»Nur zu.« Jan konnte nicht verhindern, dass seine Stimme ganz leicht zitterte.

»Dieser Ausflug – du denkst wahrscheinlich, der Laird hat mich geschickt, weil ich so ein zuverlässiger Anhänger der Krone bin. Aber das bin ich nicht. Ich bin Schotte, Jan, und was in London geschieht, das erfüllt mich mit Misstrauen. König Georg ist nicht unser König. Er regiert nicht für uns, er regiert gegen uns.«

Er wusste es nicht!

»Ich glaube, das ist ein Missverständnis«, sagte Jan. »Und ich glaube nicht, dass ein anderer König besser für unser Land wäre. Schon gar nicht ein katholischer Prinz.« Er war unendlich erleichtert.

»Sehen wir ihn uns an«, sagte Roy. Er griff wieder zu den Rudern.

»Ja, sehen wir ihn uns an.«

Und dann waren sie am Ziel. Roy war in einen engen Fjord eingebogen, und nach ein paar Ruderschlägen, als sie die nächste Felsnase umrundet hatten, sahen sie Lichter vor sich. Am Ufer brannten mehrere Lagerfeuer. Jan war erstaunt, wie sorglos die Rebellen waren.

»Wo ist das Schiff?«, fragte er.

»Keine Ahnung.« Der Fjord war leer.

»Wer da?« Sie wurden jetzt vom Ufer her angerufen.

»Zwei Freunde von der Isle of Skye!«, rief Roy. »Wir kommen, um den Prinzen zu sehen!«

»Seid willkommen!« Es klang nicht so euphorisch, wie Jan erwartet hatte.

Roy machte das Boot fest, und sie gingen an Land.

Jan versuchte, sich ein Bild zu machen. Wie viele Leute mochten hier versammelt sein? Hundert? Zweihundert? Sie wirkten müde. Die Atmosphäre im Lager schien gedrückt. Sah so der Beginn eines erfolgreichen Aufstandes aus? Wohl kaum. Jan wusste, dass sich die Aussichten einer militärischen Operation nicht immer an der Stimmung der Soldaten ablesen ließen. In Dettingen hatten sie auch Angst gehabt, und dennoch hatten die Engländer gesiegt. Aber das hier, das war mehr als nur Angst, das war Mutlosigkeit. Roy sprach einen der Männer an. Auf Gälisch. Jan verstand kein Wort. Der Mann wirkte einsilbig, mürrisch. Am Ende stellte Roy eine Frage, die bedeuten mochte: Und was jetzt? Der andere zuckte nur mit den Schultern.

»Was ist los?«, fragte Jan, als sie wieder unter sich waren.

»Die Männer sind enttäuscht. Sie glauben, dass der Aufstand gescheitert ist.«

Das war eine gute Nachricht, dachte Jan. Und was Roy weiter in Erfahrung gebracht hatte, schien diese Einschätzung zu bestätigen.

Der Prinz war gekommen, ja, das war in Ordnung. Aber statt starke französische Truppen mitzubringen, wie seine Freunde erwartet hatten, war er so gut wie allein. Lediglich eine Handvoll Getreuer hatte er bei sich. Das reichte nicht; die Lage war in der Tat hoffnungslos.

Das Schiff des Prinzen, die *Du Teillay*, hatte zunächst die Äußeren Hebriden angelaufen und zwischen der kleinen Insel Eriskay und South Uist geankert. Der Prinz hatte gehofft, der Clanführer Alexander MacDonald von Boisdale würde sich dem Aufstand anschließen. Ein mächtiger Mann. Boisdale hatte dies klar abgelehnt. Er hatte für den Prinzen nur einen Rat: umgehend nach Frankreich zurückzukehren.

Der Prinz war stattdessen in der Nacht vom 24. auf den 25. Juli zum Festland weitergesegelt. Und jetzt war er hier.

»Wo sind wir hier?«, fragte Jan.

»Da drüben, die Häuser, die du da siehst, das ist Kinlochmoidart«, sagte Roy. »Diese Gegend gehört den Clanranalds.«

»Und ... wo ist das Schiff?«

»Weg. Der Prinz hat die *Du Teillay* nach Hause entlassen. Er vertraut allein auf unsere Hilfe. Der Mann hat Mut!«

Der Mann war wahnsinnig, dachte Jan. Aber psychologisch nicht ungeschickt. Er brach alle Brücken hinter sich ab, gab sich ganz in die Hand seiner schottischen Anhänger. Er glaubte, dass denen gar nichts anderes übrigblieb, als ihm zu helfen. Aber Jan glaubte, dass er sich da verrechnet hatte.

Eigentlich war damit ihr Auftrag erfüllt; sie konnten jetzt umkehren. Aber Roy sagte: »Ich seh' mich mal ein bisschen um.«

»Begib dich nicht unnötig in Gefahr!«

»Ach, Unsinn! – Aber vielleicht ist es besser, wenn du bei unserem Boot bleibst.«

Schon war er zwischen den Bäumen verschwunden. Jan ging nervös am Ufer auf und ab. Niemand interessierte sich für ihn. Schließlich setzte er sich auf den Rand des Bootes und wartete. Eine der dunkel gekleideten, wilden Gestalten, die sich hier versammelt hatten, kam auf ihn zu, sprach ihn auf Gälisch an.

Jan lächelte, nickte. Er hoffte, dass das richtig war. Der Mann war betrunken.

Es war nicht richtig. Jan spürte, wie der Mann misstrauisch wurde. Kurz entschlossen wies Jan auf die Flasche, die er in der Hand hielt, deutete an, dass er auch etwas trinken wollte. Der Mann lachte übertrieben laut, gab ihm die Flasche. Jan nahm einen Schluck, lachte auch. Das Zeug brannte wie

Feuer in der Kehle. Der Schotte klopfte ihm auf die Schulter, lachte noch immer und trollte sich schließlich.

Jan hoffte, dass Roy bald käme. Doch seine Geduld wurde auf eine harte Probe gestellt. Es dauerte über eine Stunde, bis sein Gefährte zurückkam.

»Sieben Mann«, sagte er. »Mit sieben Mann will er ein Königreich erobern!«

Jan schüttelte den Kopf. Je mehr er darüber erfuhr, desto verrückter erschien ihm das Vorhaben. Wenn es wenigstens sieben Helden gewesen wären! Aber davon konnte keine Rede sein. Aeneas MacDonald – ein Bankier. Wozu brauchten die Aufständischen einen Bankier? Der franko-irische Stabsoffizier John William O'Sullivan mochte halbwegs brauchbar sein, aber der zweite Soldat, ein Kavallerie-Offizier, galt als Säufer und Wutkopf. Er war über siebzig Jahre alt und nicht mehr kriegstauglich. Darüber hinaus gab es noch einen protestantischen Geistlichen, einen Engländer ohne irgendeine besondere Qualifikation, Prince Charles' alten Lehrer Sir Thomas Sheridan und den uralten, beim letzten jakobitischen Aufstand 1715 enteigneten Duke William of Atholl, der vielleicht hoffen mochte, seine früheren Anhänger würden für ihn kämpfen.

»Damit kannst du kein Königreich erobern«, sagte Jan.

»Das weiß ich auch.« Selbst Roy klang jetzt skeptisch. »Willst du den Prinzen sehen?«

Jan erschrak. Und dann ritt ihn der Teufel. Es würde die einzige Gelegenheit bleiben, einen Blick auf den Abenteurer zu werfen. »Ja, natürlich«, behauptete er. »Warum nicht?«

»Komm mit!«

Eine große Gruppe von Schotten hatte sich um eines der Feuer versammelt, und inmitten des Kreises, in der Nähe der Flammen, standen zwei Männer. Der eine von ihnen hell erleuchtet; die Perücke wirkte im flackernden Licht des Feuers wie ein langer, blonder Zopf. Sein Gegenüber im Gegenlicht dunkel wie die Masse der Zuschauer. Es sah aus, als sei ein Märchenprinz unter die Trolle geraten.

Die Trolle waren bewaffnet. Mehrere Musketen sah Jan, die meisten Männer trugen aber Breitschwerter und runde Schilde; selbst einige urtümliche Claymore-Langschwerter gab es, die mit beiden Händen geschlagen werden mussten. Und was dort an den Bäumen lehnte? Jan stieß Roy an. »Hellebarden?«

»Das sind Lochaber-Äxte.«

Jan schien es, als sei hier das Arsenal des Mittelalters aus irgendeinem seit Jahrhunderten vergessenen Depot wieder aufgetaucht.

Charles Edward Stuart hatte die Hoffnung offenbar noch nicht aufgegeben. Er diskutierte mit dem Mann, der aussah wie der Anführer der Trolle. Roy sagte, dass es Donald MacDonald of Kinlochmoidart sei. Keiner der großen Clanführer. Die wichtigen Chiefs waren offenbar gar nicht erst erschienen. Und die meisten Männer, die hier versammelt waren, dürften aus Neugier gekommen sein, nicht um zu kämpfen. Eine Flasche wurde herumgereicht.

Der Prinz ging erregt auf und ab und redete auf sein Gegenüber ein. Jan verstand nicht alles, aber er hörte, dass Charles Edward Stuart Englisch mit einem stark italienischen Akzent sprach: Kein Wunder; er war schließlich in Rom aufgewachsen. Kinlochmoidart stand still, ließ den Prinzen reden, folgte ihm nur mit den Augen und warf nur selten eine Bemerkung ein, auf Gälisch. Allem Anschein nach war das, was der Mann ständig wiederholte, immer dasselbe Wort: Nein.

Jemand reichte Jan die Flasche, sagte irgendetwas, das Jan nicht verstand. Er nickte, nahm einen Schluck. Es war Whisky. Jan reichte die Flasche an Roy weiter.

Der Prinz ereiferte sich mehr und mehr, und als er einsah, dass er bei Kinlochmoidart nichts erreichen würde, blieb er schließlich vor einem jungen Mann stehen.

»Der Bruder«, raunte Roy.

»Bruder? Wessen Bruder?«, fragte Jan.

»Ranald MacDonald ist der jüngere Bruder von Kinlochmoidart.«

»Aha.«

Der Prinz musterte den jungen Mann stumm. Schließlich fragte er: »Und was meinst du?«

Der Junge wirkte naiv. Er starrte den Prinzen mit großen Augen an. »Sie sind – Sie sind wirklich Charles Edward Stuart, der rechtmäßige Prince of Wales?«

»Ja, der bin ich.«

Der Junge wandte sich an seinen Bruder: »Und du, du zögerst?«

Kinlochmoidart nickte. »Es hat keinen Sinn«, sagte er. »Es kann nicht gelingen.«

Der Prinz ignorierte den Kommentar des Älteren. Er sagte: »Wenn er sich nicht traut – willst wenigstens du mir helfen?«

»Ja, das will ich!«, rief der junge Mann. »Von ganzem Herzen! Und wenn niemand außer mir in den ganzen Highlands sein Schwert für Sie zieht, mein Prinz – ich bin bereit, für Sie zu sterben!«

Warum fand jeder Demagoge irgendeinen Narren, der ihm auf den Leim ging?, fragte sich Jan insgeheim.

Charles lächelte zufrieden. Er dankte dem jungen Mann, blickte sich herausfordernd um und rief: »Ich hatte gehofft, dass alle Highlander so denken wie er.«

Einen Augenblick herrschte Stille. Jan sah, dass die Worte des Prinzen ihre Wirkung nicht verfehlten. Die anderen schienen auf einmal unschlüssig. Kinlochmoidart kratzte sich am Kopf. Er war kein Feigling. Wenn der Prinz bereit war, sein eigenes Leben aufs Spiel zu setzen, sollten dann nicht auch die Chiefs mit ihren Männern in den Kampf ziehen, um das Haus Stuart wieder an die Macht zu bringen? Jan räusperte sich, aber bevor er etwas sagen konnte, fragte Kinlochmoidart den Prinzen: »Was ist mit Lochiel?«

Ein wichtiger Mann, so viel wusste Jan.

»Ich baue fest auf ihn«, sagte der Prinz. Damit schien die Sache entschieden.

»Auch auf Skye hat der Prinz treue Freunde«, rief Roy.

Jan biss sich auf die Lippen. Ihm war klar, dass das taktische Geschick des Prinzen mehr wert war als ein paar tausend Soldaten. Kein Vergleich mit der Unbeholfenheit seines Vaters. Dieser Mann war viel gefährlicher, als er gedacht hatte.

Roy nahm ihn zur Seite: »Weißt du, dass Lochiel schon da ist?«

»Lochiel?«

»Da drüben.« Roy nickte mit dem Kopf in Richtung eines großen, etwa vierzigjährigen Mannes, der außerhalb des Kreises stand, und der nicht in die Diskussion eingegriffen hatte. Donald Cameron of Lochiel, *The gentle Lochiel*, wie er genannt wurde. Der milde Lochiel. Er hatte dem Ruf des Prinzen zwar Folge geleistet, aber er war allein gekommen, ohne seine Gefolgsleute. Er wollte sich offenbar nicht festlegen. Würde er tatsächlich bereit sein, seine Männer in den Kampf zu schicken? Die Camerons waren einer der größten Clans. Jan konnte nur hoffen, dass Lochiel vernünftig war. Aber – er hatte die Worte des Prinzen gehört, und er hatte nicht widersprochen. Es war ein wahnsinniges Unterfangen. Fast 4000 englische Soldaten waren in Schottland stationiert, unter dem Oberbefehl von Generalleutnant Sir John Cope, einem erfahrenen Offizier. Gegen die hatte ein Haufen von ein paar hundert untrainierten Aufständischen keine Chance.

Aber Jan spürte, dass die Stimmung jetzt umschlug. Hatte es bei ihrer Ankunft noch so ausgesehen, als stünde der Prinz kurz vor der Aufgabe, so schien es jetzt, als habe der Funke der Rebellion am Ende doch noch gezündet.

Der Prinz sagte: »Es ist entschieden. Noch in diesem Monat werden wir nach Glenfinnan marschieren und dort die königliche Fahne hissen. Dann beginnt der Kampf!«

Noch in diesem Monat. Aber bei der Unwegsamkeit des Geländes würde es mindestens zwei Wochen brauchen, genügend Freiwillige zu sammeln. Zwei Wochen – das sollte reichen, die Engländer zu alarmieren. Fort William, der nächste größere Stützpunkt der Regierungstruppen, lag kaum mehr als 15 Meilen von Glenfinnan entfernt. Es sollte für die Rotröcke kein Problem sein, mit einem entschlossenen Vorstoß nach Westen dem Spuk ein rasches Ende zu bereiten.

2.

Der nächste Tag war ein Sonntag. Jan schien wieder in die Gemeinschaft des Schlosses aufgenommen. Bis auf Weiteres jedenfalls. Der Laird hatte seinen Bericht angehört und keinen weiteren Kommentar abgegeben. Was er dachte, verriet er nicht. Die kleine Kirche von Dunvegan war an diesem Sonntag dicht gefüllt. Jan schien es, als seien mehr Menschen erschienen als bei allen Gottesdiensten, die er bisher erlebt hatte. Der Aufstand, dachte er. Die Menschen suchten Schutz, suchten die Nähe zu Gott. Aufmerksamer als sonst schienen sie den Worten des Pastors zu lauschen, und selbst der Doktor, der sich oft genug über die Kirche lustig machte, wirkte ernster als sonst.

Es kam der Augenblick, wo für König Georg gebetet wurde. Für gewöhnlich ein Moment, an dem sich leichte Unruhe ausbreitete. Heute nicht.

Der Pastor sagte: »Herr, wir erflehen Deinen Beistand für König Georg in London und für König James in Rom. Mögen sie und ihre Söhne weise handeln, und möge Gott sie beschützen.«

Der Laird, der bis dahin in ein stummes Gebet vertieft schien, richtete sich mit einem Ruck auf und starrte den Priester an. Einen Moment lang hatte Jan das Gefühl, er würde aufspringen und den Gottesdienst unterbrechen, doch das geschah nicht.

»Gott schütze sie!«, wiederholte die Gemeinde.

»Das gibt Ärger«, raunte der Doktor. »Das nimmt der Laird nicht so einfach hin!«

Nach dem Ende des Gottesdienstes blieben Jan und der Doktor zurück; auch Normand MacLeod war im Inneren der Kirche stehen geblieben. Andere Kirchgänger ahnten, dass etwas Ungewöhnliches passieren würde, trauten sich aber nicht, ebenfalls zu bleiben. Als alle Besucher verabschiedet waren, trat der Laird zum Eingang und schloss die Tür.

»Sie wollen mich sprechen?«, fragte der Pastor.

Jan bewunderte seinen Mut. Seine Stimme zitterte kein bisschen.

»Ja, allerdings«, sagte MacLeod. Es war klar, dass er aufgebracht war. »Dies hier ist keine Versammlung von heimlichen Papisten, sondern dies ist die Kirche von Schottland. Darüber hinaus ist es die Kirche von Dunvegan, und ich bin der Laird von Dunvegan. In meiner Kirche wird nicht für falsche Könige und nicht für Rebellen gebetet. Die Stuarts haben ihr Gastrecht verspielt. Die MacLeods von Dunvegan werden nicht noch einmal für sie in den Krieg ziehen. Wir stehen treu und fest auf der Seite der Regierung.«

»Ein Gebet kann doch nicht falsch sein ...«

»Ein Gebet für die falsche Sache ist falsch! Und wenn Sie es nicht selbst wissen, geben Sie mir Ihre Bibel, damit ich es Ihnen zeigen kann!«

»Meine Bibel?«

»Her damit!« So wütend hatte Jan den Laird noch nie erlebt. Er ließ sich von dem Pastor das Buch bringen, blätterte eine Weile darin herum, niemand rührte sich, und schließlich hatte er das Zitat gefunden: »Hier, hier steht es. Brief des Apostels Paulus an die Römer, 13. Kapitel: *Jedermann sei untertan der Obrigkeit, die Gewalt über ihn hat. Denn es ist keine Obrigkeit ohne von Gott; wo aber Obrigkeit ist, die ist von Gott verordnet.* – Und weiter unten: *Willst du dich aber nicht fürchten vor der Obrigkeit, so tue Gutes, so wirst du Lob von derselbigen haben. Denn sie ist Gottes Dienerin dir zugut. Tust du aber Böses, so fürchte dich; denn sie trägt das Schwert nicht umsonst; sie ist Gottes Dienerin, eine Rächerin zur Strafe über den, der Böses tut.* Und etwas Böseres als Hochverrat, das kann es überhaupt nicht geben. Was Sie in Ihrem stillen Kämmerlein beten, das ist mir egal. Aber hier in der Öffentlichkeit ist Ihr Gebet eine politische Kundgebung, ein Signal. Und wenn sich dieser Vorfall wiederholen sollte, dann können Sie Ihre Sachen packen und nach Rom ziehen – oder wo Sie sonst Unterschlupf finden mögen!«

»Ich bitte Sie ...«

»Ihre Predigt am nächsten Sonntag, die wird den Römerbrief zum Thema haben. Mehr gibt es dazu nicht zu sagen!« Der Laird ließ den Pastor stehen und schritt aus der Kirche.

Jan und der Doktor saßen auf der steinernen Umgrenzungsmauer des Friedhofs in der Sonne.

»Starke Worte«, sagte der Doktor. »Schöne, starke Worte.«

»Nicht nett für den Pastor, aber das musste gesagt werden. Es wäre wahnsinnig, wenn man sich jetzt auch nur den geringsten Anschein gäbe, keine klare Stellung zu beziehen.«

»Ja, ja«, sagte der Doktor. »Diese wunderschönen Worte sind rasch gesagt. Nun muss man sie auch noch leben.«

»Ja, natürlich.«

»Das wird allerdings nicht so einfach sein. Die Mehrheit der Bevölkerung ist zwar unpolitisch, aber die Stuarts sind Schotten, vergiss das nicht. Und König Georg ist noch nicht einmal ein richtiger Engländer, sondern Deutscher. Und die Politik Londons hat bisher nicht dazu geführt, dem Königshaus in Schottland neue Freunde zu gewinnen.«

»Das Vereinigte Königreich ist einer der fortschrittlichsten Staaten der Erde – wenn nicht der fortschrittlichste Staat überhaupt. Der König regiert nicht mehr allein, sondern mit Unterstützung des Parlaments. Das Volk hat direkten Einfluss auf die Entscheidungen ...«

»Ja, so sieht es aus. Und unser Laird sitzt im Unterhaus, und sein Nachbar, Lord Alexander, sitzt im Oberhaus, und beide arbeiten ganz sicher mit voller Kraft dafür, dass die Interessen Schottlands und speziell die Interessen Skyes nicht vergessen werden. Und dennoch ist dabei wenig an Ergebnissen erzielt worden, die hier vor Ort wirklich sichtbar wären. Finanzielle Unterstützung beim Zusammenbruch des schottischen Kolonial-Projekts – das hilft den Reichen, aber die Bauern haben nichts davon. Neue, schöne Straßen – aber die dienen dem Militär, und das ist nicht hier, um Schottland zu schützen, sondern um Schottland zu kontrollieren.«

»Aber ich bitte dich, Bruce, die Stuarts wären ein Schritt zurück in Richtung Mittelalter.«

»Du darfst nicht vergessen, dass das ganze Clansystem ein Stück Mittelalter ist, das sich beharrlich bis in unsere heutige Zeit gehalten hat. Wo sonst gibt es noch diese Art der – der Leibeigenschaft?«

»Leibeigenschaft? Das ist übertrieben.«

»Kaum. Und – gib es zu: Du bewunderst den Laird, er ist für dich – nein, eigentlich für uns alle – eine Art Vaterfigur.

Aber ein kleines bisschen fürchtest du dich auch vor ihm. Und das nicht ohne Grund. Der Laird ist der unbeschränkte Herr über seine Untertanen. Selbst die Gerichtsbarkeit untersteht seinem Einfluss. *The right of pit and gallow* – im Prinzip besteht das noch heute.«

»*Pit and gallow* ... Was heißt das?«, fragte Jan. Eine typisch schottische Angelegenheit offenbar.

»Der Galgen ist klar, denke ich. Männliche Delinquenten werden natürlich gehenkt. Und Pit, das ist der Brunnen, in dem weibliche Missetäter ersäuft werden.«

»Das würde Normand MacLeod nie tun!«

»Glaubst du? Den Mörder seines Sohnes würde er ohne viel Federlesens aufhängen lassen, davon bin ich überzeugt. Und wenn es eine Mörderin wäre, würde er sie ersäufen. Und er könnte es tun, ohne dass jemand ihn deswegen zur Rechenschaft zieht. Er kann tun und lassen, was er will. Wenn er eine Frau will, so nimmt er sie sich, und sie ist sogar noch stolz darauf, wenn sie ein Kind von ihm bekommt. Und seine eigenen Kinder, die werden so verheiratet, wie es für seine Pläne am zweckmäßigsten ist.«

Würde der Laird tatsächlich Lucy gegen ihren Willen verheiraten? Bis vor Kurzem hätte Jan es sich nicht vorstellen können, aber jetzt war er sich nicht mehr so sicher.

»Natürlich kann er seine Macht auch nutzen, um seinen Einflussbereich wirtschaftlich zu entwickeln. Er kann Schulen bauen, Kirchen von mir aus, kann für die Armen und Schwachen sorgen, einen Arzt einstellen, den es sonst nicht geben würde – schön. Aber das gilt nur, wenn du einen wirklich guten, großzügigen Laird hast. Das sind die wenigsten. Die wenigsten Menschen sind selbstlos. Du hast ja inzwischen einige der anderen Clanchefs kennen gelernt. Lord Lovat zum Beispiel. Auch er ist absoluter Herrscher, ein elender Tyrann, und seine Untertanen müssen es ausbaden.«

»Umso eher sollten sie sich von ihm lossagen und sich klar auf die Seite der Regierung stellen.«

»Ja, das sollten sie. Aber so sind sie nicht, die Menschen. Sie lassen sich von Gefühlen leiten, nicht von der Vernunft. Wenn der König im fernen London wenigstens ein Vorbild wäre. Jemand, zu dem man aufschauen könnte ...«

»Jeder Mensch hat seine Schwächen«, sagte Jan rasch.

»Aber einige haben mehr als andere. In seiner eigenen Familie wütet er wie ein Berserker. Am Kronprinzen lässt er kein gutes Haar. Und was das Schlimmste ist: Der Königshof ist letzten Endes ein deutscher Königshof in England.«

»George II. ist Engländer!«

»Er ist in Deutschland aufgewachsen. Er spricht ganz gut Englisch, das schon, aber im Grunde seines Herzens ist und bleibt er ein Deutscher. Ein Fremdling. Caroline, die Königin, war eine Deutsche. Seine Mätressen sind Deutsche. Die meisten jedenfalls. Die Wallmoden zum Beispiel, eine Deutsche. Da hilft es nichts, dass er sie für ihre Liebesdienste zur Gräfin von Yarmouth gemacht hat. Zwanzig Jahre jünger als er. Einen Bastard hat sie von ihm. Was mögen die Bürger von Yarmouth denken, dass man diese Hure zu ihrer Gräfin macht? Aber eine Mätresse reicht ihm noch nicht aus, diesem König. Da ist auch noch Henrietta Howard ...«

»Ich habe nie gewusst, dass du so stark gegen unser Königshaus bist!«, rief Jan überrascht. Als eine Hure würde er die sanfte Amalie von Wallmoden nie bezeichnen.

Der Doktor schüttelte den Kopf. »Versteh mich nicht falsch. Im Gegenteil. Ich bin der Meinung, dieses Königshaus ist ein Segen für uns. Ohne den schwachen George I. und ohne den dummen George II. hätte das Parlament nie den Einfluss gewinnen können, den es heute hat. Und der Kronprinz Frederick, der wird auch ein schwacher Herrscher. Das ist wunderbar. Die Demokratie wird sich weiterentwickeln, und wir werden alle davon profitieren. Aber das Königshaus verkauft sich schlecht. Wie kannst du im Volk Sympathien erwarten, wenn der Regent sich aufführt wie ein Pascha aus dem Morgenland?«

»Das sind doch Dinge, die in Wahrheit nicht ins Gewicht fallen sollten.«

»Sie fallen aber ins Gewicht. Das sind die Dinge, die sich herumsprechen, die jeder weiß. Und ich verstehe schon, dass unser guter Pastor sich schwer tut damit, diesem Kerl den göttlichen Segen zu wünschen.«

»Die Stuarts sind nicht besser.«

»Die Stuarts sind weit weg, und man weiß nicht viel über sie. Ihre früheren Sünden und Fehler sind alle vergessen. Und jetzt kommt ein junger, guter Prinz daher, der die Erlösung von allem Übel verspricht. Da ist es doch kein Wunder, dass sie dem alle zu Füßen liegen.«

»Nicht alle. MacLeod hat sich ja klar geäußert, und auch Lord Alexander steht fest auf der Seite der Regierung.«

»Lord Alexander steht nirgendwo fest. Im Augenblick tut er, was MacLeod ihm sagt. Aber wenn MacLeod nicht da wäre, dann würden sich rasch andere finden, die ihn beeinflussen, und ich weiß nicht, wofür er sich dann entscheiden würde.«

»MacLeod hat sich jedenfalls klar entschieden.«

»Das Problem ist nur, dass das nicht ausreichen wird.«

»Wie meinst du das?«

»Wenn dieser Sturm wirklich losbricht, dann reicht es nicht aus, dass jemand sagt: Ich bin für die Regierung. Dann muss er auch dementsprechend handeln. Wenn du glaubst, du kannst durch dieses Bekenntnis zu König Georg deine Leute aus dem Krieg heraushalten, dann bist du im Irrtum. Die Regierung braucht Soldaten; sie wird darauf bestehen, dass MacLeod seinen Clan bewaffnet und für den König ins Feld zieht. Aber es wird sehr schwer werden, die Männer zu motivieren.«

»Der Laird ist eine sehr machtvolle Persönlichkeit.«

»Ja, das ist er. Aber was ist, wenn er von seinen Männern verlangt, dass sie gegen ihre eigenen Landsleute kämpfen? Gegen ihre Freunde aus den benachbarten Clans? Gegen ihre Nachbarn. Und nicht zuletzt auch gegen die aufmüpfigen Angehörigen, die sich vom Laird nichts sagen lassen, sondern auf eigene Faust dem jungen Prinzen zulaufen. Krieg gegen ihre eigenen Brüder! Verrat, wird es heißen. Verrat an Schottland! Und wer will schon ein Verräter sein?«

Jan begriff, dass Probleme auf sie zukamen. »Möge der Konflikt kurz sein«, sagte er.

»Ja«, stimmte der Doktor zu. »Möge er kurz sein. Sonst wird er uns alle ins Elend stürzen. Wenn du Glück hast, ist alles vorbei, bevor du wieder aus London zurück bist.«

Es wurde Zeit, dass Jan sich auf den Weg machte. Der Duke of Cumberland wollte angeblich persönlich Bericht erstattet haben über die Lage in Schottland. Angeblich. Jan hatte seine Zweifel. War William Augustus nicht in den Niederlanden?

3.

Jan war bei MacPherson untergekommen. Er hatte Tweeddale Bericht erstattet. Der sah die Ereignisse im fernen Schottland gelassen. Er sagte, er wolle Jans Erkenntnisse an die Armeeführung weiterleiten. Und schließlich hatte er Jan einen Brief ausgehändigt, in dem es hieß, der Duke of Cumberland bitte um ein heimliches Treffen.

Der Vorschlag gefiel Jan nicht. Konnte es wirklich sein, dass William Augustus aus Holland herübergekommen war, um ihn heimlich zu treffen? Der Brief trug keine Unterschrift, aber es war offensichtlich, dass William Augustus ihn nicht selbst geschrieben hatte. Warum konnten sie sich nicht in aller Öffentlichkeit treffen? Warum nachts, warum im Freien? Eine Falle, dachte er, dies war womöglich eine Falle. Vielleicht hatte man ihn nach London gerufen, um ihn endgültig auszuschalten. Aber wenn er Antworten auf seine offenen Fragen erhalten wollte, dann durfte er einer Begegnung mit dem Duke of Cumberland nicht aus dem Weg gehen – selbst auf die Gefahr hin, dass er in eine Falle tappte. Vauxhall Gardens, hatte man ihm im Ministerium beschieden, im Pavillon des Kronprinzen, zwei Uhr nachts.

Jan machte sich lange vor der verabredeten Zeit auf den Weg. Von Süden her, durch die Gemüsegärten, näherte er sich dem Park. Hier würde er niemandem begegnen. Blieb nur das Problem der Mauer. Die Vauxhall Gardens waren von einer mehr als mannshohen Mauer umgeben. Jan kannte den Park von zahlreichen Besuchen, aber so hoch hatte er die Umgrenzung nicht in Erinnerung. Selbst wenn er sich auf die Zehenspitzen stellte, konnte er die Mauerkrone nicht erreichen. Es war unmöglich, hochzuspringen und sich einfach über die Barriere zu schwingen, wie er gedacht hatte. Auch der Duke of Cumberland würde das nicht können. Der schon gar nicht.

William Augustus würde durch einen der Eingänge kommen, da war sich Jan ganz sicher. Durch den Hintereingang wahrscheinlich, das Tor an der Nordostecke, wenn er kein Aufsehen erregen wollte. Wenn er denn überhaupt kam. Einen Augenblick lang überlegte Jan, ob er nicht einfach um das Gelände herumgehen und dort auf den Duke warten sollte. Nein, das war keine gute Idee. Das Vorhaben war gefährlich. Er musste einen eigenen Fluchtweg haben.

Die Gemüsegärten lagen im Mondlicht. Schade, dass es keine Obstgärten waren, dachte Jan. Sonst gäbe es sicher irgendwo eine Leiter. Jan sah sich um. Ein Schuppen unmittelbar an der Mauer! Das war sein Eingang! Jan kletterte zunächst über eine Regentonne aufs Dach, und von dort gelangte er mühelos nach oben. Das Gelände auf der anderen Seite lag im Dunkeln. Jan überlegte nicht lange; er schwang sich über die Mauerkrone und ließ sich ins Ungewisse fallen.

Der Sturz war tiefer, als er gedacht hatte. Zweige zerkratzten ihm das Gesicht; Jan kam hart auf dem Boden auf und musste einen Schmerzensschrei unterdrücken. Sein linkes Bein! Hoffentlich war es nicht schwerer verletzt! Jan richtete sich auf; zögernd machte er ein paar Schritte. Der Schmerz war ungeheuer, aber der Knochen war heil geblieben, so viel stand fest. Jan bahnte sich seinen Weg durchs Gestrüpp und humpelte ins Freie.

Da stand er nun. Die breite Allee – kein Zweifel, das war der South Walk; links die kleine Bühne, rechts der Bogen mit den *Supper Boxes,* an denen sich tagsüber die Leute drängten, um einen Imbiss zu erwerben. Alles leer und verlassen, unwirklich im Mondlicht. Jan sah den South Walk entlang. Die drei Triumphbögen und der Neptun-Tempel im Hintergrund. Als Jan zum ersten Mal hier gewesen war, hatte er geglaubt, das Mauerwerk sei echt. William Augustus hatte ihn ausgelacht und ihn hinter die Fassaden geführt. Jetzt, in dieser Beleuchtung, konnte auch ein geübtes Auge kaum unterscheiden, ob es sich um antike Gemäuer handelte oder um provisorische Bauten aus Holz und Leinwand, wie die Kulissen eines imposanten Theaters.

Wo war der Brunnen? Jan humpelte durch das sogenannte Gehölz, eigentlich nicht mehr als ein mit einzelnen hohen

Bäumen bestandener Platz. Ja, da war er. Sein Fuß – geschwollen. Er würde weiter anschwellen, wenn er nichts dagegen unternahm. Kurz entschlossen steckte er Fuß und Schuh in das kalte Wasser. Mehr konnte er nicht tun. Gut, dass er so rechtzeitig gekommen war! Er wollte William Augustus nicht humpelnd entgegentreten.

Als der Schmerz nachließ und ihm stattdessen unangenehm kalt wurde, zog Jan das verletzte Bein aus dem Brunnen und machte sich auf den Weg. Das Wasser quatschte in seinem Schuh. Er traute sich nicht, ihn auszuziehen. Der Fuß war angeschwollen, und Jan fürchtete, er würde den Stiefel nicht wieder anbekommen. Es musste so gehen. Jan hatte sich vorgenommen, das Gelände abzugehen, um sicher zu sein, dass sich außer ihm und dem Duke hier niemand verborgen hielt. Der Park war nicht groß; lediglich durch die zahlreichen Attraktionen hatte man das Gefühl, man befinde sich in einer endlosen Traumlandschaft. Da gab es das türkische Zelt, den gotischen Obelisken, den chinesischen Pavillon, und der Central Walk führte direkt durch die Bögen einer gewaltigen Ruine, die sich von ihren griechischen oder römischen Vorbildern vor allem dadurch unterschied, dass sie nicht aus solidem Stein bestand.

Grand Walk, South Walk und die drei Cross Walks – Jan ging sie alle ab. Je länger er sich bewegte, desto weniger spürte er sein verletztes Bein. Der Park war verlassen; wenn es Wärter gab, die nachts hier patrouillierten, so zeigten sie sich nicht. Jan war wieder bei den Supper Boxes angelangt. Wie lange war es her, dass er hier zum letzten Mal mit dem Duke of Cumberland zusammengegessen hatte? Kaum mehr als ein Jahr. Es schien ihm endlos. So viel hatte er erlebt inzwischen. Nichts war mehr, wie es damals geschienen hatte. Sogar die Gemälde an den Rückwänden der Supper Boxes.

Komische Szenen eigentlich – jetzt im Dunkel wirkten sie sinister. Elfen, die bei Mondlicht auf dem Rasen tanzten – das entsprach fast der jetzigen Situation. Der Rasen, das Mondlicht, alles war da – bis auf die Elfen. Das Spiel auf der Wippe – hatte nicht Hayman das gemalt? Damals war es Jan wie eine lustige Szene erschienen – heute wirkte es ganz anders. Das übermütige Mädchen, das sich rückwärts dem jungen Mann in die Arme warf, der Jüngling, der hoch oben am anderen Ende der Wippe verzweifelt nach Halt suchte, und der Rivale, der mit geballter Faust herbeieilte – die Faust hatte er damals gar nicht bemerkt. Gefahr, sagte das Bild. Gefahr!

Hatte sich da etwas bewegt? Jan fuhr herum. Nein, nichts hatte sich verändert. Er berührte den Fuß der Händel-Statue. Nein, er war nicht abergläubisch, eigentlich nicht, aber man konnte nie wissen. Dann ging er hinüber zum Pavillon des Prince of Wales. Der Pavillon, ein großes, rechteckiges Gebäude, auf der Vorderseite offen, das Dach von Säulen gestützt. Eine Freitreppe führte zum Podium hinauf, auf dem Frederick mit seinen Freunden an Sommerabenden zu sitzen pflegte. Die früher kahlen Wände waren jetzt mit vier riesigen Ölgemälden dekoriert, Szenen aus Shakespeares berühmtesten Stücken. *King Lear, The Tempest, Henry V.* und *Hamlet*. Auch von Hayman? Wahrscheinlich. Das Licht reichte nicht aus, um Feinheiten zu erkennen. Jan ging die sieben Stufen nach oben, sah sich das Bild aus der Nähe an. Hamlet.

Jemand lachte leise.

Jan erschrak. »Wo bist du?« – Die Stimme kam aus dem Dunkel vor ihm.

»Sein oder nicht sein, das ist hier die Frage ...«

Es war nicht der Duke of Cumberland.

»Nicht sein«, sagte der Mann. »Nicht sein ist die Antwort!« Der Mann trat aus dem Schatten. Er hielt eine Pistole in der Hand.

»Wo ist William Augustus?«

»In seinem Bett vermutlich.«

»Ich muss ihn sprechen!«

»William Augustus ist in Flandern. Er lässt seine Grüße ausrichten. Er kommt heute nicht. Er hat mich geschickt. Ich habe den Auftrag, dich zu töten.«

»Fawkener?«, fragte Jan. Aber die Stimme klang anders, jünger, das konnte nicht Fawkener sein. Wieder lachte der Mann. Und jetzt wusste Jan, wen er vor sich hatte: »Stone!«

»Du sagst es.«

»Und – was soll das?«

»Du weißt zu viel. Fergusson hat dich nicht ausschalten können. Und deshalb …«

Jan schlug zu, Stone schoss, der Schuss ging ins Leere. Noch einmal schlug Jan zu. Stone ging zu Boden, zog noch im Fallen eine zweite Pistole. Doch Jan war schneller. Ein Fußtritt, und die Waffe polterte auf die Dielen. Jan griff danach. Stone sprang auf, zog sein Messer. Jan schoss. Der Mann erstarrte mitten in der Bewegung und griff sich an den Arm; das Messer fiel zu Boden. Jan griff nach dem Messer. Stone rannte davon. Jan setzte ihm nach, aber nach wenigen Schritten gab er auf. Sein Fuß – er hatte keine Chance, den Mann einzuholen.

4.

Zurück nach Dunvegan! Eine andere Möglichkeit gab es nicht. Wenn der Weg überhaupt noch frei war. Trotz des hohen Risikos beschloss Jan Veenstra, zunächst mit der Post zu reisen. Er war einfach ein zu schlechter Reiter, und der Weg nach Norden hätte zu lange gedauert. Er entschied sich für die westliche Route, um nicht von Skye abgeschnitten zu werden, und gelangte von Liverpool aus per Schiff bei günstigen Windverhältnissen innerhalb von drei Tagen bis nach Glasgow. Drei Tage Nichtstun, drei Tage Zeit, über alles nachzudenken.

»Du weißt zu viel!«, hatte Stone gesagt. Was sollte das bedeuten? Jan war sich nicht bewusst, irgendetwas zu wissen, was es wert war, dass man ihn deswegen umbrachte. Jedenfalls nichts, was den Duke of Newcastle oder seinen Sekretär betraf. Er kannte die beiden ja so gut wie gar nicht.

Und Feinde hatte er nicht. Oder doch? Der Duke of Newcastle war ein Freund Cumberlands. Sie hatten offenbar gemeinsam den Plan gefasst, Jan nach Dunvegan zu schicken. Als Lehrer und als Spion. Eigentlich war es William Augustus gewesen, der ihn aus London weggeschickt hatte. Weggeschickt? Nein, das stimmte so nicht, er hatte ihm eine Stellung besorgt. Eine gut bezahlte Stellung.

Aber hätte es nicht auch in London die Möglichkeit gegeben, als Lehrer zu arbeiten? Die Nachfrage nach Deutschunterricht sollte dort ungleich größer sein als im fernen Schottland. In London saß der König, in London war es wichtig, Deutsch zu sprechen. Er hätte dort jederzeit eine entsprechende Stellung finden können.

Aber nicht so gut bezahlt. – Ja, schon, aber darum ging es doch gar nicht. Ihm jedenfalls nicht. Er hätte auch von einem geringeren Einkommen leben können. Es war William Augustus gewesen, der das Geld ins Spiel gebracht hatte. William Augustus. Sein Freund. Und Jan konnte sich nicht vorstellen … oder doch? Natürlich gab es einen Punkt, an dem William Augustus verwundbar war. Seine Vorliebe für junge Männer. Er bemühte sich zwar, das zu verbergen, aber Jan hatte es doch bemerkt. Und schließlich hatte er ihn sogar mit einem Mann im Bett erwischt. Mit diesem George Hamilton. Der war nun tot. Der konnte nichts mehr ausplaudern.

Und er selbst würde natürlich sowieso nichts verraten. Niemals. Aber wenn nun vielleicht Newcastle von dieser Geschichte erfahren hatte? Wenn er glaubte, dass Jan eine Gefahr für den Duke of Cumberland darstellte? Für William Augustus und sein Ziel, an Fredericks Stelle der künftige König zu werden? Newcastle wusste, dass er unter einem König Frederick nicht an der Macht bleiben würde. Aber ein König William Augustus würde ihm die Stellung garantieren. Auf Lebenszeit. Und das Gut in Holkham, eigentlich ein richtiges Schloss, mit riesigen Parkanlagen, das musste schließlich auch irgendwie finanziert werden. Unter William Augustus wäre das kein Problem.

So musste es sein. Der Duke of Newcastle hatte all diese Anschläge inszeniert. Der Mord an Robert MacLeod – die Kugeln hatten in Wirklichkeit ihm gegolten. Die Verhaftung durch Fergusson war auch kein Zufall gewesen. Und jetzt hatte Newcastle ihn nach London gelockt und ihm diese Falle gestellt. Und William Augustus wusste nichts davon. Ein Jammer, dass sein Freund zurzeit unerreichbar auf dem Kontinent weilte. So blieb Jan nichts weiter übrig, als sich zunächst einmal abzusetzen und vor weiteren Anschlägen in Sicherheit zu bringen.

Gegen den Duke of Newcastle vorzugehen, das war auf jeden Fall schwierig. Und gefährlich. Selbst wenn er eindeutige Beweise gehabt hätte – Anklage könnte allenfalls im Oberhaus erhoben werden. Und selbst wenn er einen Lord dafür gewinnen könnte, seine Sache zu vertreten – etwa Lord Alexander –, gegen ein Mitglied der Regierung wäre das aussichtslos. Nein, er musste warten bis der Duke of Cumberland aus den Niederlanden zurück war.

Ein Brief des Prinzen

Dunvegan, Isle of Skye, Schottland, Anfang September 1745

1.

Das ist sie«, sagte Normand MacLeod. Der Doktor, Jan und er standen auf der Terrasse von Dunvegan Castle. Der Laird hielt ein Gewehr in der Hand. »Das ist die Waffe, mit der unsere Soldaten ausgerüstet sind.«

Jan nickte. Wie es schien, war er gerade zur rechten Zeit nach Dunvegan zurückgekommen. Normand MacLeod war aufgefordert worden, sich mit den Freiwilligen seines Clans unverzüglich nach Inverness zu begeben. Die Männer sollten dort zu Soldaten des Königs ausgerüstet werden. Die Meisten von ihnen hatten noch nie ein Gewehr in der Hand gehalten.

Jan wusste, die Waffe, die der Laird hier hochhielt, war die britische *Land Pattern Musket*, ein Steinschlossgewehr, das seit mehr als zwanzig Jahren in Serie produziert wurde, größer und schwerer als die französische Charleville-Muskete. Wahrscheinlich auch besser. Die englische Armee war eine der ersten gewesen, die damit begonnen hatte, ihre Truppen mit einheitlichen Schusswaffen auszurüsten.

»Hier, nehmen Sie mal!« Der Doktor winkte ab; der Laird gab Jan das Gewehr. »Wissen Sie, wie man damit umgeht?«

Jan schüttelte den Kopf.

»Dann lernen Sie es jetzt. Es kann sein, dass Sie eine solche Waffe benötigen in nächster Zeit.«

»Ich hoffe nicht«, sagte Jan.

»Das hier, das ist die Patrone. So kommen sie aus London. Eingewickelt in Papier.«

»Auf welche Entfernung kann man damit etwas treffen?«, wollte der Doktor wissen.

»Hundert Yards ... das sagt jedenfalls die Armee. Meine eigene Erfahrung ist, dass sie wirklich wirksam erst auf fünfzig Yards einsetzbar ist. Sie hat ja einen glatten Lauf. Mit gezogenem Lauf trifft man besser, aber dafür dauert das Laden viel länger. – So, jetzt laden Sie das Gewehr!«

Jan hatte noch nie ein Gewehr geladen. Der Laird nahm ihm die Waffe aus der Hand. Er biss die Patrone auf, streute etwas Pulver auf die Pfanne, spannte den Hahn, ohne die Patrone loszulassen, kniff das Papier wieder zu, schob die Patrone in den Lauf, Pulver zuunterst, Kugel darüber, stopfte mit dem Ladestock nach, verstaute den Ladestock in der Halterung, zielte und schoss.

»So geht das«, sagte er.

So ähnlich jedenfalls. Jan war nicht entgangen, dass der Laird auf eine der Enten geschossen hatte, die unten im Burggraben schwammen. Aber er hatte sie verfehlt.

»Nun Sie!«

Jan nahm das Gewehr wieder in Empfang, ließ sich eine der Patronen aushändigen. Er mühte sich ab, das Ende aufzubeißen. Das Pulver rieselte zu Boden. Jan stellte fest, dass es nicht so einfach war, ein Gewehr zu laden.

»Mit etwas Übung schafft man drei Schuss in der Minute«, sagte der Laird. »Mehr Schüsse braucht man sowieso nicht, denn danach ist der Feind auf jeden Fall heran, und man setzt das Bajonett ein. Dazu hebt man das Gewehr mit beiden Händen und sticht von oben nach unten, in Halsnähe, dass man nicht an den Rippen hängen bleibt.«

»Danke«, sagte der Doktor. »Aber bevor es dazu kommt, bin ich längst davongelaufen.«

Der Laird schüttelte den Kopf. »Wer davonläuft, mein lieber Doktor, der ist verloren. Und ich erwarte von Ihnen, dass Sie nicht davonlaufen. Übermorgen gehe ich mit unseren Freiwilligen auf das Festland. Dann müssen Sie helfen, das Schloss zu verteidigen.«

Der Doktor sagte nichts, aber als der Laird nicht hinsah, schüttelte er den Kopf.

Am nächsten Sonntag marschierte Normand MacLeod mit seinen Freiwilligen nach Portree, um zum Festland überzusetzen. Der Aufbruch der Unabhängigen Kompanien hätte ein freudiges Ereignis sein sollen. Es gab Blumen und Freibier. Jan wusste, dass der Laird für beides bezahlt hatte. Auch waren es keine tausend Mann, wie die Regierung gefordert hatte, sondern nur vierhundert, und sie waren fast gar nicht bewaffnet. Niemand jubelte. Allen war klar, dass sie einen gefährlichen Marsch vor sich hatten. Sie konnten nur versuchen, auf nördlicher Route die von den Rebellen beherrschten Gebiete zu umgehen und Inverness zu erreichen, wo zumindest englisches Militär lag, wenn auch nicht viel. Normand MacLeod hoffte, dass man sie dort mit Waffen versorgen konnte. Wenn es ihnen denn überhaupt gelang hinzukommen.

2.

Jetzt waren sie auf sich allein gestellt. Jan hatte die Verteidiger von Dunvegan in der Bibliothek versammelt. Der Laird hatte ihn beauftragt, in seiner Abwesenheit die Verteidigung des Schlosses sicherzustellen. Trotz aller Bedenken hatte er sich für Jan entschieden. Offenbar glaubte er, sich weder auf den Doktor noch auf den Pastor in dieser Hinsicht verlassen zu können, und einen starken zweiten Mann wie Alexander MacDonalds Kingsburgh hatte er nicht.

»Das ist die Lage«, sagte Jan. Er hatte die Schottland-Karte des Laird auf dem Tisch ausgebreitet. Um ihn herum standen der Doktor, der Pastor, Roy, Lucy und einige der Bediensteten. »Hier liegt Skye.« Jan wies auf die Insel. »Das eigentliche Geschehen spielt sich ganz woanders ab. Im Augenblick jedenfalls. Während der Earl of Loudoun Inverness und den Norden Schottlands für König George sichert, ist der Prinz auf dem Weg nach Edinburgh. Auch General Cope ist auf dem Weg nach Edinburgh, wahrscheinlich ungefähr hier. Wir wissen nicht, wer dort zuerst eintrifft. Eigentlich muss es Cope sein. Seine Streitkräfte sind den Rebellen weit überlegen, sie werden sie besiegen und in die Flucht schlagen. Das ist Punkt eins.«

»Schön«, sagte der Doktor.

»Irgendwelche Fragen?«

»Nein. Ich freue mich immer, wenn Schlachten auf diese Weise vom Studierzimmer aus entschieden werden!«

»Mensch«, sagte Jan ärgerlich, »ich weiß auch, dass es viele Unwägbarkeiten gibt. Aber dies ist in meinen Augen die wahrscheinlichste Entwicklung. Und nun zu Punkt zwei: Normand MacLeod ist mit seinen Unabhängigen Kompanien auf dem Weg nach Inverness. Er trifft dort auf die Einheiten, die Duncan Forbes, Schottlands oberster Richter, bereits aufgestellt hat. Und Lord Loudouns Regiment müsste auch dort sein. Reguläres Militär. Sie werden vermutlich das Gebiet um Inverness von Rebellen freihalten. Schade, dass Lord Alexander noch nicht unterwegs ist, aber seine Gesundheit hat ihm einen Streich gespielt; er wird so rasch wie möglich nach Inverness nachrücken.«

»Wird er das?«, fragte der Doktor.

»Ja, natürlich wird er das. Das ist so abgemacht. Das bedeutet dann aber, dass fast alle Männer, die in der Lage sind,

Waffen zu tragen, und die auf der Seite König Georgs stehen, von unserer Insel abgezogen sind. Ich glaube zwar nicht, dass in der Abwesenheit der Lairds irgendwelche rückständigen Bauern einen Aufstand versuchen werden, aber man kann sich nie sicher sein.«

»Ich stehe zwar auf der Seite des Prinzen«, sagte Roy, »aber du kannst auf mich zählen. Ich bin ein MacLeod. Ich werde Dunvegan gegen jeden Angreifer verteidigen. Und es gibt im Dorf genügend junge Männer, die uns bei einem Überfall durch Fremde zu Hilfe kommen würden.«

»Das ist gut zu wissen. Die nächsten Regierungstruppen sind ja auch gar nicht so weit entfernt ...«

»In Bernera, ja«, sagte der Doktor. »Aber das sind ganz schwache Kräfte, die können uns nicht helfen, die müssen froh sein, wenn sie ihre Stellung halten.«

»Dazu kommt dann aber noch die Präsenz der Royal Navy. Ich zweifle nicht daran, dass es unserer Marine gelingen wird, die Gewässer an der schottischen Westküste vollständig zu kontrollieren, und wenn es irgendwelche Schwierigkeiten geben sollte, dann wäre die Navy sofort da und würde uns zu Hilfe kommen.«

»Du hast die Hilfsbereitschaft der Marine ja bereits kennen gelernt!«

»Das war ein Missverständnis«, sagte Jan. »Das würde sich natürlich nicht wiederholen.« Allerdings musste sich Jan eingestehen, dass er den Captain Fergusson von Herzen verabscheute. Er hoffte, ihm nie wieder zu begegnen. Das Kriegsschiff hatte sie damals sehr direkt aufs Korn genommen, und Fergussons Leute hatten Jan herausgepickt, als hätten sie gewusst, wen sie sich schnappen sollten. War auch das ein Anschlag des Duke of Newcastle gewesen? Sein Brief fiel ihm ein. Der Duke of Newcastle hatte gewusst, dass er nach St.

Kilda fahren würde.»Das ist die Lage«, sagte Jan. »Wir haben also die Bewohner des Schlosses und die Dorfbewohner als Rückhalt – und der Kern der Verteidiger, das sind wir. Der Doktor, der Herr Pastor und ich.«

Der Pastor räusperte sich. »Mein Sohn«, sagte er, »ich werde natürlich alles tun, um Blutvergießen zu verhindern. Aber ich stehe nicht so fest auf der Seite der Regierung, wie der Laird das tut, und wie Sie das offenbar tun. Ich kann natürlich mit allen Leuten reden, verhandeln, wenn es sein muss, aber viel mehr wohl nicht.«

»Von der Kirche hatte ich nichts anderes erwartet!«, sagte Lucy bitter.

»Keinen Streit jetzt!«, verlangte Jan.

»Nein, keinen Streit«, sagte der Doktor. »Aber ich denke schon, dass es wichtig ist, dass von Anfang an klar ist, wer hier was tut und wer nicht. Ich bin kein Held, habe auch nie behauptet, einer zu sein. Darüber hinaus bin ich Arzt. Meine Aufgabe ist es, Leben zu retten, nicht zu vernichten. Ich nehme keine Waffe in die Hand.«

»Was seid ihr für Feiglinge!«, rief Lucy. »Ich kann schießen, und ich werde schießen, wenn jemand versuchen sollte, Dunvegan anzugreifen. Und ich zweifle nicht daran, dass unsere Bediensteten mich nach Kräften unterstützen werden. Oder etwa nicht?«

»Wir sind auf Ihrer Seite, Madam«, sagte der alte Simon.

»Gut.« Lucy war zufrieden.

Jan war nicht zufrieden. Aber es gab nicht viel, was er tun konnte. Die Verteidigung der Burg stand auf sehr schwachen Füßen. Und das größte Problem war der Mangel an Schusswaffen. Dolche und Schwerter gab es in großer Zahl, aber nur wenige Pistolen und überhaupt nur zwei Gewehre. Eines war das Jagdgewehr des Laird; das andere war das englische

Armeegewehr, mit dem sie neulich die Probeschüsse abgegeben hatten. Gut, dass bis jetzt wenigstens Lord Alexander mit seinen Leuten in der Nähe war.

3.

Jan saß in seinem Zimmer und las. Es klopfte. Der alte Simon stand im Türrahmen. »Ich hoffe, ich störe nicht ...«

»Kommen Sie herein, Simon, Sie stören nicht.«

Der Mann trat ein, blieb aber gleich hinter der Schwelle stehen und drehte verlegen den Hut in der Hand. »Ich glaube, da ist etwas, was Sie wissen sollten, Sir ...«

»Erzählen Sie!«

»Aber ... ich fürchte, es wird Ihnen nicht gefallen, Sir!«

Geld, dachte Jan. Er braucht Geld. »Was immer es sein mag, Sie können davon ausgehen, dass ich für alles Verständnis habe ...«

»Sir, im Dorf reden sie davon, dass ein Brief angekommen ist.«

»Was denn für ein Brief?«

»Ein Brief vom Prinzen, Sir.«

»Vom Prinzen?«, fragte Jan ungläubig. »Charles Edward Stuart meinen Sie? An wen hat er denn geschrieben?«

»Angeblich direkt an Lord Alexander, Sir.«

»Das kann ich gar nicht glauben.«

Simon zögerte. »Es heißt, dass der Bote noch einen zweiten Brief dabei hatte. An unseren Laird, Sir.«

»An Normand MacLeod?«

»Ja. Aber als er erfahren hat, dass MacLeod schon in Inverness ist, da hat er nicht mehr versucht, ihn zuzustellen.«

»Ich werde mich mit Lord Alexander in Verbindung setzen. Gleich morgen.«

»Ja, das ist gut, Sir.« Er zögerte.

»Was gibt es noch?«, fragte Jan.

»Ich weiß, dass es mir nicht zusteht, Ihnen Vorschläge zu machen, Sir. Aber vielleicht wäre es besser, wenn Sie heute schon etwas unternehmen würden.«

»Noch heute?«

Simon nickte. »Es heißt, dass sich die Lairds heute Abend in Sconser treffen, um die Lage zu erörtern.«

4.

Als Jan eintraf, ging es in der Gastwirtschaft in Sconser bereits hoch her. Etwa zwanzig Personen hatten sich hier versammelt.

»Das ist die Entscheidung«, sagte Alexander MacDonald gerade. »Ich habe gezweifelt, das gebe ich ganz offen zu. Aber, meine Herren, das jetzt, das ist die Entscheidung. Edinburgh in der Hand des Prinzen, die englischen Truppen vernichtend geschlagen ...«

Jan erschrak. Das waren unwillkommene Nachrichten. Und Lord Alexander sah so aus, als wäre er auf dem besten Wege, zu den Rebellen überzulaufen.

Jan spürte eine Hand auf seiner Schulter. »Sie werden hier nicht gebraucht!« zischte MacKinnon.

»Mir scheint, dass ich hier im Gegenteil sehr gebraucht werde«, erwiderte Jan. Er streifte die Hand ab.

»Ah, Veenstra!« Lord Alexander hatte den Neuankömmling entdeckt. »Nehmen Sie Platz. Das wissen Sie vielleicht noch nicht: Die Lage hat sich gewandelt. Es hat eine Schlacht gegeben in der Nähe von Edinburgh. Die Highland Army des Prinzen hat gesiegt; General Copes Truppen sind auf der Flucht.«

»Die Engländer rennen davon! Jetzt wird es Zeit, zu handeln!«, pflichtete ihm Kingsburgh bei. Offenbar hatte Lord Alexander seinen Verwalter als Verstärkung mitgebracht.

Jan setzte sich. Das sah übel aus. Aber er war nur Zuhörer; wenn er sich hier jetzt zu Wort meldete, konnte er die Lage nur verschlimmern. Und Normand MacLeod war in Inverness!

Der Mann neben ihm nickte. »Es kann kein Zweifel mehr bestehen; der Prinz wird siegen. Wir haben lange genug gezögert.« Er wandte sich direkt an Lord Alexander: »Du weißt ja, Raasay ist klein, ich kann nicht viele Leute stellen, aber die Männer, die ich habe, die sind wahrhaft zuverlässig. Vermutlich hundert Mann. Und du solltest in der Lage sein, mindestens neunhundert Männer aufzubieten, sodass wir gemeinsam über tausend Mann verfügen. Keine alten Knacker und keine grünen Jungs! Kräftige Burschen in den besten Jahren, so stelle ich mir das vor. Und es dürfte keine Schwierigkeiten bereiten, diese Männer zusammenzubekommen, da bin ich mir ganz sicher.«

Das war also Laird Raasay. Raasay, mit vollem Namen Malcolm MacLeod of Brea in Raasay, war sowohl mit den MacLeods of Dunvegan als auch mit Lord Alexanders Vorfahren verwandt. Jan hatte ihn noch nie gesehen. Während Normand MacLeod und Lord Alexander moderne Menschen des 18. Jahrhunderts waren, wirkte Raasay mit seinem gewaltigen Bart auf Jan urtümlich, wie ein Krieger aus vergangener Zeit.

»Tausend Mann – das wäre in der Tat eine respektable Streitmacht!«, sagte Lord Alexander.

»Meine Leute kommen ja auch noch dazu«, ergänzte MacKinnon. »Ich bin extra hergeritten, um auf jeden Fall mit dabei zu sein. Auch mindestens hundert Mann. Das ist zwar nicht viel, aber jedenfalls sind wir gut bewaffnet. Ich habe Gewehre für alle.«

»Gewehre für alle? Wo hast du die her?«

»Von den Spaniern. Die haben heimlich Geld und Waffen auf die Äußeren Hebriden gebracht. Ein Teil davon liegt jetzt bei mir hier auf Skye.«

Daher also Ceanas Dublone, dachte Jan.

»Reicht das für uns alle?«, fragte Raasay

»Nein. Es war schwierig genug, das Zeug ungesehen herzuschaffen. Mit Fischerbooten, nachts, Kiste für Kiste. Wir sind bereit.« MacKinnon warf Jan einen triumphierenden Seitenblick zu.

»Also haben wir elfhundert Mann«, sagte Lord Alexander. »Ich denke, wir teilen sie in zwei Bataillone zu je fünfhundertfünfzig Mann. Raasay, dann wird es am besten sein, wenn du den Befehl über eines der beiden Bataillone übernimmst. Ich ernenne dich hiermit zum Oberst.«

»Eine schnelle Karriere!«, lachte einer der Männer.

Raasay lachte nicht. »Ich danke dir, Alexander, für dieses große Vertrauen, und ich nehme die Ernennung gern an.«

»Ein Hoch auf Oberst Raasay!«, rief Kingsburgh.

»Ich kann dich natürlich nur provisorisch ernennen; die letzte Entscheidung liegt selbstverständlich beim Prinzen und seinen militärischen Ratgebern.«

Raasay schien jetzt auf einmal in Gedanken versunken.

»Und – wenn es schief geht?«, fragte er plötzlich.

»Du musst dich absichern«, sagte der Mann, der den Brief des Prinzen überbracht hatte. Er hieß Donald Roy, war ein großer Kerl, etwa vierzig Jahre alt und ließ sich als »Captain« anreden. »Du kämpfst auf der Seite unseres rechtmäßigen Königs, aber dein Sohn, einer deiner Söhne jedenfalls, der macht nicht mit, der bleibt zumindest auf dem Papier dem hannoverschen Kurfürsten treu. Zur Sicherheit. Wenn es schiefgeht, wirst du enteignet, und er bekommt dein Land. Was hältst du davon?«

»Ja, das könnte gehen, das könnte gehen. – Wie viel Mann hat der Prinz?«, wollte Raasay wissen.

»Der Mann aus Glenelg, der letzte Woche hier war, um die Lage zu erkunden, der sprach von etwa dreitausend. Das war vor Gladsmuir. Jetzt nach dem glänzenden Sieg wird die Highland Army natürlich reißenden Zulauf bekommen haben.«

Jan registrierte verärgert, dass offenbar schon seit Längerem Kontakte zu den Rebellen bestanden. Warum hatte ihm niemand etwas gesagt? Damit er nicht stören konnte vermutlich. Damit er die großen Pläne dieser Möchtegern-Rebellen nicht stören konnte.

»Vielleicht sind es jetzt fünftausend, vielleicht noch mehr. Aber ich denke schon, dass weitere tausend Mann ein ganz erhebliches Gewicht haben. Ich glaube nicht, dass einer der anderen Clanführer über eine vergleichbare Streitmacht verfügt.«

»Die Camerons vielleicht«, mutmaßte Raasay. »Das ist ja einer der großen Clans.«

»Die Camerons, ja. Und natürlich die Frasers.«

»Ach, die Frasers! Lord Lovat ist ein alter Zauderer. Ich vermute, er hat sich bis jetzt nicht entschieden, auf welche Seite er sich schlagen wird.«

»Der alte Fuchs! Überall sucht er nur seinen Vorteil!«

Auch Alexander MacDonald hatte sich bis jetzt nicht entschieden. Aber er war im Gegensatz zu Lovat kein alter Fuchs, sondern einfach nur ein wankelmütiger Mensch, dem es schwer fiel, seinen Freunden zu widersprechen. Und er hatte Freunde in beiden Lagern. Das Unglück wollte es leider, dass die regierungstreuen Freunde jetzt weit weg waren; da gaben die Rebellen den Ton an. Jan musste mit ihm reden.

Die Stimmung war großartig. Immer wieder musste der Wirt neues Bier und Whisky bringen. Bei der ersten Gelegenheit nahm Jan Lord Alexander zur Seite: »Sir, denken Sie daran, was Sie mit Normand MacLeod vereinbart haben!«

Lord Alexander sah ihn unglücklich an. »Ich denke ständig daran. Aber die Dinge haben sich anders entwickelt, als wir noch vor wenigen Wochen geglaubt haben.«

Alexander MacDonald ließ Jan stehen. Jan störte jetzt nur. Lord Alexander wusste sich hier unter lauter Gleichgesinnten. Jan fragte sich, ob es nötig wäre, den Mann festzunehmen. Und ob er die Möglichkeit dazu besaß. »Was immer auch geschehen möge – kein Blutvergießen!«, hatte der Laird ihm bei seiner Abreise eingeschärft. Konnte er Lord Alexander ohne Blutvergießen festnehmen? Würden seine Leute ihm bei einer entsprechenden Anordnung Folge leisten?

Warum hatten sie sich überhaupt in Sconser getroffen? Warum nicht in Portree? Sicher, Sconser war für Raasay und für MacKinnon günstiger zu erreichen. MacKinnon war schon 63 und gebrechlich; er sollte möglichst keine langen Wege reisen. Andererseits war Ian MacKinnon aber frisch verheiratet, mit einem jungen Mädchen, einer MacLeod von Raasay; dazu hatte seine Kraft noch gereicht. Jan vermutete, dass der Treffpunkt aus einem anderen Grund gewählt worden war: Sconser lag am äußersten Ende von Lord Alexanders Herrschaftsbereich, und außerdem am weitesten von Dunvegan entfernt. Hier fühlte man sich sicher.

Der Alkohol beflügelte Lord Alexander. Er war jetzt kaum noch zu bremsen. »Ich denke, es wird am besten sein, wenn du, Raasay, mit den ersten fünfhundert Mann so bald wie möglich aufbrichst. Ich werde dann mit einem Tag Abstand nachkommen.«

»Welchen Weg sollen wir nehmen?«

»Nach Edinburgh natürlich. Wir müssen so rasch wie möglich zum Prinzen stoßen.«

»Es wäre natürlich auch denkbar, dass wir zunächst nach Inverness marschieren, das wäre rascher zu bewerkstelligen, und dann, nachdem wir die Stadt befreit haben, von dort aus ...«

»Wir werden nicht nach Inverness marschieren«, bestimmte Lord Alexander. Auf keinen Fall wollte er in eine Situation geraten, in der er am Ende auf seinen Freund MacLeod schießen musste. »Wir dürfen die Armee nicht zersplittern.«

»Ich denke, das ist ein Anlass, gemeinsam ein gutes Glas Wein zu trinken«, schlug Captain Roy vor. Der Abgesandte des Prinzen konnte zufrieden sein.

»Ja, das denke ich auch. Jemand soll den Wirt rufen; Schluss mit dem Bier, wir brauchen Wein. Ein paar Flaschen vom besten Tropfen.«

»Französischen Wein!«, rief Kingsburgh.

»Na, hannoverschen Wein wird der Mann uns ja wohl nicht vorsetzen wollen!«, knurrte Raasay. »Sonst ist er hier die längste Zeit Gastwirt gewesen.«

»Gibt es überhaupt hannoverschen Wein?«, fragte Kingsburgh.

Lord Alexander schüttelte den Kopf.

»Nicht einmal das bringen sie zustande«, sagte der Captain. »Eine Nation von Versagern.«

»Wir trinken auf unseren wunderbaren Sieg in Gladsmuir! Welch ein Signal!« Raasay war begeistert.

»Du denkst an die Prophezeiung?«, fragte Alexander MacDonald.

»Natürlich! Daran denken wir doch alle, oder? Es ist von alters her überliefert, dass eines Tages bei Gladsmuir eine bedeutende Schlacht geschlagen wird, eine Schlacht, die Schottland Frieden und Freiheit bringt! Jedes Kind weiß das! Und jetzt ... jetzt ist es soweit!«

Der Wein kam. »Genau auf das Stichwort!«, rief Sir Alexander. »Frieden und Freiheit für Schottland!«

»Ich weiß nicht, ob unser junger Freund hier darauf mittrinken wird!«, warf Kingsburgh ein.

Jan fühlte, wie sich alle Augen auf ihn richteten. »Frieden und Freiheit – wer würde darauf nicht anstoßen wollen?«, sagte er rasch.

Kingsburgh ließ nicht locker. »Aber Normand MacLeod hat sich diesen Frieden etwas anders vorgestellt. Und auch die Freiheit. Habe ich nicht recht?«

»Ich kann nur hoffen, dass er seine Haltung angesichts der jüngsten Entwicklung noch einmal überdenkt«, warf MacDonald ein. »Ich werde ihm schreiben. Gleich morgen früh werde ich ihm einen Brief schreiben, und ich werde ihm darlegen, wie wir die Sache sehen, und dann wird er wahrscheinlich ...«

»Man sollte nichts überstürzen!«, warf Jan ein.

MacKinnon schüttelte den Kopf. »Die Entscheidung ist jetzt fällig«, sagte er. »Wer sich jetzt nicht zum Prinzen bekennt, der steht eindeutig auf der falschen Seite, und – mal ganz abgesehen von der Schande – er muss dann auch mit Konsequenzen rechnen. Er wird seinen Besitz verlieren ...«

»Die Konsequenzen werden verheerender sein, wenn Sie sich gegen die rechtmäßige Regierung stellen«, rief Jan erregt. »Die Rebellen haben eine Schlacht gewonnen, aber sie werden den Krieg verlieren. Wie viele Männer kann Charles Edward Stuart in die Schlacht schicken? Dreitausend?«

»Weit über dreitausend!«

»Denen stehen mehr als dreißigtausend englische Soldaten gegenüber. Gut bewaffnet, gut ausgebildet. Ich habe diese Soldaten im Einsatz gesehen ...«

Sie ließen ihn nicht ausreden. »Werft ihn raus, diesen Engländer!«, schrie Raasay erbost. Zwei kräftige Burschen packten Jan.

»Moment, Moment!« Damit war Lord Alexander nicht einverstanden. »Wir sind auf meinem Land! Hier bestimme ich! Hier kann jeder seine Meinung sagen.«

»Das gilt für uns Lairds«, widersprach Raasay. »Aber wo kommen wir hin, wenn auch noch jeder Lehrer, Bäcker und Schweinehirt mitreden will!«

»Jan Veenstra bleibt hier!«

Die Männer ließen ihn zögernd los.

»Wir sollten jetzt gleich etwas aufschreiben!«, forderte MacKinnon. »Eine offizielle Urkunde, eine Art Vertrag, worin wir uns verpflichten, mindestens diese zwei Bataillone für den Prinzen aufzustellen.«

»Einen – einen Vertrag?« So hatte sich Lord Alexander die Sache nicht vorgestellt. »Wozu brauchen wir einen Vertrag?«

»Für Charles Edward Stuart, um ihm unsere Gefolgschaft zu versichern, und für uns selbst als Beleg, dass wir uns jetzt eindeutig für den Prinzen entschieden haben. Früher als viele andere Clans. Früher als Lovat vor allem, das ist wichtig.«

Jan hatte den Eindruck, den anderen lag vor allem an solch einem Dokument, um es Sir Alexander im Notfall unter die Nase halten zu können. »Ein Vertrag ist überflüssig!«, sagte er.

Niemand hörte auf ihn.

»Der Wirt kann uns bestimmt mit Papier und Tinte aushelfen!«

»Ich glaube, ich kann jetzt nichts Vernünftiges mehr aufschreiben«, sagte Alexander MacDonald. Er wirkte plötzlich ernüchtert. »Ich habe einfach schon zu viel getrunken. Wir machen das morgen früh, ja?«

»Ich kann es aufschreiben«, bot der Captain an.

Aber darauf wollte sich Sir Alexander nicht einlassen. »Morgen früh«, sagte er. »Ich nehme doch an, dass Sie die Nacht über hier bleiben?«

Ja, die Herren hatten nicht vor, den beschwerlichen Heimweg bei Dunkelheit anzutreten. So gab es denn einen Aufschub. Aber nur für eine Nacht. Jan war sich sicher, dass die Herren morgen früh auf ihren Plan zurückkommen würden.

Jan schlief unruhig. Er hatte die Tür zu seinem Zimmer verriegelt, und eine geladene Pistole lag auf seinem Nachttisch. Er befürchtete, dass Raasay oder MacKinnon und ihre Leute versuchen könnten, ihn einfach auszuschalten. Leicht wollte er es ihnen nicht machen. Wiederholt hörte er Schritte draußen auf dem Flur. Einmal war ihm, als ob jemand sich an der Tür zu schaffen machte. Aber nichts geschah.

Jan war der Erste am Frühstückstisch. Er hatte kaum geschlafen. Was sollte er tun? Sir Alexander direkt ansprechen? Ihn um eine Unterredung unter vier Augen bitten? Gestern Abend hätte MacDonald das sicher genauso abgelehnt wie das Schreiben des Briefes. Er hätte gesagt, er sei einfach zu betrunken.

Und jetzt? MacKinnon erschien zuerst am Frühstückstisch. Er legte Jan die Hand auf die Schulter. »Sie sollten nach Hause gehen«, sagte er. »Sie sollten jetzt nach Hause gehen. Solange Sie es noch können. Bevor jemand auf die Idee kommt, Sie festzunehmen.«

Jan schüttelte den Kopf.

Raasay und der Captain erschienen als Nächste. Sie hatten offenbar auf ihrem Zimmer noch weiter gebechert und waren alles andere als nüchtern. Als schließlich Kingsburgh und Lord Alexander die Treppe herunterkamen, waren die anderen schon mitten beim Frühstück. Alexander MacDonald sah blass aus.

In diesem Augenblick klopfte es, und der Wirt trat ein. »Meine Herren, soeben ist die Post eingetroffen. Ein Brief für Lord Alexander.«

»Stören Sie uns doch jetzt nicht mit solchen Lappalien!«, rief Raasay.

»Die Post könnte wichtig sein.« Der Wirt überreichte den Brief.

»Von MacLeod«, rief Lord Alexander, plötzlich erschrocken.

»Bestimmt schreibt dein Schwager, dass er sich auf Grund der veränderten Lage entschlossen hat, jetzt doch auf der Seite Schottlands zu kämpfen!«, lallte der Captain.

Lord Alexander wusste, dass das nicht der Fall sein würde. Er zögerte, die Post zu öffnen. Schließlich drehte er den anderen den Rücken zu, trat ans Fenster und erstarrte.

Auch Jan sah jetzt, dass zwei Reiter angekommen waren. Ein Reiter und eine Reiterin. Simon und Lucy. Lucy hatte sich offenbar Sorgen gemacht wegen seines Ausbleibens, und Simon hatte sie von dem geheimen Treffen in Kenntnis gesetzt. Zwar waren sie damit noch immer in der Unterzahl, aber Jan war nicht mehr allein.

Lord Alexander riss den Brief auf.

»Was schreibt er?«, rief Kingsburgh.

»Vorlesen! Vorlesen!«, verlangte der Captain.

Raasay sah den jungen Mann tadelnd an. Das war ungehörig. Es war klar, dass man auf diese Weise Lord Alexander zu gar nichts würde zwingen können.

Alexander MacDonald drehte sich um und schwieg. Er war noch blasser geworden. Einen Augenblick lang war es totenstill im Raum. Niemand rührte sich. Schließlich steckte Sir Alexander den Brief ein und sagte, ohne jemandem dabei ins Gesicht zu sehen: »Tut mir leid, meine Herren, aber ich fürchte, ich kann nicht länger bleiben. Ich werde zu Hause gebraucht.«

»Was ist mit dem Schreiben?«, fragte der Captain. »Wir müssen doch noch den Vertrag aufsetzen!«

Alexander MacDonald antwortete nicht. Er nahm seinen Hut, grüßte die anderen mit der Hand wie geistesabwesend und ging.

Der Captain wollte ihm nach, aber Kingsburgh hielt ihn zurück. »Das hat jetzt keinen Zweck!«, sagte er.

»Aber was wird aus dem Schreiben?«

»Gar nichts«, sagte Raasay bitter. »Ihr habt doch gesehen, wie es war. Dieser Brief – er hat ihn gelesen, und plötzlich hat ihn der Mut verlassen.«

»Heißt das, dass er nun doch nicht mitkämpft?«

»Wir werden sehen«, brummte Kingsburgh. Aber seine ganze Haltung verriet, dass er nicht mehr daran glaubte.

»Und – was steht in diesem verdammten Brief?«, wollte der Captain wissen.

Kingsburgh zuckte mit den Achseln. »Woher sollen wir das wissen?«

»Ganz egal«, sagte Raasay. »Ich bewaffne meine Leute. Hundert Mann kriege ich mindestens zusammen. Und dann marschiere ich nach Edinburgh.«

»Ich beneide dich«, sagte MacKinnon. »Ich selbst bin zu alt und krank. Meine Leute sollen sich dir anschließen. Allerdings sind wir MacKinnons ja nicht so zahlreich. Ich weiß nicht, ob ich überhaupt hundert Mann zusammenbekomme.«

»Und wie steht es mit dir, Kingsburgh?«, fragte Raasay. »Willst du nicht auch mitmachen?«

Lord Alexanders Verwalter schüttelte den Kopf. »Ich gehe dahin, wo mein Lord mich hinstellt.«

5.

»Glück gehabt«, sagte der Doktor.

Jan nickte.

»Und was hättest du getan, wenn dieser Brief nicht gekommen wäre? Und wenn Lucy und Simon nicht aufgetaucht wären?«

»Ich hätte wohl eingreifen müssen. Ich bin hier als Mann des Königs, als Vertreter der Regierung sozusagen. Und dementsprechend ...«

»Das ist dein Fehler, Jan.«

»Wie?«

»Entschuldige, wenn ich dich unterbreche, aber das ist dein Fehler. Du bist hier als Vertreter der Regierung, behauptest du. Das stimmt nicht. Du hast einen Auftrag angenommen, den willst du erfüllen, aber du bist niemandes Vertreter, du bist hier als Jan Veenstra, als du selbst. Und du musst nicht tun, was die Regierung will. Niemand zwingt dich, niemand kann dich zwingen. Du musst das tun, was du selber willst.«

»Den Fortschritt. Genau wie du auch, denke ich.«

Der Doktor schüttelte den Kopf. »Das reicht nicht. Das ist zu vage, zu nebulös. Frieden, Freiheit, Fortschritt – lauter schöne Ideale, aber wo ist dein konkretes Ziel? Wie stellst du dir dein Leben vor? Was willst du persönlich erreichen?«

»Wie meinst du das?«

»Ich habe das Gefühl, dass du einfach nur reagierst. Du bekommst einen Auftrag: ›Geh nach Schottland, unterrichte Lucy MacLeod, spioniere für den König‹, und du reagierst. Du wirst enttarnt, Normand MacLeod sagt: ›Fahr auf das Festland, sieh nach, was die Aufständischen machen‹, und du reagierst. MacLeod zieht mit seinen Leuten nach Inverness und sagt: ›Bleib hier, bewach die Burg, schütze meine Tochter‹, und du reagierst.«

»Aber – das kannst du mir doch nicht vorwerfen? Das sind doch alles Dinge, mit denen ich übereinstimme, die ich für richtig halte ...«

»Du siehst den Laird als die große Vaterfigur, die dir vielleicht fehlt. Aber er ist nicht dein Vater. Er ist der Laird von Dunvegan, und er wird dich entlassen, sobald du deine Aufgabe erfüllt hast. Oder schon früher.«

»Ich habe den Auftrag angenommen, Lucy MacLeod zu unterrichten, und nun muss ich doch auch ...«

»Alles sehr vernünftige Dinge, natürlich, aber auch sehr einfache Dinge, weil man dir gesagt hat: ›Tu das!‹ Und dann tust du es. Wo sind deine eigenen Ziele? Was willst du selbst erreichen im Leben? Hauslehrer in Schottland – ist das dein Ziel?«

»Darüber habe ich noch nicht nachgedacht. Erst einmal muss diese Aufgabe erledigt werden, und danach ...«

»Danach? Danach wird sich wieder eine neue Aufgabe finden, und du wirst sie brav erfüllen und dein eigenes Leben auf später verschieben, und dieses Später wird niemals eintreten. Aber du hast ein eigenes Leben, Jan, jeder hat ein eigenes Leben, du hast eigene Wünsche, warum erfüllst du sie dir nicht?«

»Vielleicht sind sie unerfüllbar? – Ich glaube nicht, dass das Leben wie ein Märchen abläuft, wo eine gute Fee kommt und einem drei Wünsche anbietet ...«

»Das ist sowieso eine deutsche Erfindung. Unsere schottischen Elfen erfüllen dir keine Wünsche. Wenn du Wünsche hast, musst du sie dir selbst erfüllen. Und der erste Wunsch ist frei.«

»Wie meinst du das?«

»Was immer du dir wünschst – du kannst es haben. Wenn du ein Buch schreiben willst, schreib ein Buch. Wenn du mit Roys Frau davonlaufen und nach Amerika auswandern willst ...«

»Ich will nichts von Ceana ...«

»Tatsächlich nicht? – Jedenfalls wäre auch das möglich. Selbst wenn du den König erschießen willst, ist das möglich.«

»Das ist absurd.«

»Nein, das ist möglich. Erst wenn du anfängst, mehrere Wünsche zu kombinieren, dann wirst du scheitern. Wenn du den König erschießen und ungestraft davonkommen willst. Wenn du mit Ceana davonlaufen willst, ohne dass dir irgendwann ihr Ehemann den Dolch in den Rücken bohren wird. Oder in die Brust, wohin auch immer. Oder wenn du verlangst, dass dein Buch dir obendrein noch Reichtum bescheren soll …«

»Nichts davon will ich.«

»Das sage ich ja. Du gibst vor, dass du gar nichts willst. Aber das ist nicht wahr. Du kennst deine Wünsche nicht, das ist alles. – Oder täusche ich mich?«

In der Tat hatte Jan in diesem Augenblick an das gedacht, was er am liebsten wollte, aber nie wäre er bereit gewesen, diesen Gedanken preiszugeben. Stattdessen sagte er: »Vielleicht weiß ich es wirklich nicht. – Aber wie sieht es mit dir aus? Arzt auf Skye zu sein, das ist auch nicht dein größter Wunsch gewesen!«

»Nein. Mein größter Wunsch ist gewesen, das schönste Mädchen Edinburghs zu besitzen. Das in meinen Augen schönste Mädchen der Stadt. Ich als armer Student, sie als Tochter eines der reichsten Anwälte. Und ich habe sie besessen, meine Marie, wenn auch nur für kurze Zeit, aber ich habe sie besessen. Der Preis war hoch, wie du weißt, und ich werde bis zum Ende meines Lebens daran zahlen.«

»War es das wert?«, fragte Jan mechanisch.

»Natürlich.«

Jan schwieg. Er hatte an Lucy gedacht, aber die war für ihn unerreichbar. Oder?

6.

Den Mann, der ihr den Weg versperrte, kannte Lucy nicht.

»Gebt den Weg frei, dass ich vorbeireiten kann!«, forderte die junge Lady MacLeod.

Der Mann schüttelte den Kopf. Er betrachtete sie von Kopf bis Fuß. »Es ist unschicklich, auf diese Weise zu reiten«, sagte er.

Lucy, die nie anders geritten war, erwiderte unwirsch: »Ihr scheint nicht zu wissen, wen Ihr vor Euch habt. Ich bin Lucy MacLeod, und ich reite so, wie es mir passt. Gebt den Weg frei!«

»Stolze Worte!«, erwiderte der Mann. »Ich frage mich nur, was Ihr sagen werdet, wenn all das Land und die Burg nicht mehr Euch gehören!«

»Das Land und die Burg sind seit undenklichen Zeiten in unserem Besitz, und niemand denkt daran, auch nur einen Teil davon zu veräußern!«

»Das Land und alles, was daran hängt, gehört dem König«, erwiderte der Mann. »Er hat das Recht, damit nach Belieben zu verfahren. Und ich bin sicher, dass unser König sehr wohl zu unterscheiden weiß, wer in schwierigen Zeiten zu ihm gehalten hat.«

»Wir halten zum König.«

»Ihr haltet zum Kurfürsten von Hannover. Aber dessen Tage sind gezählt!« Er lachte. »Kein Jahr mehr, und wir haben wieder den rechtmäßigen König aus dem Hause Stuart auf dem Thron!« Der Mann verbeugte sich höhnisch und gab den Weg frei.

»Wer war das?« Lucy war außer sich.

Der Doktor schüttelte den Kopf. »Keiner unserer Leute würde sich so etwas herausnehmen, da bin ich mir ganz sicher. Es wird einer der MacKinnons gewesen sein.«

»Die MacKinnons kenne ich. Von denen war es keiner.«

»Dann einer ihrer Leute.«

»Können Sie ihn beschreiben?«

»Ein großer, kräftiger Kerl. Lange, ungepflegte Haare, kräftiger, dunkler Bart.«

»Das gilt für die meisten Männer hier auf Skye. Sonst irgendwelche Besonderheiten?«

Lucy dachte nach. »Eine Narbe«, sagte sie schließlich. »Ja, ich glaube, er hatte eine Narbe über der rechten Augenbraue.«

Jan und der Arzt sahen sich an. Sie glaubten beide zu wissen, auf wen diese Beschreibung zutraf.

»MacGregor«, sagte der Doktor schließlich. »Ich habe es ja von Anfang an gewusst.«

»MacGregor?«, fragte Jan. »Ich hatte an Alan MacLeod gedacht!«

»Das ist Alan MacGregor«, erläuterte der Doktor. »Den MacGregors ist es ja seit dem letzten Aufstand verboten, ihren eigenen Namen zu tragen. Da hat er sich MacLeod genannt.«

»Ihr meint – Alan MacLeod?«, fragte Lucy. »Kann das sein?« Sie kannte ihn nicht persönlich; er wohnte nicht im Dorf und kam gewöhnlich nicht nach Dunvegan.

»Ich fürchte ja.«

»Und jetzt?«, fragte Jan.

»Das ist doch völlig klar. Der Mann kann nicht bleiben. Er muss davongejagt werden, und ein anderer muss sein Land übernehmen.«

Der Doktor sah Jan an. Jan schüttelte den Kopf.

»Hat er Euch bedroht?«, fragte der Doktor schließlich.

»Er hat mir den Weg versperrt.«

»Mehr nicht?«

»Reicht das nicht? Soll ich vielleicht warten, dass er mir an die Gurgel geht?«

»Nein. Es ist nur ... Wir sind zurzeit in einer sehr schwierigen Lage, Lucy. Ihr Vater ist in Inverness, und die besten Männer hat er mit sich fortgenommen. Wir haben nicht viele, auf die wir uns wirklich verlassen können. Zwanzig Mann etwa, mit denen wir die Burg verteidigen können. Das reicht, um einen Angriff abzuwehren. Das müsste reichen. Aber nur gerade so, und wir sollten nichts provozieren, was die Lage verschärft.«

7.

Die Lage war kritisch genug. Nach dem Sieg über General Cope hatten die Rebellen starken Zulauf bekommen. Sie hatten sich in Edinburgh festgesetzt und beherrschten jetzt den größten Teil Schottlands. Lediglich Inverness und der Norden waren noch frei. Und natürlich die Inseln. Wie lange noch? Charles Edward Stuart würde sich mit diesem Teilerfolg nicht zufriedengeben. Er wollte das ganze Königreich. Er würde nach London marschieren. Und auf dem Weg dorthin standen ihm nur die Truppen des greisen Marshall Wade entgegen. George Wade war 72, alt und schwerfällig; er hatte dem jugendlichen Schwung des Prinzen nichts entgegenzusetzen. Auch in London sah man die Gefahr. William Augustus wurde von Flandern nach London zurückgerufen.

Die schlechteste Nachricht erreichte William Augustus am Abend vor der Überfahrt. Er hatte sich zusammennehmen müssen, um den Brief nicht vor versammelter Mannschaft zu zerreißen. Er hatte sogar noch gesagt: »Das ist erfreulich! Der Prince of Wales und seine Gemahlin sind erneut Eltern geworden. Augusta hat einen kleinen Prinz Henry geboren. Das ist ein Grund zum Feiern, denke ich ...«

Er hatte für sich allein gefeiert, hatte Wein auf sein Zimmer kommen lassen, hatte gesoffen, gesungen, gegrölt und geflucht und die letzte Flasche mit lautem Krach gegen die Wand geschmettert, dass seine flämischen Wirtsleute erschrocken ins Zimmer gestürzt waren, um nach dem Rechten zu sehen.

»Alles in Ordnung«, hatte er gelallt.

Aber nichts war in Ordnung. Er hatte George Hamilton, diesen Erpresser, ausgeschaltet, für immer. Er hatte Jan nach Schottland geschickt, wo er keinen Schaden anrichten konnte, hatte Sir Everard Fawkener zu seinem Aide-de-Camp gemacht, 51 Jahre alt, Junggeselle, sehr fähig, ohne Frage, vor allem aber jemand mit gleichen Interessen wie er selbst. Auf allen Gebieten. Gehorsam und verschwiegen. Aber dennoch natürlich nicht die erste Wahl. Alles umsonst. Er war in der Thronfolge auf Platz acht zurückgefallen.

Die Überfahrt nach England am nächsten Tag war relativ ruhig, aber William Augustus stand auf dem Achterdeck, wo ihn keiner sehen konnte, und kotzte sich die Seele aus dem Leib.

Panik

Kensington Palace, London, 29. November 1745

1.

Sie trafen sich im Kensington Palace. Bezeichnenderweise hatte George II. keines der wohnlichen Gemächer für diese Unterredung ausgewählt, sondern die kalte Halle der Gemäldegalerie. Sie konferierten im Stehen.

»William Augustus«, sagte der König. »Mein Sohn. Die Zukunft unserer Monarchie liegt in deiner Hand. Die Jakobiten marschieren auf London. Nur du kannst uns retten.«

Steifer ging es nicht!

»Ich werde tun, was in meiner Macht steht.« Cumberland zögerte. »Aber die Zukunft unserer Monarchie hängt nicht allein vom Sieg über die Rebellen ab«, fügte er hinzu. »Die Frage der Thronfolge ...«

»Ja, ja. Die muss neu entschieden werden. Aber dafür bedarf es guter Argumente. Ein Sieg über die Rebellen wäre hilfreich. Ein Schritt in die richtige Richtung.«

Ein Schritt nur! – Warum ernannte er ihn nicht hier und heute zum Thronfolger? Dann wüssten ihre Untertanen jedenfalls, wofür sie kämpfen sollten, dachte William Augustus. Lord Hervey war tot, einer der unermüdlichen Fürsprecher des Kronprinzen am Hofe. Frederick war isoliert, hatte kaum noch Freunde von politischem Gewicht. Aber sein Vater zögerte und zögerte.

»Wann übernimmst du das Kommando?« Der König gab sich den Anschein der Gelassenheit, aber William Augustus spürte, wie nervös er war. Er sah seine Krone in Gefahr.

»Ich reite übermorgen«, sagte er.

»Es wird Zeit.«

Ja, es wurde Zeit. Draußen schneite es. Aber das schlechte Wetter hatte die Highland Army der Rebellen nicht aufhalten können. Am 8. November hatten sie die Grenze nach England überschritten, am 17. November hatten sie Carlisle erobert und waren danach zügig an der Ostküste nach Süden vorgestoßen. Am 28. November standen sie schon in Manchester. Der halbe Weg nach London lag hinter ihnen. Und sie marschierten weiter und weiter. Marshall Wade, der sie hätte aufhalten sollen, saß mit seinen Truppen an der Ostküste fest. Er konnte die Pennines wegen des Schnees nicht überqueren. Er konnte überhaupt nirgendwo hin, wie es schien. Seine Truppen würden für die Entscheidung keine Rolle mehr spielen.

»Ich tue, was ich kann«, sagte Cumberland. »Und falls es schiefgeht – ich nehme an, du hast die nötigen Vorkehrungen getroffen?«

Der König schüttelte den Kopf. »Ich werde London nicht verlassen«, sagte er.

William Augustus nickte. Er hatte von seinem starrköpfigen Vater nichts anderes erwartet. Sieg oder Untergang! – Wenigstens in die Arme schließen hätte er ihn jetzt können, dachte er. Ihm Glück wünschen. Sagen, dass er für ihn betete. Seine Zuwendung zeigen. Aber das tat der König nicht.

»Königliche Hoheit!« Newcastle verbeugte sich. Er hatte gewusst, dass Cumberland zu ihm kommen würde, bevor er sich auf den Weg nach Norden machte. Er hatte gewusst, dass er ihn um Rat fragen würde.

William Augustus kam sofort zur Sache: »Ich mache mir Sorgen um meinen Vater. Er will unbedingt in London bleiben.«

Newcastle nickte. »Es ist wichtig, dass er in London bleibt«, sagte er. »Die Londoner sollen wissen, dass wir keinen Zweifel am Sieg unserer Truppen haben. Der König bleibt, und ich bleibe auch. Obwohl ich hier durchaus entbehrlich wäre. Aber ich bin ein Symbol, genau wie Ihr Vater. Und als gestern das Gerücht aufkam, ich hätte mich abgesetzt, da habe ich mich sofort der Menge gezeigt. Ich bin hier, und ich bleibe hier.«

»Und – wenn es schiefgeht?«

»Darüber denken wir nach, wenn der Fall wirklich eintritt. Ich habe volles Vertrauen in Ihre Fähigkeiten.« Natürlich hatte der Duke of Newcastle gewisse Vorkehrungen getroffen, um im Notfall schnell aus London herauszukommen, aber das brauchte niemand zu wissen, nicht einmal der Duke of Cumberland.

»Ich werde tun, was ich kann.«

»Natürlich.« Newcastle zögerte einen Moment, dann fügte er hinzu: »Vergessen Sie nicht: Sie haben völlig freie Hand. Wenn dies ein Krieg wäre, wenn unser Gegner ein anderer Staat wäre, Frankreich zum Beispiel, dann gäbe es eine Vielzahl von Regeln und Konventionen, die beachtet werden müssen. Die mögen alle ihren Sinn haben, aber sie können die Kriegführung auch arg behindern. Aber dies hier, dies ist kein Krieg. Es ist eine widernatürliche Rebellion gegen die legitime Regierung dieses Landes, und in diesem Falle greift das Kriegsrecht nicht. Sie sind an keine Regeln gebunden. Tun Sie das, was Ihnen am sinnvollsten erscheint. Folter, Mord – alles ist erlaubt. Nicht dass ich Ihnen diese Dinge vorschlagen würde, aber ich möchte Sie zumindest auf diese Möglichkeiten hinweisen. Was immer Sie in Schottland tun – niemand kann Sie dafür zur Rechenschaft ziehen.«

»Ich werde mein Ziel nicht aus den Augen verlieren«, sagte Cumberland.

»Das Ziel ist die Krone«, bestätigte Newcastle.

Cumberland nickte. Ja, das Ziel war die Krone. Aber zwischen ihm und diesem Ziel standen nicht nur Frederick und seine zahlreichen Kinder, sondern jetzt hatte sich obendrein noch Charles Edward Stuart dazwischengedrängt. Wenn er den nicht ausschalten konnte, dann war alles Weitere unbedeutend.

Newcastle beobachtete sein Gegenüber. Er lächelte. Ja, dachte er, dieser Mann würde sich durchsetzen. Von den Anschlägen auf Jan Veenstra wusste der Duke of Cumberland nichts. Aber er war in der Tat bereit, für seine Ziele zu töten.

2.

Am 2. Dezember saß eine Gruppe königlicher Kavallerie im *Red Lion Inn* in Talke beim Mittagessen. Sie sollten feststellen, ob die Rebellen tatsächlich auf dem Weg nach Südwesten waren, wie es in den letzten Meldungen hieß.

»Das wäre vollkommen unsinnig«, sagte der Offizier. »Der Duke of Richmond glaubt, dass sie nach Wales wollen. Aber das gibt doch keinen Sinn. Wenn sie wirklich die Krone wollen, dann kann es doch nur ein Ziel geben, London. Von hier sind es nur noch 170 Meilen.«

»Es wird Zeit, dass der Duke of Richmond abgelöst wird. Der ist einfach zu alt.«

»Das kommt ja jetzt. Aber Cumberland – dem fehlt die Erfahrung!«

»Erfahrung oder nicht – er ist ein Held. Du hättest ihn sehen sollen, wie er gefochten hat in Dettingen. Unerschrocken ist er vorgerückt, ein leuchtendes Beispiel für alle Untergebenen.«

»Wir werden sehen. Aber was die Rebellen angeht ... Ich glaube, die wollen tatsächlich nach Wales. Vielleicht hoffen sie, dass sie dort mehr Unterstützung finden.«

Der Offizier schüttelte den Kopf. »Nie und nimmer! Die Waliser haben doch auch mitgekriegt, was bisher passiert ist. Keine Hand hat sich geregt für den falschen Prinzen! Er ist durch halb England geritten, aber niemand hat sich ihm anschließen wollen.«

»Ist da noch Hammel?«, fragte einer der Männer.

»Und Bier, bitte, noch eine Runde Bier für uns alle!«

»Für mich nicht.« Als Offizier durfte er sich leider nicht betrinken.

»Wenn sie nach Wales wollen«, griff einer seiner Leute den Faden wieder auf, »dann sind sie am besten beraten, wenn sie die nördliche Route wählen. Direkt an der Küste entlang. Der Weg ist frei, wir können sie nicht aufhalten.«

»Niemand kann sie aufhalten«, bestätigte einer der Männer ungerührt. Es kümmerte ihn nicht, solange die Verpflegung gut war.

»Wenn sie nach Wales wollen, werden sie nicht an der Küste entlangziehen. Sie werden sich nach Südwesten wenden. Shrewsbury. Und wenn sie nach Shrewsbury wollen, dann müssen sie hier vorbeikommen.«

»Auf keinen Fall. Sie gehen bestimmt nach ...«

In dem Augenblick wurde die Tür aufgerissen, und ein aufgeregter, kleiner Mann stürzte herein. »Sie sind da! Sie sind da!«

Die Dragoner sprangen auf. In der Tat, draußen war Hufgetrappel hörbar.

»Raus hier!«, schrie jemand.

Der Tisch wurde umgestoßen, jemand sprang aus dem Fenster.

»Halt! Sie können doch nicht einfach ...« Niemand hörte auf den Wirt. Die Rotröcke schwangen sich auf ihre Pferde, und als schließlich ein Schuss krachte, waren die Reiter des Königs längst in wilder Flucht verschwunden.

3.

William Augustus, der Duke of Cumberland, war am 27. November in Lichfield eingetroffen. War er bis dahin noch leicht beunruhigt gewesen ob des raschen Vorstoßes der Rebellen, so gewann er jetzt nach einer ersten Inspektion seiner Truppen die ruhige Gewissheit, dass er dem Angriff des Gegners gewachsen war. Er hatte an die zwölftausend Mann zur Verfügung, doppelt so viel wie der falsche Prinz. Diese große Zahl von Menschen konnte man nicht wie sonst üblich in Privatquartieren unterbringen; sie mussten auf freiem Feld campieren. Das war etwas Neues. Es gab für gewöhnlich keinen Krieg im Winter. Die Rebellen hatten sich nicht darum gekümmert, die Highlander konnten bei jedem Wetter kämpfen, und wenn die das konnten, dann konnten das die Truppen Ihrer Majestät auch. Und jetzt war es soweit. Der Moment der Entscheidung war gekommen.

Am 3. Dezember stellte sich die englische Armee nördlich von Stafford zum Kampf. Zwölftausend Mann – eine gewaltige Streitmacht. In der Dunkelheit des frühen Morgens wirkte das Gelände trostlos. Der Boden war gefroren, und es hatte begonnen zu schneien.

»Vorwärts, vorwärts!«, drängte der Duke of Cumberland.

Jeden Moment konnten die Rebellen auftauchen. Doch bis die Armee schließlich in Stellung war, war es elf Uhr und so hell, wie es an einem Morgen Anfang Dezember überhaupt werden konnte. Kein Feind zu sehen. Die Männer froren und hatten Hunger. Die Winterkleidung reichte nicht aus, um gegen die Kälte zu schützen. Nicht wenn man nur herumstand und wartete. Nichts geschah. Cumberland schickte Patrouillen aus, die feststellen sollten, wo der Feind lag. Sie konnten die Rebellen nicht finden.

Cumberland fluchte: »Das gibt es doch gar nicht! Weitersuchen, bis ihr sie findet!«

Voller Ungeduld harrte William Augustus auf Nachrichten. Die Highland Army konnte sich doch nicht in Luft aufgelöst haben! Am Nachmittag war endlich die Verpflegung heran. Die Schlachtordnung wurde aufgegeben, die Armee musste ihr Lager aufschlagen.

Es dauerte bis zum nächsten Tag, bis Cumberland erfuhr, dass die Rebellen ihn getäuscht hatten. Der Vorstoß nach Westen, in Richtung Wales, war nur eine Finte gewesen. Sie waren in Wirklichkeit nach Osten ausgewichen und standen inzwischen in Derby, weit in seinem Rücken. Cumberland ordnete umgehend den Rückmarsch nach Lichfield an, fast zwanzig Meilen durch Frost und Schnee. Zu spät, dachte er. Zu spät. Alles viel zu spät.

General Hawley, der greise Haudegen, fluchte laut hörbar: »Das hat man davon, wenn man Grünschnäbel mit der Armeeführung beauftragt! Noch keinen einzigen Schuss abgefeuert und schon verloren!«

Cumberland verzog keine Miene. Wenn er die Bemerkung gehört hatte, so gab er dies nicht zu erkennen.

4.

»Was sagen Sie, Fawkener?«

Es war selten, dass Cumberland seinen Sekretär um Rat fragte. Sicher, Fawkener war mehr als ein einfacher Sekretär, er war ein weitgereister Mann, kannte die Welt, hatte Jahre in Aleppo und Konstantinopel zugebracht, war persönlicher Freund Voltaires, und er war für den gleichfalls gebildeten Cumberland ein willkommener Gesprächspartner. Newcastle hatte ihm den Mann empfohlen. Aber dass der Oberbefehlshaber ihn um Rat fragte, das war noch nie dagewesen. Die Lage war offenbar sehr, sehr ernst.

»Die Rebellen haben nur einen Tag Vorsprung«, sagte Fawkener nach kurzem Zögern.

Cumberland schüttelte den Kopf. »Diesen Tag können wir nicht aufholen. Sie marschieren schneller als wir. Selbst unsere Kavallerie kann ich nicht auf sie hetzen. Ohne Unterstützung durch Fußtruppen können die Reiter es mit den Rebellen nicht aufnehmen.«

»Dann muss der Duke of Richmond sie aufhalten!«

»Der Duke of Richmond!« Cumberland machte eine wegwerfende Handbewegung. Sicher, unter dessen Oberbefehl wurde gerade nördlich von London eine weitere Armee aufgebaut, und es sollten an die siebentausend Mann werden, deutlich mehr als die Rebellen zu bieten hatten. Aber nur wenige dieser Männer waren kampferprobt, die meisten nur Freiwillige, und ein großer Anteil der regulären Truppen bestand aus Royal Scots und Black Watch, schottischen Einheiten also. Würden die bereit sein, auf ihre Landsleute zu schießen?

Dabei war natürlich keineswegs sicher, dass die Rebellen sich überhaupt auf eine Schlacht einließen. Wahrscheinlich würden sie wieder eines ihrer großartigen Täuschungsmanöver starten, sich scheinbar nach Osten in Richtung Enfield und Tottenham wenden, und wenn der Duke of Richmond dann seine schwerfällige Armee in diese Richtung in Marsch gesetzt hatte, würden sie ihn im Westen umgehen und über Edgware und Kilburn nach London einmarschieren. Der König würde fliehen müssen, die Hauptstadt dem Feind überlassen. Wenn dann noch die Franzosen an der Südküste landeten, gab es keine Rettung mehr. So weit durfte es nicht ... »Was gibt es denn?«

»Sir, draußen steht ein Mann, der behauptet von Lord Newcastle geschickt worden zu sein, und der behauptet, er könne die Lage retten.«

»Herein mit ihm!«

Irgendein Landadeliger wahrscheinlich, der vielleicht ein paar hundert Freiwillige aufgeboten hatte, um sich damit auf den Feind zu stürzen, dachte Cumberland. Stattdessen trat ein Mann in das Zelt, der auf den ersten Blick aussah, wie ein seriöser Geschäftsmann.

»Königliche Hoheit ...«

Cumberland winkte ab. »Der Duke of Newcastle schickt Sie?«

»Nein, nicht direkt, Sir. Ich bin aus freien Stücken gekommen. Ich habe Lord Newcastle vorgeschlagen, mich als Agent unter die Rebellen zu mischen.«

»Als Agent?«

»Hier mein Begleitschreiben.«

Der Mann überreichte Cumberland einen Brief. William Augustus erbrach das Siegel, öffnete das Schreiben und las. Dann sah er sein Gegenüber überrascht an.

»Ich hoffe, Sie haben nichts dagegen, Sir. Auch wenn es etwas unkonventionell ist. Meine irische Abstammung, die Sie unschwer am Akzent erkennen, dürfte bei dem skizzierten Vorhaben von Vorteil sein. Lord Newcastle hat mich mit falschen Papieren ausgestattet. Ich bin jetzt Oliver Williams, ein jakobitischer Kaufmann aus London, der dem Prinzen seine Dienste anbietet.«

»Warum sollten Sie das tun?«, fragte Cumberland.

»Um falsche Informationen zu verbreiten. Ich nehme an, das dringendste Problem ist im Augenblick der rasche Vormarsch der Rebellen?«

»Ja, das würde ich so sagen«, sagte Cumberland.

»Nun, ich denke, ich kann ihn stoppen.«

»Tatsächlich?« Der Mann traute sich einiges zu. »Versuchen Sie Ihr Glück. Wenn es Ihnen gelingt, soll es Ihr Schaden nicht sein.« Cumberland hatte wenig Hoffnung. Aber immerhin: Der Mann trat selbstbewusst auf, wirkte ehrlich und überzeugend. Und Charles Edward Stuart würde im Gegensatz zu ihm keine briefliche Vorankündigung von Lord Newcastle erhalten, in der geschrieben stand: *Ich schicke Ihnen dieser Tage einen der größten Schwindler und Betrüger des Vereinigten Königreichs. Vielleicht kann er Ihnen von Nutzen sein.*

5.

Die Rebellen waren am Abend des 4. Dezember in Derby einmarschiert. Zum ersten Mal, seit sie die Grenze nach England überschritten hatten, hatten die Highlander das Gefühl, wirklich willkommen zu sein. Die Bevölkerung war freundlich, und man konnte den Eindruck gewinnen, dass sich jetzt allmählich das Blatt zugunsten der Jakobiten zu wenden begann.

Die Führung der Highland Army war allerdings nicht dieser Meinung. Für den 5. Dezember war ein Kriegsrat einberufen worden, und der Befehlshaber der Truppen, Lord George Murray, hatte den Prinzen zur Rede gestellt: Wo blieb die versprochene Unterstützung durch die Bevölkerung? Wo blieb die versprochene Hilfe aus Frankreich? Die Truppen des Prinzen waren nicht stärker als zu Beginn des Marsches nach Süden. Eher schwächer. Zwar waren die knapp zweihundert Freiwilligen aus Manchester dazugekommen, aber die wurden mehr als wettgemacht durch die steigende Zahl der Deserteure, die die Schnauze voll hatten und sich allein auf den gefahrvollen Rückweg nach Schottland machten.

Eine erste Besprechung am Nachmittag hatte kein Ergebnis gebracht; die Beratungen wurden nach dem Abendessen fortgesetzt. Sollte man wirklich weitermarschieren bis nach London? Oder sollte man umkehren und sich auf die Verteidigung Schottlands beschränken, der Heimat, in der es auf jeden Fall genügend Unterstützung gab, und wo man nicht in Feindesland kämpfen musste?

»Weitermarschieren«, sagte der Prinz.

George Murray schüttelte den Kopf. »Es ist sinnlos«, sagte er. »Wir sind zu schwach, um London zu erobern. Und wenn wir es doch wirklich erobern könnten, wären wir zu schwach, es anschließend gegen die Hannoveraner zu halten.«

Einige Männer nickten.

»Wir können nicht umkehren«, beschwor sie der Prinz. »Dies ist unsere einzige Chance. Wir haben die Engländer bei Gladsmuir besiegt, wir haben sie wieder und wieder getäuscht, wir haben Carlisle erobert, und jetzt stehen wir kurz vor London. Der Weg ist frei. Wenn wir aber zurückgehen, wird sich eine solche Gelegenheit niemals wieder ergeben, denn die Hannoveraner werden aus ihren Fehlern lernen.«

»Sobald die Franzosen im Süden landen«, sagte einer der Männer, »sind wir sofort bereit, nach London zu marschieren!« Es war offensichtlich, dass er nicht an diese Möglichkeit glaubte.

»Ich flehe euch an! Der Weg nach London ist frei! Marshall Wade sitzt mit der Hälfte der Regierungstruppen an der Ostküste fest und kann überhaupt nicht eingreifen. Siebentausend Mann, die wir einfach ausmanövriert haben! Und die andere Hälfte der englischen Armee, die haben wir in den letzten Tagen umgangen. Unsere Truppen haben die Brücke über den Trent bei Swarkestone besetzt. Das letzte natürliche Hindernis auf dem Weg zur Hauptstadt ist damit ausgeräumt, wir müssen nur noch hingehen und uns die Krone holen ...«

»Das stimmt so nicht«, sagte Murray. »Da stehen noch Truppen zwischen uns und der Hauptstadt. Deren Stärke können wir überhaupt nicht abschätzen. Und unsere Männer sind müde von den dauernden Märschen, während ihre Soldaten frisch und ausgeruht ...«

»Unsere Soldaten haben heute einen Ruhetag. Sie sind morgen wieder marschbereit!«

»Fragen wir doch einmal diesen – diesen Kaufmann, was er auf dem Weg von London hierher beobachtet hat.«

»Da seht ihr es«, rief der Prinz. »Selbst von London her laufen uns jetzt neue Anhänger zu!«

»Fragen wir den Mann«, beharrte Murray. »Dann sehen wir weiter.«

Williams wurde geholt.

»Ich freue mich außerordentlich«, sagte er, »dass Sie mich in diesem erlauchten Kreis zu Worte kommen lassen. Und zunächst einmal möchte ich Ihnen allen meinen Dank aussprechen dafür, dass Sie all diese Mühen auf sich genommen haben, um endlich wieder Recht und Gerechtigkeit zum Durchbruch zu verhelfen. Ich kann Ihnen gar nicht sagen, wie sehr ich als treuer Katholik ...«

»Ja, ja«, unterbrach ihn der Prinz. »Das wissen wir alles zu schätzen. Im Augenblick wäre es für uns aber noch wichtiger, zu erfahren, wie die Kräfteverhältnisse sind. Mit wie viel Widerstand müssen wir rechnen auf dem Weg nach London?«

Williams machte eine wegwerfende Handbewegung. »Die Herzen werden Ihnen zufliegen, mein Prinz!«

»Haben Sie Militär gesehen auf dem Weg von London hierher?«, wollte Murray wissen.

»Militär? Nicht viel. Ich bin ja über Northampton gekommen. Da liegt Ligonier mit ein paar tausend Mann. Aber damit werden Sie schon fertig, da bin ich mir ganz sicher.«

»Ligonier in Northampton?«, fragte Murray überrascht. Seine Kundschafter hatten bisher nichts von einer Truppenansammlung in Northampton gemeldet. Das läge in der Tat direkt in ihrer Marschrichtung.

»Ligonier oder Hawley, ja. Ich habe mit den Männern gesprochen. Das ist so eine Art Vorausabteilung. Die anderen sind unterwegs, von London her. Gute Quartiere in Northampton, sagen sie. Sie tun so, als seien sie guten Mutes. Aber das wird sich natürlich rasch ändern, wenn denn unsere Highland Army über sie hereinbricht ...«

»Ich hatte eigentlich gedacht, dass der Duke of Richmond uns gegenüberstünde«, sagte Murray. »Und, um ehrlich zu sein, nicht ganz so nah!«

»Der Duke of Richmond, ja, den darf man natürlich nicht vergessen. Aber der ist ja weiter im Osten mit seiner gesamten Kavallerie. Die Rotröcke in Northampton haben behauptet, dass er heute bis nach Newark vorrückt, aber das ist natürlich auch ziemlich weit weg, darum brauchen Sie sich nicht groß zu kümmern.«

»Newark.« Murray sah den Prinzen an. Der biss sich auf die Lippen. Von Newark nach Derby waren es etwa dreißig Meilen. Kein Problem für eine ausgeruhte Reiterei, das konnte man in einem Tag schaffen. Wenn der Duke of Richmond wirklich so nah war, dann bedrohte er massiv ihre linke Flanke.

»Den Duke of Cumberland, den haben Sie jedenfalls wundervoll abgehängt.«

»Wissen Sie, wo er jetzt steht?«

»Lichfield«, sagte Williams ohne zu zögern. »Jedenfalls soll er heute früh noch dort gewesen sein. Ob er sich schon auf den Weg nach Südosten gemacht hat, das kann ich nicht mit Sicherheit sagen. Es wird natürlich viel gemunkelt. Coventry, heißt es. Keine Ahnung, was da dran ist. Ich wollte nun auch nicht zu auffällig nachfragen. Aber jedenfalls hat er fast fünfzehntausend Mann. So eine große Armee ist natürlich sehr schwerfällig.«

Lord Elcho zog die Augenbrauen hoch. Wenn Cumberland wirklich schon über Lichfield hinaus vorstieß, war die Lage äußerst bedrohlich.

»Danke, Mr. Williams«, sagte Murray. »Sie haben uns sehr geholfen.«

»Oh, keine Ursache! Ich bin immer bereit, ich tue, was ich kann!«

Murray wartete, bis der Kaufmann das Zelt verlassen hatte. Als er sich sicher sein konnte, dass er ihn nicht mehr hören konnte, sagte er: »Schottland.«

»Wir können doch nicht ...!«, rief der Prinz verzweifelt.

»Rückzug nach Schottland. Wir haben keine Wahl.« Murray sah sich um. Es regte sich kein Widerspruch mehr.

Der Prinz weinte.

6.

Sie hielten auf einem kleinen Hügel und starrten hinunter auf das winterliche Tal des Don. Der Hochnebel der letzten Tage hatte sich aufgelöst, und mächtige Schauerwolken standen am tiefblauen Himmel. Es lag etwas Schnee, aber nicht viel; morgen würde wieder alles getaut sein. Die Rebellen waren auf dem Rückzug, das Blatt hatte sich gewendet. Nun wurde es Zeit, dass die Regierungstruppen auch hier im Norden Schottlands, im Herzen der Highlands, gegen die Rebellen vorgingen.

»Was für ein schönes Land unser Schottland doch ist«, sagte Normand MacLeod.

»Ja.« Captain George Munro, der Offizier neben ihm, hatte keinen Blick für die Schönheit. »Wir sollten dort unten in

Inverurie Quartier machen. Der Ort liegt im Winkel zwischen zwei Flüssen. Dort sind wir vor unliebsamen Überraschungen geschützt.«

»Es ist noch zu früh«, gab MacLeod zu bedenken.

»Wir dürfen nichts riskieren.«

»Also gut.« Normand MacLeod bemühte sich, Zuversicht auszustrahlen. In Wahrheit waren ihm längst Zweifel am Erfolg ihrer Expedition gekommen. Ein paar hundert Mann, das hörte sich nach viel an. Das war auch viel, wenn man durch die engen Straßen von Orten wie Fochabers oder Oldmeldrum marschierte, aber hier auf der offenen Fläche wirkte es wie ein erschreckend kleiner, verlorener Haufen. Vor allem bedauerte MacLeod, dass sein Schwager Lord Alexander mit seinen Leuten noch nicht da war. Es hieß, das schlechte Wetter habe sie aufgehalten. Und auch die Grants, die ihre Hilfe versprochen hatten, waren nicht gekommen.

»Uns fehlt die Kavallerie. Wir haben keine Möglichkeit, das Gelände vor uns zu erkunden.«

»Die Rebellen haben auch keine Kavallerie in Aberdeen. Und jedenfalls können sie uns hier in dieser offenen Landschaft nicht überraschen. Wir sehen sie auf große Entfernung kommen und können uns entsprechend vorbereiten.«

»Ja«, sagte der Offizier. »Außer nachts.«

MacLeod und Munro inspizierten die Posten. An der Brücke über den Don, beim Mühlenwehr, hatten sie zehn Mann aufgestellt. Der Don war ein breiter Fluss; niemand würde wagen, ihn außerhalb der Brücke zu queren. Schon gar nicht jetzt im Winter. Die Verteidiger hatten es leicht, da eventuelle Angreifer durch die schmale Brücke in der Bewegung eingeschränkt waren, während sie selbst sich nach links und rechts verteilen und einen nach dem anderen abschießen konnten.

»Jetzt zur anderen Seite«, sagte Munro.

Sie marschierten zurück ins Dorf und dann nach rechts, zum Friedhof. Mitten zwischen den Gräbern stand ein kleiner Hügel, offenbar eine alte Fluchtburg, mit steilen Hängen, die niemand im Sturmangriff nehmen konnte. Wer nach oben wollte, musste einen schmalen, gewundenen Pfad auf der Rückseite emporsteigen.

»Ja, das geht«, befand Munro.

Auch hier hatten sie zehn Mann postiert, die von dieser Stelle aus den Urie-Fluss bis zu seiner Einmündung in den Don überblicken konnten. Weiter im Norden waren ebenfalls Posten aufgestellt, sodass die Rebellen sie nicht einfach umgehen und ihnen in den Rücken fallen konnten.

»Wir bleiben morgen hier in Inverurie. Ich hoffe, dass dann endlich unsere Verstärkungen eintreffen.«

MacLeod nickte. Die Verstärkungen sollten längst hier sein.

»Am 25. machen wir uns früh auf den Weg, sodass wir im Morgengrauen in Aberdeen sind. Weihnachten. Da sind die Katholiken alle in der Kirche und rechnen nicht damit, dass wir angreifen.«

Auch MacLeod hätte Weihnachten lieber zu Hause in der Kirche verbracht als hier in Feindesland kurz vor Aberdeen. Aber er war mehr als 150 Meilen von zu Hause entfernt, und etwa 120 Meilen von Inchfure. Unerreichbar, selbst wenn für morgen Rast angesagt war. Seine liebe Anne. Anne Martin. Nicht einmal schreiben konnte er ihr, um sie nicht zu gefährden. Würde er sie noch jemals wiedersehen?

7.

Die Männer saßen am Tisch im Wohnzimmer. Sie hatten gut gespeist, und der Krug mit Claret, der vor ihnen auf dem

Tisch stand, war fast leer. Durch die geöffnete Tür hörten sie, wie ein Küchenmädchen vor sich hinsang.

»Frae Dunideir as I earn through,
Doun by the hill of Banochie,
Alangst the lands of Garioch
Great pity 'twas to hear and see,
The noise and dulesome harmonie,
That e'er that dreary day did daw.
Crying the coronach sae hie,
›Alas! alas! for the Harlaw!‹«

»Soll ich ihr sagen, dass sie aufhören soll?«, fragte der Pastor.

MacLeod schüttelte den Kopf. Wir waren ein verlorener Haufen, dachte er, genau wie damals die Highlander in der Schlacht von Harlaw.

»Inverurie«, sagte er. In Schottland war fast jeder Ortsname mit der Erinnerung an irgendwelche blutigen Ereignisse belegt, so auch Inverurie. Am 23. Mai 1308 hatte hier Robert the Bruce den Earl of Buchan vernichtend geschlagen. Ein wichtiger Schritt auf dem Weg zur Unabhängigkeit Schottlands, hieß es in den Geschichtsbüchern. Ein Blutbad, wusste Normand MacLeod. Aber alles nichts im Vergleich zu dem Gemetzel von 1411, der Schlacht von Harlaw, zwei Meilen nordwestlich von Inverurie.

Thus as I walkit on the way,
To Inverury as I went,
I met a man, and bade him stay,
Requesting him to mak me 'quaint
Of the beginning and the event,
That happen'd there at the Harlaw;
Then he entreated me, tak tent,
And he the truth sould to me shaw.

Captain George Munro nickte. »Damals ist es wenigstens warm gewesen«, sagte er. Er fror. Sie kannten beide die Geschichte Schottlands. Mutige Aufstände, blutige Niederlagen. Und jetzt saßen sie hier, einen Tag vor Weihnachten, und wussten nicht recht, was sie tun sollten. Und der Ort – ein schlechtes Omen.

»*Sixty-thousand Highlandmen* heißt es in dem Lied«, sagte der Pastor. »Aber das ist natürlich übertrieben. Eine Legende. Und heute, in Aberdeen, die Rebellen, das sind viel, viel weniger.«

»Wir müssen dennoch sehr vorsichtig sein«, sagte Normand MacLeod. Er glaubte nicht daran, dass Aberdeen nur darauf wartete, befreit zu werden. Sie hatten keine Informationen über die Stärke des Gegners. Zwei Männer hatten sie in Zivil nach Aberdeen geschickt, um die Lage zu erkunden; keiner war zurückgekehrt. Und die Leute in Inverurie behaupteten, in Aberdeen läge französisches Militär, reguläre Truppen, gegen die ihr zusammengewürfelter Haufen keine Chance hatte.

»Wir müssen angreifen«, widersprach Munro. »Zögern bringt uns nicht weiter. Nur mit Härte ist die Rebellion zu bezwingen. Die Bevölkerung von Aberdeen will doch mit den Rebellen gar nichts zu tun haben. Wenn wir dort einrücken, ist das eine Befreiung.«

Befreiung oder nicht – wäre die Bevölkerung bereit, sie zu unterstützen? Selbst wenn das so sein sollte – die Leute hatten keine Waffen. Die waren in den Händen der Rebellen.

Der Kirchendiener kam herein.

»Was gibt es denn?«, fragte der Pastor unwillig. Er liebte es nicht, beim Feierabend gestört zu werden.

»Da steht jemand auf dem Hügel.«

»Wo?« Munro legte die Gabel zur Seite.

»Unter den Obstbäumen vom Earl of Kintore.«

»Wo ist das?«

»Weit weg, auf der anderen Seite des Flusses«, beeilte sich der Pastor zu erklären.

»Kann das dieser Anwalt sein, den Sie losgeschickt hatten?«

Der Pastor schüttelte den Kopf. »Unwahrscheinlich. Der weiß ja, wo ich wohne, der würde direkt hierherkommen. Nein, es sind vermutlich jakobitische Kundschafter, aber im Dunkeln können sie sowieso nichts sehen, und über den Fluss können sie auch nicht, da stehen ja die Wachen.«

»Ihr Wort in Gottes Ohr, wenn ich das so sagen darf!«

»Bitte!« Der Pastor schien über diesen Scherz nicht erbaut.

»Könnte ich bitte noch etwas von dem ...«

In dem Augenblick knallte es. Ein Schuss! Alle sprangen auf, stürzten zur Tür.

»Ein Nachtangriff, das ist doch völlig unmöglich«, rief Munro. »Das wagen sie nicht. Sie sehen doch gar nicht, was sie tun!«

Aber draußen schien der Mond vom sternklaren Winterhimmel. Weitere Schüsse fielen. Als sich seine Augen an die Dunkelheit gewöhnt hatten, sah Normand MacLeod, dass unten am Wasser gekämpft wurde. Die Posten vom Friedhofshügel feuerten auf eine Gruppe von Angreifern, die offenbar dabei waren, den Fluss zu queren. Einer der Männer brach zusammen und versank im eiskalten Wasser. Vom jenseitigen Ufer wurde zurückgeschossen. Immer mehr Männer wagten sich in den Fluss. Es sah nicht so aus, als ob es den MacLeods gelingen könnte, den Feind aufzuhalten.

»Sie kommen über den Fluss«, murmelte MacLeod. »Mein Gott, sie kommen tatsächlich über den Fluss!«

»Das wird ihnen nichts nützen«, behauptete Munro. »Wir haben hier eine sehr starke Position, aus der sie uns nicht vertreiben können. Jedes dieser Steinhäuser ist eine kleine Festung. Wände aus Granit! Kommen Sie!« Er wollte zum Fluss, um die Truppen persönlich anzuführen.

Da kam einer von der anderen Seite gerannt. »Mein Gott, schnell, schnell!« Der Mann war völlig außer Atem.

»Was gibt es?«

»Sie kommen von Süden! An die tausend Mann! Sie haben den Vorposten überrannt und stürmen jetzt den Mühlendamm!«

Verdammt! Der Mühlendamm war zu schwach gesichert. Und die Freiwilligen waren zu weit verstreut untergebracht. Die Männer, die auf die einzelnen Häuser verteilt lagen, kamen jetzt erst aus ihren Quartieren gerannt.

»Hier lang, hier lang!«, rief Munro. Er deutete nach Süden.

Tatsächlich bildete sich auf der Dorfstraße eine geschlossene Formation, die unter der Leitung eines der Unteroffiziere auf die anrückenden Rebellen feuerte. Einen Augenblick lang gelang es, die Angreifer aufzuhalten, aber schon rückten sie wieder vor.

»Das sind reguläre Truppen da drüben«, sagte Munro. »Sehen Sie die Uniformen? Das sind tatsächlich französische Truppen. *Royal Ecossais,* gute Leute. Die können wir nicht aufhalten.«

MacLeod drehte sich um. Auch an der Furt gab es jetzt kein Halten mehr. Die Rebellen drangen in breiter Front über den Fluss. Ungehindert; der Beschuss hatte aufgehört. In diesem Augenblick schlug eine Kugel direkt neben MacLeod in die Hauswand und surrte als Querschläger in die Nacht. Normand schrie auf.

»Rückzug«, sagte Munro. »Uns bleibt nur der Rückzug. Die Leute sollen sich kämpfend zurückziehen.«

Wieder ging einer der Männer auf der Straße vor ihnen zu Boden. Und die Rebellen rückten weiter vor. Es waren viele, viel zu viele! Panik befiel Normand MacLeod. Er wollte nicht sterben. Nicht heute, nicht in diesem verfluchten Kaff in Aberdeenshire. Warum hatte er sich überreden lassen? – Das Pferd! Schnell, wo war das Pferd! Normand hastete zum Stall und stieß im Dunkeln mit Munro zusammen, der ebenfalls gesehen hatte, dass er hier nichts mehr ausrichten konnte.

Keine Zeit mehr, dem Pferd die Zügel anzulegen. Normand MacLeod schwang sich auf sein Ross und galoppierte über die Felder nach Westen. Munro war ihm dicht auf den Fersen. Aus dem Dorf hinter ihnen tönte das Siegesgeschrei der Rebellen. Hinter sich sahen sie jetzt ihre Männer, die sich in wilder Flucht aus Inverurie in Sicherheit bringen wollten. Und von den Seiten strömten die Leute herbei, die bei den Bauern außerhalb des Ortes untergebracht waren.

MacLeod hielt an. Er sah, wie Munro sein Pferd wendete. »Bleibt stehen, Männer!«, rief er. »Wir halten sie auf, wir werfen sie zurück, wir schaffen das!«

Tatsächlich gelang es, eine lockere Reihe von Freiwilligen aufzubauen, die sich im unsicheren Licht des Mondes fluchend daran machte, die Gewehre wieder zu laden.

MacLeod war unschlüssig. Er war ein Feigling, dachte er. Mein Gott, was war er für ein Feigling! Aber er brachte es nicht über sich, zu den Männern vorzurücken, die sich jetzt hinknieten und den Feind erwarteten.

Dunkle Wolken waren plötzlich am Himmel erschienen; noch wenige Minuten, dann würde das Mondlicht endgültig verschwinden und der Kampf wäre zu Ende. Aber der Feind rückte vor.

»Da kommen sie!«, rief Munro. »*Make ready!*«

Jemand fluchte im Dunkeln, weil ihm die Kugel aus der Hand gefallen war.

»*Present!*«, befahl Munro.

Normand konnte nur ahnen, dass die Männer da hinter ihm jetzt ihre Gewehre anlegten.

»*Fire!*«

Eine eindrucksvolle Salve krachte den anstürmenden Rebellen entgegen, die augenblicklich ihren Ansturm bremste. Das gab genügend Luft, um sich endgültig vom Feind zu lösen. »Nach Westen abrücken«, befahl Munro, und Normand sah, dass die Männer sich in Bewegung setzten. Auch er setzte sich in Bewegung. Sein Pferd gehorchte ihm auch ohne Zügel. Normand MacLeod kam sich alt und lächerlich vor.

Drohungen

Dunvegan, Isle of Skye, Schottland, Jahreswechsel 1745/46

1.

Weihnachten in Schottland, das waren fast Tage wie alle anderen. Die reformierte Kirche hatte die ausufernden Feiern früherer Zeiten abgeschafft. Stattdessen wurde gearbeitet, gefastet und gebetet. Zwar hatten sie sich auf Dunvegan nicht um die Vorschriften der Kirche gekümmert und wie jedes Jahr heimlich ein Yule-Brot gebacken, herrlich süßes Brot, und Lucy hatte gehofft, den kleinen, eingebackenen Ring zu finden, aber es war die Magd gewesen, und sie hatte laut gejuchzt.

Ein paar Tage später ritt Lucy nach Mugstot, um sicherzustellen, dass zu Hogmanay, zum Neujahrsfest, nichts schiefging. Auch bei den MacDonalds war es jetzt ruhiger als sonst. Wegen des Schnees hatte sich der Abmarsch von Lord Alexander und seinen Freiwilligen verzögert, aber vor einer Woche waren sie schließlich doch aufgebrochen. Wahrscheinlich waren sie jetzt schon in Inverness. Lady Margaret sagte zu, Kingsburgh rechtzeitig loszuschicken, sodass er früh genug eintreffen würde, um nach altem Brauch als *First Footer* Torf, Geld und Brot zu überbringen, auf dass die Bewohner von Dunvegan auch im folgenden Jahr Wärme und Wohlstand haben würden und keinen Mangel leiden müssten. Nachdem dieses geklärt war, ritt Lucy froh zurück nach Hause.

Sie war nur noch wenige Meilen von Dunvegan entfernt, als ihr ein Mann in den Weg trat. Es war wie beim ersten Mal, aber diesmal war Lucy darauf vorbereitet, und sie fühlte sich sicher vor dem Kerl, der ihr den Weg versperrte. »Was wollt Ihr, MacGregor?«

»Ihr kennt also inzwischen meinen Namen? – Ich verlange Euren Respekt, gnädiges Fräulein!«

»Es gibt nichts, womit Ihr diesen Respekt verdient hättet!«

»Da wäre ich mir nicht so sicher! – Ich bin ein ehrlicher Mann, geradeheraus und offen. Ich habe noch nie in meinem Leben Unrecht getan. Das kann man von den MacLeods nicht behaupten.«

»Reden Sie keinen Unsinn. Jeder schottische Clan hat in seiner Geschichte irgendwelche schwarzen Flecke, das müssen Sie als MacGregor doch am besten wissen. Und was unsere Urgroßväter getan oder nicht getan haben, das ist ein Ding der Vergangenheit.«

»Ich rede nicht von Ihrem Urgroßvater, junges Fräulein, ich rede von Normand MacLeod.«

»Er kämpft auf der Seite der rechtmäßigen Regierung!«

»Darüber kann man streiten. Am Ende dieses Konflikts wird sich zeigen, welches die rechtmäßige Regierung ist, und ich habe keinen Zweifel daran, wie dieses Ergebnis aussehen wird.«

»Niemand kann daran zweifeln. Der Duke of Cumberland steht mitten in Schottland ...«

»Der Duke of Cumberland ist viel marschiert, das ist richtig. Aber hat er auch nur eine einzige Schlacht gewonnen? Nein, das hat er nicht. Jedes Mal, wenn die Engländer auf die Highland Army getroffen sind, haben sie den Kürzeren gezogen. Jedes Mal! Und Lord Loudoun und seine Verräter, ihr Herr Vater an vorderster Stelle ...«

»Die sind dabei, Aberdeen zu befreien!«

»Sie sind offenbar nicht auf dem Laufenden, junges Fräulein! Lord Loudoun und seine Vasallen sind bei Inverurie vernichtend geschlagen worden.«

»Das ist nicht wahr!«

MacGregor lachte. »Das ist sehr wohl wahr. Sie werden schon noch davon erfahren!«

Lucy war zutiefst erschrocken. Konnte das stimmen, was der Mann behauptete? Was war geschehen? Was war mit Vater?

»Die Gerechtigkeit nimmt ihren Lauf. Wenn Ihr Herr Vater noch lebt, wird er sich für seine Verbrechen verantworten müssen. Für all seine Verbrechen.«

»Es gibt keine Verbrechen!«

»Wirklich nicht? Was ist mit dem Amerika-Projekt? Donaghadee sag ich nur! Und was ist mit Ihrer Frau Mutter? Es weiß doch jedes Kind, dass Normand MacLeod seine Frau in Dunvegan in den Kerker gesteckt hat, bis sie elend verhungert ist!«

»Lügner!« Lucy zog ihre Pistole.

»Natürlich ist die junge Frau drüben in Inchfure schöner als Ihre Mutter, und jünger ist sie auch, und da hat Ihr Herr Vater ...«

Lucy schoss. Die Kugel ging fehl.

MacGregor war zusammengezuckt, als der Schuss fiel. Jetzt lachte er. »Die Wahrheit lässt sich nicht unterdrücken, junges Fräulein!« Im Nu hatte er Lucy am Bein gepackt.

»Loslassen!«

MacGregor grinste. »Ich könnte dich jetzt vom Pferd ziehen und mit dir machen, was ich wollte, mein Schatz! Aber das werde ich mir aufsparen für später, für den Tag, an dem sie deinen Vater aufhängen!«

Lucy schlug ihm die Reitpeitsche quer über das Gesicht. Der Mann schrie. Das Pferd bäumte sich auf, und MacGregor musste loslassen.

»Wir sprechen uns noch!«, rief er hinter ihr her. »Wir sprechen uns sehr bald, junges Fräulein! Und dann geht es Ihnen wie Ihrem Bruder!«

2.

»Du solltest nicht allein ausreiten!«

Lucy weinte. »Ich fühlte mich so sicher. Ich bin Lucy MacLeod, MacLeod von Dunvegan. Uns gehört alles hier, jeder respektiert uns. Ich hatte das Pferd, und ich hatte die Pistole! Es hat alles nichts genützt ...«

»Woher hast du die Waffe?«, fragte Jan.

»Es ist eine von Vaters Pistolen.« Lucy hatte sie nach dem ersten Zwischenfall genommen. Sie wusste schließlich, wie man damit umging. »Ich werde üben müssen. Ich muss ruhiger zielen, und beim nächsten Mal ...«

Jan schüttelte den Kopf. »Es ist gut, dass du nicht getroffen hast. Er hat dich beleidigt, und du warst erregt, aber dafür darfst du keinen Menschen erschießen.«

»Kein Richter der Welt ...«

»Ich rede nicht von einem Richter. Ich rede von dir selbst. Weißt du, wie ein Mensch aussieht, der eine Kugel abbekommen hat? Wie viel Blut das gibt? Und dann ist er nicht gleich tot, und er schreit und schreit, und du kannst ihm weder helfen, noch kannst du ihn ganz töten, denn du hast ja nur den einen Schuss ...«

»Ich würde nachladen«, behauptete Lucy, aber ihre Stimme zitterte dabei. »Und beim nächsten Mal ...«

»Ein nächstes Mal darf es nicht geben. Ich nehme mir ein paar Männer, und wir nehmen diesen Alan MacGregor fest. Er soll ihn kennen lernen, den Kerker von Dunvegan, damit er weiß, wovon er redet!«

Eine gute Stunde später waren sie wieder zurück. Erfolglos. Die Vorbereitung hatte zu lange gedauert. Das Torffeuer brannte noch in MacGregors Haus, aber der Mann war verschwunden. Sie hatten die Umgebung abgesucht – ohne

Erfolg. Nur ein Gewehr hatten sie sichergestellt. Nach kurzer Zeit hatte Jan die Suche einstellen lassen.

»Sollen wir das Haus abbrennen?«, hatte einer der Männer gefragt.

Das hatte Jan abgelehnt. Er hatte auf einmal ein ungutes Gefühl. Der Mann hatte gezögert, bevor er mit seinem Vorschlag kam. Auf welcher Seite lagen seine Sympathien wirklich? Konnte er sich auf ihn verlassen? Konnte er sich auf irgendwen verlassen? Der Angriff auf Lucy hatte die Männer empört, und sie waren ohne zu zögern ausgeritten, um den Übeltäter festzunehmen. Aber jetzt, wo der erste Zorn verraucht war, jetzt sah die Sache auf einmal anders aus.

»Wir werden das Haus im Auge behalten«, sagte Jan. »Wenn er zurückkommt, schnappen wir ihn uns.«

»Wenn wir ihn sehen, schnappen wir ihn«, bestätigte einer der Männer.

Wenn wir ihn sehen! Sie würden sich Mühe geben, ihn nicht zu sehen.

»Was ist das für eine Geschichte?«, fragte Jan.

Lucy und er saßen vor dem Kamin in der Bibliothek. Lucy schüttelte den Kopf. »Ich habe diese Geschichte noch nie gehört. Mein Vater hat seine Frau geliebt. Er hat so geweint, als sie tot war.«

»Aber – sie waren nicht immer zusammen gewesen?«

»Nein. Mama hat einige Jahre allein in Inverness gelebt. Papa war ja in Castle Leod aufgewachsen, in Ross-shire, im Haus seines Stiefvaters. Im Dezember 1724 hat er Mama geheiratet; sie war die Schwester von Lord Alexander. Sie hat sich mit Papas Schwestern nicht gut vertragen. Die haben damals ja alle zusammen in Castle Leod gewohnt. Und da hat es viel Streit gegeben. Vor zwölf Jahren haben sie sich getrennt.«

Jan sah sie an. Vor zwölf Jahren, 1733 also. Und sieben Jahre später waren sie wieder zusammengezogen. Vom Doktor wusste er, dass die Ehe nur durch das massive Einschreiten von Duncan Forbes gerettet worden war. Forbes war der höchste Richter Schottlands. Durch sein »massives Einschreiten« ... Was mochte das bedeuten?

»Am Ende hat sie wieder hier bei uns gewohnt. Sie ist dann sehr bald gestorben.«

Sie war zänkisch, hatte der Doktor gesagt. Es war schwer, mit ihr auszukommen. Woran sie gestorben war, hatte er nicht gesagt. Aber Jan war sich sicher, dass der Laird sie nicht hatte im Kerker verhungern lassen.

»Wie kommt dieser MacGregor zu seinen Anschuldigungen?«

»Reine Bosheit«, sagte Lucy. Sie sah Jan nicht an dabei.

»Und warum ist er so böse?«

Lucy zuckte mit den Achseln. »Dieses Amerika-Projekt«, sagte sie schließlich. »Vielleicht war er da mit dabei. Vielleicht hat er da etwas missverstanden.«

»Was für ein Amerika-Projekt?«

»Ach, eine ganz dumme Sache. Vor so etwa fünf Jahren, da ging es uns allen schlecht. Die Insel ist zu stark bevölkert, das wissen Sie ja. Wir hatten zwei Missernten in Folge, die Landwirtschaft konnte nicht mehr alle ernähren. Viele haben gehungert. Und da hatten Lord Alexander und mein Vater die Idee, man könnte vielleicht die Lage verbessern, wenn ein paar Leute in die Kolonien gehen würden. Nach Amerika.«

»Das ist doch kein schlechter Gedanke!«

»Ja, natürlich. Aber – das Dumme ist, dass Vater dafür Geld bekommen hat.«

»Geld?«

»Ja. Landarbeiter sind knapp drüben. Weiße Landarbeiter, meine ich, keine Sklaven, die man einfach so kaufen kann. Ja, und da ist so ein Agent an Vater herangetreten und hat ihm ein gutes Angebot gemacht.«

»Wie viel?«

»Keine Ahnung. Aber leider wusste auch der Kapitän des Schiffes von der Abmachung, und das hat sich dann herumgesprochen. Und als das Schiff wegen eines Sturmes in Irland festsaß, in Donaghadee, da haben die Leute gemeutert. Sie haben gesagt, sie lassen sich nicht als Sklaven nach Amerika verkaufen. Dabei war das doch etwas völlig anderes ...«

»Ja, natürlich.« Jan sah sehr wohl, dass es zumindest problematisch war, sich die Auswanderung seiner Leute auf diese Weise bezahlen zu lassen.

»Es hätte fast ein Gerichtsverfahren gegeben, aber Papa hat sich sofort an Duncan Forbes gewandt, ihm alles genau erklärt, und der hat dann dafür gesorgt, dass das im Sande verlaufen ist ...«

Duncan Forbes, der Wohltäter der Familie. Überall hatte er seine Finger im Spiel. Jan dachte nach. »Die Versöhnung mit deiner Mutter – also, dass sie wieder hier nach Dunvegan gekommen ist, war das vor oder nach dieser Amerika-Geschichte.«

»Danach, glaube ich.«

»Danach.«

Deshalb war es also so wichtig gewesen, diese Versöhnung herbeizuführen. Es wäre äußerst ungünstig gewesen, einen abtrünnigen Ehepartner irgendwo in Edinburgh zu haben, der alle möglichen Gerüchte in die Welt setzen und Normand MacLeod durch beharrliches Bohren in dieser Amerika-Affäre in Schwierigkeiten bringen konnte.

Lucy sah Jan entsetzt an: »Du glaubst doch nicht am Ende, dass das alles ein abgekartetes Spiel gewesen ist? Dass Duncan Forbes dies alles nur gemacht hat, um meinen Vater – um uns in der Hand zu haben? Und dass er auf diese Weise sichergestellt hat, dass wir auf der Seite der Regierung in den Krieg ziehen?«

»Nein, natürlich nicht ...«

»Doch, das glaubst du! Und du hast recht damit. Mein Gott, es ist ja so offensichtlich, dass du recht hast. Und ich Schaf habe geglaubt, das alles wäre aus lauter Gutmütigkeit ...«

»Unsinn!«

»Doch, natürlich hast du recht! Wie hat Robert Walpole, dein Walpole, es so treffend ausgedrückt: ›Jeder Mann hat seinen Preis!‹ Dies ist also der Preis, den wir zahlen müssen, um straffrei aus der ganzen Geschichte herauszukommen ...«

»Bitte beruhige dich! Dein Vater hat niemanden ermordet, und mit der Auswanderer-Geschichte, das ist einfach nur unglücklich gelaufen, ein Missverständnis, weiter nichts.«

Aber Lucy ließ sich nicht beruhigen. »Jeder Mann hat seinen Preis!«, beharrte sie. »Kein Wunder, dass sie uns hassen, dass sie uns verachten!«

»Das ist nicht wahr.«

»Doch, natürlich ist das wahr! Hast du es denn noch nicht gesehen, in der Kirche, wie sie uns angucken? Erst habe ich ja geglaubt, ich bilde mir das nur ein, aber inzwischen bin ich mir ganz sicher. Sie starren uns an, als ob sie uns am liebsten umbringen würden. Gleich auf der Stelle. – Nein, ich halte das nicht mehr aus. Ich gehe einfach nicht mehr hin!«

Jan sagte, dass das sicher die schlechteste Lösung wäre, und dass das womöglich als eine Art Flucht gedeutet werden könnte.

»Dann ist es eben eine Flucht. Aber ich gehe da nicht mehr hin!«

»Wir gehen zusammen«, schlug Jan vor.

Lucy antwortete nicht. Sie starrte ins Feuer. Hinter ihr an der Wand tanzten gespenstische Schatten.

»Wir gehen zusammen«, wiederholte Jan. »Hab keine Angst.«

Lucy schüttelte den Kopf. »Ich habe keine Angst. Ich bin wütend. Ich bin wütend, weil die Dinge so sind, wie sie sind, und weil ich sie nicht ändern kann. Ich habe geglaubt, wir sind die Guten. England steht für die Aufklärung, für den Fortschritt, für die Vernunft. Aber das stimmt gar nicht. Es geht nur um die Macht, und es wird gelogen und betrogen wie bei den anderen auch. Und wir selbst sind mittendrin.«

»Das stimmt nicht!«, sagte Jan. Gleichzeitig wurde ihm bewusst, dass er selbst zumindest sehr wohl gelogen und betrogen hatte. Hatte er nicht die Gastfreundschaft von Lucys Vater missbraucht? Hatte er sich nicht als Spion hier eingeschlichen? – Lucy tat ihm leid. Klein und zerbrechlich wirkte sie da in dem großen Sessel am Feuer. Er begehrte sie. Wusste sie, dass er sie begehrte? Manchmal schien es ihm so.

»Zeig mir, wie man schießt«, verlangte sie. »Wie man richtig schießt, meine ich. Wie man schießt, um zu töten.«

»Du brauchst nicht zu schießen«, sagte Jan. »Ich werde dich beschützen. Mit meinem Leben, wenn es sein muss.«

»Mit deinem Leben«, wiederholte Lucy. Sie sah ihm in die Augen. »Danke«, sagte sie schließlich.

Jan rührte sich nicht. Das war eine Liebeserklärung, dachte er. Eine spontane Liebeserklärung. Und Lucy hatte sie nicht zurückgewiesen.

Lucy sah ihn immer noch an. »Vielleicht – sollten wir ein Glas Wein trinken?«

Jan nickte. Natürlich hätte er widersprechen müssen. Er war der Lehrer, er hatte weder das Recht, in Abwesenheit des Laird dessen Wein zu trinken, noch konnte er zulassen, dass dessen Tochter Alkohol trank. Sie war doch erst neunzehn. Aber Lucy war schon aufgesprungen und aus dem Zimmer geeilt. Sie kam mit einer Flasche und zwei Gläsern zurück.

»Warte!«, sagte Jan.

Lucy schüttelte den Kopf. Sie wollte die Flasche selbst öffnen, und Jan hatte den Eindruck, dass sie das nicht zum ersten Mal tat.

»Oben im Wohnzimmer hängt ein riesiges Horn«, sagte sie. »Weißt du, dass jeder MacLeod dieses Horn in einem Zug leertrinken muss, um zu beweisen, dass er ein Mann ist? An seinem achtzehnten Geburtstag. Es fasst so viel Wein wie diese Flasche.« Sie war aufgeregt.

»Gut, dass du ein Mädchen bist und diese Probe nicht nötig hast!«, sagte Jan.

»Aber ich könnte es tun!«

Jan sah sie an. Er hatte das Gefühl, dass sie es am liebsten sofort unter Beweis stellen würde. »Ja, ich weiß«, sagte er.

Lucy hatte inzwischen den Wein eingeschenkt. Jan nahm sein Glas. »Auf dein Wohl«, sagte er.

»Nein, auf dein Wohl. – Oder besser noch: Auf unser aller Wohl. Und darauf, dass wir aus dieser Geschichte heil wieder herauskommen.«

»Ja.«

Sie saßen sich schweigend gegenüber. Jan dachte: Wie schön sie ist! Er traute sich nicht, sich zu bewegen, um den Zauber des Augenblicks nicht zu zerstören.

Lucy schien in Gedanken versunken. Schließlich sagte sie: »Jan, was ist passiert? Drüben in Inverness, meine ich. Im Krieg. Dieser MacGregor – er hat gesagt, unsere Männer sind geschlagen worden?«

»Davon weiß ich nichts.«

Lucy sprang auf, schrie ihn an: »Doch, das weißt du! Was verschweigst du mir?«

Jan erschrak. »Nichts. Ich habe keine Ahnung.«

»Du kannst es mir ruhig sagen!«

»Ich weiß wirklich nichts. Die Post kommt ja nur noch unregelmäßig, und man weiß nie mit Sicherheit, was die Rebellen durchlassen und was nicht. – Aber ich gehe davon aus, dass deinem Vater nichts passiert ist. Lord Loudoun hat ja eine starke Truppe um sich versammelt. An die tausend Mann, denke ich. Damit sollte es möglich sein, nach Aberdeen vorzustoßen.«

»Inverurie, hat MacGregor gesagt.«

»Ich glaube, er lügt. Inverurie – das war doch eine Schlacht irgendwann im Mittelalter.«

»Ja.«

Jedes Kind in Schottland wusste das. Schon möglich, dass MacGregor sich daran erinnert und diesen Namen genannt hatte, weil er ihm gerade einfiel. Aber andererseits – Inverurie lag unstrittig auf dem Weg von Inverness nach Aberdeen. Wusste MacGregor das? Konnte er das wissen, ungebildet wie er war? Und – woher konnte er überhaupt wissen, dass die Unabhängigen Kompanien zu einem Vorstoß nach Osten angetreten waren?

Jan betrachtete das Glas, aus dem er getrunken hatte. Keines der Gläser, die Normand MacLeod verwendete, da war er sich ganz sicher. Es war kunstvoll graviert mit Eichenblättern und einer Rose. Jan sah Lucy an. Wollte sie ihn provozieren wie so oft? Nein, sie saß ganz harmlos in ihrem Sessel, ein junges Mädchen, noch immer mitgenommen von dem Erlebnis des heutigen Nachmittags. Sie sah ihn an, nahm einen tiefen Zug aus ihrem Glas. Auch ihr Glas war auf dieselbe Weise verziert. Die Rose trug eine Blüte und zwei Knospen. Jakobitische Symbole, ganz eindeutig. Die Blüte war James Francis Edward Stuart, der »König jenseits des Meeres«, und die Knospen seine Söhne Charlie und Henry. Und das Eichenblatt – James II. hatte sich angeblich auf der Flucht in einer Eiche verborgen und war so seinen Verfolgern entkommen. Jeder wusste das, auch Lucy.

Wie sie es wohl geschafft hatte, diese Gläser zu besorgen? Es musste heimlich geschehen sein, ohne dass ihr Vater etwas davon bemerkte. Und es war nicht ohne Risiko. Das öffentliche Zurschaustellen jakobitischer Symbole grenzte an Hochverrat; Hersteller und Käufer konnten in größte Schwierigkeiten geraten.

»Möchtest du noch Wein?«

Jan schüttelte den Kopf. Lucy hatte ihr Glas schon leergetrunken und schenkte sich jetzt großzügig nach. Was für große, dunkle Augen sie hatte!

»Dies ist ein ganz besonderer Tag«, sagte sie. »Du hast mir erklärt, dass du bereit bist, dein Leben für mich einzusetzen. Du bist bereit, notfalls für mich zu sterben! Ist das nicht wundervoll?«

Ja, es war wundervoll. Töricht und wundervoll zugleich. Jan erwiderte, dass er es vorziehen würde, wenn sie beide am Leben blieben.

»Ja«, sagte Lucy. Sie trank ihr zweites Glas mit einem Zug aus und erhob sich. »Huch!«, sagte sie. »Ich glaube, ich bin tatsächlich ein kleines bisschen betrunken!« Sie schwankte leicht.

»Soll ich jemand rufen?«, fragte Jan.

Lucy schüttelte den Kopf. »Ich möchte, dass du mich ins Bett bringst!«, sagte sie.

3.

Stimmengemurmel. Jan schreckte hoch. Er lag im fremden Bett. Wie spät mochte es sein? Jedenfalls wurde es draußen schon hell. Rasch schlüpfte er in seine Sachen. Er durfte sich hier nicht erwischen lassen! Ein letzter Blick auf Lucy. Sie lächelte im Schlaf. Wie gern wäre er bei ihr geblieben, bis sie erwachte.

Jan eilte nach unten. Es waren erregte Stimmen, die da zu hören waren.

»Der Laird!«, verlangte jemand. »Es muss etwas geschehen.«

Die Antwort konnte Jan nicht verstehen. Vermutlich erklärte Simon dem Fremden, dass der Laird in Inverness sei, und dass er mit ihm vorliebnehmen müsse.

Jan stieß die Tür auf. Simon und der Fremde, einer von MacLeods kleinen Bauern offenbar, drehten sich zu ihm um.

»Was gibt es?«

»Eine Kuh ist gestohlen worden.«

Und darum diese Aufregung? Wurden nicht alle Tage Kühe gestohlen und zurückgestohlen? Zumindest hatte Jan aus den Erzählungen der anderen diesen Eindruck gewonnen.

»Sir«, sagte der Bauer. »Ich lebe seit dreißig Jahren auf dieser Insel. Es ist wahr, gelegentlich hat es auch sonst schon Diebstähle gegeben. Aber dieses, das ist neu!«

»Sie haben seine Kuh auf der Weide geschlachtet, die Häute und das Gedärm liegen gelassen.«

Jan fragte sich, wie sie den Rest abtransportiert haben mochten. »Wir sehen es uns an«, sagte er.

»Sie können nicht allein gehen«, widersprach Simon. »Es ist drüben im Südwesten, an der Grenze zu MacKinnons Land.«

»Ich nehme Roy mit.«

»Sehr wohl, Sir.« Es war offensichtlich, dass der Diener das Vorhaben missbilligte. »Ich schlage vor, dass Sie sich zumindest bewaffnen.«

Jan schüttelte den Kopf. Sie waren doch nicht im Krieg! Nicht hier auf Skye. Ja, sicher, es gab verschiedene politische Ansichten, handfeste Drohungen sogar, wie Lucy erfahren hatte, aber Jan wollte sich dennoch nicht bewaffnen. Es hätte so ausgesehen, als rechne er mit einem Kampf. Aber einen Kampf würde er um jeden Preis zu vermeiden suchen. Und Roy hatte er nicht ohne Grund mitgenommen. Er wusste, dass der junge Mann zwar einerseits dem Clanchef treu ergeben war, dass er aber andererseits ein echter Jakobit war. Er würde vermitteln können, wenn sie in Schwierigkeiten kommen sollten.

Es war ein grauer Wintermorgen. Sie ritten durch das Dorf. Der Rauch der Torffeuer hing über den Dächern der Hütten. Kinder starrten ihnen nach; Erwachsene waren nicht zu sehen. Sie sahen nicht, dass von der anderen Seite her Kingsburgh herangeritten kam und ihnen jetzt verblüfft nachstarrte. Der *First Footer* war zu spät gekommen.

Schon bald hatten sie das Dorf hinter sich gelassen und ritten den Hügel empor. Jan stellte fest, dass er jetzt schon besser im Sattel saß als ganz zu Anfang; zumindest machte es ihm keine Mühe, mit seinen Begleitern Schritt zu halten.

Der Bauer schien beruhigt, dass etwas geschah. Jemand hatte sich seiner Sache angenommen; nun konnte er abwarten, wie es ausging. Jan war nicht ganz so ruhig. Von ihm wurde erwartete, dass er die nötigen Schritte unternahm, und er hatte keine Ahnung, was diese Schritte sein mochten. Zunächst einmal musste er die Örtlichkeit in Augenschein nehmen.

Jan hatte die Highland-Rinder nie für besonders schön gehalten. Eine tote Kuh machte noch viel weniger her, zumal in diesem Zustand. Ein Haufen Gedärm lag da, die Haut des Tieres, von innen nach außen gekehrt, und der Kopf, dessen tote Augen, so schien es Jan zumindest, ihn vorwurfsvoll anstarrten. Der Rest des Kadavers lag keine fünfzig Meter vom Strand entfernt. Eine flache Stelle, hier konnte man mit dem Boot landen, und es wäre keine Schwierigkeit, das Fleisch über das Wasser abzutransportieren. Auf dem Landweg hätte man sicher einige Lasttiere gebraucht.

Jan starrte hinaus auf das Wasser. Leichter Dunst lag über der Bucht. Kein Boot in Sicht. Aber der Überfall hatte sich sicher gestern Abend abgespielt, und es war ohnehin nicht damit zu rechnen, dass sich noch einer der Täter in der Gegend herumtrieb. Jan nahm an, dass es mehrere gewesen waren. Einer allein konnte keine Kuh abtransportieren.

Auch Roy starrte hinaus auf das Wasser. »Da hinten liegt Eigg«, sagte er. »Ob sie von dort gekommen sind? Die von Eigg, die mögen uns nicht.«

Möglich war es natürlich. Und die Täter hatten es leicht gehabt. Vom Haus aus konnte man diese Bucht nicht einsehen. Selbst wenn die Kuh gebrüllt hatte, würde man es nicht gehört haben. Der Felsvorsprung, der dazwischen lag, würde den Schall vollständig abgeschirmt haben. Aber – warum war die Kuh überhaupt draußen gewesen, jetzt, mitten im Winter?

»Warum war die Kuh hier draußen?«, fragte Jan.

Der Bauer senkte den Blick.

»Sie haben nichts mehr zu essen«, sagte Roy schließlich. Die Vorräte sind fast vollständig aufgebraucht. Und es liegt doch noch kein Schnee. Sie kann sich hier draußen Gras und Kräuter suchen.«

Die Wiese machte keinen einladenden Eindruck.

»Besser als gar nichts«, sagte Roy.

»Und jetzt?«, fragte der Bauer.

Bevor Jan antworten konnte, wurde er gewahr, dass sich von oben, vom Hang her, eine Gruppe von Leuten näherte. Es waren fünf Mann, zu Pferd, zwei von ihnen trugen Gewehre.

»Wer ist das?«, fragte Jan.

»Einer der Tacksmen von MacKinnon«, sagte Roy.

Der Tacksman stieg ab, begrüßte den Bauern mit Handschlag. »Ich habe von deinem Unglück gehört«, sagte er. »Es ist hart, wenn einem das Vieh auf diese Weise abhandenkommt. Wirklich hart. – Aber natürlich macht man sich leicht Feinde, wenn man nicht aufpasst, in diesen Zeiten.«

»Was meinen Sie damit?«, fragte Jan.

Der Mann sah an ihm vorbei. »Damit meine ich, dass man nicht auf der falschen Seite stehen sollte.«

»Ich stehe auf der Seite der Regierung«, sagte der Bauer. »Wir haben immer auf der Seite der Regierung gestanden, und wir sind nie schlecht damit gefahren.« Er sah Jan an.

Jan sagte: »Sie werden auch diesmal nicht schlecht damit fahren.«

Der Tacksman lachte. Er trat mit dem Fuß gegen den Kopf der Kuh, dass der zur Seite fiel.

Jan ärgerte sich. »Es ist immer noch besser, eine Kuh zu verlieren, als den eigenen Kopf«, sagte er.

Das war zu viel. Der Tacksman wandte sich ihm zu, baute sich drohend vor ihm auf. Jan wich nicht zurück. Aus den Augenwinkeln sah er, dass die Reiter ihre Gewehre von der Schulter nahmen.

»Ihr werdet nicht auf einen unbewaffneten Mann schießen!«, sagte Roy. Er war offensichtlich besorgt.

»Hier wird überhaupt nicht geschossen«, sagte der Mann. »Hier werden nur ein paar Dinge klargestellt. Wer hier auf der Seite der Regierung steht, das sind wir, die MacKinnons. Auf der Seite der rechtmäßigen Regierung. Das Weiße Pferd hat ausgedient. Schottland wird wieder frei, und die alten Rechte werden wieder hergestellt.«

Jan schüttelte den Kopf. Auch der Prinz dachte nicht daran, die Union zwischen England und Schottland aufzulösen. Er sah sich als Herrscher des Vereinigten Königreichs, nicht nur eines Teils.

»Jeder Mann wird sein Recht bekommen«, sagte der Mann. »Das Haus Hannover und seine Vasallen, die reden nur. Wir handeln. Und wenn einem aufrechten Schotten, wie unserem Landsmann hier, sein Eigentum gestohlen wird, von irgendwelchen räuberischen Hunden von der Nachbarinsel, dann kommen wir dafür auf und ersetzen den Schaden.«

»Wir kommen dafür auf«, sagte Jan, »das ist Sache der MacLeods, nicht der MacKinnons.«

»Dummes Geschwätz. MacLeod ist in London oder in Inverness, bei seinen hannoverschen Freunden; der kümmert sich einen Dreck um sein Land. Wir sind hier. Wir kümmern uns.«

»Wir kümmern uns«, beharrte Jan.

Der Tacksman lachte. »Du bist so eine Art Lehrer, habe ich gehört, für die junge Lady, nicht wahr? Ein verweichlichter, englischer Stubenhocker. Mit dir reden wir gar nicht!« Er stieß Jan zur Seite.

Jans Schlag traf ihn unerwartet. Jan hatte zusammen mit Cumberland Sport betrieben, als der sich für seine Laufbahn in der Armee vorbereitet hatte, und er war kräftiger, als er aussah. Der große Kerl ging zu Boden. Doch im Nu war er wieder auf den Beinen, und jetzt hatte er den Dolch in der Hand, den Dirk, und nun wurde es gefährlich.

Die Männer mit den Gewehren kamen näher. Doch bevor irgendetwas geschehen konnte, hatte Roy blitzschnell eine Pistole gezogen und hielt sie dem Tacksman an den Kopf. Der Mann erstarrte.

»Schluss jetzt!«, rief Jan. »Wir haben gesagt, hier wird nicht geschossen, und daran halten wir uns.«

»Ihr habt den Streit angefangen!«

»Wir lassen uns nicht beleidigen. Die Diskussion ist beendet. Wir sind hier auf MacLeods Land, MacLeod bezahlt die Kuh, und jeder geht dahin zurück, woher er gekommen ist!«

Einen Augenblick lang rührte sich niemand. Schließlich steckte der Tacksman den Dirk ein; Roy trat einen Schritt zurück und senkte die Pistole. Der Streit war beendet. MacKinnon saß auf. Bevor er mit seinen Leuten davonritt, drehte er sich noch einmal um und rief dem Bauern zu: »Mein Angebot gilt noch immer!«

Der Bauer nickte. Jan hätte sich gewünscht, dass er sofort gesagt hätte, er werde das Geld der MacKinnons nicht annehmen, auf keinen Fall, aber natürlich musste er weiterhin hier leben, an der Grenze zu den Nachbarn, und er musste sehen, wie er klar kam.

»Ich habe das Geld jetzt nicht dabei«, musste Jan zugeben, als die anderen verschwunden waren.

»Ich lege es für dich aus«, sagte Roy.

Jan zog die Augenbrauen hoch. Er hatte nicht gedacht, dass Roy irgendwelche finanziellen Mittel hatte. Man lernte nie aus.

»Das war eindrucksvoll«, sagte Roy später, als sie nach Hause ritten.

»Dieses Lob kann ich nur zurückgeben«, erwiderte Jan. Wäre Roy nicht eingeschritten, hätte die Auseinandersetzung übel ausgehen können. Der Diener hatte recht gehabt. Es war ein Fehler, in diesen Zeiten unbewaffnet aus dem Haus zu gehen.

»Du musstest die Kuh bezahlen.«

»Ja«, sagte Jan. »Ich hatte keine Wahl. Obwohl die Spuren eindeutig zeigen, dass es nicht die Leute von Eigg waren, die hier zugeschlagen haben.«

»Nein«, sagte Roy. »Das habe ich auch gesehen, die Spuren wiesen in Richtung Land. Es sind die MacKinnons gewesen. Der Bauer weiß das auch. Er ist ja nicht dumm. Aber natürlich sagt er das nicht.«

»Es ist gut, dich dabei zu haben«, sagte Jan. »Es gibt mir viel Sicherheit.«

»Ja.« Roy schwieg einen Moment, dann sagte er: »Jan, es tut mir sehr leid, aber du wirst in Zukunft ohne mich auskommen müssen.«

»Wie meinst du das?«

»Ich habe mich anwerben lassen. Das Geld, das ich dem Bauern gegeben habe, das stammt aus Prinz Charles' Beständen.«

»Das ist nicht wahr!«

»Doch. Es muss sein. Du weißt, ich bin der jüngere Sohn. Ich werde die Stelle als Tacksman nicht erben können. Ich werde absteigen zum einfachen Bauern. Und das Land, das der Clan zur Verfügung hat, das reicht schon jetzt nicht mehr aus. Ich muss mir etwas anderes suchen. Und die einzige Chance, an Geld zu kommen, besteht darin, dass ich mich den Rebellen anschließe.«

»Du könntest dich ebenso gut den Unabhängigen Kompanien anschließen.«

»Die Rebellen zahlen mehr.«

Jan schüttelte den Kopf. »Das ist Wahnsinn, Roy! Es ist eine verlorene Sache, von Anfang an verloren! Der Prinz ist auf dem Rückzug. Der Duke of Cumberland belagert Carlisle. Denk an Ceana!«

»Ich denke ständig an sie. Ceana ist schwanger. Aber bis das Kind da ist, bin ich wieder zurück. – Du kannst mich nicht mehr umstimmen.«

Geschlagen

Dunvegan, Isle of Skye, Schottland, Januar 1746

1.

Alan MacGregor blieb verschwunden. Jan hatte das Gewehr, das sie sichergestellt hatten, genau inspiziert. Es war ein englisches Fabrikat, eine feine Jagdwaffe mit gezogenem Lauf. Jan zweifelte nicht daran, dass aus diesem Gewehr auf Robert MacLeod geschossen worden war. Und der Mann mit der Narbe, von dem Duncan Forbes berichtet hatte, war Alan MacGregor. Der Mann war gefährlicher als Jan gedacht hatte. Ein Mörder. Es war besser, wenn Lucy nicht mehr allein ausritt.

Der Deutschunterricht ging weiter, als sei nichts geschehen. Jan hatte beschlossen, ihre gemeinsame Nacht nicht zu erwähnen. Schön war es gewesen, unglaublich schön. Aber er hatte Lucys Schwäche ausgenutzt, daran bestand kein Zweifel, auch wenn das Mädchen selbst die Initiative ergriffen hatte. Er hatte getan, was ihm nicht zustand. Er würde darüber schweigen, wenn sie davon schwieg. Und Lucy schwieg. Mit keinem Blick, keiner Geste gab sie zu erkennen, dass sich das Verhältnis zwischen ihnen grundlegend verändert hatte. Allerdings war sie beim Unterricht nicht recht bei der Sache und machte Fehler, von denen Jan geglaubt hatte, dass sie sie längst überwunden habe.

»Lernend ist anstrengend«, sagte sie.

»Lernen ist anstrengend. Im Übungssatz, aber nicht in der Wirklichkeit.«

»Doch, auch in der Wirklichkeit.«

»Du musst nur daran denken, dass die englische *–ing*-Form zwei verschiedene Dinge ausdrückt: Zum einen das Partizip, das wäre also *lernend*, aber auch den Infinitiv und das daraus abgeleitete Hauptwort. In diesem Fall also *lernen* oder *das Lernen*.«

»Ja, ich weiß.«

»Versuchen wir es noch einmal. Wie übersetzt du *a travelling merchant*?«

Lucy zögerte. »Ein reisen Kaufmann?«

»Ein reisender Kaufmann«, korrigierte Jan.

»Ja, natürlich.«

»Sollen wir eine Pause machen?«

Lucy nickte. Sie gingen hinaus auf den Hof. Die Sonne schien, und im Schutz des Schlosses, dessen Mauern die Wärme zurückwarfen, konnte man es im Freien gut aushalten.

Lucy sah Jan an. »Wo liegt Inchfure?«, fragte sie.

»Inchfure? – Weiß ich nicht. Warum willst du das wissen?«

»MacGregor hat behauptet, mein Vater hat eine Geliebte in Inchfure.«

»Das ist bestimmt gelogen wie alles andere auch«, sagte Jan. Inchfure – irgendwo hatte er den Namen schon mal gehört. Aber wo? Dem Klang nach ein schottischer Ortsname. Wenn MacLeod eine Geliebte hatte, dann doch sicher eher in London, wo er sich als Abgeordneter monatelang aufhielt, und nicht irgendwo in der Provinz.

»Nicht alles ist gelogen«, sagte Lucy. »Diese Amerika-Geschichte, die hat zumindest einen wahren Kern.«

»Und wenn schon. Dein Vater ist Witwer. Er ist allein. Warum soll er sich nicht neu verlieben?«

»MacGregor sagt aber, dass er schon vorher ...«

»MacGregor lügt«, sagte Jan bestimmt. »Ich kenne deinen Vater, du kennst deinen Vater noch viel besser als ich. Er ist einer der ehrlichsten Menschen auf der Welt.«

»Ja«, sagte Lucy. »Er ist einer der ehrlichsten Menschen von der Welt.« Sie sagte es so, als sei von der Ehrlichkeit der Welt demnach nicht viel zu halten.

2.

»Die Amerika-Affäre?« Der Doktor kratzte sich am Kopf. »Wer hat dir davon erzählt? Lucy etwa?«

»Ja.«

Der Doktor sah Jan prüfend an. »Sie hält große Stücke auf dich, das ist offensichtlich, sonst würde sie dir das nicht anvertrauen.«

»Das weiß ich nicht.«

»Doch, das weißt du. Sie macht sich extra schön für dich, das muss dir doch aufgefallen sein. Und ihre Augen ...«

»Ich hatte dich nicht nach Lucy gefragt!«

»Ja, ich weiß. Ich sage immer die Sachen, die keiner hören will. Einer meiner Fehler. Aber vielleicht kannst du das Mädchen davon abbringen, sich Belladonna in die Augen zu träufeln.«

»Was meinst du damit?«

»Die schönen, großen Augen kommen nicht von alleine, Jan. Aber sie soll die Finger von dem Zeugs lassen. Es beeinträchtigt die Sehkraft.«

»Die Amerika-Affäre«, beharrte Jan.

»Die Amerika-Affäre. – Ja, das ist wohl wahr, dabei hat der gute Laird keine glückliche Figur gemacht. Natürlich gab es Hunger und Überbevölkerung hier wie überall in Schottland, und MacLeod hat auf seine Weise versucht, das Problem zu lösen. Ob das alles genau so gewesen ist, wie die Leute behaupten, das weiß ich natürlich nicht. Da war ich ja noch gar nicht in Dunvegan. Dieser MacGregor hat dabei seine Frau verloren. Er behauptet, das sei MacLeod´s Schuld. Einzelheiten weiß ich nicht. Aber vom Gefühl her würde ich schon sagen: Damals hat Normand MacLeod seine Rechte wohl ein kleines bisschen großzügig ausgelegt.«

»Eines verstehe ich nicht«, sagte Jan, »du sprichst von Überbevölkerung und von Hunger. Davon sehe ich nichts. Die Menschen auf Skye scheinen mir alle gut ernährt.«

Der Doktor lächelte. »Wir haben einen kleinen Aufschub bekommen. Gleich nach 1740 ist auf Skye die Kartoffel eingeführt worden. Und damit kann man selbst bei unserem sehr begrenzten Ackerland sehr viel mehr Menschen ernähren als vorher. Die Kartoffel hat das Getreide fast vollständig verdrängt; die Kartoffel hat uns gerettet.«

»Das wusste ich nicht.«

»Ich fürchte, es gibt noch mehr Dinge, die du nicht weißt!«

Jan sah den Doktor an. »Nachrichten vom Krieg?«, fragte er.

Der Doktor nickte. »Es heißt, die Franzosen sind bei Montrose gelandet und haben den Vormarsch unserer Leute bei Inverurie gestoppt. Es sieht nicht gut aus. Die Franzosen haben Kanonen mitgebracht. Dagegen kann man mit dem Schwert nicht viel ausrichten. Es heißt, dass unsere Leute sich nach Westen zurückziehen. Sie werden Inverness nicht halten können.«

»Und der Duke of Cumberland?«

»Keine Ahnung. Wir können nur hoffen, dass er möglichst bald kommt.«

Aber der Duke of Cumberland kam nicht. Wenige Tage später erfuhren sie, dass William Augustus inzwischen wegen einer angeblich drohenden französischen Landung in Südengland nach London zurückgerufen worden war. General Hawley war indessen an der Ostküste kühn nach Schottland vorgestoßen, über Edinburgh hinaus, aber die Rebellen hatten seine Armee am 17. Januar bei Falkirk angegriffen und geschlagen, und er musste sich nach Edinburgh zurückziehen. Der Ausgang des Konfliktes war wieder offen. Erst am 25. Januar, als die Nachricht von der Katastrophe von Falkirk in London eintraf, wurde der Duke of Cumberland schleunigst wieder nach Norden in Marsch gesetzt. Er traf am 30. Januar in Edinburgh ein.

3.

Wo war Lucy? Eigentlich hatte Jan gedacht, dass sie Lady Margaret besuchen wollte, und er wollte sie begleiten. Zur Sicherheit. Aber Lucy war nirgends zu finden. Mit zunehmender Sorge lief Jan durch das Schloss.

»Wisst ihr, wo Lucy ist?«

Nein, in der Küche hatte sie niemand gesehen. Sie würde doch nicht allein losgeritten sein? Jan lief zu den Ställen. Ihr Pferd stand an seinem Platz. Jan wollte die Tür schon wieder schließen, als er aus dem Nebenraum, in dem das Stroh gelagert wurde, ein Geräusch vernahm. Da war Lucy. Ganz still stand sie dort, als konzentrierte sie sich auf eine wichtige Tätigkeit.

»Lucy?«, fragte Jan leise.

Sie hörte ihn nicht. Mit einer plötzlichen Bewegung riss sie ein großes Messer aus dem Gürtel und hieb dies mit aller Kraft in das Stroh.

»Lucy!«, rief Jan lauter.

Sie steckte das Messer ein und drehte sich um. »Habe ich mich verspätet?«

»Lucy, was machst du da?«

»Ich übe«, sagte sie. »Ich übe, mit dem Messer umzugehen. Mit der Pistole bin ich zu langsam und zu unsicher, das weiß ich jetzt, aber mit dem Messer erwische ich ihn.«

Jan schüttelte den Kopf.

»Doch, er muss sterben. Er hat meinen Bruder getötet; dafür töte ich ihn.«

»Er wird vor Gericht gestellt«, sagte Jan. »Und es kann gut sein, dass er dann zum Tode verurteilt und hingerichtet wird. Aber was mit ihm geschieht, das muss der Richter entscheiden.«

Das Messer, das sie verwendete, war ein schottischer Dirk – spitz genug, um zwischen den Rippen hindurchzustechen, lang genug, um das Herz sicher zu erreichen, und die beidseitige Klinge scharf genug, um Adern glatt zu durchschneiden. Eine tödliche Waffe, aber Jan bezweifelte, dass Lucy sie wirklich gegen MacGregor oder sonst einen Angreifer zum Einsatz bringen konnte. Jan hatte sich eine der Pistolen des Laird ausgeliehen.

Auf dem Ritt nach Mugstot kamen sie zwangsläufig an MacGregors Kate vorbei. Es war ein typisches, fensterloses Black House mit einem Loch im Dach, durch das der Rauch abziehen konnte. Das Haus lag außerhalb des Dorfes und etwas abseits des Weges, auf einem kleinen Hügel. Es herrschte klirrender Frost. Kein Rauch war zu sehen. Dennoch stieg Jan vom Pferd und ging, um die Hütte zu untersuchen. Lucy folgte ihm, den Dolch in der Hand.

Das Haus war leer, und es sah nicht so aus, als ob in den letzten Tagen jemand hier gewesen sei. Und auch der Ritt nach Mugstot und zurück verlief ereignislos. MacGregor zeigte sich nicht.

Er zeigte sich auch nicht in den folgenden Wochen. Jan hoffte, dass er sich vielleicht den Rebellen angeschlossen hatte, die inzwischen im Norden weitere Erfolge zu verzeichnen hatten. Zwar marschierte der Duke of Cumberland mit seiner Armee an der Küste nach Norden, aber die Rebellen stießen im Binnenland nach Süden vor, belagerten Blair Castle, und es dauerte nicht lange, bis sie auch die Unabhängigen Kompanien aus Inverness vertrieben hatten.

4.

Lucy wusste es zuerst: »Sie sind da!«, rief sie. »Papa, unsere Soldaten, alle!«

Am frühen Nachmittag waren sie in Dunvegan angekommen. Ein geschlagener Haufen. Jetzt, nach dem Abendessen, saßen die Anführer zusammen im Salon. MacLeod hatte seine Tochter ins Bett geschickt. Lucy sollte nicht sehen, wie verzweifelt er war.

»Keine einzige Schlacht«, sagte Normand MacLeod. »Die haben keine einzige Schlacht verloren.« Seine Stimme klang schleppend. Der Hausherr war betrunken.

Lord Loudoun hatte sein Weinglas nicht angerührt, starrte trübsinnig vor sich hin. Dies war das Ende seiner Karriere. Nach der Schlappe von Gladsmuir hatten sie ihm noch eine zweite Chance gegeben, aber er hatte sie nicht nutzen können. Die Unabhängigen Kompanien waren nicht kampfbereit gewesen, und er hatte sie nicht zum Kampf zwingen können. Wie schon in Gladsmuir – seine Pläne waren fehlerfrei gewesen, aber Pech und Feigheit hatten die Ausführung verhindert.

»Es hat keinen Sinn, die Lage unnötig schwarzzumalen«, sagte Duncan Forbes. Auch er wirkte müde und abgespannt. Die letzten Monate hatten ihre Spuren hinterlassen. Seit mehr als drei Monaten hatten sich Flucht, Niederlage, erneute Flucht und erneute Niederlage endlos aneinandergereiht.

»Die Lage ist schwarz!«, rief MacLeod. »Gladsmuir, Clifton Moor, Falkirk – jedes Mal sind die Engländer gelaufen wie die Hasen, wenn die Schotten angegriffen haben. Und wir – wir sind noch schneller gelaufen.«

»Wir haben getan, was wir konnten, Normand.«

MacLeod schüttelte den Kopf. Das Scheitern der Aktionen in Inverurie, die panische Flucht, die Aufgabe von Inverness – er fühlte sich an allem schuld. Er hätte an der Spitze seiner Leute nach vorn stürmen müssen, und wenn das den Tod bedeutet hätte.

»Sie werden uns nichts tun«, sagte Lord Alexander. Es klang völlig verzagt.

Jan starrte ihn an. Nichts tun? Glaubte er wirklich, die Highland Army würde hierher nach Skye kommen und sie angreifen? War Lord Alexander deshalb mit nach Dunvegan gekommen, anstatt zu seinem eigenen Haus in Mugstot weiterzureiten?

»Hier sind wir sicher«, versuchte Forbes zu beruhigen. »Dunvegan ist eine richtige Burg. Mit Graben und meterdicken Mauern. Ohne Artillerie uneinnehmbar. Und sie haben keine Kanonen, die Highlander. Fast keine.«

Lord Alexander schüttelte den Kopf. Vor seinem geistigen Auge sah er bereits das einzige Kriegsschiff der Rebellen, die *Prince Charles*, in die Bucht einlaufen und Dunvegan Castle unter Feuer nehmen. Das Schiff war zwar nur eine Sloop, aber sie hatte sechzehn Kanonen; mehr als genug, um das gesamte Schloss in Schutt und Asche zu legen.

»Wir haben auch Kanonen«, lallte MacLeod. »Auf der Terrasse, da draußen! Wenn sie von See her kommen, werden wir ihnen – dann werden wir ihnen einen heißen Empfang bereiten!«

Jan schüttelte den Kopf. Die Kanonen waren nicht einsatzbereit. Loudoun hatte Männer eingeteilt, die sich darum kümmern sollten. Sie hatten ratlos das alte Metall angestarrt und sich den Kopf gekratzt.

»Sie werden uns nichts tun. Der Prinz – bisher ist er immer

großzügig mit seinen Gefangenen umgegangen.«

»Hoffen wir, dass das so bleibt!«, sagte Loudoun.

Forbes hasste es, wenn sich Leute so gehen ließen wie die beiden Lairds. Er wandte sich an den General: »Loudoun, Sie sind der einzige Soldat unter uns. Wie beurteilen Sie die Lage? Auch so schwarz wie unser verehrter Gastgeber?«

Loudoun zögerte. Er war der einzige der Anwesenden, der bisher nur Wasser getrunken hatte. Er war bereit, notfalls noch in dieser Nacht aktiv zu werden. Fünfzig der besten Männer hatten sie in der Burg einquartiert; der Rest war im Dorf untergebracht. Loudoun hatte Wachen aufstellen lassen, jenseits des Dorfes, und wer sie hier angreifen wollte, der musste zunächst einmal das Dorf erobern. Wenn er nicht von See her kam.

»Die Lage ist unübersichtlich«, sagte Loudoun schließlich. »Die Rebellen haben zwar jeden einzelnen Kampf gewonnen, aber für mich sieht es so aus, als hätten sie dabei den Krieg verloren. Im Dezember beherrschten sie fast ganz Schottland, und ihre Truppen standen drei Tagesmärsche vor London. Da haben sie sich kampflos zurückgezogen. Und danach haben sie gesiegt und gesiegt, aber sie sind immer weiter zurückgewichen, bis in den äußersten Winkel der Highlands, und ich glaube nicht, dass sie sich aus dieser Falle noch wieder befreien können.«

»So sehe ich das auch«, bestätigte Forbes. Er hatte viel mehr getrunken als alle anderen, aber er wirkte noch völlig nüchtern. »Die Rebellen haben alle wichtigen Städte aufgegeben, alle wirtschaftlich aktiven Teile Schottlands sind von den Engländern besetzt. Die Rebellen haben kein Geld mehr, keine Munition, keine Verpflegung. Sie sind am Ende.«

In dem Moment gab es draußen einen Blitz und einen entsetzlichen Knall. Alle sprangen auf.

»Großer Gott, was war das?«, rief MacLeod.

»Sie sind da, sie sind da! Das sind die Highlander!«, schrie Lord Alexander.

Loudoun schüttelte den Kopf. Er hatte genau wie Jan gesehen, dass jemand von der Terrasse aus einen Kanonenschuss abgefeuert hatte. Die Kugel war vermutlich draußen im Wasser der Bucht eingeschlagen.

»Das war – das war eine von meinen Kanonen!«, lallte MacLeod.

Loudoun war auf die Terrasse hinausgeeilt. Die anderen folgten ihm.

»Nun, wie sieht es aus? Nicht so schlecht, wie Sie gedacht haben, was?«

Der Mann an der Kanone schüttelte den Kopf. »Diese Dinger sind gefährlicher für den, der damit schießt als für den Gegner. Voller Rost. Keine Ahnung, was die Rohre noch aushalten. Und die Lafetten – alles Pfusch!« In der Tat war die Lafette unter dem Rückschlag der Kanone zusammengebrochen.

»Festbinden!«, sagte Loudoun. »Holt Seile und bindet die Kanonen an der Mauer fest.«

»Sie werden am Ende noch die Mauern zum Einsturz bringen!«

»Nein, das werden sie nicht.«

Der Mann wollte widersprechen, besann sich aber eines Besseren. Sie gingen wieder nach drinnen.

»Sie sehen also, wir sind nicht ganz wehrlos«, sagte Loudoun.

»Ich habe nie daran gezweifelt«, sagte Forbes. »Ich habe auch nie daran gezweifelt, dass wir diesen unglücklichen Bruderkrieg gewinnen würden. Der Fortschritt ist auf unserer Seite. Der Fortschritt ist nicht aufzuhalten. Schottland lebte bisher zum Teil noch wie im Mittelalter. Das muss aufhören. Und das wird aufhören, das ist sicher.«

»Ich hätte mir – wenn ich das mal so sagen darf – ich hätte mir einen friedlicheren Übergang gewünscht«, sagte MacLeod.

»Ja. Im Augenblick sieht es so aus, als würde nicht nur das alte System weggefegt, sondern alles, was schottisch ist, gleich mit. Die Hälfte des Landes, ach, was sage ich! Zwei Drittel der Bevölkerung haben die Regierung unterstützt. Aber den Duke of Cumberland beeindruckt das nicht. Für ihn ist alles Schottische feindlich und muss daher vernichtet werden.«

Jan biss sich auf die Lippen.

»Das Schloss in Linlithgow – abgefackelt haben sie es!«, empörte sich Lord Alexander.

»Ich glaube, das war ein Unfall!«, sagte Loudoun.

»Unfall oder nicht – als Befreier sind sie jedenfalls nicht gekommen!«

Duncan Forbes nickte. »Das ist auch mein Eindruck. Unsere loyalen schottischen Truppen – das zählt alles gar nichts. Und Lord Tweeddale mag unfähig gewesen sein, aber sein Nachfolger Newcastle, das ist ein Feind, und das ist schlimmer für uns.«

»Der König wird kein Unrecht zulassen«, rief Loudoun, dem diese Diskussion nicht behagte. Er war Soldat des Königs, und Zweifel an der Weisheit der Staatsführung hielt er für unangebracht.

»Der König.« Forbes setzte sein Glas ab. »Zufällig haben wir hier unter uns jemand, der seine Majestät König George II. persönlich kennt.« Er sah Jan an. »Herr Veenstra, was ist denn Ihre Einstellung in dieser Frage?«

Was sollte er sagen? Der König ist dumm, aber nicht boshaft? Nein, das war nicht ratsam und das half ihnen nicht weiter. Er sagte: »Die Entscheidungen, um die es hier geht, die werden zum Teil gar nicht vom König gefällt.«

»Das ist richtig. Der Duke of Cumberland hat freie Hand, so ist es mir berichtet worden. Und was das bedeutet – ja, auch in diesem Punkte werden wir wahrscheinlich von diesem jungen Mann hier am ehesten Aufklärung erhalten können!« Er wies auf Jan.

»Der Duke ist der Sohn des Königs ...«

»Der Lieblingssohn!«, warf Lord Alexander ein. Es klang geradezu gehässig.

»Darüber steht mir kein Urteil zu«, sagte Jan. »Aber er ist ein guter Sohn. Er wird jedenfalls alles tun, um für seinen Vater den Thron zu sichern.«

»Aber es besteht die Gefahr, dass er bei diesem Vorhaben etwas über das Ziel hinausschießt«, sagte Forbes.

»Mehr als nur ein bisschen!«, rief MacLeod. »Ich habe ihm nie über den Weg getraut. Nie!«

»Das beruht wohl auf Gegenseitigkeit«, warf Lord Alexander ein. »Warum sonst hätte er dir einen Spion ins Haus geschickt?«

Jan wurde rot.

MacLeod schüttelte den Kopf. »Auf diesen jungen Mann hier« – er klopfte Jan auf die Schulter – »auf diesen jungen Mann hier lasse ich nichts kommen. Er besitzt mein vollstes Vertrauen.«

Jan wurde noch röter.

»Aber der Duke of Cumberland – der Mann ist zu allem fähig. Zu allem, sage ich. Was hast du uns damals erzählt, Jan? Was hat die Königin ihm auf dem Sterbebett aufgetragen?«

»Dass sie ihn tausendmal lieber mag als den Rest der Sippschaft, meinen Sie das?«

Der Laird schüttelte den Kopf. »Hat sie nicht gesagt: ›Du bist meine ganze Hoffnung, du musst die Ehre der Familie hochhalten, wenn dein Vater einmal nicht mehr sein wird. Unternimm nichts gegen deinen Bruder ...‹«

»Ja, das hat sie gesagt.«

»›Unternimm nichts gegen deinen Bruder!‹ Habt ihr einmal darüber nachgedacht, was das heißt? Die letzten Worte seiner Mutter!«

»Sie meinen, sie wollte damit sagen ...?« Jan schüttelte den Kopf.

»Das ist doch ganz offensichtlich. Der Lieblingssohn. Der Lieblingsthronfolger. Sie hat geglaubt, er wäre in der Lage, seinen Bruder umzubringen. Seinen eigenen Bruder.«

Stimmte das? So hatte Jan es noch nie gesehen.

»Der Duke of Cumberland – wenn man ihn jetzt bremsen könnte«, überlegte Forbes.

»Wie meinen Sie das?« Loudoun war sichtlich irritiert.

»Wenn man jetzt dafür sorgen könnte, dass er mit den Rebellen in Verhandlungen eintritt ...«

»Das ist unrealistisch.«

»Nein, ist es nicht. Wenn jetzt Frieden geschlossen würde, dann hätte der Verlierer sein Gesicht gewahrt. Der Prinz könnte sich ehrenvoll nach Frankreich oder Italien zurückziehen, und wenn die Clans ihre Waffen abliefern und der Regierung die Treue schwören, dann ...«

»Warum sollte das geschehen?«, wollte Loudoun wissen. »Die Rebellen glauben doch noch immer, dass sie diesen Krieg gewinnen können.«

»Nein, Loudoun. Die Rebellen wissen genauso gut wie wir, dass der Krieg verloren ist. Die Anführer jedenfalls. George Murray, O'Sullivan, Perth – wahrscheinlich selbst so ein Hitzkopf wie Lord Elcho. Aber sie müssen weitermachen, weil es um die Ehre geht, und da glauben sie, keine Kompromisse eingehen zu können.«

»So denkt Cumberland nicht«, sagte Loudoun. »Ich kenne ihn ganz gut. Zwar nicht als ... persönlichen Freund«, er warf Jan einen Blick zu, als ob persönliche Freundschaft zu Cumberland nahezu unmöglich sei, »sondern allein auf militärischem Gebiet, und ich kann Ihnen versichern ...«

Forbes unterbrach ihn: »Ja, ja, das glaube ich Ihnen gern, mein lieber Loudoun. Deshalb will ich ja auch nicht Sie nach Aberdeen schicken, sondern unseren jungen Freund hier ...«

Jan erschrak.

»... denn ich glaube nicht, dass es jetzt um militärische Fragen geht, sondern um die Zeit nach dem Krieg. Um den Frieden. Und um das Leben all derer, die bisher noch nicht zu Schaden gekommen sind, aber die mehr und mehr in Gefahr geraten, wenn dieser Krieg nicht aufhört.«

»Starke Worte!«, murmelte MacLeod. »Starke Worte.«

»Ich möchte, dass wir diesen Worten Taten folgen lassen ...«

»Und ich möchte, dass wir noch etwas trinken!«

»Ja, Normand, das verstehe ich.« Duncan Forbes ließ sich nicht aus dem Konzept bringen. »Jan Veenstra, sind Sie bereit, diesen Auftrag zu übernehmen?«

Nein, dachte Jan. Er hatte große Angst. Was konnte er ausrichten? Wie gut kannte er Cumberland wirklich? War dieser Mann der Freund, der Kumpan jugendlicher Streiche, so wie er ihn in der Erinnerung hatte? Alle Anwesenden schienen ihn mehr oder minder negativ zu sehen. War er am Ende gar das Monster, als das die Rebellen ihn sahen? Die Berichte von der Rückeroberung Carlisles kamen ihm in den Sinn. Das Los der unglücklichen Gefangenen. Alle sprachen von der Grausamkeit Cumberlands. Wie ließ sich das mit dem jugendlich-übermütigen William Augustus seiner Erinnerungen vereinbaren? Das Risiko war erheblich. Womöglich trachtete Cumberland ihm nach dem Leben. Andererseits – sollte er wirklich nichts von den Mordanschlägen gewusst haben, denen Jan nur um Haaresbreite entronnen war, dann war dies eine Möglichkeit, das herauszufinden.

»Sie zögern?«, fragte Forbes.

»Nein«, sagte Jan. »Ich will es versuchen.«

Vermittlungsversuch

Dunvegan, Isle of Skye, Schottland, April 1746

1.

Jan hatte geplant, sich früh am Morgen auf den Weg zu machen. Das Personal schlief noch. Jan nahm sich Brot und Butter und packte sich einen kleinen Vorrat an Marschverpflegung.

»Was soll das werden?« Plötzlich stand Lucy in der Tür; er hatte sie nicht kommen hören.

Jan erklärte ihr, dass er im Auftrag der Lairds nach Aberdeen reiten sollte. Erschrocken sah sie ihn an.

»Keine Angst, es ist nicht gefährlich. Ich bin nur ein harmloser Zivilist!«

»Niemand ist nur ein harmloser Zivilist in Zeiten wie diesen.«

»Ich werde schon auf mich aufpassen. – Was machst du?«

Lucy hatte einen Kessel mit Wasser aufgesetzt. »Tee. Ich mache Tee für uns.« Ihre Hände zitterten.

»Das ist nicht nötig!« Jan wollte so rasch wie möglich aufbrechen.

»Es ist nötig, Jan. Du kannst nicht einfach so weggehen, ohne ein Wort!«

Jan wurde rot. »Entschuldige!«

»Und du musst mir versprechen, dass du vorsichtig bist, Jan, hörst du?«

Er versprach es.

»Denk dran, du hast geschworen, mich zu beschützen. Du kannst mich aber nicht beschützen, wenn du tot bist!«

»Ich habe die Absicht, am Leben zu bleiben.«

Das Wasser kochte. Lucy goss den Tee auf. Einen Augenblick lang sagte keiner etwas; sie saßen sich still gegenüber.

Plötzlich sprang Lucy auf. »Warte einen Moment!«

»Was hast du vor?«, fragte Jan, aber Lucy hörte ihn nicht; sie war schon davongeeilt.

Jan nippte an seinem Tee. Er sah, dass es draußen schon hell wurde. Wo blieb Lucy? Endlich, da kam sie!

»Hier! Das musst du immer bei dir tragen!« Sie hielt ihm einen kleinen Stofffetzen hin.

»Was ist das? – Hast du etwa ...«

Lucy nickte. »Ich habe ein Stück herausgeschnitten. Es bringt Glück. Wenn du die Elfenfahne bei dir hast, kann dir nichts passieren!«

»So ein Unsinn!«

»Ja, vielleicht ist es Unsinn. Wahrscheinlich ist es Unsinn, ich weiß es ja. Aber es ist das einzige, was ich für dich tun kann. Und ich will dich zurück haben. Ich brauche dich doch, Jan!« Lucy fiel ihm um den Hals und weinte.

Als er auf das Boot nach Applecross wartete, legte ihm jemand die Hand auf die Schulter. Jan fuhr herum. Es war der Doktor. »Na, junger Freund, wohin des Weges?«

Jan erzählte, dass er nach Aberdeen sollte, um mit dem Duke of Cumberland und dem Prinzen einen Frieden auszuhandeln.

»Ich wünsche dir viel Glück!«, sagte der Doktor. Seine spöttischen Augen verrieten, dass er an dieses Glück nicht recht glaubte.

»Und wo willst du hin?«, fragte Jan.

»Ich gehe dahin, wo ich gebraucht werde.«

»Ich denke, du wirst auf Skye gebraucht?«

»Ja. Auch auf Skye.« Der Doktor sah hinaus auf das graue Wasser. »Aber dort sind nur wenige Kranke. Ich gehe da hin, wo es demnächst sehr viele Kranke geben wird. Ich denke, es wird eine Schlacht geben. Hunderte werden sterben, Hunderte werden verletzt werden. Ich bin Arzt. Ich bin ausgebildet und ausgerüstet, um den Verwundeten zu helfen.« Er klopfte auf seine Tasche. »Ich muss es tun.«

»Aber du hast Angst!«, stellte Jan fest.

»Ja, Jan, ich habe Angst. Aber ich habe einmal versagt, und dies ist eine Möglichkeit, meinen Fehler wiedergutzumachen. Ich will es zumindest versuchen. Ich muss es versuchen. Wenn ich nur einen Menschen retten kann, dann ist mein Konto wenigstens ausgeglichen.«

»Ich wünsche dir viel Glück, Bruce«, sagte Jan. »Von ganzem Herzen. Aber vielleicht wirst du am Ende gar nicht gebraucht. Ich will alles tun, um zu verhindern, dass es überhaupt zum Kampf kommt.«

»Ja«, sagte der Doktor. Er grinste. »Hier stehen wir: Zwei Narren auf dem Weg in ihren Untergang.«

Sie hatten den nördlichen Weg nach Inverness gewählt. Auf der Brücke über den Fluss Ness hielten sie an. Der Doktor beugte sich über das Geländer. »Siehst du die Frauen?«, fragte er.

Jan nickte. Die Wäscherinnen waren ihm schon bei seinem ersten Besuch in Inverness aufgefallen. Sie hatten ihre Röcke hochgezogen und stampften mit nackten Füßen in Fässern im Fluss, um die Wäsche ihrer Herrschaften zu waschen. Viele waren zu zweit, hielten sich gegenseitig mit einer Hand bei den Schultern, um nicht das Gleichgewicht zu verlieren. Kalt musste es sein, im Wasser, jetzt im April.

»Knackig«, sagte Bruce.

Die jungen Frauen hatten die beiden Zuschauer auf der Brücke längst bemerkt. Sie winkten zu ihnen hinauf, ohne die Arbeit zu unterbrechen.

»Habt ihr heute schon etwas vor?«, fragte der Doktor.

»Nicht wenn ihr uns einladet!«, rief diejenige, die am frechsten aussah. Die anderen lachten.

Sie gingen weiter. Bruce sagte: »Jan, wenn wir heute Erfolg haben, einer von uns beiden, wenn wir heute Erfolg haben, dann holen wir uns jeder eine von denen ins Bett.« Aber er sagte es so, dass es völlig hoffnungslos klang. Unterwegs hatten sie erfahren, dass der Duke of Cumberland Aberdeen verlassen hatte und nach Westen vorgerückt war. Und die Highland Army lag irgendwo zwischen Inverness und Nairn und wartete auf den Gegner. Die Zeit wurde knapp.

2.

»Aufhängen!«, sagte Cumberland. Er sagte es leise, und nur zu sich selbst, denn die Anweisungen waren längst gegeben. Endlich hatte sich das Wetter gebessert, und es war möglich, den Krieg wieder in vollem Umfang aufzunehmen. Cumberland war zügig vorgerückt. Die Armee hatte den Spey überschritten und ihr Lager in Nairn aufgeschlagen, keine dreißig Meilen von Inverness entfernt. Die Hauptstadt der Highlands lag jetzt in Reichweite der Regierungstruppen.

Der Junge wurde zum Klang der Trommeln nach vorn geführt. Er wehrte sich nicht, flehte auch nicht um Gnade, nur seine weit aufgerissenen Augen verrieten, dass er wusste, was jetzt geschehen würde.

»Ich bitte Sie«, sagte der Mann, der dem Duke am nächsten stand, irgendein Zivilist aus Nairn.

Cumberland würdigte ihn keines Blickes. Der Junge war erwischt worden, wie er den Aufmarsch der Truppen beobachtet hatte. Er hatte sich Notizen gemacht. Der Fall war klar. Spionage für die Rebellen. Und für Spionage gab es nur eine Strafe: den Tod.

»Er ist doch erst siebzehn Jahre alt!«

Und wenn er ein Säugling wäre, Spionage war Spionage, da gab es kein Pardon.

»William Augustus!«

»Jan?« Cumberland fuhr herum. »Dich hätte ich nicht hier erwartet.«

»Sei gegrüßt«, sagte Jan. »Und herzlichen Glückwunsch zum Geburtstag!« Es klang gequält. Auch Jan sah den Jungen, dem sie jetzt die Schlinge um den Hals legten.

»Danke, mein Lieber! Danke. – Dass du das nicht vergessen hast!«

»Ich werde doch nicht deinen Geburtstag vergessen. – Mein Gott, Bill!«

Die Soldaten hatten das andere Ende des Seils über einen Ast geworfen und zerrten daran. Die Schlinge zog sich zu, der Junge zappelte, seine Füße scharrten am Boden, baumelten in der Luft, er bekam keine Luft mehr, zum Schreien war es jetzt zu spät, eine Art gurgelnder Laut war zu hören, dann nichts mehr.

»Ein Spion«, sagte Cumberland. »Wir hängen alle Spione auf. Zur Abschreckung.«

»Sir, bitte!«, der Mann, der zuerst um Gnade gebeten hatte, drängte sich noch einmal an Cumberland heran. Mut hatte er jedenfalls. Vielleicht ein Verwandter des Jungen? William Augustus sah ihn kurz an, dann sah er Jan ins Gesicht. Jan war unfähig, irgendetwas zu sagen, aber er war rot geworden, das wusste er.

Cumberland zuckte mit den Achseln. »Holt ihn runter«, befahl er. »Du hast recht, Jan, es ist ja mein Geburtstag. Ich bin fünfundzwanzig, Mensch! Ein Vierteljahrhundert! – Zum Teufel! An meinem Geburtstag soll niemand sterben.«

Die Soldaten banden den Strick los, so rasch sie nur konnten, der Körper des Jungen plumpste nach unten, schon hatten sie die Schlinge gelockert. Zu spät? Der Arzt, der eigentlich nur anwesend war, um den Tod festzustellen, beugte sich über den Jungen. »Meine Tasche! Schnell!«

Einer der Soldaten rannte los. Er war auch nicht viel älter als der Junge.

»Ich mache einen Aderlass«, sagte der Doktor. »Wenn etwas hilft, dann das!«

Ja, der Junge war noch am Leben. Er bewegte sich. Das war ein guter Anfang, dachte Jan. Cumberland war kein Unmensch. Er ließ mit sich reden.

»Komm mit«, sagte Cumberland. Jan sollte nicht merken, wie erschrocken er war. Er hatte gehofft, Jan Veenstra nie wiederzusehen. »Wir müssen nicht hier draußen herumstehen. Komm mit in mein Zelt. Fawkener soll dafür sorgen, dass wir etwas zu trinken bekommen. Überhaupt sollen alle etwas zu trinken bekommen. Ein halbes Fass Brandy für jedes Bataillon. Mit Ausnahme der Wache natürlich.«

Jubel brandete auf. »Billy!«, riefen die Männer. Jan sah, dass sein Freund beliebt war bei den Soldaten. »Flandern!«, riefen sie. »Flandern!« Ja, dahin wollten sie mit Cumberland so bald wie möglich zurückkehren.

Ein ziemlich beleibter Unteroffizier drängte sich an sie heran. »Sir«, rief er. »Sir, eine Frage, bitte!«

»Was gibt es denn noch?«

»Der Alkohol, Sir, soll der aus der Kasse der Armee bezahlt werden?«

Cumberland sah den Mann von oben bis unten an. »Ist es etwa der Geburtstag der Armee?«, sagte er. »Nein, es ist mein Geburtstag. Es ist meine Feier, und selbstverständlich zahle ich diesen Alkohol. Und Käse und Fleisch auch. Sorgen Sie dafür, dass genug Käse und Fleisch da sind, für jeden! Sie legen mir morgen die Abrechnung vor, und dann bekommen

Sie das Geld. Von mir persönlich.«

»Jawohl, Sir!« Der Mann eilte davon.

»Einfälle haben die Leute!« Cumberland schüttelte den Kopf. »So, und jetzt komm.«

Nairn war ein kleiner Ort von ein paar hundert Einwohnern; jetzt quoll er über von Soldaten. Jan hatte befürchtet, zu spät zu kommen. Aber noch war es nicht zu spät. Noch hatte es keinen Kampf gegeben. Die Armee lag in Nairn und wartete. Nur mit Mühe konnten die beiden Männer sich ihren Weg bahnen. »Billy, Billy!«, riefen die Soldaten, und Cumberland zog seinen Dreispitz und winkte ihnen zu.

»Meine tapferen Jungs!«, sagte er.

Überall, wo Platz war, hatten sie ihre Zelte aufgeschlagen. Das Lager erstreckte sich weit über die Grenzen des Ortes hinaus, und draußen auf dem Meer lagen die Schiffe von Admiral Byng bereit, die Aktionen an Land nach Kräften zu unterstützen.

Der Posten vor dem Zelt salutierte und hielt dann den Eingang auf, dass Cumberland und sein Begleiter eintreten konnten. Warm war es drinnen. In der Mitte des Zeltes brannte ein kleines Feuer.

»Das ist gegen die Vorschrift«, sagte William Augustus, »aber es ist jedenfalls sehr angenehm.«

Cumberland rückte die beiden Stühle dicht an das Feuer heran, sie setzten sich; aber Cumberland sprang gleich wieder auf, lief zum Eingang und rief nach Fawkener.

»Das ist eigentlich nicht seine Aufgabe.« Cumberland lachte. »Aber wenn ich es verlange, wird er es schon tun.« Was wollte Jan Veenstra hier?

Jan registrierte, dass sein Gastgeber nervös war. War das nun ein gutes oder ein schlechtes Zeichen? »Du siehst gut aus«, sagte er.

Cumberland winkte ab. »Wohlgenährt vielleicht, ja, das will ich glauben. Aber ansonsten – die Anspannung hat ihre Spuren hinterlassen. Doch, doch, du brauchst gar nicht zu widersprechen, ich sehe mich ja selbst jeden Tag im Spiegel, ich weiß, wie ich aussehe.«

Wohlgenährt war eine schmeichelhafte Untertreibung. William Augustus war fett geworden. »Der Erfolg hat seinen Preis«, sagte Jan. »Glückwunsch übrigens.«

»Ja, danke, danke. Es ist ganz gut gelaufen. Als ich die Führung der Armee übernommen habe, da war die Truppe am Ende. Fast hätten wir den Kampf verloren. Aber nur fast. Ich habe das Ruder herumgerissen, und jetzt stehen wir hier, mitten in Schottland, und morgen – morgen gehört uns das ganze Land. – Ah, da kommt endlich unser Claret!«

Ein blasser Mann kam herein, brachte erst einen kleinen Tisch, der offensichtlich aus irgendeinem der angrenzenden Häuser requiriert worden war, dann einen Teller mit Brot, Fleisch und Käse und eine Flasche und zwei Gläser. Auch irgendwo beschlagnahmt vermutlich. Der Mann salutierte und ging. Unterwürfig sah er aus.

»Fawkener«, sagte Cumberland. »Einen besseren Mann konnte ich gar nicht bekommen. Alles, was an Korrespondenz anfällt, alle Anfragen, Gesuche, Petitionen – das erledigt er alles. Da brauche ich mich gar nicht drum zu kümmern.«

»Großartig«, sagte Jan. Sie stießen an. Jan nippte vorsichtig an seinem Glas; ein vorzüglicher Wein, aber erst einmal musste er etwas essen.

Cumberland nahm einen großen Schluck. Und jetzt? »Ich freue mich, dass ich dich heil und gesund wiedersehe«, sagte Cumberland. Er fragte sich, ob Jan wohl spüren konnte, dass das gelogen war. »Komm, ich erläutere dir die Lage!« Cumberland schob Flasche und Gläser zur Seite und breitete eine

Karte auf dem Tisch aus. »Das ist eine der Karten, die Marshall Wade damals hat aufnehmen lassen, als er noch jung war und voller Tatendrang. Heute von unschätzbarem Wert! Hast du schon jemals so eine exakte Landkarte gesehen? Pass auf, hier stehen die Rebellen, bei Culloden House etwa, und wir stehen hier ...«

Es fiel Jan schwer, die Informationen der Karte auf die realen Gegebenheiten zu übertragen.

Cumberland hatte damit keine Mühe. Er erläuterte die strategische Situation und schloss schließlich mit den Worten: »Du hast uns einen großen Dienst erwiesen. Deine Botschaften von Skye waren überaus – überaus wertvoll, würde ich sagen.«

»Das freut mich. Ich hatte allerdings nicht gewusst, dass ihr noch einen zweiten Mann auf Skye hattet«, entfuhr es Jan.

»Du meinst den Laird? – Ja, das ist auch einer von uns. Natürlich. Über Newcastle ist das gelaufen, und über Duncan Forbes. Der hat die Verbindung hergestellt. Aber man kann nicht vorsichtig genug sein. Vier Augen sehen mehr als zwei, und – aber das brauche ich dir ja nicht zu sagen – ein Schotte bleibt immer ein Schotte. Das hast du inzwischen vermutlich selbst gemerkt. Nett und umgänglich, die meisten von ihnen jedenfalls, aber wenn du ihnen den Rücken zudrehst, planen sie Mord und Totschlag.«

»Jetzt übertreibst du.«

Cumberland schüttelte den Kopf. »Ich übertreibe nicht. Das hättest du sehen sollen, was die alles angestellt haben. Wo wir einmarschiert sind, haben sie uns immer freundlich begrüßt. Aber kaum war die Armee durch, haben sie wieder ihre weißen Kokarden angesteckt und Männer für den falschen Prinzen geworben.«

»Das kann ich kaum glauben.«

»Ich kann dir die Berichte zeigen. Alles genau dokumentiert. Diese Heuchler! Zum Beispiel in Dunblane. Als wir von Dunblane aufgebrochen sind, für den Marsch nach Norden, am 5. Februar ist das gewesen, da hat jemand aus dem obersten Stockwerk eines Hauses eine übelriechende und ätzende Flüssigkeit nach mir gegossen. Er hat mich verfehlt, aber das Pferd getroffen und – fast hätte es mich abgeworfen.«

»Eine übelriechende Flüssigkeit?«, fragte Jan.

»Ja.« Dass er wirklich am Boden gelegen hatte, obendrein noch in der Pisse, die ihn hatte treffen sollen, brauchte Jan nicht zu wissen. »Unsere Leute haben natürlich das Haus gestürmt, aber den Attentäter nicht zu fassen gekriegt. Die Attentäterin. Es soll eines der Dienstmädchen gewesen sein.«

»Ein Dienstmädchen? Und das nimmst du so ernst?«, wunderte sich Jan.

»Ja. Es zeigt, dass dieses ganze Volk vom rebellischen Geist durchdrungen ist. Männer, Frauen und Kinder. Auch Kinder, wie dieser Junge hier heute früh. Er hätte doch hängen sollen. Alle sind unsere Feinde, alle.«

»Auf Skye jedenfalls habe ich keinerlei verräterische Aktionen feststellen können.«

»Nicht?«

Jan wurde bewusst, dass es auch auf Skye genügend Leute gab, die der Regierung Tod und Pest an den Hals wünschten. Und hatte nicht selbst Lord Alexander einen Moment lang gezögert und überlegt, ob er nicht doch zu den Rebellen überlaufen sollte?

»Das freut mich zu hören«, sagte Cumberland. »Nun, wie dem auch sei, wir werden die Jakobiten vernichten. Nur so kann der Frieden im Vereinigten Königreich wieder hergestellt werden.«

»Vernichten.« Das war das Stichwort. Jan nahm noch einen Schluck. »Glaubst du nicht, dass es sinnvoller wäre, eine Art gütlicher Einigung zu erzielen?«

»Gütliche Einigung? Wie meinst du das?«

»Nun, die Regierung hat gewonnen, das ist doch absolut klar. Du siehst es, ich sehe es, jeder Idiot sieht das, und jedes Blut, das jetzt noch vergossen wird, das wird vollkommen umsonst vergossen!«

Cumberland nahm einen kräftigen Schluck aus seinem Glas. »Du verkennst die Lage«, sagte er. »Wir haben noch lange nicht gewonnen. Wir sind mit der Armee quer durch Schottland marschiert, und das macht einen guten Eindruck, wenn man in London davon erzählt. Aber der Feind ist nicht geschlagen. Hawley hat das in Falkirk zu spüren bekommen. Ist leichtsinnig geworden, der alte Knabe. Da haben die Rebellen ihm eins übergebraten. Ich werde diesen Fehler nicht wiederholen. Ich werde nicht leichtsinnig sein, ich nicht. Ich will die Rebellen vernichten, verstehst du?«

»Glaubst du nicht, dass man stattdessen ...«

Cumberland schüttelte den Kopf. »Mit Milde erreichst du hier gar nichts. Diese Art der gütlichen Einigung, die hatten wir allzu oft. Sie hat sich nicht bewährt. 1715 zum Beispiel. Und 1719 schon wieder. Was hat das alles gebracht? Gar nichts. Nur die vollständige Vernichtung der Jakobiten kann diese Pest ein für alle Mal ausrotten. Und selbst wenn sie morgen davonlaufen, wie sie die ganze Zeit davongelaufen sind, seit ich das Kommando übernommen habe, von Derby über Aberdeen bis nach Inverness und weiter in die Berge, ich werde nicht nachlassen, bis ich auch die letzten dieser Rebellen aus ihren Löchern gezerrt und zur Verantwortung gezogen habe.«

Jan ging nicht darauf ein. »Der *Anti-Macchiavell*«, sagte er stattdessen. »Weißt du noch, wie wir den verschlungen haben? Wie wir uns einig waren, dass das, was da drin stand, das Gebot der Stunde sei. Die entscheidende Lektion für die Politik aller aufgeklärten Menschen ...«

»Du träumst, Jan!«

»Dieser Traum muss wahr werden, Bill.«

»Das ist nicht möglich.«

»Ich bin gekommen, um zu helfen, diesen Traum wahr werden zu lassen.«

Cumberland sah ihn an. Er schwieg. Einen Augenblick lang glaubte Jan, er habe gewonnen. Dann sprach der Duke, und seine Stimme war auf einmal ganz leise geworden: »Wie soll das funktionieren?« Leise, aber fest klang das. Alle Nervosität schien auf einen Schlag wie weggewischt, und stattdessen klang etwas ganz anderes mit. Gefährlichkeit, dachte Jan. Dieser Mann war gefährlich.

»Eine Kapitulation«, sagte Jan. Er durfte sich nicht beirren lassen.

»Eine Kapitulation?«

»Ja. Wenn du willst, setzen wir den Entwurf gemeinsam auf. Der Kern muss sein, dass sofort die Waffen schweigen; der Prinz und seine Anführer bekommen freies Geleit nach Frankreich, der Besitz der Rebellen fällt an die Krone und wird neu verteilt, das versteht sich ja von selbst. Und alle Rebellen geben ihre Waffen ab und gehen zurück an ihre Arbeit ...«

»Hast du dir das allein ausgedacht?«

»Wir haben darüber diskutiert. Normand MacLeod und Duncan Forbes sind meiner Meinung. Aber General Loudoun ...«

»Loudoun nicht, das kann ich mir schon denken. Aber das macht ja nichts. Die Mehrheit ist offenbar dieser Auffassung. Die Mehrheit der Hasen, die vor dem Feind davongelaufen sind. Aber lassen wir das mal außer Acht und sagen wir einfach nur, es ist ein – ein Vorschlag. Ein Angebot. Und wie kommt dieses wunderbare Angebot, wenn wir es denn ausarbeiten sollten, wie kommt es zu den Rebellen?«

»Ich bringe es selbst hin.«

Cumberland nickte. »Du bringst es selbst hin. Du hast ja vermutlich einen Passierschein der Rebellen. Bist quasi einer von ihnen. So stellst du dir das also vor.«

»Ja.«

»Ach, Jan, du hoffnungsloser Idealist! Ich fürchte, mit diesem Vorschlag gehst du ein kleines bisschen zu weit. Du entfernst dich ein kleines bisschen zu stark von der Realität ...«

»Es ist machbar, William. Wenn du willst, ist es machbar. Und dann bist du nicht nur der Retter Englands, sondern der Retter Schottlands obendrein.«

»Der Retter Schottlands!« Cumberland lachte leise. »Jan, darüber müssen wir gleich noch genauer reden. Warte einen Augenblick, ich muss rasch ein paar Dinge regeln. Bin gleich wieder hier.« Cumberland erhob sich und ging aus dem Zelt.

Wie ein alter Mann, dachte Jan. Der Krieg hatte seine Spuren hinterlassen. Kein Wunder. Aber jetzt, jetzt war es Zeit für den Frieden.

Jan muss weg, dachte Cumberland. Jan muss weg, um jeden Preis! »Fawkener«, sagte er. »Erinnern Sie sich an Derby?«

»Wie sollte ich das je vergessen, Sir!«

»Erinnern Sie sich an die außergewöhnlichen Dienste, die uns dieser Mensch, dieser Schwindler, damals geleistet hat. Wie hieß er doch noch? Williams? Ja, ich glaube, er hieß Williams. Egal. Dieser Mann kann natürlich kein zweites Mal eingesetzt werden, der hat sich auch sicher längst in Sicherheit gebracht, ist zurück nach London, hat bei Lord Newcastle sein Geld kassiert, wie auch immer.«

»Dieser Trick lässt sich nicht wiederholen.«

»Das ist die Frage, Fawkener, das ist die Frage!« Cumberland zögerte. Es war eine Gemeinheit, natürlich, und Jan war sein Freund. Aber wenn es doch der Sache diente? Und jetzt gab es ohnehin kein Zurück mehr. »Doch«, sagte er. »Ich glaube, dieser Trick lässt sich doch wiederholen.«

»Aber – wir haben niemand von der Art dieses Williams, Sir!«

»Oh doch, Fawkener! Den haben wir. Er weiß es nur noch nicht.«

»Sie – Sie denken an diesen Veenstra?«

»Ja, ich denke an Jan Veenstra.«

»Aber – ich weiß nicht, ob der infrage kommt, Sir. Ich habe den Mann beobachtet. Er ist ohne Arg. Er schaut einem direkt in die Augen. Er ist durch und durch ehrlich, Sir!«

»Gerade deshalb, Fawkener! Niemand kann eine Lüge so überzeugend an den Mann bringen, wie jemand, der selbst grundehrlich ist!«

Jan ging unruhig im Zelt auf und ab. Je länger die Unterbrechung dauerte, desto weniger glaubte er, dass Cumberland sich auf eine Kapitulation einlassen würde. Zu deutlich waren seine Worte gewesen. Jan fragte sich, ob es nicht besser für ihn wäre, jetzt einfach zu verschwinden. Die Wachen vor dem Zelt – tuschelten sie nicht miteinander? Gefahr, dachte Jan. Gefahr! Noch könnte er einfach aus dem Zelt marschieren ...

»Da bin ich wieder! – Entschuldige, dass ich dich habe warten lassen!«

»Mir ist die Zeit nicht lang geworden«, sagte Jan.

»Der Brief, den ich dir damals ausgestellt habe – hast du den noch?«

»Ja, natürlich. Er hat mir schon mehrfach gute Dienste geleistet.«

»Gibst du ihn mir bitte?«

»Ich habe ihn nicht bei mir.« Worauf sollte das alles hinauslaufen? »Mit dem Brief wäre ich doch nie heil durch die Reihen der Rebellen gekommen. Ich habe einen Freibrief der Highland Army benutzt ...«

»Du hast also wirklich einen Freibrief dieser sogenannten Highland Army?«

»Ja.« Lord Loudoun hatte ihm das Schreiben gegeben. Es stammte von einem toten Rebellen. Es war natürlich nicht auf Jan ausgestellt, sondern auf einen Daniel Cameron, aber das machte nichts. Niemand konnte nachweisen, dass er nicht Daniel Cameron war. Wichtig war nur, dass er dieses Schreiben hatte. Es trug die Unterschrift des Prinzen.

William Augustus sah seinen Freund an. Er zögerte. »Jan«, sagte er schließlich. »so leid es mir tut, ich muss dich verhaften lassen. Zu deiner eigenen Sicherheit, das verstehst du sicher. Du hast unsere Truppen gesehen, du hast unsere Karte gesehen, du weißt, dass wir nur sieben Meilen vom Feind entfernt stehen. Sieben Meilen! Du weißt auch, dass unsere Truppen nicht voll einsatzbereit sind. Nicht heute Nacht jedenfalls. Nicht nach der heutigen Geburtstagsfeier. Du weißt zu viel. Und du trägst einen Freibrief der Rebellen mit dir herum, das ist Hochverrat, und der Vorschlag, den du mir vorhin unterbreitet hast, das ist auch Hochverrat. Es kann kein solches Abkommen geben. Es kann überhaupt kein Abkommen mit den Rebellen geben. Nur die vollständige Zerschlagung des Aufstandes.«

»Das sind alles Menschenleben ...«

»Ja, tatsächlich? Wie viele Menschen wären noch am Leben, wenn diese unnatürliche Rebellion nicht stattgefunden hätte? Was glaubst du? Was glaubst du, würden Copes Leute sagen, die von den Rebellen in Gladsmuir abgeschlachtet worden sind? Gnadenlos! Was würde mein Freund Colonel Gardiner gesagt haben, schwer verletzt zu Boden gestreckt, als dieser Highlander mit der Axt ausgeholt hat, um ihm den Rest zu geben?«

»William, ich bitte dich ...«

»Nein. Nein und nochmals nein! Jan, endlich haben wir die Chance, diesen Aufstand ein für alle Mal zu beenden, die Rebellen zu vernichten. All unsere Gefangenen sind frei, seit wir in Schottland einmarschiert sind. Fast alle sind zur Truppe zurückgekehrt, ich habe ihnen klar gemacht, dass ein Ehrenwort nicht gilt, wenn es einem von einem Verbrecher abgepresst wird. Damit brauchen wir keinerlei Rücksicht mehr zu nehmen, und wir werden auch keinerlei Rücksicht mehr nehmen. Wir machen keine Gefangenen, wir metzeln dieses Pack nieder, wir kämpfen weiter, bis auch der letzte Rebell tot ist.«

Bei diesen Worten waren zwei Soldaten hereingekommen, die jetzt am Zelteingang stehen blieben.

»William!«, rief Jan. »Das kannst du nicht tun! Ich appelliere an dein Gewissen!«

»Abführen!«, sagte Cumberland.

Soweit, so gut, dachte Cumberland. Jan Veenstra hatte seinen Wein nicht ausgetrunken. Cumberland nahm das Glas, schüttete den Inhalt in sein eigenes und nahm einen tiefen Schluck.

Würde es wirklich funktionieren? Oder hatte er jetzt zu dick aufgetragen, würde Jan durchschauen, dass ihm hier Theater vorgespielt worden war? Wahrscheinlich nicht. Entsetzt genug hatte er jedenfalls geguckt. Die Frage war nur:

Würde er sich in sein Schicksal ergeben, oder würde er seinem Gewissen folgen und versuchen, die Rebellen zu retten? Wenn er sich fügte, könnte er ihn hinrichten lassen. Auch eine Möglichkeit. Aber das war nicht sein Stil. Und dazu würde es nicht kommen. Nein, keine Frage, Jan würde sich nicht fügen, er würde es versuchen. Er würde sein Leben riskieren. Wenn er dabei umkam – auch gut! Vielleicht die beste Lösung. Solange Jan lebte, konnte Cumberland nie völlig sicher vor ihm sein.

3.

Die Wachen hatten Jan in ein einzeln stehendes Zelt gebracht, zum Rand des Ortes Nairn, wo die Reiterei untergebracht war. Was würde jetzt geschehen? Hinrichtung? Nein, das traute er Cumberland dann doch nicht zu. Oder – musste er es ihm zutrauen? Nach allem, was er eben gehört hatte, war nichts auszuschließen. Und eine Einigung mit den Rebellen wäre nach einem Sieg der Rotröcke völlig ausgeschlossen. Dann wäre Cumberland nicht mehr zu bremsen. Eine Niederlage dagegen ... Wenn Cumberland die Schlacht verlor, dann musste er verhandeln. Aber die Rotröcke konnten die Schlacht nicht verlieren. Die Überlegenheit war zu stark, es war ausgeschlossen. Den Rebellen blieb nur die Flucht in die Berge.

Aber sie konnten nicht wissen, wie aussichtslos ihre Lage war. Wenn Jan es schaffen könnte, sich zu ihnen durchzuschlagen, dann könnte er sie warnen. Er kannte die Truppenstärke, hatte gesehen, wie gut die Versorgungslage der Engländer war. Es sollte möglich sein, die Anführer der Rebellen von der Sinnlosigkeit weiterer Kämpfe zu überzeugen. Vielleicht nicht den Prinzen, aber doch zumindest die gemäßigteren seiner Kommandeure. George Murray zum Beispiel.

Der Geburtstag des Duke – das war Jans einzige Chance. Nie hätte er geglaubt, dass der Mann Alkohol an seine Soldaten ausgeben würde. Alkohol in solchen Mengen; so kurz vor der alles entscheidenden Schlacht. Auch die Wachen vor dem Zelt schienen kräftig mitzufeiern. Er hörte sie lachen, und ihre Unterhaltung wurde allmählich trunkener und trunkener. Jan war nicht gefesselt. Cumberland vertraute offenbar ganz auf seine Wächter und darauf, dass Jan keinen Fluchtversuch wagen würde.

Die Wächter. An den Wächtern konnte er nicht vorbei. Aber an ihnen musste er vorbei. Anders kam er aus dem Zelt nicht heraus. Draußen wieherte eines der Pferde. Jan legte sich auf den Boden und hob die Zeltplane. Da waren sie, die Wächter. Und da waren die Pferde. Wenn er eines dieser Tiere stehlen könnte ...

»Ich muss ihr noch schreiben ...«, lallte der eine der beiden Soldaten.

»Dazu ... dazu bissu doch viel zu ... viel zu besoffen!«, sagte der andere.

»Aber sie ... sie macht sonst wieder Ärger, und ... ach, Scheiße!« Er rülpste.

»Gibt doch Votzen genug. Überall gibt's genug davon. Und ich kann dir nur eins sagen, hörst du, eins kann ich dir nur sagen ...«

»Ja, ja, ja, du hast ja recht.«

Die Elite der englischen Armee hatten sie jedenfalls nicht eingeteilt, ihn zu bewachen. Darin lag seine Chance.

»Eins kann ich dir nur sagen, die wollen alle immer nur dein Geld. Immer nur dein Geld. Und dabei – dabei hassu doch nur lausige Sixpence pro Tag!«

»Ja, ja, ja.«

»Und wenn du dann noch etwa ...«

»Wart mal, ich muss mal pissen!« Der Mann erhob sich.

Wenn er jetzt weit genug wegging, dann konnte Jan womöglich den anderen ... Vorsichtig spähte Jan nach draußen. Nein, es ging nicht, der Mann war nur wenige Schritte zur Seite getreten, und jetzt kam er schon wieder zurück.

»Die anderen saufen und fressen, und wir sitzen hier und kriegen nichts ab«, murrte er, während er sich die Hose zuknöpfte.

»John, du hast doch deinen Anteil ...«

»Angeschissen haben sie uns. Wieder mal angeschissen.«

»John, das kannst du nun wirklich nicht ...«

»Angeschissen. Das ist das richtige Wort. – Ich hätte nicht übel Lust, hätte ich ...«

»Du kannst doch nicht ... wir sind doch hier ... du weißt doch!«

»Angeschissen. Du kannst ja hierbleiben. Ich geh los und seh zu, dass ich noch was zu trinken kriege. Du hörst doch, wie sie da rumgröhlen, saufen und fressen ...«

»John, du kannst doch nicht ...«

»Ach, Scheiß auf alles! Der Gefangene, der pennt doch sowieso. Das Beste, was er tun kann, dann ist er morgen früh frisch, wenn wir ihn aufhängen – ha, ha, ha! – dann ist er morgen früh schön frisch ...«

»John!«

»Nee, nee, nix John! Ich geh jetzt los und guck mal nach, ob da noch was ist. Sicher sind da auch Weiber. Auch für umsonst. Der Duke, der lässt sich doch nicht lumpen, der macht ordentlich ...«

»Bleib hier!«

»Komm mit! Komm doch mit, du Schlappschwanz, aber das traust du dich ja nicht! – Ja, ja, das traust du dich ja nicht! Du bist doch einfach ... he, he!«

Sie prügelten sich. Jan sprang auf, riss den Eingang des Zeltes auf. Er war allein, bis auf die beiden Wachen, die sich im Dreck wälzten. Da lagen die Gewehre. Zwei schnelle Schritte, und bevor einer der Männer reagieren konnte, hatte Jan dem, der oben lag, den Gewehrkolben über den Schädel geschlagen. Der Mann sackte zusammen, rührte sich nicht mehr. Der zweite griff nach seiner Waffe, aber er war nicht schnell genug, schon traf ihn Jans zweiter Schlag. Der Mann schrie auf, fasste sich an den Kopf. Jan schlug noch einmal zu. Er fiel aufs Gesicht und blieb reglos liegen.

Er hatte sie erschlagen, dachte er, mein Gott, er hatte zwei Menschen erschlagen. Aber das war jetzt nicht mehr zu ändern. Rasch die Uniformjacke und den Dreispitz! Der Mann regte sich, er war also nicht tot. In fieberhafter Hast zog sich Jan die Jacke an. Sie war ihm zu groß. Unpraktisch noch dazu. Mit fliegenden Fingern schloss er einige der Knöpfe, nahm die Gewehre, warf sie hinter das Zelt. Einer der Männer bewegte sich. Der andere stöhnte immer lauter. Sie lebten also noch.

Nichts wie weg! Jan band das erstbeste Pferd los, schwang sich in den Sattel, und jetzt vorwärts! Nach Westen. Er war am westlichen Rand von Nairn, das hatte er mitbekommen vorhin. Zum Glück. So brauchte er nur wenige Zelte zu passieren. Ein Offizier kam ihm entgegen.

»He, Mann, wie sehen Sie denn aus!«

Kein Zweifel, Jans Bekleidung entsprach nicht den Vorschriften. Die Weste fehlte. Unter anderem. »Spezialauftrag!«, sagte Jan knapp. Er ritt weiter.

»Wieso denn, was denn? He, halt! Stehen bleiben!«

Aber da war Jan schon an ihm vorbei. Er presste dem Pferd seine Hacken in die Flanke. Mein Gott, dies war ein anderes Tier als der arme, alte Blefuscu! Das Pferd raste los, und Jan hatte die größte Mühe, im Sattel zu bleiben.

»Halt!«, schrie jemand. »Anhalten! Lasst ihn nicht durch!«

Aber da war niemand, der ihn anhalten konnte. Schon war er auf der Landstraße, vorbei an allen Wachtposten, die Straße war frei, er war entkommen.

Und jetzt? So schnell wie möglich nach Hause reiten? Nein. Noch war nicht alles verloren. Wenn er bis zu den Rebellen durchkam, wenn er dem Prinzen schilderte, wie aussichtslos die Lage war, dann konnte die Highland Army sich einfach auflösen und nach Hause gehen, und Cumberlands großer Schlag traf ins Leere.

Dass sie ihn verfolgen würden, hätte er sich denken können. Wie ernst es war, merkte er aber erst, als plötzlich ein Schuss krachte und eine Kugel an ihm vorbeipfiff. Er drehte sich um. Tatsächlich, da waren sie. Eine Gruppe von Rotröcken war hinter ihm her, zehn, zwölf Dragoner. Einer hatte geschossen, sinnlos auf die Entfernung, aber sie würden ihn einholen, und Jan wusste, dass er gegen zwölf Mann keine Chance hatte.

Jan war unbewaffnet. Doch auch die besten Waffen hätten ihm hier nichts nützen können. Sein Pferd war gut, er hatte zufällig ein Ross erwischt, das selbst mit einem unerfahrenen Reiter wie ihm rannte wie der Teufel, aber die anderen waren die besseren Reiter, und sie kamen unerbittlich näher. Keine hundert Yards trennten ihn mehr von seinen Verfolgern. Jetzt keine fünfzig Yards mehr.

»Feuer!« Plötzlich wuchsen rechts und links des Weges dunkle Gestalten aus dem Boden. Eine Salve krachte, die Reiter hinter ihm hielten an, rissen ihre Pferde herum und stoben davon. Noch ein einzelner Schuss. Einer der Männer griff sich an die Seite, aber er blieb im Sattel, jagte mit den anderen zurück in Richtung Nairn.

Jan hielt an und stieg vom Pferd. Er schleuderte den Dreispitz zur Seite, aber die rote Jacke konnte er so rasch nicht loswerden. »Danke!«, sagte er. »Das war Rettung in höchster Not!«

»Und wen haben wir da gerettet?«, fragte derjenige, der offensichtlich der Anführer war.

»Daniel Cameron«, log Jan. »Warten Sie, ich habe hier einen Passierschein.«

4.

Charles Edward Stuart hatte seine Truppen auf einer ausgedehnten Heidefläche aufgestellt, etwa fünf Meilen vor Inverness. Drummossie Muir hieß dieses Ödland. Im Norden grenzte es an den Park von Culloden House.

Lord Elcho stieg vom Pferd. Auch die anderen saßen ab. Jan klopfte das Herz bis zum Hals. Der Passierschein war echt, aber der Name war falsch. Wo war Roy? Ein falsches Wort, und er war verloren. Roy war nirgends zu sehen. Aber da stand Charles Edward Stuart im Kreise seiner Offiziere.

»Nun? Wie sieht es aus?«, fragte er.

»Keine Gefahr. Die Engländer werden heute nicht mehr angreifen. Es gibt keinerlei Bewegung im Lager. Unser Freund hier, der kommt direkt aus Nairn. Er sagt dasselbe. Alles ruhig. Es ist der Geburtstag des Duke of Cumberland ...«

»Ich hatte erwartet, dass er den Geburtstag mit einem Sieg über die Highland Army würde feiern wollen!« Prinz Charles schien enttäuscht.

»Er traut sich nicht!«, rief jemand.

Elcho nickte. »Für einen Angriff ist es jetzt zu spät. Wenn er hätte angreifen wollen, so hätte er das heute früh tun müssen. Die Engländer sind nicht für ein Nachtgefecht gerüstet.«

»Ist das auch Ihre Meinung, Mr. Cameron?«, fragte George Murray.

Jan nickte.

Der Prinz sah Jan misstrauisch an. »Ich glaube, ich habe dich schon mal irgendwo gesehen.«

»Nein, das muss ein Irrtum sein.«

»Vielleicht.« Das Misstrauen blieb. »Und du warst Gefangener der Engländer? Es gelingt nicht vielen, sich aus der Gefangenschaft zu befreien!«

Elcho schüttelte den Kopf. »Ich verstehe Ihr Misstrauen, aber der Verdacht ist unbegründet, Sir. Sie haben ihn verfolgt und auf ihn geschossen. Erst als sie uns gesehen haben, haben die Rotröcke von ihm abgelassen.«

»Kriegsrat«, entschied der Prinz. »Die Armeeführer zu mir.«

Murray hob die Augenbrauen. Es war der erste offizielle Kriegsrat seit dem Rückzug aus Derby. Es schien, als habe der Prinz sich endlich von seiner damaligen Abstimmungsniederlage erholt. In letzter Stunde sozusagen.

Elcho rief einen der umstehenden Schotten zu sich heran. »Kümmere du dich um diesen Mann!« Er wies auf Jan Veenstra.

Der Mann nickte. Gemeinsam machten sie sich auf den Weg nach Culloden House. Jan erschrak, als er das Innere des Hauses sah. Mobiliar war zerbrochen; überall standen und lagen leere Flaschen. Sie setzten sich in die Bibliothek.

Der Prinz eröffnete die Beratung. »Meine Herren, Sie kennen die Lage. Was sollen wir Ihrer Meinung nach tun?«

»Wir haben keine Wahl«, sagte O'Sullivan. »Ein weiterer Rückzug ist nicht möglich. Wir müssen kämpfen. Hier und jetzt.«

Ein anderer schüttelte den Kopf. »Wenn wir uns in die Berge zurückziehen, haben wir den Vorteil des Geländes. Wenn sie uns dort angreifen, schlagen wir sie ohne Mühe.

Wenn nicht, warten wir einen oder zwei Tage ab, bis unsere Männer wieder bei Kräften sind und bis die Verstärkungen da sind. Und dann greifen wir sie an.«

»Wir können uns nicht zurückziehen und abwarten«, widersprach der Prinz. »Wir haben nichts zu essen. Und in den Bergen gibt es erst recht nichts zu essen. Nicht für ein paar tausend Mann jedenfalls.«

»Wir sind aber in der Unterzahl«, warf Elcho ein.

»Lasst uns hören, was unser Freund Daniel Cameron dazu zu sagen hat«, sagte der Prinz. »Der Mann kommt direkt aus Nairn, er kennt die Lage am besten.«

»Aus Nairn? Was hast du in Nairn gemacht?«, fragte ein anderer.

»Ich war auf dem Weg hierher. Die Rotröcke haben mich gefasst, als ich über den Spey wollte.«

»Und du heißt Daniel Cameron? Ich kenne dich gar nicht.« Der »milde Lochiel« schien nicht im Geringsten milde gestimmt.

Ruhig Blut, dachte Jan. Der Chief des Clans Cameron konnte unmöglich all seine Leute kennen. »Ich komme aus Glasgow«, sagte er.

»In Glasgow gibt es nur Whigs!«, brummte einer der Männer.

»Whig oder nicht – ich bin Schotte, Sir!«

»Du siehst aber nicht so aus!«

»Schluss jetzt«, entschied der Prinz. »Es ist völlig egal, wie jemand aussieht. Wichtig ist, dass dieser Mann offenbar auf unserer Seite steht, und dass er uns wichtige Informationen geben kann. Und die wollen wir jetzt hören.«

Jetzt kam es darauf an. »Ich war erschrocken über die Stärke der Engländer«, sagte Jan. »Ganz Nairn ist voller englischer Truppen. So weit ich das sehen konnte, sind sie gut ausgerüstet und gut verpflegt; ja, sie haben sogar Alkohol bekommen zur Feier des Geburtstages ihres Duke of Cumberland.«

»Hört ihr das?«, rief Lord Elcho. »Sie trinken sich Mut an!« Alle lachten.

»Wie stark sind die Truppen?«, fragte George Murray. »Was schätzen Sie?«

»Das kann er doch nicht wissen!«, rief Elcho.

»Ruhe bitte!«, verlangte der Prinz.

»Zufällig habe ich gehört, wie die Engländer über dieses Thema sprachen«, sagte Jan. »Es sind zur Zeit 8800 Mann. 6400 zu Fuß und 2400 zu Pferd. Und noch immer treffen Verstärkungen ein.« Seine Stimme klang ganz ruhig, und das war gut so.

»Wir haben nur sechstausend Mann«, sagte George Murray.

»6400«, widersprach der Prinz. »Und das sind begeisterte Männer, keine Söldner wie die Hannoveraner!«

»Es sind keine sechstausend«, widersprach Murray. »Wir haben nicht die volle Stärke.«

»Und die Engländer sind nur zehn Meilen entfernt. Wenn sie morgen früh angreifen, sind sie im Nu ...«

»Moment mal, was sagen Sie da? Nur zehn Meilen?«

»Ja. Das haben die Engländer selbst gesagt.«

Lord Balmerino schüttelte den Kopf. »Nach meiner Kenntnis müssen es knapp fünfzehn Meilen sein bis nach Nairn!«

»Das glaube ich nicht. Die Engländer haben Karten zur Verfügung, sehr genaue Karten, das habe ich selbst gesehen. Aber was die Truppenstärke angeht ...«

»Moment! Was sind das für Karten?«

»Soweit ich weiß, sind es die Karten, die Marshall Wade damals aufgenommen hat.« Was sollte diese Diskussion über die Karten?

»Und die haben sie dir gezeigt, diese Karten?« Lochiel glaubte ihm kein Wort.

»Nein, natürlich nicht. Aber sie haben mich zum Duke of Cumberland gebracht. Zum Verhör. Und die Karten lagen da im Zelt herum. – Bei dieser Ausgangssituation denke ich, dass es am besten wäre, unnötiges Blutvergießen zu vermeiden. Der Krieg ist verloren ...«

»Was redest du?«

Jan ließ sich nicht beirren. »Der Krieg ist verloren, und die Highland Army sollte sich schlicht und einfach auflösen, um weiteres Leid zu vermeiden ...«

Der Prinz schüttelte den Kopf. »Der Krieg ist nicht verloren. Du warst in Gefangenschaft, das hat dich erschüttert, deshalb zweifelst du im Moment an unserem Sieg. Aber ist es dir nicht gelungen, aus der Gefangenschaft zu entkommen? Sind deine Verfolger nicht geflüchtet, als Lord Elchos Männer auf sie geschossen haben? Unsere Gegner sind Angsthasen. Bis jetzt sind sie immer vor uns davongelaufen. Und du wirst sehen, die Engländer werden auch jetzt wieder rennen, wenn wir auf sie losstürmen. Den Angriff der Highlander, den halten sie nicht aus!«

George Murray räusperte sich. »Wir müssen die Engländer überraschen. Jetzt gleich.«

»Aber es wird gleich dunkel!«

»Eben. Bei einem Nachtangriff sind wir im Vorteil.«

»Tag oder Nacht – das Zahlenverhältnis bleibt dasselbe, George!«

»Ich meine auch ...«, sagte Jan. Niemand hörte auf ihn.

Murray schüttelte den Kopf. »Es sind reguläre Truppen. Reguläre Soldaten verlassen sich vollständig auf ihre Disziplin. Dieser Vorteil kommt nicht zum Tragen, wenn sie im Dunkeln kämpfen müssen. Unsere Highlander dagegen haben so gut wie gar keine Disziplin. Sie kämpfen intuitiv, dazu brauchen sie weder Tageslicht noch eine Schlachtordnung.«

»Was schlagt Ihr vor?«

»Nachtangriff. Wir teilen uns in zwei Gruppen. Sobald es dunkel wird, marschieren wir los. Ich übernehme den rechten Flügel der ersten Abteilung. Mit meinen Männern umgehe ich das Lager der Engländer und falle ihnen in den Rücken. Gleichzeitig greift der Rest der ersten Abteilung frontal an. Der Prinz folgt mit der zweiten Abteilung und verstärkt den Frontalangriff. Ich bin überzeugt, meine Herrschaften, dass wir auf diese Weise einen totalen Sieg erringen werden.«

»Wir sollten nichts überstürzen!«, riet Lord Balmerino.

»Jetzt ist die Stunde«, widersprach Murray. »Wir dürfen nicht zögern. – Zugegeben, es ist ein riskantes Unternehmen. Aber wir müssen ein gewisses Risiko eingehen, wenn wir die Engländer schlagen wollen. Wenn wir nichts riskieren, haben wir sowieso verloren. Der Nachtangriff ist unsere beste Chance. Wenn wir hier um acht Uhr aufbrechen, sind wir spätestens gegen Mitternacht in Nairn.«

»Das ist nicht zu schaffen. Die Dunkelheit, das unbekannte Gelände ...«

»Doch, das ist zu schaffen.«

Jan schwieg. Er hatte versagt. Es würde ein fürchterliches Gemetzel geben, so viel war sicher. Die Engländer würden zu Hunderten im Schlaf hingemeuchelt. Aber jetzt gab es kein Zurück mehr. Sein Magen knurrte. Dabei war er einer der wenigen gewesen, die heute tatsächlich eine vollständige Mahlzeit bekommen hatten. Hier gab es nichts zu essen. In Nairn herrschte dagegen Hülle und Fülle. Die Aussicht darauf, die Depots der Rotröcke zu erobern, beflügelte die Offiziere der Highland Army.

»Hasenfüße«, rief jemand. »Die Engländer sind Hasenfüße!«

Die anderen lachten.

Der Prinz sprang auf. »Steckt die Heide in Brand!«, rief er. »Die Engländer sollen glauben, dass die Highland Army hier vor Ort bei ihren Lagerfeuern liegt und schläft. Sobald die Feuer brennen, nimmt jeder seine Waffen auf, und los geht's!« Der Prinz zeigte eine geradezu kindliche Begeisterung.

Jan schüttelte den Kopf. Niemand beachtete ihn.

Nur Murray beugte sich zu ihm herüber. »Zweifel?«, fragte er.

Ja, er hatte Zweifel. Das war kein Kinderspiel, und das hätte er sagen sollen. Der Prinz – er tat gerade so, als ob dies nichts als ein großes Abenteuer sei, irgendein wildes Spiel, das man an einem Kindergeburtstag austragen könnte. Aber es war ein tödliches Spiel. Jan hatte eingegriffen, hatte die Regeln auf den Kopf gestellt. Statt ein paar tausend toter Schotten würde es ein paar tausend tote Engländer geben. Aber vielleicht bot das die Aussicht auf einen raschen Frieden. Hoffentlich. »Keine Zweifel«, sagte Jan schließlich. Es gab keine bessere Lösung.

»Vergesst nicht, die Äxte mitzunehmen«, rief der Prinz. »Alle nehmen die Äxte mit. Die schweren Lochaber-Äxte. Damit zerschlagen wir die Zeltpfähle, und dann gibt es nur noch eins: draufhauen auf alles, was sich unter der Plane bewegt!«

»Dass das klar ist«, sagte Murray. »Auf dem ganzen Marsch darf kein Wort gesprochen werden. Und auch während des Überfalls kein Kriegsgeschrei. Völlige Stille, damit wir die Überraschung voll ausnutzen können.«

Jan hustete. Rauch von der brennenden Heide drang durch die geöffneten Fenster.

»Machen wir uns auf den Weg. Es muss gelingen.« Der Prinz wirkte ruhig und selbstsicher. Seine Augen blitzten.

»Es wird gelingen«, bestätigte George Murray.

Sie schickten sich an, den Raum zu verlassen.

»Du auch!«

Jan hatte gehofft, im Lager zurückbleiben zu können, aber sein schottischer Begleiter schüttelte nur mit dem Kopf und deutete nach vorn, auf die Gruppe, die sich jetzt bereit machte. Sein Begleiter – oder war es sein Bewacher? – wies ihm einen Platz in der Spitzengruppe zu, direkt hinter George Murray. Sie trauten ihm nicht über den Weg, dachte Jan. Wenn er nur den kleinsten Fehler machte, würden sie ihn niederstechen. Er fror.

5.

Cumberland war noch einmal die Posten abgegangen, hatte mit Hawley und Ligonier gesprochen, aber kein Wort über Jans Flucht verloren und darüber, was er sich davon erhoffte. Er konnte in den Köpfen der Menschen lesen, dachte er. Er konnte ihre Handlungen voraussehen, er konnte sie steuern.

Wieder im Zelt ließ er sich von Fawkener noch einmal die Karte vorlegen. Ja, er hatte sich recht erinnert. Die Karte trug keinen Maßstab. »Wie weit ist es von hier bis zum Lager der Schotten?«, fragte er.

»Nach Culloden House? – Das hatten wir doch vorhin schon diskutiert, Sir!«

»Messen Sie es noch einmal nach«, verlangte Cumberland.

Fawkener seufzte. »Sehen Sie dieses Gitter hier, Sir?« Die feinen Linien waren kaum zu erkennen. »Die Maschen haben eine Ausdehnung von fünfzehn mal fünfzehn Meilen. Die Entfernung von Nairn nach Culloden House beträgt also etwas mehr als dreizehn Meilen.«

»Das ist gut. – Wir werden früh aufstehen müssen morgen.«

»Die Trompeter sind entsprechend informiert, Sir.«

»Sehr gut.«

Als Fawkener gegangen war, schenkte sich Cumberland noch ein Glas Wein ein. Hatte er alles richtig gemacht? Drei Dinge würde er seinen Männern morgen früh einschärfen: Erstens: Beim Angriff rennen die Highlander auf ihren Feind zu, halten kurz an, schießen, werfen die Muskete weg und stürzen sich mit dem Schwert auf den Gegner. Wer aber aus vollem Lauf anhält und schießt, der trifft nichts. Er verliert nur wertvolle Zeit – die Zeit, die wir nutzen wollen, um den dritten Schuss abzugeben. Aus dem Stand. Laden, Zielen, Schießen.

Zweitens: Die Highlander sind mit Schwert und Schild ausgerüstet; im Nahkampf haben wir nur das Bajonett, keinen Schild als Schutz. Aber das Gewehr mit Bajonett hat eine größere Reichweite. Wenn die Highlander heran sind, attackiert ihr nicht den Mann, der euch gegenüber steht, sondern seinen linken Nachbarn. Wir haben das geübt; damit umgeht ihr den Schutz des Schildes.

Drittens: Die Highlander brüllen beim Angriff. Das erschwert die Verständigung. Wir brüllen nicht, wir handeln. Das Gebrüll ist wie das Geschrei eines ungezogenen Kindes, das seinen Willen nicht kriegt. Die Rebellen werden ihren Willen nicht kriegen.

Wichtig war eigentlich nur, dass seine Leute mit Selbstvertrauen in den Kampf gingen. Denn es gab ja noch einen vierten Punkt: Wer wegrennt, kann sich nicht wehren; wer wegrennt, stirbt. Aber vom Wegrennen würde er nicht reden morgen früh. Kein Engländer würde wegrennen. Seine Männer würden ihn nicht im Stich lassen.

Und wenn alles gut ging, würde Jan dafür sorgen, dass die Rebellen zusätzlich geschwächt wurden. Armer Jan. Fast könnte er einem leid tun. Aber – was half's? Wie recht er doch hatte, der gute, alte Machiavelli! Wie hatte er es ausgedrückt? William Augustus blätterte in dem zerlesenen Bändchen. Richtig, da stand es: *Merke dir: Ein kluger Herrscher hält niemandem die Treue, wenn ihm daraus ein Nachteil erwachsen könnte. Wenn die Menschen gut wären, wäre das falsch, aber da sie schlecht sind und auch dir nicht die Treue halten werden, bist du an nichts gebunden.*

»Sehr gut«, murmelte Cumberland, »sehr gut!« Das Risiko war klein; wenn er sich allerdings verrechnet hatte, dann war er morgen tot.

6.

Sie marschierten zügig, aber ohne Hast. Die Spitzengruppe kam rasch voran. Allerdings hatte Jan das Gefühl, dass die Leute nicht schnell genug nachkamen. Konnte es sein, dass sich weiter hinten die Männer stauten? Fünftausend Mann, dachte er. Mindestens fünftausend. Und sie konnten auf dem engen Weg nur hintereinander gehen. Selbst bei äußerster Disziplin gab das eine Kolonne von fünf Meilen Länge. Und die Highland Army war nicht diszipliniert. Hinzu kamen die Dunkelheit, das unbekannte Gelände. Es war abzusehen, dass sich die Gruppen weit auseinanderziehen würden. Für den Überfall würde nur ein Teil der Armee zur Stelle sein. Die Hälfte vielleicht. Aber das würde reichen. Sie hatten die Überraschung auf ihrer Seite.

»Vorsicht!« Jan Veenstra hatte nicht aufgepasst und wäre fast auf den Vordermann aufgelaufen. Die Gruppe verließ den Weg und marschierte durch unebenes Gelände.

»Was wird das denn jetzt? Wo laufen wir denn hin?«

»Da vorn sind Häuser. Wir umgehen sie, damit niemand uns bemerkt und die Engländer warnt.«

Jan schüttelte den Kopf. Diese Vorsicht schien ihm übertrieben. Es wäre besser, ein paar Mann zur Bewachung der Häuser zurückzulassen, anstatt diesen Umweg zu gehen.

»Das ist Forbes' Land«, sagte der Offizier hinter ihm. »Duncan Forbes ist geflüchtet, aber die Mehrheit seiner Leute unterstützt den Kurfürsten. Wir müssen vorsichtig sein.«

Jan hatte nicht auf den Weg geachtet. Er stolperte über eine Baumwurzel und schlug der Länge nach hin. Der Offizier bückte sich und half ihm wieder auf die Füße. »Los, weiter, weiter!« Jan war unbewaffnet. Galt er nun als Gefangener? Es kam ihm so vor.

»Platz da, Platz da!« Da kam einer von hinten und drängte sich an ihnen vorbei.

»He, he!«, rief jemand.

»Wo ist George Murray?«

»Hier.«

»Sir, die Kolonnen ziehen sich zu weit auseinander. Der Prinz bittet Sie dringend, zu warten, dass die Lücke wieder geschlossen werden kann.«

»Das geht nicht.«

»Lochiel ist aber derselben Meinung, Sir.«

»Völlig unmöglich. Wir können nicht warten. Die anderen sollen schneller marschieren. Wir müssen um jeden Preis vor dem Morgengrauen in Nairn sein, das wisst ihr doch, sonst ist der Angriff gescheitert.«

»Sir, der Angriff ist auch gescheitert, wenn die Hälfte der Truppen nicht da ist.«

»Sie sollen schneller marschieren«, beharrte Murray. »Sie sollen so schnell marschieren, wie sie nur können. Wie auf dem Weg nach Derby, da hat es doch auch geklappt.«

Der Bote schwieg. Jan hatte das Gefühl, dass der Hinweis auf Derby nicht gerade dazu beitrug, die Männer zu beflügeln. Auch dort war mit größter Anstrengung etwas versucht worden, was sich letztlich als Fehlschlag erwiesen hatte. Jan hatte das Gefühl, dass Murray jetzt etwas langsamer marschierte. Aber ob das ausreichen würde, den Rest der Truppe aufschließen zu lassen? Es war eine dunkle Nacht, der Himmel wolkenverhangen, sodass man kaum sehen konnte, wohin man den Fuß setzte. Zum Glück waren sie jetzt wieder auf dem regulären Weg, wo man nicht jeden Augenblick mit unvermuteten Hindernissen rechnen musste.

»Da vorne ist es«, rief Murray.

Nairn? Das konnte noch nicht Nairn sein! Zu sehen war nichts. Erst als sie ein paar hundert Meter weitermarschiert waren, gewahrte Jan zur Rechten den Umriss eines großen Gebäudes. Alles war dunkel; die Bewohner schliefen um diese Zeit. Oder taten zumindest, als ob sie schliefen. »Das ist Kilravock, oder Kilraick House, wie es auch genannt wird. Jetzt sind es noch vier Meilen bis zum Lager des Duke of Cumberland.«

Vier Meilen, dachte Veenstra. Das wäre in einer Stunde zu machen. Wenn sie jetzt losrannten, dann wären sie in einer Stunde in Nairn. Wenn die Entfernung stimmte. Stimmte die Entfernung? Die Highland Army hatte keine verlässlichen Karten.

Ein Reiter kam von hinten herangesprengt. Er galoppierte nach vorn, bis an die Spitze der Truppe und hielt sein Pferd so an, dass es den Weg versperrte.

»Was soll das?«, rief Murray ärgerlich.

»Sir, Sie müssen anhalten.« An der Stimme erkannte Veenstra, dass es der Duke of Perth persönlich war, der nach vorn gekommen war. »Die Lücke zwischen der ersten und der zweiten Abteilung ist riesengroß geworden. Wir müssen warten, bis die Männer heran sind.«

»Das geht nicht«, murmelte Murray, aber es half alles nichts; der Vormarsch wurde gestoppt.

Weitere Offiziere drängten nach vorn. »Wir können nicht mehr!«, rief einer. »Die Männer sind völlig erledigt.«

»Das ist der Hunger«, rief Elcho. »Der verdammte Hunger! Der Kerl sollte erschossen werden, der für die Verpflegung zuständig ist.«

»Morgen«, sagte Murray. »Das regeln wir alles morgen. Erst kommt der Angriff.«

»Wir schaffen es nicht.«

»Die Lücke muss geschlossen werden. Die Leute sollen schneller marschieren.«

»Die Lücke?«, rief jemand. »Sir, Sie haben keine Ahnung, wie es da hinten aussieht! Das ist nicht eine Lücke, das sind hundert Lücken.«

»Dann müssen eben hundert Lücken geschlossen werden«, rief Murray ärgerlich. »Nur Mut! Unsere Highlander sind zähe Burschen, die schaffen das.«

Lochiel war abgestiegen. Ein Licht flammte auf. Der Lord sah auf seine Uhr. »Zwei Uhr morgens«, sagte er. »Meine Herrschaften, es ist zwei Uhr morgens.«

Niemand antwortete. Es war geplant gewesen, den Angriff um 2 Uhr durchzuführen. Dieser Zeitpunkt war jetzt erreicht. Sie waren noch mindestens vier Meilen vom englischen Lager entfernt. Jan begriff, dass der Plan gescheitert war. Der Offizier neben ihm riss sich die Mütze vom Kopf und schmiss sie vor Wut auf den Boden.

»Trotzdem weitermarschieren!«, verlangte jemand.

Nichts geschah. Alle wussten, dass sie das englische Lager nicht vor Tagesanbruch erreichen konnten. Der Vorteil von Nacht und Dunkelheit war verschenkt. Jan ahnte, dass die Entfernung doch größer gewesen sein musste, als William

Augustus ihm gesagt hatte. Hatte er ihn bewusst getäuscht? Fast sah es so aus.

O'Sullivan kam nach vorn geritten. Er meldete, es sei der Wunsch des Prinzen, den Angriff auf jeden Fall fortzusetzen. Perth lachte. O'Sullivan sagte, natürlich überließe der Prinz Lord George die Entscheidung.

In diesem Augenblick hörte man in der Ferne Getrommel. Die Truppen des Duke of Cumberland wurden geweckt.

»Sie sind wach«, sagte Lord George Murray.

»Ich habe nie geglaubt, dass wir sie im Schlaf überraschen könnten!«, rief Lord Elcho. »Nie im Leben! Aber sie rechnen nicht mit unserem Angriff. Wir sind noch immer im Vorteil.«

Lord George schüttelte den Kopf. »Ich bewundere Euren Mut«, sagte er. »Aber es ist zu spät. Die Kolonnen sind zu weit auseinandergezogen, die einzelnen Abteilungen zu schwach, um das Ziel zu erreichen. Wir müssen den Angriff abbrechen und so schnell wie möglich nach Culloden zurückmarschieren.«

»Das ist das Ende!«, jammerte jemand im Dunkeln. »Mein Gott, das ist das Ende!«

»Ruhe!«, befahl George Murray. Und: »Abmarsch!«

Der Rückzug ging schneller vonstatten als der Hinweg. Besondere Vorsicht war jetzt nicht mehr nötig. Die Armee marschierte auf dem kürzesten Weg. Noch vor fünf Uhr hatten die meisten die Anhöhe von Culloden Moor wieder erreicht. Aber jetzt forderten der Hunger und die Anstrengung des Nachtmarsches ihren Tribut. In Scharen verließen die Männer ihre Truppe und machten sich auf den Weg, um in Inverness oder in den umliegenden Dörfern irgendetwas zu essen aufzutreiben, oder einfach nur, um zu schlafen. Vergeblich versuchten die Offiziere, die Männer zurückzuhalten. Ohne Sold, ohne Nahrung, grenzenlos erschöpft. Einer rief trotzig, man könne ihn ruhig erschießen, aber er würde nicht eher zur Truppe zurückkehren, bis er etwas gegessen hätte.

Die Offiziere waren ebenso erschöpft wie die Mannschaften. Sie zogen sich nach Culloden House zurück. »Kriegsrat!«, forderte jemand. Niemand beachtete ihn. Ja, es wäre wichtig gewesen, die veränderte Lage zu diskutieren, aber keiner war mehr dazu fähig. Murray, der sich kaum noch auf den Beinen halten konnte, warf einen Blick auf seine Männer. Auf Betten, Tischen und auf dem Fußboden hatten sie sich hingelegt und schliefen.

»Wir müssen jetzt den anderen Vorschlag in die Tat umsetzen«, sagte Murray. »Den, den wir gestern nicht weiter verfolgt haben. Unsere Armee muss sich auf die andere Seite des Nairn-Flusses zurückziehen.«

»Später«, sagte der Prinz. Es war offensichtlich, dass er nach dem Scheitern des nächtlichen Ausflugs von Ratschlägen seines Lord George Murray die Schnauze voll hatte.

»Auf die andere Seite des Flusses«, beharrte Murray. »Nur ein paar hundert Meter.«

»Später. Unsere rechte Flanke ist durch die Mauern von Culloden Park geschützt. Das muss reichen.«

»Das reicht nicht«, widersprach Murray, aber er sah, dass der Prinz schon nicht mehr zuhörte. Murray resignierte. Die Engländer waren nach Cumberlands Geburtstagsfeier noch nicht wieder einsatzfähig. Heute würden sie nicht angreifen, und morgen – morgen sah die Welt schon wieder ganz anders aus. Er dachte an die Verpflegung, die einfach endlich kommen musste, und an die Verstärkungen, mit deren Eintreffen er stündlich rechnete. Die MacPhersons und vor allem der zuverlässige Earl of Cromarty mit seinen Männern. Selbst Lord Lovat, der ewige Zauderer, hatte inzwischen seine volle Unterstützung versprochen. Mit dieser Hoffnung schlief er ein.

Kurz nach sieben Uhr wurden sie alle unsanft geweckt. Ein Reiter brachte die Meldung, dass feindliche Kavallerie sich dem Lager bis auf gut eine Meile genähert habe. Die Stärke des Gegners sei unbekannt; die eigenen Leute hätten sich eiligst zurückgezogen. Fest stand nur, dass hinter der Reiterei in nicht allzu großer Entfernung auch Fußtruppen gesichtet worden waren. Das konnte nur eines bedeuten: Cumberland griff an.

Alarm! Trommler und Pfeifer weckten die Männer aus dem Tiefschlaf. In aller Eile bestiegen der Prinz, der Duke of Perth und Lord George Murray ihre Pferde, um sich ein Bild von der Lage zu machen, während ihre Männer erschöpft zu den Waffen taumelten. »Hierher! Die MacGregors hierher!« Verdammtes Wetter! Schneeregen wehte ihnen ins Gesicht.

»Wo sind die ganzen Leute?«, fragte der Prinz.

George Murray zuckte mit den Achseln. Es war offensichtlich, dass ein erheblicher Teil der Truppen abhanden gekommen war. Noch wäre es möglich, sich über den Fluss zurückzuziehen, und einen kurzen Augenblick lang überlegte Murray, ob er dies nicht einfach anordnen sollte, ohne den Prinzen um Erlaubnis zu fragen. Aber es hätte das Durcheinander nur vergrößert. Sie konnten nur hoffen, dass die Engländer bei dem schlechten Wetter auch keinen Überblick hatten. Der Prinz redete auf die Anführer ein, sprach von Kampf und Sieg. Murray schüttelte den Kopf. War der Mann nun so tollkühn oder so dumm, in dieser Situation noch an einen Sieg zu glauben?

Blutbad

Drummossie Moor bei Culloden, Schottland, 16. April 1746

1.

Als die Rotröcke am Horizont auftauchten, fragte sich Jan, ob er sich nicht besser davonstehlen sollte, aber er zögerte. Er war sich nicht sicher, ob man ihn gehen lassen würde. Er wollte die Chance zur Flucht nicht leichtfertig aufs Spiel setzen. Die Engländer kamen näher und näher, in wohlgeordneter Formation; auf der Seite der Rebellen herrschte dagegen ein wildes Durcheinander.

Jan schätzte, dass die vorderste Linie der Engländer jetzt bis auf etwa vierhundert Yards herangekommen war. Dahinter stand mindestens eine weitere Linie von Rotröcken. Auf der Seite der Rebellen gab es nur eine voll einsatzfähige Linie. Die schwachen Kräfte aus der zweiten Reihe wurden nach und nach umverteilt, um Lücken in der vordersten Front zu schließen. Die Breite der Aufstellung vergrößerte sich zusehends, und jetzt reichte die Reihe der Rebellen von den undurchdringlichen, hohen Mauern von Culloden Park im Norden bis zu der steinernen Umgrenzung des Feldes von Culwhiniac auf der südlichen Seite, wo das Gelände von der Ebene her schon sanft in Richtung zum Nairn-Fluss hin abfiel.

George Murray wischte sich über das Gesicht. Der Nordostwind trieb ihm den Schneeregen in die Augen. O'Sullivan ritt die Front ab und überzeugte sich, dass alles in Ordnung war. Es schien alles in Ordnung. Die hohen Mauern im Norden und Süden stellten sicher, dass der Feind nicht um die Rebellen herum konnte, um ihre Flanke anzugreifen. Noch war kein Schuss gefallen.

Lange konnte es nicht mehr dauern. Jetzt war es Zeit, sich aus dem Staub zu machen. Die Offiziere starrten nach vorn, auf die Engländer. Lord Elcho war weg, musste sich jetzt um andere Dinge kümmern, und auch der Mann, der ihn gestern bewacht hatte, war verschwunden. Jan wandte sich nach rechts. Langsam zunächst, dann, als ihn niemand aufhielt, strebte er mit immer rascheren Schritten davon. Gordons Leute starrten ihn an, sagten aber nichts. Was ein einzelner und offensichtlich unbewaffneter Mann in ihrem Rücken trieb, war nicht von Bedeutung. Und da war die Mauer. Die Culwhiniac Enclosure.

Zwei Bataillone von Gordon's Regiment waren direkt an der Nordwestecke der Mauer postiert. Jan winkte ihnen zu. Niemand winkte zurück. Schon war er an ihnen vorbei. Sein Plan war, über die Mauer zu steigen und sich damit endgültig aus dem Gesichtsfeld der Rebellen zu entfernen. Die Mauer war höher, als er gedacht hatte. Aber da sie aus lockeren Feldsteinen aufgesetzt war, konnte es nicht allzu schwer sein, sie zu erklimmen.

Als Jan sich gerade auf die Mauer schwingen wollte, fielen nicht weit von ihm plötzlich Steine zu Boden. Er blickte über die Mauer und sah zu seinem Schrecken, dass das Feld dahinter von Rotröcken wimmelte, die gerade dabei waren, eine Bresche in die Mauer zu brechen, um in den Rücken der Rebellen zu gelangen. Ein Schuss krachte. Jan brauchte eine Sekunde, bis er begriff, dass die Kugel ihm gegolten hatte. Er ließ sich zu Boden fallen, während weitere Kugeln über ihn hinwegflogen.

»Alarm! Die Rotröcke!«, schrie er. »Da drin ist alles voller Engländer!« Das war auch Gordon's Männern nicht entgangen; sie stürmten jetzt auf die Bresche zu. Jan warf sich am Fuß der Mauer zu Boden und hoffte, dass ihn niemand beachten würde, denn schon preschten englische Dragoner durch die Lücke. Zwanzig, dreißig, fünfzig – es wurden immer mehr. Gordons Männer waren zu weit ab, um sie wirkungsvoll bekämpfen zu können. Und jetzt wurde es auch oben auf dem Moor laut. Kanonenschüsse donnerten; die Schlacht hatte begonnen.

Als die englische Reiterei vorbeigerast war und sich auf der offenen Fläche weiter östlich mit den Lifeguards des Prinzen herumschoss, hastete Jan durch einen Hohlweg zurück. Er kam gerade noch rechtzeitig, um mitzuerleben, wie die Schotten nach vorn stürmten. Vierhundert Yards bis zu den Rotröcken. Wenige Sekunden nur. Nein, Minuten. Der schwere Boden, das Gewicht der Waffen, alles verlangsamte das Tempo. Und die Rotröcke wichen nicht. Sie luden und schossen, luden und schossen.

Rechts stürzten sich jetzt Männer über die Nordmauer der Enclosure, feuerten auf die *Royal Ecossais*, die ihnen am nächsten standen. Die Rebellen erwiderten das Feuer mit äußerster Effektivität, die Angreifer wurden über die Umgrenzung zurückgedrängt, einige blieben am Fuß der Mauer liegen.

Als die Rebellen oben auf dem Moor die englischen Linien erreichten, waren ihre Reihen bereits stark gelichtet. Die Engländer hatten Kartätschen in die heranstürmende Highland Army gefeuert, mit verheerendem Effekt. Aber jetzt kam die Stunde der Wahrheit, jetzt blitzten die Schwerter.

Der Regen hatte aufgehört, aber die Luft war voller Nässe und Pulverdampf, sodass das Gemetzel nur schemenhaft zu erkennen war. Jan sah, wie die Rebellen rechts in die Reihen der Engländer eindrangen. Das mussten die Camerons sein, dachte er. Was sich auf der anderen Seite des Schlachtfeldes ereignete, konnte er nicht sehen. Aber es schien, als sei der Angriff jetzt ins Stocken geraten.

Und dann kam schon das Ende. Als er den ersten Schotten sah, der in Panik davonrannte, wusste Jan, dass die Schlacht entschieden war. Einen Augenblick lang leisteten die Lifeguards und die Reiterei beherzten Widerstand, lange genug, dass sich wenigstens die am weitesten südlich positionierten Truppen über den Fluss in Sicherheit bringen konnten, dann wurden auch sie hinweggefegt.

Und plötzlich wusste Jan, dass er selbst in Gefahr war. Eines der Bauernhäuser, dachte er, schnell in eines der Bauernhäuser. Er war umringt von fliehenden, schreienden Menschen. Männern und Frauen, wie ihm plötzlich bewusst wurde. Nicht nur die Rebellen, sondern auch Neugierige aus Inverness, die sich die Schlacht aus sicherer Entfernung hatten ansehen wollen, wurden plötzlich in das Geschehen mit einbezogen. Es gab keine sichere Entfernung mehr. Die Dragoner waren heran, mit ihren kurzen Schwertern schlugen sie auf die Fliehenden ein. Es gab keine Gnade. Einer der Reiter schlug nach einer Frau. »Nein!«, rief Jan. Er wollte eingreifen, stolperte über einen der Toten. Die Frau schrie, Blut lief ihr über das Gesicht. Der Tote hatte eine Pistole im Gürtel. Jan riss sie heraus, schoss auf den Reiter. Der Schuss ging fehl; die Frau stürzte nach einem weiteren Schwerthieb zu Boden. Sie fiel auf Jan. Blut lief ihm in die Augen. Auch er schrie jetzt. Der Engländer wollte ihn niederreiten, aber das Pferd setzte über den am Boden liegenden Jan hinweg. Weiter! Den anderen hinterher! Der Dragoner raste davon.

»Mein Gott!«, flüsterte Jan. »Mein Gott!« Er zitterte am ganzen Körper. »Ich hole Hilfe«, versprach er, aber er redete mit einer Toten. Doch der Mann, dem er die Pistole entrissen hatte, rührte sich plötzlich; er lebte. Jan sah sich um. Die Dragoner waren weitergeritten, aber in der Ferne sah er, dass die Fußtruppen der Engländer sich allmählich weiter auf das

Schlachtfeld vorwagten. Sie kamen nur langsam voran. Wahrscheinlich hatten sie Angst, dass unter den am Boden liegenden Männern noch Lebende sein könnten, die plötzlich aufspringen und auf sie schießen könnten. Aber keiner sprang auf. Und die Schüsse, die Jan hörte, deutete er als englische Pistolenschüsse. Wer sich noch rührte, wurde erbarmungslos hingerichtet.

Der Verletzte räusperte sich, sagte irgendetwas, das Jan nicht verstehen konnte. Er legte sein Ohr an den Mund des Mannes. »*Coup de grace*«, flüsterte der. »Geben Sie mir den Gnadenstoß!«

»Kommt nicht infrage.« Dem Mann war der Ellenbogen zerschmettert worden, für den Arm gab es keine Rettung, aber wenn die Blutung gestillt wurde, musste der Mann nicht sterben. Mit fliegenden Händen legte Jan ihm einen Notverband an.

Der Mann stöhnte.

Die Rotröcke kamen näher. Aber bis zum Bauernhaus waren es nur wenige Yards. Jan fasste den Mann unter den Achseln und schleifte ihn in Sicherheit. Der Mann brüllte vor Schmerzen. Als sie das Haus erreicht hatten, wankte von der anderen Seite her ein weiterer Verwundeter herein. Er hatte eine grausige Kopfverletzung. Kaum hatte er das rettende Haus erreicht, stürzte er bewusstlos zu Boden. Jan schob ihn mit dem Fuß zur Seite und zerrte seinen Schotten nach drinnen.

»Hier sind wir in Sicherheit!«, sagte er.

Im Halbdunkel sah Jan, dass noch mehrere Verwundete es geschafft hatten, den Schutz des Hauses zu erreichen. Die Bauersfrau mühte sich, den Männern Verbände anzulegen. Jan half ihr, so gut er konnte. Zwei kleine Jungen starrten angstvoll auf den Mann mit dem zerfetzten Arm. Der setzte sich mühsam auf, inspizierte den blutgetränkten Verband und grinste die Kinder an.

»Wir haben es nicht geschafft«, sagte er.

In diesem Augenblick erschienen Rotröcke in der Tür. Die Kinder schrien auf. Die Soldaten hatten ihre Waffen in der Hand, unsicher, ob nicht von irgendwo ein Angriff drohte.

»Diese Männer sind verwundet«, sagte Jan. »Sie müssen ärztlich versorgt werden.«

»Ja, ja«, sagte der Anführer, irgendein Unteroffizier. »Das sind alles Rebellen, wie ich sehe. Und wer sind Sie?«

Bevor Jan irgendetwas sagen konnte, rief die Frau. »Das ist mein Bruder. Er hilft bei der Landwirtschaft.«

»Ihr Bruder? Und wo ist Ihr Mann?«

Draußen auf dem Moor vermutlich, dachte Jan. Er improvisierte ebenso rasch. »Der Artair, der ist doch bei Lord Loudouns Truppen, bei den Unabhängigen Regimentern. Sie sind irgendwo im Norden, in Sutherland, glaube ich.«

»In Sutherland.«

Einen Moment lang hatte Jan das Gefühl, der Mann glaubte ihm nicht. Aber er hatte Glück.

»Sind Sie verletzt?«, fragte der Engländer.

Jan schüttelte den Kopf. »Das ist nur das Blut der anderen«, sagte er.

»Gut. – Wir werden uns jetzt um diese Herrschaften hier kümmern. Sie sind unsere Gefangenen. Los, aufstehen!« Der Mann mit der Kopfwunde erhielt einen Fußtritt. Er rührte sich nicht.

»Die Männer brauchen ärztliche Hilfe!«, empörte sich Jan.

»Ja, natürlich. Sie werden gleich versorgt.«

Als die Verwundeten mit Unterstützung der englischen Soldaten nach draußen geschafft waren, atmete Jan auf. »Sie sind eine mutige Frau«, sagte er.

»Und Sie sind ein mutiger Mann«, erwiderte sie.

Jan schüttelte den Kopf.

»Aber was sind Sie wirklich? Sie sind kein Soldat, und Sie sind auch kein Bauer. Sie kommen gar nicht aus der Gegend. Sie sprechen Englisch wie ein Engländer, aber dennoch haben Sie Angst vor den Engländern ...«

»Ich bin Deutscher«, sagte Jan. »Und wie ich hier auf dieses Schlachtfeld komme, das ist eine lange ...«

Er hielt inne. Draußen fielen Schüsse. Eine nicht ganz saubere Salve, wie bei einer Hinrichtung. Jan stürzte zur Tür.

»Hierbleiben!« Die Frau war schneller. »Dort können Sie nichts mehr tun.«

Noch ein einzelner Schuss.

»Mein Gott«, sagte Jan.

»Haben Sie wirklich geglaubt, die englischen Soldaten würden dafür sorgen, dass die Rebellen medizinisch versorgt würden? Kennen Sie die Engländer so schlecht?«

»Und ich hatte gehofft – nun gut. Sie haben recht, wir können nichts mehr tun. Was die Engländer angeht, so kenne ich sie wahrscheinlich besser als Sie. Wie gesagt, ich bin Deutscher, ich bin Lehrer, ich habe lange Zeit in London gelebt. Die Engländer sind nicht schlechter als andere Menschen ...« Komisch, dachte Jan, während er dies sagte. Der einzige Engländer, der es heute gut mit mir gemeint hatte, war ein englischer Gaul!

»Aber es sind Soldaten. Sie haben Angst. Zu Recht natürlich. Und außerdem haben sie ihre Befehle. Und die kommen in diesem Fall nicht von einem Engländer, sondern von einem Deutschen, dem Duke of Cumberland. Aber das sagt nun auch nichts über den Charakter der Deutschen im Allgemeinen aus, sondern es besagt nur, dass der Duke of Cumberland ein durch und durch schlechter Mensch ist.«

»Sie haben einen Schock«, sagte die Frau. »Sie reden zu viel. Setzen Sie sich hier hin. Ich hole Ihnen einen Whisky.«

Der Alkohol brannte wie Feuer in seiner Kehle, aber er tat gut. Jan hatte sich inzwischen an das Halbdunkel der Hütte gewöhnt. Er betrachtete die junge Frau. »Sie sind ja verletzt«, sagte er. Ihre rechte Hand war blutverschmiert.

»Ach, das ist nur eine Schramme!«

»Ein Bajonettstich«, stellte Jan fest.

Sie schüttelte den Kopf. »Ein Schwerthieb. Aber es ist wirklich nur eine Schramme. Sehen Sie, ich kann meine Finger noch bewegen!«

»Das ist gut«, sagte Jan. Die Wunde musste gewaschen und verbunden werden. Oder heilte sie schneller, wenn er sie nicht verband? – Während er darüber nachsann, fielen ihm plötzlich die Augen zu. Ich muss wach bleiben, dachte er, aber es gelang nicht. Die Anstrengungen der letzten Tage und Nächte waren zu groß gewesen.

2.

Der Doktor öffnete die Augen. Richtig, er war in Inverness. Er hatte tief und fest geschlafen. Es war heller Tag, und der Lärm, das musste seine Zimmerwirtin sein, die heftig an die Tür klopfte. »Wachen Sie auf, Sir, wachen Sie auf!«

»Was gibt es denn?«

»Hören Sie denn nicht? Eine Schlacht ist im Gange!«

Tatsächlich, das eigenartige Grollen, das er im Halbschlaf für Gewitter gehalten hatte, das musste Kanonendonner sein. Ja, das war Kanonendonner. Der Doktor schluckte. Wenn es schlecht lief für die Highland Army, war dies der letzte Tag seines Lebens. Und es würde schlecht laufen, davon war er überzeugt.

»Ich komme!« Rasch kleidete er sich an, griff seine Arzttasche. »Kann ich noch ein Stück Brot haben?«

Die Wirtin reichte es ihm. Er biss hinein, winkte der Frau

kurz zu, dann lief er los. Das Grollen hielt noch immer an. Er würde spät kommen, aber das machte nicht viel. Die Verwundeten würden nicht weglaufen. Und auf Seiten der Rebellen gab es außer ihm nur einen einzigen Mediziner, einen gewissen John Rattray, Chirurg aus Edinburgh.

Der Doktor war noch nicht bis zum Ortsausgang gekommen, als der Kanonendonner nachließ. Ein paar einzelne Schüsse noch, dann herrschte Stille. Man könnte meinen, man habe sich getäuscht, es sei gar nichts geschehen. Die Dienstmädchen standen im Fluss wie immer und wuschen die Wäsche ihrer Herrschaften. Ein schöner Anblick, den er heute nicht genießen konnte. Der Doktor hastete vorbei.

Er war noch keine Meile gelaufen, als ihm die ersten Menschen entgegenkamen, panisch, völlig erschöpft vom Rennen. Ein Soldat dabei, ein Ire, wie der Doktor rasch feststellte. Ihn hielt er an, fragte, was geschehen sei.

»Das sehen Sie doch«, sagte der. »Wir rennen um unser Leben!«

»Hat es viele Verletzte gegeben?«

»Verletzte? – Wenn es nur das wäre! Tote, so weit das Auge reicht. Berge von Toten. Die Engländer mähen alles nieder. Und Sie – Sie sind Arzt, nicht? – Gehen Sie bloß zurück nach Inverness und verkriechen Sie sich irgendwo, wo Sie keiner findet!«

»Als Mediziner bin ich geschützt«, sagte der Doktor.

»Wenn das so ist, Sir! – Ich bin auch geschützt. Trotzdem bin ich gerannt. Ich habe zwar für den Prinzen gekämpft, aber ich bin französischer Offizier, mir kann daher eigentlich nichts passieren; ich werde mich in Gefangenschaft begeben. – Wenn Sie wollen, können wir zusammen gehen.«

Der Doktor warf noch einen Blick nach Osten, aber da kamen immer mehr Menschen gelaufen; es hatte keinen Sinn, in diese

Richtung weiterzugehen, und wenn die Rotröcke wirklich hinter den Rebellen herjagten, dann war es wohl besser, nach Inverness zurückzukehren. Er konnte später immer noch hinaus zum Schlachtfeld, wenn die Lage sich beruhigt hatte.

In Inverness herrschte Aufruhr. Innerhalb von Minuten hatte sich das Bild völlig verändert. Die Wäscherinnen waren verschwunden. Weiße Kokarden lagen am Boden, und von einzelnen Häusern wehten englische Fahnen. Ein kräftiger Kerl stellte sich dem Doktor in den Weg.

»Lassen Sie mich durch«, verlangte der.

Der Kerl sah ihn drohend an. »Sie sind Arzt, was? Arzt der Rebellen?«

»Ich bin jedermanns Arzt«, erwiderte der Doktor.

»Jedermanns Arzt!« Der Mann spuckte vor ihm auf den Boden. »Arzt der Rebellen, sage ich. Die Engländer werden Sie aufhängen, das verspreche ich Ihnen! Sie zuerst!«

Der Doktor schob den Mann zur Seite und ging eilig weiter.

»Da läuft er!«, rief der Mann hinter ihm her. »Seht ihr? Da läuft er, der Rebellenarzt! Hinterher! Lasst ihn nicht entkommen!«

Der Doktor sah sich nicht um, doch es schien ihm, als kämen in der Tat Menschen hinter ihm her. Nur keine Angst zeigen, dachte er. Nur nicht rennen, sonst bist du verloren! Jemand griff nach ihm. Er riss sich los. Der Mann packte erneut zu und ließ wieder los. Vor ihnen auf der Straße standen englische Soldaten.

»Was ist das hier für ein Aufruhr?«, fragte der eine.

»Das ist einer der Rebellen!«, rief jemand.

»Der hier?« Der Soldat sah den Doktor zweifelnd an. »Das glaube ich nicht.«

»Er ist der Arzt der Rebellen, Sir!«, rief ein eifriges Männchen.

»Ich bin Arzt, das ist richtig. Aber nicht ...«

»Mitkommen«, sagte der Soldat.

3.

Am nächsten Morgen machten Jan und die Frau sich auf die Suche. Das Schlachtfeld war übersät von Leichen, viele davon nackt, von Plünderern ausgeraubt. Jan schauderte. Was hatte er gestern behauptet? Dass der Duke of Cumberland ein durch und durch schlechter Mensch sei? Es stimmte. Blanker Mord war das gewesen. Die Bauersfrau suchte nach ihrem Mann. Irgendwo hier draußen musste er sein. Jan suchte nach Roy. Vielleicht völlig umsonst; vielleicht war Roy als einer der Ersten gelaufen und war noch weggekommen. Aber wahrscheinlich nicht. Roy war keiner, der schnell vor einer Gefahr davonlief. Je länger die Suche dauerte, desto stärker hoffte Jan, dass Roy gar nicht hier war. Nie hier gewesen war. Vielleicht war er ja überhaupt oben in Sutherland oder unterwegs mit einer der anderen Gruppen. Als MacLeod – zu welchem Clan würde man ihn gestellt haben? Jan hatte keine Ahnung.

»John!«, rief die Frau plötzlich. »John, oh John!«

Jan reagierte nicht. Denn in diesem Augenblick hatte er Roy gefunden.

»Das war eine Kanonenkugel«, sagte Roy. Sein rechtes Bein war zerschmettert, knapp unterhalb des Knies.

»Keine Angst«, sagte Jan. »Das kommt alles in Ordnung. Ich bin ja jetzt bei dir.«

Roy schüttelte den Kopf. »Gib dir keine Mühe, Jan. Das kommt nie wieder in Ordnung. Aber ich will nicht hier sterben. Ich will nach Hause, zu meiner Familie. Wenn ich schon sterben muss, dann wenigstens in den Armen meiner Frau und nicht in diesem verfluchten Morast! – Entschuldige.« Roy weinte.

»Ich hole dich hier raus!«, versprach Jan. Wenn nur der Doktor hier wäre! – In diesem Moment fiel in der Ferne ein Schuss.

»Mein Gott, was wird denn das jetzt?«, rief Roy. Er hatte sich halb aufgerichtet und starrte mit weit aufgerissenen Augen nach Westen, in Richtung Inverness.

Jan sah sich um. Da kamen Soldaten, zu einer breiten Linie ausgeschwärmt. Kein Zweifel, sie durchkämmten das Gelände, suchten nach Überlebenden. Nicht um ihnen zu helfen, sondern um sie zu töten. Sie waren noch ein paar hundert Yards entfernt, aber in dem offenen Gelände bedeutete das nicht viel. Gehetzt sah Jan sich um. Wo war die Frau geblieben? Er konnte sie nirgends entdecken. Egal, zur Hütte zurück konnten sie ohnehin nicht, nicht mit einem schwerverletzten Rebellen.

»Wir müssen runter zum Fluss!«, rief Jan.

»Das schaffe ich nicht!«, stöhnte Roy.

»Doch, doch, das schaffen wir!« Jan legte sich auf den Rücken und versuchte rückwärts kriechend den Abhang zum Nairn-Fluss zu erreichen. Er hatte Roy unter den Achseln gepackt, schleifte ihn mit. Vielleicht schafften sie es, dachte er. Die Rotröcke waren nicht besonders schnell, sie machten ihre Arbeit gründlich. Vielleicht schafften sie es!

In diesem Augenblick ertönte ein entsetzlicher Schrei, der schließlich abrupt abbrach.

»Sie bringen sie um, sie bringen sie wirklich um!«, flüsterte Jan.

Jemand lachte.

Verbissen robbte sich Jan mit seiner schweren Last durch das Gesträuch. Heidekraut zerschrammte ihm Gesicht und Arme, aber das war alles egal, er musste es schaffen, er musste Roy hier herausbringen. Sie würden es schaffen! Die Rufe der Soldaten kamen näher und näher, aber da vorn war schon die Geländekante, nur noch zwanzig Yards, nur noch zehn Yards ...

Sie schafften es nicht. Als Jan kurz den Kopf hob, sah er, dass auch unten am Fluss eine Gruppe Rotröcke entlangging, die wahllos auf alles einstach, was dort an Körpern am Ufer lag. Die Meisten waren längst tot, mit letzter Kraft noch zum Wasser gekrochen, um den Durst zu stillen, den höllischen Durst, und dann doch verreckt. Einer zuckte noch, als der tödliche Stahl ihn traf.

Es gab keine Rettung. Verzweifelt sah Jan sich um. Roy schrie auf. Direkt hinter ihnen war die hünenhafte Gestalt eines englischen Soldaten aufgetaucht. Jan starrte auf den roten Rock, den schwarzen Dreispitz, das wutverzerrte Gesicht, die zum Stoß erhobene Waffe. So sah er aus, der Schlachter!

»Runter!«, rief der Mann. »Flach auf den Boden!«

Mit äußerster Kraft stieß er sein Bajonett direkt neben Jans Gesicht in das Heidekraut.

»Habt ihr noch nicht genug?« Wieder stieß er zu, wieder gezielt daneben. Jan rührte sich nicht.

»Elendes Gesocks!« Ein letzter Stich ins Leere. Dann brummte der Mann, sodass nur Jan und Roy ihn hören konnten: »Ich bin doch kein Mörder. Das kann man mir nicht befehlen. Das nicht! – Gott steh euch bei!«

Fluchend machte er sich davon. Roy heulte hemmungslos, und auch Jan liefen die Tränen über das Gesicht. »Leise!«, flüsterte er. »Sei um Himmels willen leise! Wir müssen hier liegen bleiben, bis sie weg sind. Oder bis es dunkel wird.«

»Die hab ich erledigt!«, rief der Engländer schon in einiger Entfernung. »Brauchst nicht mehr zu gucken, wenn ich einen tot mache, dann ist er auch tot!«

4.

Jan wartete, bis es dunkel wurde. Roy schlief inzwischen, oder er hatte das Bewusstsein verloren. Noch ein einziges Mal waren Schritte zu hören gewesen, ganz in der Nähe, eilige Schritte, als ob jemand davonrannte. Jan hatte nicht gewagt, sich aufzurichten und zu gucken, was da vorging. Hatte einer der Rebellen es geschafft, war er aus tiefer Ohnmacht erwacht und losgerannt? Oder war es ein Bettler, der gekommen war, um zu stehlen und Reißaus genommen hatte angesichts der Soldaten? Egal.

Schließlich, als er sicher sein konnte, dass niemand ihn mehr sehen würde, richtete Jan sich vorsichtig auf. Die Heide lag verlassen. Die Soldaten schienen fort zu sein.

»Ich hole Hilfe!«, sagte Jan.

Ihm schien es, dass Roy genickt hatte, aber er war sich nicht sicher. Jan erhob sich, klopfte den Dreck aus seiner Kleidung, so gut es ging, und machte sich auf den Weg. Er wusste, dass sie kaum zweihundert Yards von der Hütte entfernt waren, in der er gestern zuerst Unterschlupf gefunden hatte. Dort musste er hin. Die Frau würde ihm weiterhelfen. Gemeinsam könnten sie Roy aus der Heide bergen, ihn in der Hütte auf ein Bett legen und dann irgendwo ein Pferd auftreiben, mit dem er versuchen konnte, sich nach Westen durchzuschlagen.

Das Haus war dunkel. Sie trauten sich nicht, Licht zu machen, dachte Jan. Und das Herdfeuer? Drang Rauch aus dem Dach? Er konnte es nicht mit Sicherheit sagen. Unruhe befiel ihn. Die Tür, sie war nur angelehnt. Er stieß sie auf. Jemand schrie. Ein unmenschlicher, verzweifelter Schrei, der damit endete, dass Jan hinzu sprang und das Kind, das geschrien hatte, packte und ihm den Mund zuhielt.

»Leise! Ich bin es doch nur, der Jan!«

Der Junge wehrte sich gegen ihn; Jan ließ nicht los, niemand durfte wissen, dass er hier war, niemand durfte wissen, dass draußen ein armer, verwundeter Mensch lag, den er retten wollte.

»Niemand tut dir etwas! Ich bin es doch nur, der Jan, erkennst du mich denn nicht?«

Das Kind schüttelte den Kopf.

»Jan, der bei euch gewesen ist!« Vorsichtig ließ er das Kind los. Erst jetzt wurde ihm bewusst, dass der Junge weinte. »Hab keine Angst«, sagte er. Es roch nach gebratenem Fleisch. Jan merkte plötzlich, was für einen Hunger er hatte.

Das Feuer glimmte noch. Jan warf frischen Torf auf die Glut, und es wurde heller im Raum. »Alles wird gut«, sagte Jan. »Alles ...« Er brach mitten im Satz ab. Was da am Boden lag, das war die Mutter, mit weit aufgerissenen Augen und durchgeschnittener Kehle. Hinter ihr, in einer Lache von Blut, der Körper eines Mannes. Und da am Feuer – Jan trat rasch herzu und zog den kleinen Körper zur Seite, dessen Fuß in den Flammen gelegen hatte. Auch das Kind war tot. Sie hatten es einfach ins Feuer geworfen.

Jan überprüfte zur Sicherheit, ob noch einer der Menschen lebte, aber er wusste schon, dass es sinnlos war. Der Mann war von zahlreichen Bajonettstichen durchbohrt. Hatte er versucht, seine Frau zu schützen? Hatte sie versucht, ihn vor den Soldaten zu verbergen? Wie auch immer, es war vergeblich gewesen.

»Papa!«, heulte der kleine Junge. »Papa!«

»Komm«, sagte Jan erschüttert. »Hier können wir nichts mehr tun. Wir müssen jetzt sehen, wo wir bleiben.«

5.

»Das Bein muss ab«, sagte der Mann.

Jan starrte ihn an. Der Bauer, den sie schließlich gefunden hatten, hatte wie unter Schock gestanden. MacPhail hieß er, so viel wusste Jan inzwischen. Mechanisch hatte er reagiert. Gemeinsam hatten sie Roy auf ein Pferd geladen und ihn im Dunkeln über den Nairn-Fluss auf die andere Seite gebracht. Die sichere Seite, wie Jan glaubte. Wenn man hier überhaupt irgendwo sicher sein konnte.

»Das geht nicht«, sagte Jan. »Wir können das Bein nicht amputieren. Es gibt keinen Arzt weit und breit, der das machen könnte. Und wenn wir das selbst versuchen, dann stirbt der Mann.«

»Das Bein muss ab«, beharrte der Bauer. »Wenn wir es nicht versuchen, stirbt er auf jeden Fall. Guck sie dir doch an, die Wunde! Dreck und Eiter. Da kommt der Wundbrand, und dann gibt es keine Rettung mehr.«

»Du redest, als ob du etwas davon verstehst«, brummte Jan.

»Mein Bruder hat das mitgemacht«, sagte er. »Mein jüngerer Bruder. Der war in Dettingen mit dabei. – Auf der richtigen Seite«, setzte er hinzu.

Also auf der falschen, der französischen Seite, übersetzte Jan mechanisch.

»Sie haben die Schlacht verloren, und Robert hat besonders viel Pech gehabt. Eine der letzten Kugeln hat ihn erwischt. Zum Glück haben sie ihn schnell gefunden, ins Lazarett geschafft, Bein ab und fertig. Weniger als eine Minute hat die Operation gedauert, sagt er, weniger als eine Minute! So hat er überlebt.«

»Und wo ist er jetzt?«

»Gestorben.«

Hat es also nichts genützt, dachte Jan.

»Aber das eine Jahr, das hat er noch gehabt«, sagte der Bauer. »Und das hat er genossen, so gut er nur konnte. Er hat ja gewusst, dass man nicht alt wird mit einem Bein, meistens nicht.«

»In London habe ich Krüppel gesehen, die schon vor mehr als dreißig Jahren ...«

»Meistens nicht«, beharrte der Bauer.

»Jan, wenn du es tun kannst, dann tu es!«, mischte sich Roy ein.

Jan starrte ihn an. Sollte er wirklich?

»Ich habe ein scharfes Messer«, sagte der Bauer.

So musste sich der Doktor vorgekommen sein, als er die Blinddarmoperation an seiner Freundin versucht hatte, dachte Jan. Aber er sah, dass es keinen Ausweg gab. »Der Junge«, sagte er. »Wo kann der kleine Junge hin? Kann deine Frau nicht vielleicht ...« Erst jetzt wurde Jan bewusst, dass er gar keine Frau gesehen hatte.

»Meine Frau ist tot«, sagte der Bauer. »Sie haben sie erschlagen. Die Frau und das Baby, beide tot. Ich hab sie hinter das Haus gelegt. Ich muss sie begraben, natürlich, aber ich kann nicht mehr. Ich kann einfach nicht mehr weiter.« Er weinte.

»Ich helfe dir«, sagte Jan. »Aber jetzt musst du mir helfen. Wir brauchen einen Tisch, wir brauchen Stricke, um Roy festzubinden, wir brauchen Stoff, womit wir die Wunde verbinden können, wir brauchen ein glühendes Eisen, und wir brauchen Wasser. Viel Wasser, denn ich fürchte, das wird eine blutige Angelegenheit.«

»Wasser und Whisky. Ich habe Whisky«, sagte der Bauer. »Das hilft. Viel, viel Whisky! – Und du, mein Kleiner, du gehst jetzt am besten ins Haus und rührst dich nicht, bis wir dich holen.«

Der Bauer hatte sich zunächst einmal selbst geholfen mit dem Whisky. Das fehlte noch, dachte Jan. Jetzt musste alles sehr schnell gehen, bevor der Mann völlig ausfiel. Plötzlich ertönte ein schrecklicher Schrei. Gehetzt sah Jan sich um. Nein, keine Rotröcke in Sicht. Das Kind hatte geschrien. Wahrscheinlich die Leichen hinter dem Haus gefunden. Das Kind trösten, die Toten begraben – das kam alles später.

»Hier, trink so viel du magst!« Er reichte Roy die Flasche.

Der trank ein paar Züge, verschluckte sich, hustete, spuckte. »Egal«, rief er. »Alles egal. Los, bringen wir es hinter uns.«

Jan band ihm das Bein ab, so fest er konnte. Schade, dass der Doktor nicht hier war. Was hatte er noch gesagt? Es war angeblich nachgewiesen worden, dass eine Amputation die größte Aussicht auf Erfolg hatte, wenn sie erst nach dem Abklingen der unvermeidlichen Entzündung der Wunde erfolgte. Wer hatte das behauptet? Faure, der Franzose. Bewiesen durch Tests nach der Schlacht von Fontenoy. Wissenschaftlich korrekt und doch verkehrt. Denn bis zu dem »optimalen Zeitpunkt« waren viele Patienten bereits gestorben, denen eine frühzeitige Operation noch hätte helfen können. Vor allem eine sachgerecht ausgeführte Amputation. Sagte Ranby. Was einem alles an unnützem Zeug einfiel in solch einer Situation! Das *Tourniquet*, jetzt hätte er es gebrauchen können. Jan prüfte das Messer. Die Klinge war wirklich scharf. Nun erst einmal weg mit dem Plaid. Roy brüllte. Der Stoff war mit der Wunde verklebt. Das Bein begann zu bluten. Jan biss sich auf die Lippen. Durchhalten, dachte er. Du musst das jetzt durchhalten!

»Du musst singen«, sagte der Bauer zu Roy. »Du musst einfach singen, dann geht es am leichtesten.«

»Ich kann nicht singen.«

»Doch, natürlich, jeder kann singen.«

Roy versuchte es.

»Oh fie, MacKay, What gart ye lie
I' the brush ayont the brankie-o?
Ye'd better kiss'd King Willie's loff
Than come tae Killiecrankie-o«

Seine Stimme zitterte.

Jans Hände zitterten auch. Noch einen Schluck Whisky. Das war besser. War das Eisen bereit? Ja, das war es. Der Bauer hatte das Torffeuer gewaltig angefacht. Das Eisen glühte. Und jetzt los. Der Doktor hatte es ihm genau erklärt. Das Bein wird mit einem Zirkelschnitt bis auf den Knochen durchtrennt. Kannst du das, Jan Veenstra? Du musst es können ...

»Aaaah!« Der Gesang endete in einem markerschütternden Schrei; Roy war in Ohnmacht gefallen.

Weiter. Der Knochen muss abgesägt werden. Verdammt, die Säge könnte besser sein! Aber er hatte keine Wahl. Als ob er einen Baum absägte. Erstaunlich, wie weich so ein Knochen war. Und der sollte nun ein ganzes Leben halten! Ab war er! Und das Bein war ab. Weg damit. Weniger Blut, als er dachte. Ging also auch ohne Tourniquet. Die Hauptschlagader unterbinden, die Wunde mit dem Brenneisen verschorfen, eklig, wie das stank, den Hautlappen, den sie stehen gelassen haben, über den Stumpf ziehen, fixieren, Verband anlegen, fertig. Geschafft! Er hatte es geschafft!

Der Bauer musste sich jetzt am Tisch festhalten; der Whisky tat seine Wirkung. Er nahm noch einen Schluck. Jan zitterte am ganzen Körper. Er nahm dem Mann die Flasche aus der Hand, trank ebenfalls. Höllisches Gesöff! Aber es tat gut, so unendlich gut. Jan hatte Blut an den Händen, Blut an der Whiskyflasche. Er zog einen Lappen aus der Tasche, wischte sich damit das Blut aus dem Gesicht. Was war das für ein Lappen? Die Elfenfahne! In der Tür der Hütte stand der kleine Junge und starrte auf die blutigen Männer und das abgetrennte Bein. Roy regte sich, schlug kurz die Augen auf und sagte: »Wollt ihr mich nicht endlich losbinden?« Dann fiel er wieder in Ohnmacht.

6.

Als der Morgen graute, waren sie unterwegs. Jan hatte sich ein Pferd ausgeliehen. Er hatte es kaufen wollen, aber der Bauer hatte die Bezahlung abgelehnt. Er hatte auch zugesichert, sich um den Jungen zu kümmern. Der Bauer hatte Jan geholfen, den schwer verletzten Roy auf dem Pferd festzubinden, und so hatten sie sich schließlich auf den Weg gemacht.

Jan wusste, es würde ein schwerer Weg werden. Der kürzeste Weg führte durch Inverness, aber der war durch Cumberland und seine Truppen versperrt. Der sicherste Weg führte über Ruthven und die Corriayracks, aber das war ein so großer Bogen, dass Jan lieber ein Risiko eingehen wollte und Marshall Wades Straße am Ufer des Loch Ness benutzte. Fort Augustus war ja noch in der Hand der Rebellen, sodass der Weg von dort aus nach Westen frei sein musste.

Die einzige Frage war: Wie lange würde Cumberland sich in Inverness aufhalten? Würde er nicht so rasch wie möglich nach Südwesten vorstoßen, das gesamte Great Glen besetzen und damit die Bewegungsfreiheit der Rebellen noch weiter einschränken? Jan wusste es nicht. Mit Bangen sah er jeder Biegung der Straße entgegen, rechnete mit Straßensperren und Kontrollen, fürchtete auch, die Dragoner könnten von Inverness aus nachstoßen und ihn einholen, aber nichts geschah. Weitere versprengte Rebellen zogen vorüber, und allen war die vernichtende Niederlage ins Gesicht geschrieben.

Einen der Männer, einen Offizier, der einen Kopfverband trug, hielt Jan an und fragte nach der Lage.

»Alles im Eimer, Sir«, sagte der Mann knapp.

»Und der Prinz?«, wollte Jan wissen.

»Bei Ruthven haben sie auf ihn gewartet, an die dreitausend Mann noch immer, aber er ist nicht gekommen. Der Prinz hat sich in Luft aufgelöst.«

7.

Die Engländer hatten die Kirche als Gefängnis eingerichtet. Hierher hatten sie auch den Doktor gebracht. Der Raum füllte sich immer weiter. Verwundete stöhnten. Einer schrie lauthals: »Hilfe! So helft mir doch!«, aber der Doktor konnte ihm nicht helfen. Seine Arzttasche hatte man ihm abgenommen, und mit bloßen Händen konnte er wenig ausrichten.

»Ich brauche meine Tasche!«, rief er, als die Soldaten die nächsten Gefangenen hereinstießen. Die Soldaten lachten.

»Das Einzige, was du noch brauchst, ist ein Strick!«, sagte einer.

Der Doktor zerriss sein Hemd, um aus den Stoffstreifen notdürftig Verbände herzustellen. Einige der Männer folgten seinem Beispiel, aber nicht alle. Und einige konnten nichts beisteuern; sie waren auf der Flucht Plünderern in die Hände gefallen und waren nackt hier eingeliefert worden.

»Wasser!«, verlangte einer der Verwundeten.

Es gab kein Wasser. Es gab auch nichts zu essen, den ganzen Tag nicht, und der Doktor konnte sich glücklich schätzen, dass er im Unterschied zu den meisten anderen zumindest ein Stück Brot zum Frühstück gehabt hatte.

»Wenn ich wenigstens meinen Koffer dabei hätte! Ich könnte ihnen allen helfen!«, sagte ein junger Mann.

Der Doktor sah ihn überrascht an. »Sind Sie auch Arzt?«

»Arzt, Apotheker, Chirurg, was Sie wollen. Ich bin alles in einer Person. Schmerzstillende Mittel, blutstillende Mittel, Salbe gegen den Wundbrand – alles kein Problem.«

Sie hatten ihn geschnappt, als er mit seinem Koffer auf dem Weg zum Schlachtfeld war, um den Verwundeten seine Mittel zu verkaufen. Wenigstens einer, der zu Recht hier einsaß, dachte der Arzt.

Aber er blieb nicht lange. Der Doktor sah, wie der Mann auf eine der Wachen einredete, und wenig später wurde er fortgeführt. Gegen einen mit Garantie wirksamen Liebestrank hatten die Wachen ihn freigelassen.

8.

Lucy saß in der Bibliothek. Sie versuchte zu lesen, aber sie konnte sich nicht auf den Text konzentrieren. Wieder sah sie auf die Uhr. Keine Viertelstunde vergangen, seit sie zum letzten Mal nachgeschaut hatte, wie spät es war. In dem Augenblick öffnete sich die Tür, und ihr Vater trat ein. Seit seiner Rückkehr aus dem Krieg wirkte er alt und mutlos.

»Das war's«, sagte er. Normand MacLeod schenkte sich ein großes Glas Whisky ein. Seine Hände zitterten.

»Was soll das heißen?« Alarmiert starrte Lucy ihn an.

»Das heißt, dass es schiefgegangen ist.«

»Hast du Nachricht aus Inverness?«

Er schüttelte den Kopf. Zwei von Raasays Rebellen hatten sie erwischt, als sie versucht hatten, auf Skye an Land zu gehen. Die beiden waren nach der Schlacht in Panik davongerannt, hatten sich Pferde gestohlen und waren Tag und Nacht durchgeritten, bis sie zur Küste kamen. Lord Loudouns Leute hatten sie festgenommen. »Cumberland hat gesiegt, vollständig gesiegt, und die Rebellion ist beendet. Ich muss nach London, so schnell wie möglich.«

»Was willst du in London?«

»Mich um die Politik kümmern. Die Rebellion ist vorbei; jetzt sind die Politiker gefragt.«

»Ja, natürlich. – Und sonst – sonst gibt es keine Neuigkeiten? Was ist mit Jan Veenstra?« Lucys Stimme bebte.

»Mit deinem Lehrer? Weiß ich nicht. Jedenfalls hat er die Schlacht nicht verhindern können. – Guck mich nicht so an, mehr weiß ich wirklich nicht. Aber wenn er bis zu Cumberland gekommen ist, dann ist er wahrscheinlich wohlauf. Die Engländer haben keine Verluste gehabt. Fast keine Verluste. Fünfzig Mann vielleicht.«

Lucys Herz klopfte wie wild.

Der Laird nahm einen kräftigen Schluck von seinem Whisky. »Vielleicht hat Cumberland ihn aber auch festgenommen.«

»Festgenommen?« Lucys Augen weiteten sich vor Schreck.

»Weiß ich nicht, aber das wäre immerhin möglich. Er war ja mit falschen Papieren unterwegs. Und unser Vorschlag, der war natürlich auch problematisch. Ich weiß nicht, wie Cumberland darauf reagiert hat. Notfalls müssen wir uns um ihn kümmern.«

»Festgenommen, sagst du?«

»Starr mich nicht so an, Lucy. In ein paar Tagen werden wir mehr wissen.«

»Festgenommen – und du, du bleibst so ruhig? Festgenommen – das ist bei Cumberland doch gleichbedeutend mit einem Todesurteil! Du weißt doch genau, was alles passiert ist, auf seinem Weg von London bis Inverness. Wie viele Verhaftungen, wie viele Hinrichtungen! Und du, du sitzt hier und – und tust nichts.«

»Lucy, wir können nichts tun! Was stellst du dir denn vor?«

»Du tust nichts außer saufen!«

Ihr Vater schüttelte den Kopf.

»Oh, ich habe es gleich gewusst, dass das schiefgehen würde! Ich habe es die ganze Zeit gewusst! Seit dem unglücklichen Neujahrsmorgen, als statt Kingsburgh der Bauer mit der toten Kuh als *First Footer* nach Dunvegan gekommen ist, da ist es mir klar gewesen: Es wird etwas Schreckliches passieren, und Jan – der arme Jan Veenstra. Ich werde ihn nicht wiedersehen. Und du, du hast ihn in den Tod geschickt.«

»Lucy, bitte!« Das ging jetzt entschieden zu weit.

»Du und deine sauberen Freunde. Forbes und Loudoun und wie sie alle heißen. Ich will sie hier nicht mehr sehen. Nie mehr!« Lucy heulte.

»Beruhige dich. Niemand hat etwas Böses getan. Forbes geht morgen nach Inverness. – Wenn du willst, kann er sich ja nach Jan Veenstra erkundigen. Oder aber ...«

Lucy lief aus dem Zimmer und knallte die Tür zu.

MacLeod seufzte.

9.

Normand MacLeod fuhr aus unruhigem Schlaf hoch. Ein Geräusch – irgendetwas musste ihn geweckt haben. Er lauschte. Jetzt war alles still. Er musste geträumt haben, schlecht geträumt. Die Festnahme der beiden Flüchtlinge hatte ihn erschüttert. Kein Zweifel, das würde es jetzt häufiger geben. Das war die Aufgabe, die auf sie zukam. Eine schmachvolle Aufgabe. Im offenen Kampf waren sie vor den Rebellen davongelaufen, aber jetzt, wo der Aufstand niedergeschlagen war, jetzt kamen sie aus den Löchern und nahmen die geschlagenen Rebellen fest, die nur noch eines wollten, zu ihren Familien nach Hause. Es mochte politisch richtig sein, aber es war feige und gemein.

Und doch musste es getan werden. Wenn wenigstens Loudoun weg wäre – vielleicht könnte man leichter mal ein Auge zudrücken. Normand MacLeod würde darauf dringen, dass Loudoun so rasch wie möglich zu Cumberland nach Inverness ...

Doch, da war etwas! Ein Geräusch drüben bei den Ställen. MacLeod sprang aus dem Bett, kleidete sich so rasch wie möglich an. Die Pferde, dachte er. Sie versuchten, die Pferde zu stehlen! Was war mit den Wachen? Schliefen die Wachen? MacLeod griff nach dem Gewehr. Er hatte es geladen neben dem Bett stehen, zur Sicherheit, aber es half nicht gegen schlechte Träume.

MacLeod eilte die Treppe hinunter. »Simon!«, rief er. »Simon?«

Niemand kam. Der alte Diener schlief wahrscheinlich zu fest, um ihn zu hören. Sollte er gehen und ihn wecken? Nein, dazu war keine Zeit. MacLeod stieß das Tor auf. Warum lag das Boot auf der anderen Seite? Egal, darüber konnte er später nachdenken. Er griff nach der Leine und zog den Kahn zu sich herüber, sprang ins Boot und mit wenigen Ruderschlägen war er auf der anderen Seite.

Es war eine mondhelle Nacht. Zwei Tage nach Vollmond, und die Wolken hatten sich endlich verzogen. MacLeod konnte klar erkennen, dass die Tür zum Pferdestall offen stand. Und die Wachen? Da standen sie, sahen tatenlos zu, bei was auch immer dort geschehen mochte. In diesem Moment führte jemand ein Pferd ins Freie.

»Halt!«, rief Normand MacLeod. Er hob das Gewehr.

»Willst du mich erschießen?«, fragte eine Mädchenstimme.

»Lucy! – Was um alles in der Welt treibst du hier? Mitten in der Nacht ...«

»Ich reite nach Inverness. Ich will selbst sehen, was aus Jan Veenstra geworden ist.«

»Du reitest nirgendwohin«, rief MacLeod erregt. »Alistair, Brian? Führt das Pferd zurück in den Stall!«

»Pah!«, sagte Lucy. Einen Augenblick lang sah es so aus, als würde sie aufsitzen und einfach davonreiten, aber sie tat es dann doch nicht.

»Tut mir leid, My Lady«, sagte Alistair. Er nahm ihr die Zügel aus der Hand.

»Komm mit!«, sagte Normand MacLeod.

10.

Jan starrte von der Fähre auf das grauschwarze Wasser. Sie hatten es geschafft. Die Engländer hatten sie nicht erwischt, das Pferd hatte durchgehalten, auch wenn es jetzt völlig am Ende war, und Roy lebte noch immer. Es war nicht viel, was Jan erreicht hatte, aber immerhin etwas. Jan hatte sich erkältet, wahrscheinlich eine Folge der Anstrengung und des schlechten Wetters. Sie hatten es nicht gewagt, Gasthäuser aufzusuchen, sondern aus Vorsicht im Freien geschlafen.

»Du siehst schlecht aus!«, sagte jemand neben ihm.

Jan drehte sich um. Der Doktor. Welch eine Überraschung! »Danke gleichfalls!«, sagte er. Auch Bruce schien um Jahre gealtert. Aber jedenfalls lebte er noch, war heil zurückgekehrt.

»Es hat nicht geklappt«, sagte der Doktor.

»Ich habe auch das Gefühl, wir werden die Feier verschieben müssen«, sagte Jan. Er berichtete, was er erlebt hatte.

»Eine Amputation? Und der Mensch lebt noch? – Jan, du hast den falschen Beruf gewählt. Du solltest Arzt werden. Vielleicht sollten wir tauschen.«

»Kannst du dir bitte Roy ansehen?«, sagte Jan.

»Ja, natürlich.«

»Komm.« Jan führte den Doktor zum Achterdeck, wo Jan unter Verwendung einiger alter Säcke ein provisorisches Lager für Roy errichtet hatte.

Roy war wach. Er versuchte sich aufzurichten.

»Bleib liegen«, sagte Bruce. »Keine unnötige Anstrengung. Noch bist du nicht zu Hause. Die letzten paar Meilen musst du auch noch schaffen.« Er inspizierte den Stumpf. »Auf den ersten Blick sehe ich nichts Bedenkliches. Natürlich muss der Verband erneuert werden, aber das machen wir nicht hier auf dem Schiff, sondern bei dir zu Hause. Und dann wirst du sehen, dass alles rasch wieder in Ordnung kommt.«

»Ceana – ich will sie unbedingt wiedersehen!«

»Du wirst sie wiedersehen. Und sie wird dich gesundpflegen.«

»Gesund!« Roy wusste, dass das unmöglich war.

»So gesund wie nur möglich, Roy. Du glaubst gar nicht, was für phantastische Prothesen man heute schon herstellen kann. Wir werden uns in Edinburgh danach umsehen, und ich verspreche dir, dass du das beste Holzbein bekommen wirst, das je gemacht worden ist.«

»Du hast nicht zufällig Nachricht von Ceana? Ich meine – das Kind ...«

»Ich weiß so wenig wie du. Aber da Ceana eine gesunde, junge Frau ist, und da es auf Skye gute Hebammen gibt, so kannst du davon ausgehen, dass alles gutgegangen ist, und dass du inzwischen glücklicher Vater geworden bist!«

»Ja, das wäre schön ... Das hat sie sich immer gewünscht, meine Ceana, ein Kind, und nun ist es endlich soweit, und ich ... ich ...«

»Kopf hoch!«, sagte Bruce ungerührt. Er wandte sich Jan zu. »Und du, alter Freund? In Culloden dabei gewesen und nichts Schlimmeres davongetragen als einen Schnupfen! Du hast Glück gehabt, Jan Veenstra, riesiges Glück. Du hast keine Ahnung, wie es denjenigen ergangen ist, die nicht mehr weglaufen konnten.«

»Eine Ahnung habe ich schon«, sagte Jan. Er dachte daran, wie die Bayonettspitze direkt neben ihm in den Boden gefahren war.

»Ich weiß nicht, warum ich davongekommen bin«, sagte der Dokor. »Erst hieß es, die Ärzte würden aufgehängt. Rattray und ich. Dann haben sie uns plötzlich entlassen. Keine Ahnung, warum. Ich habe auch nicht gefragt. Ich habe gemacht, dass ich weggekommen bin.«

»Das ist verständlich.«

»Das war ein ganz eigenartiges Gefühl«, sagte der Doktor. »Als ich über die Brücke gegangen bin – die Wäscherinnen, die waren noch da. Innerhalb weniger Stunden hat sich für Inverness die ganze Welt auf den Kopf gestellt; die Herren von gestern sind tot oder sitzen im Gefängnis, aber die Wäscherinnen waschen weiter, als ob gar nichts geschehen wäre.«

Einer der Männer weiter vorn an Deck fluchte. Jan blickte hoch. Da war die Insel Skye, zum Greifen nahe. Am Anlegeplatz standen unübersehbar zwei Soldaten der Miliz.

»Nicht das jetzt noch!«, flüsterte Roy. Er hatte sich halb aufgerichtet.

»Niemand, den ich kenne«, sagte der Doktor.

Es gab nichts, was sie tun konnten. Jan starrte ins Wasser, während das Boot anlegte. Roy hatte die Fäuste geballt. Entweder ließen die Männer sie durch oder nicht.

»Ich geh vor«, sagte der Doktor.

Wollte er sich davonstehlen? Nein, Jan sah, dass er auf die Männer zuging, sie in ein Gespräch verwickelte. Vielleicht konnte er sie ablenken, vielleicht bemerkten sie Roy gar nicht.

Sie ließen sich nicht ablenken. Als Jan schließlich an der Reihe war und das Pferd mit dem Verwundeten von Bord führte, sahen beide Soldaten zu ihm herüber. Aber als sie begriffen hatten, was sie sahen, dass dem Mann auf dem Pferd ein Bein fehlte, wandten sie sich rasch ab und guckten woandershin.

»Wir sind zu Hause«, sagte Jan erleichtert. »Wir sind unter Freunden.«

Als sie Roy zu Hause abgeliefert hatten und Jan schließlich in Dunvegan ankam, war dort nur Lucy, die auf ihn wartete. Lord Alexander und General Loudoun waren mit den Unabhängigen Kompanien auf dem Weg nach Inverness, wo Duncan Forbes vermutlich schon eingetroffen war. Und Laird Normand MacLeod war nach London abgereist, um sich im Parlament für eine faire Behandlung Schottlands einzusetzen.

»Möge er Erfolg haben!«, sagte Jan.

Lucy nickte. Ihr Vater und sie hatten sich im Streit getrennt. Aber das war jetzt unwichtig. Lucy war außer sich vor Freude, dass Jan heil zurückgekehrt war.

11.

»Wir haben getan, was wir konnten«, sagte Jan. »Wir brauchen uns keine Vorwürfe zu machen. Ich kann nur hoffen, dass es dem Laird und seinen Freunden jetzt mit Gottes Hilfe gelingt, die Regierung umzustimmen ...«

»Gott, ja«, sagte der Doktor ärgerlich. »Der soll es dann richten!«

Jan wurde bewusst, dass auch den Doktor die Erlebnisse der letzten Tage zutiefst erschüttert hatten. »Du glaubst nicht mehr an Gott!«, sagte er. Es war eine Feststellung, keine Frage.

»Nein, es gibt keinen Gott.«

Jan schwieg.

»Bist du etwa anderer Meinung?«

»Ich weiß nicht«, sagte Jan. Das war eines der Themen, über die er nicht gern diskutierte.

»So, du weißt es nicht. Wie sieht er denn aus, der Gott, den du gern hättest? So wie du? *And God said. Let us make man in our Image, after our likenesse,* so steht es in der Bibel. Erstes Buch. *Genesis.* Gott schuf den Menschen sich zum Bilde. Glaubst du also, er sieht so aus wie du? Tut er nicht, mein Lieber. Die ersten Menschen, die Gott geschaffen hat, das waren Steinzeitmenschen, die mit ihrer Feuersteinaxt durch die Wälder getobt sind. Wenn er die nach seinem Bilde geschaffen hat, dann ist Gott auch so ein – so ein Fossil.«

»Da machst du dir die Sache etwas zu einfach, glaube ich ...«

»Ja? Glaubst du? Mein Lieber, du kannst dir die Sache gar nicht einfach genug machen. Die Aussage in der Bibel ist klar. Du kannst natürlich sagen, auch Gott hat sich weiterentwickelt. Er hat dazugelernt. Hat vielleicht inzwischen die alten, unzuverlässigen Engel durch moderne Automaten ersetzt ...«

»Ich finde, das ist kein Thema, über das man Witze machen sollte.«

»Nein, du hast recht.«

»Ich stelle mir Gott keineswegs als einen alten Mann vor, der da oben im Himmel thront, sondern eher als – ich weiß nicht, irgendwie eine allumfassende Macht, die unser ganzes Leben steuert ...«

»Dir steht frei zu glauben, was du willst, aber so steht das nicht in der Bibel.«

»Ach, die Bibel musst du nicht unbedingt wörtlich nehmen. Frag den Pastor. Die Dinge sind symbolisch gemeint.«

»Du meinst also, Gott hat dieses Buch schreiben lassen, um uns zu verwirren? Du meinst, dass er uns auslacht: Ihr habt doch vom Baum der Erkenntnis genascht! Nun seht zu, wie ihr damit klarkommt!«

»Du spottest schon wieder.«

»Der Glaube, mein Lieber, der Glaube ist etwas Wunderschönes. Du kannst an Gott glauben, an das ewige Leben, an die Weisheit unseres Königs oder an die Elfen hier in diesen Steinen. Hier sind keine Elfen. Wir können die Steine auseinanderschlagen, und wir werden nichts finden. Und die Weisheit König Georgs suchen wir auch vergebens. Aber den Glauben stört das nicht. Der glaubt einfach immer weiter, ganz egal, was die Vernunft dagegen einzuwenden hat. Und deshalb, mein Freund, ist der Glaube immer gefährlich nah mit der Dummheit verwandt.«

Jan schüttelte den Kopf.

»Und wenn ich nun doch wider alle Vernunft mich entscheiden sollte, an einen Gott zu glauben – welchen nehme ich dann? Unseren? Was hat unser Gott mir zu bieten? Wenn ich den Manitou der Indianer nehme, dann komme ich in die ewigen Jagdgründe. Nicht schlecht, aber du weißt, ich bin kein Freund der Jägerei. Aber wie ist es mit Mahomet, den unser Freund Voltaire so verspottet hat? Der Prophet bietet mir immerhin sieben Jungfrauen, wenn ich entsprechend lebe. Und das ist doch nun wirklich ein Angebot, findest du nicht? Sieben Jungfrauen! Oder sind es sogar siebenundsiebzig? Ich weiß es nicht genau. Egal. Nicht einmal die arme Marie, von der ich dir erzählt habe, ist Jungfrau gewesen, als ich sie kennen lernte. – Was hat der gute alte Gott dem entgegenzusetzen?«

»Willst du dich zum Islam bekehren lassen?«

»Wenn es doch von Vorteil ist? Unser Gott – unser lieber Gott, wie du ihn nennst – was soll ich denn von dem nun halten? Noah und seine Arche. Du denkst vielleicht: War es nicht nett von ihm, die Guten vor der Sintflut zu retten? Allerdings hat er den Rest der Welt dafür ertrinken lassen. Lauter Leute, die er auch nach seinem Bilde geschaffen hatte. Vielleicht waren das alles Diebe und Mörder, aber dann ist er, dein lieber Gott, jedenfalls der größte Massenmörder der Weltgeschichte.«

»Du nimmst Dinge wörtlich, die nicht wörtlich zu nehmen sind!«

»Ja, ja, das sagtest du schon. Also schön, streichen wir die Sintflut; das ist einfach nur so eine Anekdote aus der frühen, jüdischen Geschichte. Nehmen wir Sodom und Gomorrha, eine andere schöne Geschichte, die jeder kennt. Da passiert im Grunde genau dasselbe. Alle Menschen sind schlecht, einer ist gut, nämlich Lot, und der wird entsprechend gerettet. Aber – hast du dir jemals die Mühe gemacht, diesen Lot einmal etwas unter die Lupe zu nehmen?«

Jans Kenntnisse der biblischen Geschichte waren lückenhaft. »Wenn ich mich recht entsinne«, sagte er, »dann kamen Engel zu Lot, um ihn zu warnen, und er hat diese Engel vor den Leuten von Sodom – oder war das Gomorrha? – vor den Bösen jedenfalls geschützt.«

»Es war Sodom. Die Leute von Sodom hatten mitgekriegt, dass Lot Besuch hatte, und sie haben gesagt, rück sie raus, deine Besucher, damit wir sie vögeln können. In netten, biblischen Worten haben sie das gesagt, aber Lot hat den Sinn schon verstanden. Und – was hat dieser Gottesmann nun gemacht? Hat er gesagt: Wenn ihr nicht augenblicklich verschwindet, dann gibt's Prügel? Das hättest du gesagt, nehme ich an. Auch wenn draußen die ganze Einwohnerschaft von Sodom versammelt stünde.«

»Hör mal, was soll das? Ich bin nicht ...«

»Nein, du bist nicht Lot, zum Glück. Der gute Mann, der beste, den sie weit und breit hatten, der hat gesagt: Was soll der Unsinn? Nehmt lieber meine Töchter, die sind beide noch Jungfrau, aber lasst diese Engel in Frieden. Genesis 19 ist das, 7-9, wenn ich mich nicht irre.«

Jan nahm an, dass das so stimmte. Er selbst hatte diesen Passus jedenfalls noch nie bewusst gelesen.

»Das ist dann nicht nötig gewesen, denn die Engel haben eingegriffen und den Mob einfach mit Blindheit geschlagen. So konnte Lot mit seiner Familie entkommen, bis auf seine Frau natürlich. Die hat sich umgedreht, um zu gucken, was da hinter ihr passierte. Frauen sind nun mal neugierig, und da war ja auch eine ganze Menge zu sehen. Gott hat schließlich Feuer und Schwefel auf die sündige Stadt herunterregnen lassen, und das sieht man nicht alle Tage. Aber das mochte er nicht, dass dabei einer zuguckt, und da hat er sie zur Salzsäule gemacht.«

»Damit soll doch nur gesagt werden ...«

»Ich bin noch nicht fertig. Lot ist dann mit seinen Töchtern in die Berge gegangen. Da haben sie in einer Höhle gewohnt. Und weil da nun so gar keine jungen Männer waren, da haben die Töchter ihren Papa betrunken gemacht und nacheinander mit ihm geschlafen, ohne dass er davon etwas mitgekriegt hat ...«

»Jetzt übertreibst du!«

»So steht das in der Bibel. Als Mediziner würde ich sagen, dass du zuerst zeugungsunfähig wirst und dann erst bewusstlos, aber wer weiß, was die damals getrunken haben, vielleicht war das da ja anders. – Jedenfalls war das nun das Beste, was Gott auftreiben konnte, und so hat er also Lot und seine Töchter gerettet.«

»Das sind lockere Sprüche, und das hört sich alles witzig und geistreich an, aber damit kannst du mich nicht zum Atheisten machen.«

»Nein, das fürchte ich auch.«

»Was du hier zitierst, das sind ja sämtlich Stellen aus dem Alten Testament. Im Neuen Testament dagegen ...«

»Ach, das Alte Testament gilt gar nicht mehr?«

»Lass mich doch ausreden! Was für uns maßgeblich ist oder sein sollte, das ist die Botschaft, die Jesus verkündet hat.«

»Ja, die ist im Großen und Ganzen gar nicht so schlecht, das will ich gern zugeben. Aber warum hat der allmächtige Papa ihn am Ende kreuzigen und hinrichten lassen? Würdest du dein Kind kreuzigen lassen, um die Welt von den Sünden zu erlösen? Du vielleicht. Aber wenn du Gott wärest, der Allmächtige, wie es so schön heißt, warum veranstaltest du dann so ein schreckliches Spektakel?«

»Das sind Dinge, die wir nicht verstehen, die wir nicht beurteilen können!«

»Hast du mal eine Hinrichtung miterlebt?«

Jan schüttelte den Kopf. »Ich habe eine verhindert«, sagte er.

»Immerhin. Aber das ist nicht dasselbe. Ich habe Hinrichtungen gesehen. Und ich kann dir sagen, es ist das Barbarischste, was du dir nur vorstellen kannst. Und das macht mein Gott, mein Herr, wie es so schön heißt, mit seinem eigenen Sohn? Ich bitte dich, Jan, was soll ich mit solch einem Gott? Solch einen Herrn kann ich nicht gebrauchen! Der ist übler als die übelsten Kreaturen, die auf unserer Erde herumlaufen. Da ist es mir tausendmal lieber, wenn es ihn nicht gibt. Lord Lovat ist schon schlimm genug als Herr. Oder der Duke of Cumberland.«

»Hör auf!«

»Du machst dich lustig über die Dorfbewohner, dass sie an Elfen glauben und mit den Steinen reden. Du bist ein gebildeter Mensch, und du weißt, dass es keine Elfen gibt. Du weißt auch, dass es keinen Gott gibt. Du gibst es nur nicht zu!«

Mutter und Kind

Skinidin, Isle of Skye, Schottland, Mai 1746

1.

Ceana saß vor ihrem Haus. Sie hatte das Baby an der Brust und sang leise vor sich hin.

»An earthly nourris sits and sings
And as she sings, Ba lilly wean.
Little ken I, my bairns father
Far less the land that he steps in.«

»Was für ein schwermütiges Lied«, sagte Jan.

Ceana sah auf. »Ja«, sagte sie. Sie lächelte. Sie sah nicht anders aus als damals, als Jan sie zum ersten Mal getroffen hatte, nur schien es, als habe sie jetzt noch größere Angst.

»Was für ein Glück, dass Roy jedenfalls kein Silkie ist.«

Ceana verzog den Mund zu einem Lächeln. Aber ihre Augen lächelten nicht mit. Jan fühlte sich befangen. Die wilde Ungezwungenheit ihrer Begegnungen in Elgol und in der Almhütte, sie war dahin. Alles Vergangenheit, seit seiner Nacht mit Lucy. Es war schön gewesen mit Ceana, aber sein Herz gehörte Lucy. Und Ceana war ohnehin nicht frei.

»Wie geht es Roy?«

»Besser. Der Doktor hat nach ihm gesehen. Er hat gesagt, dass du gut gearbeitet hast!«

»Ich wünschte, ich hätte mehr für ihn tun können. Ich wünschte, ich hätte ihn überreden können, nicht zum Prinzen zu gehen.«

»Das wünschte ich auch, Jan. Aber er hat weder auf mich gehört, noch auf dich!«

»Immerhin – er lebt. Ich glaube, dafür müssen wir dankbar

sein. Du hast ihn, und du hast das Kind. Es gibt viele Menschen, die von diesem Krieg noch härter getroffen sind.«

»Ja, das ist sicher wahr.« Ceana sah Jan nicht an.

»Kann ich zu Roy?« Jan merkte, dass sie seinem Blick auswich. Er fühlte sich befangen.

»Ich glaube, Roy schläft.«

»Dann richte ihm bitte meine Grüße aus. Und meine besten Wünsche, dass er bald wieder – dass er so gesund ist, wie er nur sein kann. Wir werden sehen, dass er ein gutes Holzbein bekommt, und wir werden alles tun ...«

»Sie suchen die Rebellen, Jan, hast du das gehört? In jedem Dorf, in jedem Gehöft sehen sie nach und suchen nach Rebellen. Und die, die sie finden, die kommen ins Gefängnis und werden hingerichtet.«

»Hier ist Roy sicher. Wenn wirklich Militär nach Dunvegan kommt, werden wir Roy schützen. Sein Vater ist doch Tacksman, und der Laird wird sich vor ihn stellen ...«

Würde er das wirklich? Das war rasch gesagt, aber Jan hatte keine Ahnung, wie sein Dienstherr sich in dieser Angelegenheit verhalten würde. Roy hatte immerhin auf der anderen Seite gekämpft.

»Jedenfalls«, fügte er rasch noch hinzu, »wenn ihr irgendetwas braucht, Ceana, wenn ich euch irgendwie helfen kann, dann sagt es mir bitte!«

»Ja, das ist sehr nett von dir.« Sie wandte sich wieder ihrem Baby zu. Jan hatte das Gefühl, als sei sie in einer anderen Welt, in der er sie nicht mehr erreichen konnte.

»Then he has taken a purse of gold
And he has laid it on her knee
Saying, git to me, my little young son
And take me up thy nouriss-fee ...«

Es war dunkel in der Hütte. Das Torffeuer glimmte nur. Roy lag auf dem Rücken und stellte sich vor, dass das Bein noch da wäre. Er hatte alles nur geträumt, ganz bestimmt. Die Schlacht, das fürchterliche Gemetzel. Er war nicht dabei gewesen. Er hatte sich doch nie wirklich für Politik interessiert. Und für Krieg schon gar nicht. Seine Frau, sein kleiner Sohn, das war doch alles, was zählte. Sie hatten ihn Iain genannt. Er hatte die Gesichtszüge seiner Frau geerbt, nicht sein kantiges Gesicht.

Ceana kam herein. »Schläfst du?« Sie trug den Kleinen auf dem Arm.

»Nein, ich bin wach.«

»Wie geht es dir?«

»Gut«, sagte er. »Wenn ich hier so liege, denke ich, es ist alles wie früher.«

Seine Frau sah ihn traurig an. Nichts war wie früher. »Hast du keine Schmerzen?«, fragte sie.

»Solange ich mich nicht bewege, habe ich keine Schmerzen. Aber wenn ich – sobald ich aufstehe ...« Er konnte nicht ohne Hilfe aufstehen.

»Das wird schon wieder«, sagte sie. Sie beugte sich zu ihm herunter, strich ihm über das Haar. »Ich habe dir Medizin mitgebracht.«

»Vom Doktor?«

»Ja.« Im Dunkel der Hütte konnte er nicht sehen, dass sie rot wurde. »Hier. Trink dies, dann werden die Schmerzen verschwinden.« Sie nahm einen Becher mit Wasser, ließ das Mittel hineintropfen.

»Was ist das für ein Mittel?«, fragte er.

»Ich habe nicht gefragt.«

Er nahm den Becher, trank. Es schmeckte bitter.

»Du musst es ganz austrinken«, sagte sie.

Er sah sie an, trank den Becher aus. Einen Augenblick lang hatte er Angst vor ihr, wie sie so dastand, über ihn gebeugt und ihn beobachtete. Aber dann legte sie ihm die Hand auf die Stirn, und alles war gut.

»Ich liebe dich!«, sagte er.

Sie gab keine Antwort.

2.

»Roy ist tot.«

Jan starrte den Doktor an. »Nein!«

»Die Leute erzählen sich, dass Ceana bei dieser Kräuterhexe gewesen ist. Dass sie sich ein Mittel besorgt hat ...«

»Ein Wahnsinn! Solche Wundermittel mögen vielleicht gegen Fieber helfen, oder ... oder ...«

»Du verstehst mich nicht, Jan. Die Leute glauben, dass das Mittel sehr wohl die erwünschte Wirkung gehabt hat!«

Jan erschrak.

»Das glaubst du nicht? Ceana ist eine junge Frau, Jan. Sie hat zwar einen kleinen Sohn, aber sie sieht immer noch ganz hübsch aus. Sie kann noch einen anderen Mann finden. Jetzt oder in einem Jahr. Aber wenn Roy als Krüppel noch zehn oder zwanzig Jahre lebt, dann hat sie keine Chance mehr. Und wie hätte sie ihn und das Kind ernähren sollen? Sie kann sich nicht zerteilen. – Du hast ihr keinen Dienst erwiesen, als du Roy gerettet und nach Hause geschafft hast.«

»Mein Gott!«

»Ist es dir nicht aufgefallen, dass sie sich nicht gefreut hat, als du mit ihrem Mann hier eingetroffen bist?«

»Sie war entsetzt über die grausige Verletzung.«

»Das auch, ja, natürlich. Aber nicht nur deshalb.«

»Das ist furchtbar!«

»Das ist noch nicht alles, und ich denke, es ist wahrscheinlich besser, wenn ich dir den Rest der Geschichte auch noch erzähle. Obwohl du ihn sicher nicht gerne hörst!«

»Mich kann nichts mehr erschüttern!«

»Wirklich nicht? – Du bist bei Roy zu Hause gewesen, nehme ich an, du hast Ceana gesehen, und den kleinen Sohn ...«

»Ja, ein ganz niedliches Baby. Sieht genauso aus wie die Mutter.«

»Das würde ich auch sagen an deiner Stelle.«

»Was meinst du damit?«

»Im Dorf sagen sie, das Baby sieht genauso aus wie der Lehrer!«

Jan erschrak. »Wie ich?«

»Ja, wie du. Guck doch mal in den Spiegel! – Und – es hat auffällig helle Haare. Und obendrein hat sie es Iain genannt. – Sie wird dich heiraten wollen!«

»Aber das ist doch Wahnsinn! Wir – wir haben Spaß miteinander gehabt, das ist richtig, aber wir haben nichts, gar nichts gemeinsam! Mal abgesehen von allem anderen – sie ist ein – ein Bauernmädchen, und ich, ich kann doch nicht den Rest meines Lebens in einem Black House in einem Dorf auf Skye zubringen!«

Bruce grinste ihn an. »Ich vermute, genau dies hast du ihr gesagt, bevor du mit ihr geschlafen hast?«

3.

Jan hatte sich auf den Weg nach Skinidin gemacht. Es war Niedrigwasser. Er zwang den zögernden Blefuscu, durch die jetzt trockenen Wattflächen des Lochs Dunvegan zu traben, was der Schimmel äußerst widerwillig tat, aber es war eine Abkürzung. Und Jan wollte es hinter sich bringen, so schnell wie möglich. Es musste eine Lösung geben. Der Mord – niemand musste davon erfahren. Und das Kind? Geld, dachte

Jan. Wahrscheinlich geht das alles mit Geld.

Ceana war nicht allein. Jan hörte lautes Stimmengemurmel. Und wenn schon, dachte er. Er trat rasch ein – und erstarrte. Das kleine Haus war voller Leute. Im Licht des Torffeuers sah Jan bekannte Gesichter. Einige, wenn nicht alle der Leute, die ihm seinerzeit in der Dorfkneipe einen unangenehmen Empfang bereitet hatten.

»Gut«, sagte jemand. »Ich glaube, wir fangen an.«

Bevor Jan überhaupt begriff, was geschehen würde, erklang schrille Musik. Ceana trat auf ihn zu, fasste ihn bei der Hand und sagte: »Komm!«

Es begann ein wilder Tanz, Jan ließ alles mit sich geschehen. Er wunderte sich, dass genug Raum war zum Tanzen, aber es war genug Raum. Sie stolperten weder ins Feuer noch über den Leichnam Roys, der mitten im Zimmer aufgebahrt war. Die Leute klatschten, die Bagpipes spielten schneller, jemand schlug Jan mit der Hand auf die Schulter, ein anderer rief: »Da seht ihr, wir haben auch gute Piper hier in Skinidin!« Ceana drückte Jan fest an sich, er brachte es nicht übers Herz, sich zu wehren. »Ceana«, sagte er nur. »Ceana!«

Dem ersten Tanz folgte ein zweiter, der überhaupt nicht enden wollte. Alle beteiligten sich jetzt, die Partner wurden gewechselt, Jan geriet an die Wirtin, die ihm das schmutzige Bier verkauft hatte. Sie schmiegte sich an ihn, grinste ihn an. Jan sah, dass sie keine Zähne mehr hatte. Nun, wo alle in Bewegung waren, gab es auch keinen freien Raum mehr. Man stieß an und wurde angestoßen in einem wilden Durcheinander. »Du hast ihn gerettet, er war schon so gut wie tot, aber du hast ihn gerettet, du bist ein Held!« Die Wirtin gab ihm einen Kuss auf den Mund.

Jan ließ es geschehen. Er hatte Roy nicht retten können, dachte er, im Gegenteil.

Endlich war der Tanz zu Ende. Jan suchte Ceana, und sie suchte ihn. »Komm!«, sagte sie. Sie schob ihn in den hintersten Winkel des Raumes. »Hier, trink!«

Jan zögerte den Bruchteil einer Sekunde, aber es war klar, dass Ceana ihm kein Gift anbieten würde. In dem Krug war kühles Bier, und Jan trank es in vollen Zügen.

»Jetzt sind wir frei!«, raunte Ceana ihm ins Ohr.

Jan setzte den Krug ab. »Ceana«, sagte er. »Ich muss dir etwas sagen.«

Die junge Frau erstarrte.

»Es ist sehr schön mit dir«, sagte Jan. »Aber ich kann dich nicht heiraten.«

Ceana sagte nichts. Jan dachte, dass sie ihm im nächsten Moment ins Gesicht schlagen würde. Oder mit dem Messer auf ihn losgehen. Aber sie tat nichts dergleichen, sah ihn nur an und schwieg.

»Und das Kind ...« Wo war überhaupt das Kind? Da drüben, eine der Frauen hatte den Säugling im Arm; der kleine Iain schlief trotz des Trubels, der um ihn herum herrschte. »Ich komme natürlich für alles auf ...«

Ceana schwieg. Jan sah, dass ihre Augen feucht waren.

»Ist etwas, Ceana?«, rief einer der jungen Männer.

Sie schüttelte den Kopf. »Komm, lass uns tanzen!«, rief sie. Die Bagpipes begannen erneut zu spielen. Ceana ließ Jan stehen. Der sah ihr traurig und hilflos nach.

Das Bier war rasch ausgetrunken. Jan bekam ein neues. Es gab auch Whisky, und auch den trank Jan, obwohl er ihn nicht mochte. Er fürchtete, dass Ceana sein Geld nicht nehmen würde. Er kam sich verloren vor.

Der Raum hatte sich immer mehr gefüllt, das ganze Dorf war anwesend. Einmal glaubte Jan auch MacGregor gesehen zu haben, aber in dem unruhigen Licht des Feuers und dem Qualm konnte er sich nicht sicher sein. Und wenn schon. Es war alles egal. Jan hatte jedes Gefühl für Zeit verloren. Er bemerkte, dass schließlich einige der Männer miteinander tuschelten. Sie sahen ihn an. Einer deutete auf ihn. Egal, dachte er. Alles egal. Ihm war schlecht.

»Jan?« Einer der Männer war an ihn herangetreten. »Ich bin Hector MacLeod.«

Wie auch immer, dachte Jan.

»Ich bin Roys Bruder.«

»Angenehm«, murmelte Jan.

»Jan, wir müssen miteinander reden«, sagte der Mann. »Ich habe gehört, du hast Roy das Leben gerettet.«

»Ja, ja«, sagte Jan. Es war egal.

»Aber ich habe auch gehört, dass du ihn mit Ceana betrogen hast.«

Jan schwieg. Was sollte er dazu sagen.

»Stimmt das?« Die Stimme des Mannes klang drohend.

»Was soll das?«, sagte Jan. »Roy ist tot. Ist doch alles egal.«

»Und das Kind, Ceanas Kind, das ist in Wahrheit von dir, stimmt das?«

»Guck es dir doch an«, sagte Jan.

»Und jetzt – jetzt bist du nicht einmal bereit, die arme Ceana zu heiraten?«

»Nein.«

Der Schlag traf ihn völlig unerwartet. Jan stürzte zu Boden, rappelte sich auf. Wie betrunken er auch sein mochte, er war kein Schwächling. Er schlug zurück. Der andere strauchelte. Jan wollte nachsetzen, wurde aber von kräftigen Händen gepackt, konnte sich nicht losreißen. Roys Bruder schlug ihm ins Gesicht. Jan trat nach ihm. Hector wich aus, stolperte gegen den Leichnam. Die Musik hörte auf zu spielen.

»Um Gottes willen!«, rief jemand, und Jan dachte, die Schlägerei sei gemeint, aber es ging gar nicht um ihn. »Um Gottes willen, guckt euch die Sauerei an!«

Jan sah, dass die Menge nach draußen drängte. Roys Bruder ließ von ihm ab.

»Eklig«, sagte jemand. »Wer tut so etwas?«

Jan kam auf die Beine. »Wir sprechen uns noch!«, drohte Roys Bruder. Dann gingen auch sie nach draußen. Vor dem Haus lag ein totes Pferd.

»Furchtbar. Warum hat keiner etwas gemerkt?«, fragte jemand.

»Sie schreien nicht. Pferde schreien nicht«, murmelte Hector. Jemand musste mit einem Schwert oder einer Axt auf das Tier eingeschlagen haben. Es war vollkommen zerfetzt. Wo war Blefuscu? Es dauerte einen Moment, bis Jan aufging, dass das tote Tier Blefuscu war. Er schaffte es noch, ein paar Schritte zur Seite zu gehen, dann übergab er sich.

»Das waren wir nicht«, sagte Hector. »Das war keiner von uns.«

»Nein.«

»Warum tut jemand so etwas?«

Roys Bruder wusste die Antwort. »Weil das weiße Pferd das Wappentier der Hannoveraner ist, und weil dieses Tier obendrein Normand MacLeod gehört, dem Laird von Dunvegan. – Aber keiner von uns würde doch ...«

»MacGregor«, sagte jemand. »Das kann nur Alan MacGregor gewesen sein. Dessen Hass auf den Laird und seine Familie ist einfach grenzenlos.«

»Er war hier«, sagte Roys Bruder. »Ich hab ihn rausgeschmissen. Widerlicher Kerl. Große Sprüche, aber in Culloden ist er nicht dabei gewesen.«

»Du brauchst jetzt einen Schnaps«, sagte die Wirtin. Sie

hielt Jan die Whiskyflasche hin.

Jan schüttelte den Kopf. »Wo ist Ceana?«, fragte er.

»Ceana? Die war doch eben noch ...«

War sie nicht. Ceana und das Baby waren weg. Seit Langem schon.

4.

Ceana konnte doch nicht einfach verschwunden sein! Niemand schien zu wissen, wo sie hin war; die meisten waren ohnehin zu betrunken, um sich Sorgen zu machen. »Vielleicht ist es ihr zu laut gewesen für das Baby, das kann hier ja gar nicht gut schlafen, da sind sie wahrscheinlich zu Freunden.«

»Was für Freunde?«, fragte Jan.

Aber das wusste die Wirtin nicht. »Irgendwelche Freunde halt.«

»Sie hat sich einfach davongemacht, auf Nimmerwiedersehen«, meinte Roys Bruder. »Zu ihren Verwandten auf das Festland oder so.«

»Du solltest dich auch besser davonmachen, Hector«, sagte einer der Männer. »Du bist doch auch mit dem Prinzen unterwegs gewesen.«

»Ich habe ein gutes Versteck«, behauptete der junge Mann. »Und Gottes Segen obendrein. Da kann nichts schiefgehen!«

»Sei vorsichtig!«

Das Geld fiel Jan ein. Wenn sie für immer davongegangen war, würde sie das Geld mitgenommen haben. Die Dublone, und was sie sonst noch besaß. Jan wusste, wo sie es verwahrte. In der Mehlkiste. Jan scheuchte einen Betrunkenen herunter und öffnete den Deckel. Da war das Mehl. Und auf dem Mehl ein kleiner lederner Beutel. Das Geld. Da wusste Jan, dass die beiden nicht zu Freunden auf das Festland gezogen waren.

Und da fiel es ihm ein. Die Shielings drüben auf der anderen Seite von MacLeod's Table. Sie würde sich in ihrer Verzweiflung in die Hütte auf der einsamen Sommerweide zurückgezogen haben. »Kann mir jemand ein Pferd leihen?«, fragte er.

»Schneller!« Jan versuchte, das fremde Pferd anzutreiben, aber das dachte nicht daran, zu traben. Ross und Reiter bewegten sich im Morgengrauen mühsam im Schritt in Richtung Westen. »Schneller!« Das Pferd drehte den Kopf, sah den Reiter vorwurfsvoll an und ging in demselben Tempo weiter wie vorher. Endlich waren sie bei der Hütte. Aber Jan hatte sich getäuscht; die Hütte war leer, die Asche des Torffeuers kalt. Was jetzt? Natürlich konnte er sich geirrt haben. Die beiden konnten immer noch zu Verwandten oder Bekannten gegangen sein, ohne eine Nachricht zu hinterlassen. Vielleicht hatte Ceana auch gefürchtet, dass der Tod ihres Mannes Untersuchungen nach sich ziehen würde, bei denen Dinge herauskämen, die besser nicht bekannt würden.

Nein, eigentlich glaubte er das nicht. Sein Blick fiel auf den nördlichen der beiden Berge. MacLeod's Tables. Nicht besonders hoch und von dieser Seite, wo er sich jetzt befand, ganz leicht zu besteigen. Hier hatten sie sich getroffen. Vor gut neun Monaten. Vor unendlich langer Zeit. Wäre es denkbar, dass sich Frau und Kind auf den Berg zurückgezogen hatten? Warum?

Um zu sterben, Jan!

War das möglich? Nein, das durfte nicht sein. Vorwärts! Aber der Gaul war nicht dazu zu bewegen, noch weiter bergan zu steigen. So ging es nicht. Jan ließ das Pferd in den Shielings zurück und machte sich an den Aufstieg.

5.

Sie waren nackt. Sie sahen aus, als ob sie schliefen.

»Ceana«, rief Jan. »Ceana!«

In einer kleinen Mulde im feuchten Gras lagen sie, eng aneinandergepresst, die Mutter und der Säugling. Jan kniete sich nieder, wollte sie wachrütteln, doch es ging nicht. Er wusste sofort, dass es nicht gehen konnte, ihre Körper waren eiskalt. Hier auf dem Gipfel von MacLeod's Table wehte ein schneidender Wind; in klaren Nächten musste die Temperatur bis unter den Gefrierpunkt sinken.

Sie hatte sterben wollen, daran bestand kein Zweifel.

»Meine arme, arme Ceana!« Ach, es war nie seine Ceana gewesen. Aber sein Sohn. Warum hatte sie seinen Sohn mit in den Tod genommen? Um ihn, Jan, zu strafen? Absicht oder nicht, das jedenfalls hatte sie erreicht. Jan warf sich neben die beiden Toten auf den kalten Boden. Auch er musste nicht länger leben, er hatte nur Unheil angerichtet. Er konnte sich neben sie legen und nie wieder aufstehen. Das wäre das Beste.

Jan kroch so eng wie möglich an die beiden heran, versuchte, sie beide mit dem Arm zu umfassen, aber es war nicht möglich. Die tote Ceana und ihr totes Baby hielten sich gegenseitig im Arm. Jan war von dieser Umarmung ausgeschlossen. Betrunken und übermüdet schlief er ein.

Als er aufwachte, stand die Sonne hoch am Himmel. Jan fror. Es hatte keinen Sinn, hier zu sterben. Es nützte niemandem. Die tote Frau und sein Kind konnte er mit dieser Geste nicht mehr erreichen. Warum war er aufgewacht? Wegen der Kälte? Aber als er sich erhob, flatterte eine Dohle auf und zog ein Stück weiter. Wahrscheinlich hatte der Vogel ihn geweckt.

»Du wirst die beiden nicht anrühren!«, rief er. Wütend schleuderte er einen Stein nach der Dohle. Die flog erneut auf, segelte in einem eleganten Bogen um Jan herum und landete schließlich unweit der Stelle, von der er sie vertrieben hatte.

»Du Mistvieh!« Jan ging auf den Vogel los. Der wich mühelos aus, flog erneut einen Kreis und landete jetzt näher an Ceana. Eine zweite Dohle kam heran, setzte sich ebenfalls, wartete. Jan begriff, dass er die Vögel nicht vertreiben konnte. Wenn er die Toten schützen wollte, musste er sie ins Dorf schaffen.

Wenn er sie ins Dorf schaffte – was wäre dann? Würde es genauso eine absurde Totenfeier geben wie gestern Nacht? Wahrscheinlich. Diesmal mit ihm, dem Vater und Geliebten als Mittelpunkt. Und er müsste saufen und mit allen schönen und hässlichen Frauen des Dorfes tanzen, bis er am Ende erschöpft zusammenbrach. Wahnsinn. Aber er hatte nichts Besseres verdient. Es musste getan werden.

Es ging nicht. Die Totenstarre hatte eingesetzt, und ohne Ceana die Knochen zu brechen, würde es jetzt nicht möglich sein, das Baby aus ihren Armen zu lösen und die beiden anzukleiden. Er müsste sie beide in Ceanas Arisaig einwickeln und dann – er konnte sie doch nicht tragen – ja, und dann müsste er sie über den Boden schleifen, über Fels und Geröll und schließlich durch den Sumpf, bis er sein Pferd erreichte. Aber er musste sie hier wegschaffen, oder sie hier begraben.

Oder sie hier begraben. Jan sah sich um. Das Gipfelplateau war mit Gras bedeckt, aber es gab auch Steine. Wenn er Steine über den beiden aufhäufte, hätten sie ein würdiges Grab und wären vor den Tieren geschützt. Nicht auf Dauer, nicht vor allen Tieren, aber doch vor den dreisten Dohlen. Denen gönnte er sie nicht. Jan begann, Steine heranzuschaffen. Die Dohlen sahen zu.

Behutsam bedeckte Jan die Toten mit den Steinen, als ob er sie nicht aufwecken oder ihnen nicht wehtun wollte. Es waren viele Steine nötig, aber es gab auch viele Steine. Als er sein Werk vollendet hatte, war eine ziemlich große Pyramide aus Geröll entstanden. Von Ceana und dem kleinen Iain war nichts mehr zu sehen. Gut so. Niemand kam hierher, niemand würde sie je finden. Und auch die Dohlen waren verschwunden. Sie hatten aufgegeben.

6.

»Wir haben es schon gehört«, begrüßte ihn Simon.

Was hatten sie gehört? Jan starrte den alten Diener an. Ihm war klar, dass er aussah, als habe er die Nacht in der Gosse gelegen. Er hatte niemandem erzählt, dass Ceana und das Baby tot waren. Roys Bruder hatte er es beichten wollen, aber Hector MacLeod war schon fort gewesen, zurück in sein Versteck. Er wurde ja gesucht. Jan hatte das Pferd abgegeben, sich für die Hilfe bedankt und hatte sich dann zu Fuß auf den Weg nach Dunvegan gemacht. Ein Schauer hatte ihn durchnässt; jetzt war er hungrig und müde, und er fror.

»Es tut mir leid«, murmelte Jan.

»Dagegen ist niemand gefeit«, sagte Simon. »Schlechte Menschen gibt es überall.«

»Ja, überall.« Jan hielt sich selbst für einen der schlechtesten Menschen.

»Sie hätten sich vielleicht ein Pferd ausleihen können«, sagte Simon.

»Ein Pferd.« Allmählich begriff Jan, dass das alles war, was sie auf Dunvegan wussten. Jans Pferd war getötet worden, mehr war nicht passiert. Er schüttelte den Kopf. Er setzte an, die ganze Geschichte zu erzählen, aber Simon war dafür der falsche Gesprächspartner. Der alte Diener konnte ihm nicht helfen.

»Jan!« Das war Lucy.

»Hallo, Lucy.« Er traute sich nicht, dem Mädchen ins Gesicht zu sehen.

»Armer alter Blefuscu! Auf diese Weise ums Leben zu kommen! – Aber du musst dir deswegen keine Vorwürfe machen, du kannst nichts dafür!« Lucy machte eine Bewegung auf Jan zu, und einen Augenblick lang glaubte er, sie würde ihn in den Arm nehmen. Aber das ging nicht vor Zeugen, und so verharrte sie auf halbem Wege. »Du musst hungrig sein und müde. Komm, ich lasse dir etwas zu essen machen.«

»Ich bin nicht hungrig«, behauptete Jan. »Lucy, ich muss …«

»Du musst jetzt gar nichts. Komm herein, ruh dich aus. Du hast Schlimmes erlebt, aber morgen, wenn du geschlafen hast, sieht die Welt schon wieder besser aus.«

Jan schüttelte mutlos den Kopf.

»Kommen Sie nur, Herr Veenstra, Sie brauchen sich jetzt um nichts mehr zu kümmern.«

Wie recht er hatte, der gute, alte Simon. Jan brauchte sich um nichts mehr zu kümmern. Alle waren tot: Roy war tot, Ceana war tot, der kleine Iain war tot, selbst Blefuscu war tot, alle durch seine Schuld. Er hatte es nicht gewollt, aber durch ihn war es passiert. Er war an allem schuld. Aber es half nichts, er würde weiterleben müssen, auch wenn er am liebsten tot wäre.

7.

»Welch seltener Gast«, sagte die Wirtin.

Jan nickte. »Ich brauche etwas zu trinken«, sagte er.

Diesmal brauchte er nicht zu warten. Das Glas war sauber, und es war bis zum Rand mit Whisky gefüllt.

»Auf dein Wohl«, sagte die Wirtin.

Jan nickte. Er leerte das Glas mit einem Zug. Die Wirtin nahm das Glas und schenkte nach. »Du hast alles versucht«, sagte sie. »Es ist nicht deine Schuld. Ceana war immer sprunghaft in ihren Entschlüssen. Es war dumm von ihr, einfach das Kind zu nehmen und davonzulaufen. Sie hätte dir Zeit lassen müssen. Und sich selbst auch. So etwas kann man nicht in einer Stunde oder in einer Nacht entscheiden.«

»Du weißt nicht, was passiert ist.«

»Sie ist weggelaufen. Mit dem Kind. Mit deinem Kind, so viel weiß ich. Aber sie wird wiederkommen.«

Jan schüttelte den Kopf.

»Doch, bestimmt, sie wird wiederkommen. Sie ist ein gutes Mädchen.«

»Ein gutes Mädchen.« Jan nickte. Er spürte den Alkohol. Dennoch schob er der Wirtin das Glas noch einmal hin. Die Frau sah ihn kurz zweifelnd an, dann schenkte sie nach.

»Wir machen alle Fehler im Leben«, sagte sie.

»Ich mache nur Fehler.«

»Nein.«

Jan trank auch das dritte Glas mit einem Zug leer. »Ich möchte sterben«, sagte er.

»Sterben?« Die Wirtin sah ihn an. »Du hast ja noch gar nicht gelebt.«

»Mehr als genug. Du ahnst ja gar nicht … woher auch? … kannst ja gar nicht … ich meine … muss dir etwas sagen …«

Die Wirtin stellte die Flasche zur Seite. »Komm mit«, sagte sie.

»Wohin?« lallte Jan, aber die Wirtin war schon auf dem Weg in die Küche. Jan taumelte hinterher. Die Männer an der Bar starrten ihm nach. Einer lachte. Es machte Jan nichts aus. Die Küche. Was sollte er in der Küche?

Jan schrie auf. Das kalte Wasser hatte ihn unerwartet getroffen. Einen ganzen Eimer hatte die Wirtin ihm ins Gesicht gegossen. Er wollte nach ihr schlagen, aber sie hatte seine Hände gepackt.

»Jetzt hör mir zu, Jan Veenstra«, sagte sie. »Du brauchst Hilfe. Aber die Hilfe, die du brauchst, liegt nicht im Whisky, und auch ich kann dir diese Hilfe nicht geben, dazu bin ich zu dumm. Aber es gibt jemand, der für solche Fälle zuständig ist, und zu dem gehen wir jetzt.«

»Was soll das? Ich brauche niemand …«, sagte Jan ärgerlich. Aber die Wirtin war schon nach draußen entschwunden, und Jan musste ihr nach. Die kalte Nachtluft traf ihn wie ein Schock. Jan war, als würde sein Kopf gefrieren. Aber gleichzeitig spürte er auch, dass die Wirkung des Alkohols aussetzte, und dass er zumindest einen Moment lang klar denken konnte. Die Wirtin? Da vorn ging sie, ohne sich umzusehen. Sie war sich sicher, dass Jan ihr folgen würde. Und er folgte ihr, tropfnass wie er war. Was blieb ihm anderes übrig? Er versuchte sich zu orientieren, aber im Dunkeln wirkte das Dorf verändert, und vielleicht konnte er doch nicht so klar denken, wie er glaubte; jedenfalls merkte er erst, wohin die Wirtin ihn führte, als die Tür geöffnet wurde und der Pastor vor ihm stand.

»Was gibt es?«

»Reverend Thomas Seaford«, sagte die Wirtin. »Ich bringe Ihnen Arbeit.« Sie schob Jan über die Schwelle, drehte sich um und ging.

8.

Jan hatte das Gefühl, dass sein Schädel zerspringen wollte. Er hatte geschlafen wie ein Stein, war viel zu spät aufgewacht. Der Pastor hatte ihm ein Frühstück bereitet, nicht so reichhaltig wie im Schloss, aber doch mehr als Jan glaubte, essen zu können. Er nahm einen Schluck Wasser.

»Es tut mir leid, dass ich dir keinen Tee anbieten kann«, sagte der Pastor. »Aber der Preis ist einfach zu hoch; das kann ich mir nicht leisten.«

»Danke für alles«, sagte Jan. Es war ihm peinlich.

»Wenn ich helfen kann, helfe ich.«

»Es war nett, dass ich hier schlafen durfte. Aber ich glaube nicht, dass mir jemand helfen kann.«

»Darüber reden wir, wenn du mir erzählt hast, was dich bedrückt.«

»Alles«, sagte Jan. »Alles.«

Der Pastor nickte. Einen Augenblick lang sahen die beiden Männer sich schweigend an, aber da Thomas Seaford offenbar nicht die Absicht hatte, ihn auszufragen, begann Jan schließlich zu erzählen. Zögernd erst, mit größeren Unterbrechungen, aber schließlich sehr fließend. Der Pastor hörte nur zu, sagte nichts, stellte keine Fragen, nickte gelegentlich ermunternd, und am Ende hatte Jan alles erzählt, was ihn bedrückte. »Ich bin an allem schuld«, schloss er.

Seaford schüttelte den Kopf. »Es ist nicht unsre Aufgabe, Schuld zuzuweisen«, sagte er. »Anderen nicht und uns selber auch nicht.«

»Aber alles, was ich angefasst habe …«

»Nein, das stimmt nicht. – Fangen wir von hinten an. Du hast Ceana und deinen kleinen Sohn selbst begraben. Sie liegen nicht in geweihtem Boden, denkst du vielleicht. Dazu muss ich dir sagen, sie hätten sowieso nicht in geweihter Erde begraben werden können. Das verbietet die Kirche.«

»Weil Ceana ihren Mann getötet hat? Und das Kind?«

»Weil sie sich selbst getötet hat. Nicht nur einem Mörder kann ich kein christliches Begräbnis zukommen lassen, einem Selbstmörder auch nicht.«

Jan starrte den Pastor an.

»Ich sehe, du bist mit kirchlichen Dingen nicht vertraut. Das macht nichts. Ich halte nichts von dieser Regel, aber sie besteht nun einmal, und ich kann sie nicht umgehen. Aber zum Trost sei dir gesagt, Gott hat die gesamte Erde gemacht, nicht nur die Friedhöfe, und damit ist letztlich jeder Boden ein geweihter Boden. Und viel wichtiger ist doch, dass ein liebender Mensch dagewesen ist, der die beiden begraben hat.«

»Ein liebender Mensch! Wenn ich nicht gewesen wäre, wären sie nicht in den Tod gegangen!«

»Das war ihre Entscheidung, Jan. Ceana hat dich nicht daran teilhaben lassen. Sie hat dich nicht gefragt. Und wenn sie dich gefragt hätte, hättest du nicht zugestimmt.«

»Aber ich – ich habe sie doch geradezu verstoßen!«

»Das hast du nicht. Du hast ihr nichts versprochen, du hast keine Zusage gebrochen, du hast nur nicht erkannt, was sie gewollt hat. Aber es ist schwer zu erkennen, was andere Menschen wollen, und oft wissen sie es selbst nicht genau. Sie hat geglaubt, dass du sie heiraten wirst, aber sie hat sich geirrt. Sie hätte darüber mit dir sprechen müssen. Viel früher, nicht erst auf Roys Beerdigung.«

»Roys Beerdigung. Er könnte noch leben!«

»Ohne dein Eingreifen wäre er Monate früher gestorben.«

»Wäre das nicht besser gewesen?«

»Dieses Urteil steht uns nicht zu, Jan.«

»Aber in einem anderen Punkt steht mir sehr wohl ein Urteil zu. Ich habe mit Ceana geschlafen, ohne auch nur einen Moment lang an die Folgen zu denken. Ich habe das Kind gezeugt, durch das am Ende all das Unglück gekommen ist. Und ich habe es nicht einmal bemerkt!«

»Du irrst dich. Durch das Kind ist kein Unglück entstanden. Ceana wollte nichts sehnlicher als ein Kind. Sie war drei Jahre mit Roy verheiratet, aber sie ist nicht schwanger geworden. Sie war unendlich froh, als es endlich geklappt hat, und es war ihr egal, von wem das Kind war, und sie war sehr, sehr glücklich mit dem Kind. Hast du das nicht bemerkt?«

»Doch«, musste Jan zugeben.

»Und wenn du unbedingt Schuld zuweisen willst – warum dann nicht mir? Du hättest Ceana nie getroffen, wenn ich nicht von den Höhlen geredet hätte, leichtsinnigerweise, und dann wolltest du hin und ich musste verhindern, dass du die Waffen findest, die MacKinnon besorgt hatte. Sie soll dich ablenken, habe ich gesagt, und sie hat es auf die Weise gemacht, auf die sie sich verstand.«

»Aber das konnte doch niemand …«

»Das ist immer so, Jan, niemand kann voraussehen, was passieren wird, und ich bereue es zutiefst. Ich bereue es, mich in die Politik eingemischt zu haben. Ich bereue es, den Prinzen unterstützt zu haben. – Ja, guck nicht so ungläubig, Jan, ich habe ihn aktiv unterstützt. Du weißt, dass ich in Frankreich gewesen bin, ich habe ihn dort getroffen. Was glaubst du denn, warum er ausgerechnet zuerst in Eriskay gelandet ist und dann in Moidart, beides Stellen, an denen Normand MacLeod keine Wächter aufgestellt hatte? Die Toten dieses gescheiterten Aufstandes gehen auch auf mein Konto.«

»Auch ich habe versucht, mich einzumischen«, sagte Jan. »In Culloden. Auch ich habe am Ende mehr geschadet als genützt.«

»Das lässt sich nicht ändern. Du hast das Beste gewollt. Mehr können wir nicht tun, Jan. Die Menschen sind nun einmal nicht unfehlbar. Warum Gott das so eingerichtet hat, kann ich dir nicht sagen; das müssen wir einfach hinnehmen. Du sollst deinen Nächsten lieben, das ist die wichtigste Botschaft der Bibel. Ich denke, das zu tun bemühen wir uns beide. Dass wir damit nicht immer Erfolg haben, das mögen wir bedauern, aber das lässt sich nicht ändern. Aber das ist nur der halbe Auftrag, den Gott uns gegeben hat. Vollständig heißt es nämlich: Du sollst deinen Nächsten lieben wie dich selbst. – Und in diesem Punkte, Jan Veenstra, musst du dich bessern.«

»Und wenn ich nun – gar nicht an Gott glaube?«

»Dann bist du ärmer als ich, aber diese Anweisung gilt auch für Atheisten. Liebe deinen Nächsten wie dich selbst.«

»Das fällt mir schwer nach allem, was geschehen ist«, bekannte Jan.

»Lass die Vergangenheit ruhen; wir können sie nicht ändern. Denk an die Zukunft. Was ist der wichtigste Wunsch in deinem Leben, Jan Veenstra, hast du darüber schon nachgedacht?«

»Ja, schon«, sagte Jan. Gerade jetzt hatte er wieder daran gedacht. »Aber er scheint unerreichbar.«

Der Pastor schüttelte den Kopf. »Wenn es der Wunsch ist, an den ich denke, dann mag seine Erfüllung wohl möglich sein. Du musst es nur wollen, Jan Veenstra. Von ganzem Herzen wollen.«

9.

Die kleine Kirche von Dunvegan war am Sonntag voll besetzt.

»Das Thema der heutigen Predigt steht im 2. Brief des Apostels Paulus an die Korinther im Ersten Kapitel:

But we had the Sentence of Death in ourselves, that we should not trust in ourselves, but in God which raiseth the Dead: Who delivered us from so great a Death, and doth deliver; in whom we trust that he will yet deliver us.

Was heißt das? Das hebräische Wort, das hier im Text unserer Bibel als ›Tod‹ übersetzt wird, bedeutet in Wirklichkeit nicht nur das Ende, sondern jede extreme Bedrohung des Lebens, Lebensgefahr. Die Bibel verrät nicht, welcher Gefahr Paulus damals mit Gottes Hilfe entronnen ist, aber dass wir alle vor Kurzem in großer Gefahr gewesen sind, ist jedem von euch bewusst. Wir leben, und mit Gottes Hilfe wird es uns gelingen, die Unterdrückung abzuschütteln, unter der wir gegenwärtig leiden, und wir werden unser Land zu neuer Blüte führen.«

»Schöne Worte«, raunte der Doktor.

Jan nickte.

»Es ist ebenso leicht für unseren Schöpfer, das Universum zu regieren, wie es zu erschaffen. Und der Verstand sagt uns deshalb dasselbe, was auch in der Heiligen Schrift steht: Am Ende wird ein Tag kommen, an dem Gott den Menschenkindern volle und endgültige Gerechtigkeit widerfahren lassen wird. Und auf dem Wege dorthin sorgt seine Vorsehung dafür, dass auch die Dinge, die schlecht beginnen mögen, am Ende gut ausgehen.«

Der Doktor stieß Jan an: »Er wird die Hilfe der Vorsehung noch brauchen.«

»Warum?«

»Weißt du nicht, dass er Roys Bruder versteckt hält? Der war von Anfang an mit dabei, ist in Falkirk verwundet worden ...«

»Seid leise!«, flüsterte Lucy.

»Gottes Wege und seine Ziele sind uns Menschen oft verborgen. Wir sehen nur einen Teil; er sieht das Ganze. Wenn es aber so aussieht, als wolle Gott unsere Feinde stärken, so kann es nur bedeuten, dass er das tut, um uns die Kraft und den Glauben zu geben, uns zu verteidigen. Für alle weltlichen Ziele und Absichten gibt es immer Argumente und Gegenargumente, aber für eines kann es kein Gegenargument geben – und das ist unser Gewissen. Was Gott uns durch unser Gewissen sagt, das ist verbindlich, dem müssen wir Folge leisten.«

»Ja«, sagte Lucy vernehmlich, und auch der Doktor sah aus, als wollte er nicht widersprechen.

10.

Schwaden von Nebel hingen an den Bergflanken, weißlichgrau. Jan und Lucy hatten einen Ausritt unternommen, um die ersten Sonnenstrahlen zu genießen. Lucy seufzte.

»Kummer?«, fragte Jan.

Sie nickte. »Der Streit mit Papa«, sagte sie. »Ist es eigentlich immer so, dass Kinder mit ihren Vätern Streit haben? Wie war das bei dir?«

»Wir hatten keinen Streit zu Hause«, sagte Jan. Aber während er das sagte, wurde ihm bewusst, dass auch ihr Verhältnis nicht einfach gewesen war. »Es ist allerdings nicht immer leicht, einen Lehrer als Vater zu haben!«

Lucy lachte. »Die Beziehung zu Lehrern ist immer problematisch!«

»Nicht unbedingt!«, sagte Jan.

Lucy sah ihn spöttisch an und schwieg.

Eine Weile ritten sie schweigend nebeneinander her. Dann sagte Jan: »Es ist nett von Lady Margaret, dass sie uns schon wieder einlädt.«

Lucy zog ein Gesicht. »Oh ja, sehr nett«, sagte sie.

»Nicht?«

»Sie macht sich Sorgen um mich, die Gute. Ich bin schon neunzehn, und noch immer kein geeigneter Mann für mich in Sicht.«

»Soll das ein Scherz sein?«

»Natürlich nicht. Als Mann kannst du das vielleicht nicht nachvollziehen, Jan, aber das ist die größte Schmach, die einer Frau widerfahren kann: Nicht geheiratet werden. Als Frau bist du ja nicht in der Lage, deinen Lebensunterhalt selbst zu verdienen. Es gibt keine Berufe für eine Frau in meiner Position. Soll ich als Wäscherin arbeiten? Wenn wir in London wären, könnte ich vielleicht Milchmädchen werden, aber in den Straßen von Portree oder Dunvegan besteht dafür kein Bedarf.«

»Du scherzt.«

»Glaubst du? Natürlich könnte ich mich schließlich als Gesellschafterin irgendeiner reichen Witwe durchschlagen, für einen Hungerlohn natürlich, oder aber ich liege meiner Familie auf der Tasche, bis an mein Lebensende. Und in Lady Margarets Familie gibt es so einen Fall.«

»Von einem solchen Schicksal bist du aber weit entfernt!«

»Das sagst du. Aber für London bin ich schon eine alte Frau. Prinzessin Augusta war sechzehn, als der Kronprinz sie geheiratet hat. Lord Carterets zweite Frau war erst fünfzehn. Und ich – ich werde in diesem Jahr schon zwanzig. Das wird Lady Margaret mir bestimmt wieder vorhalten.«

»Und – wie stehst du zu Lady Margarets freundlichen Bemühungen?«

»Was glaubst du?«

»Nun, es müsste vermutlich ein Mann von Stand sein, den du heiratest …«

Lucy sah Jan amüsiert an. Hatte seine Stimme ganz leicht gezittert? Jedenfalls war er rot geworden. »Ich denke, dass ich den Mann heiraten werde, der mir gefällt.«

»Und – hast du ihn schon gefunden?«

»Das sind Fragen, die ein Lehrer nicht stellen sollte, oder? – Jedenfalls wird es keiner von denen sein, die Lady Margaret für mich aussucht. Dabei gibt sie sich solche Mühe. Und sie ist echt verzweifelt.«

»Arme Lady Margaret«, sagte Jan.

Das Frühlingswetter hielt nicht lange an. Gegen Mittag zog es sich endgültig zu.

Jan fror. »Wir könnten umkehren«, sagte er. Er glaubte nicht, dass die Sonne sich wieder durchsetzen würde.

»Ja. – Was ist das?«, fragte Lucy. Sie wies nach vorn.

»Wo?« Jan sah nichts.

»Da, die graue Wolke.«

»Nebel«, sagte Jan. Doch während er das sagte, beschlich ihn das Gefühl, dass etwas nicht stimmte. Die Wolke war dunkler als die anderen Nebelbänke, und sie bewegte sich stärker, stieg in die Höhe.

»Das ist kein Nebel!«

Nein, das war kein Nebel. »Das ist Rauch!«, rief Jan. »Was liegt da vorn? Portree? Das ist ein Feuer in Portree! – Kehr um, ich reite hin und seh nach, ob ich helfen kann.«

»Ich komme mit.«

»Nein, du kehrst um!«

»Versuch doch, mich festzuhalten!« Ein leichter Druck von Lucys Hacken, und ihr Rappe stob davon.

»Warte!«, rief Jan, aber er wusste, dass es umsonst war. Sie würde nicht auf ihn warten. Und sein Pferd war bedeutend langsamer als Lucys. Immerhin gelang es Jan, den Gaul zumindest in Trab zu setzen, sodass er die Reiterin vor sich nicht aus den Augen verlor. Und er durfte sie nicht aus den Augen verlieren. Niemand konnte wissen, was da vorn los war. Schlimme Dinge womöglich. Jan dachte an Brandstiftung und an Gewalt und daran, dass Roberts Mörder noch immer frei herumlief. »Ich will sie alle tot sehen!«, hatte Mac-

Gregor damals in der Kneipe gerufen. »Alle MacLeods.«

Es war inzwischen Mitte Mai; der Aufstand war zwar weitgehend niedergeschlagen, aber die Suche nach den Anführern hatte kaum Ergebnisse gezeitigt. Zwei große französische Kriegsschiffe waren am 28. April in Borrodale eingetroffen. *Mars* und *Bellona* – welch treffende Namen. Sie hatten Geld und Waffen gebracht, und große Mengen Schießpulver. Dieser Handstreich hatte der schon tot geglaubten Rebellion neue Nahrung gegeben, und es war klar, dass die Engländer umso erbitterter nach den Führern des Aufstandes suchten, die sich noch immer verborgen hielten. Wo war Lochiel? Wo war Clanranald? Wo war George Murray? Wo war Lovat? Und vor allem: Wo war der Prinz?

Hier konnte er nicht sein, die Insel war vollständig unter der Kontrolle der Regierungstruppen. Zwei Unabhängige Kompanien waren allein in Portree stationiert. Sollte es dort Ärger gegeben haben? Irgendeine verzweifelte Aktion der Rebellen? Warum musste Lucy unbedingt voranreiten? Lucy – sie war in Gefahr!

Lauf zu, du altes Ross! Jan schlug mit den bloßen Händen auf sein Pferd ein, aber er brachte es nicht dazu, zu galoppieren. Gut, dass die Insel so kahl war, sonst hätte er das Mädchen längst nicht mehr sehen können. Aber so – so ging es gerade noch. Und jetzt, jetzt schien sie doch noch auf ihn zu warten. Kurz bevor sie den letzten Abstieg nach Portree erreicht hatte, hatte sie ihr Pferd plötzlich angehalten. Als Jan näher herankam, erkannte er auch die Ursache. Die graue Wolke lag nicht über Portree, sie war weiter entfernt.

»Das ist Raasay«, sagte Lucy. »Raasay brennt.«

Ja, das war Raasay. Eine Gruppe von Menschen hatte sich auf der Anhöhe versammelt und starrte hinüber zu der rauchverhüllten Insel.

»Jetzt kriegen sie die Quittung«, sagte jemand.

»Halt's Maul!«, brummte ein anderer. »Wir kriegen alle unsere Quittung. Du, ich, wir alle!«

»Was ist passiert?«, fragte Jan.

»Heute früh sind sie gekommen«, sagte einer der Männer. »Ein englisches Kriegsschiff. Man kann es jetzt nicht sehen, es liegt hinter der Insel. Ich nehme an, sie haben Leute an Land gesetzt, und die haben die Häuser der Rebellen in Brand gesteckt.«

»Die Häuser der Rebellen«, sagte Lucy aufgebracht. »Da drüben sind keine Rebellen. Alle, die sich wirklich dem Aufstand angeschlossen haben, die sind entweder tot oder in Gefangenschaft.« Sie wusste, dass Laird Raasay gefangen genommen war, und dass Lord Alexanders Soldaten einige Heimkehrer aufgespürt und festgenommen hatten, bevor sie von Skye aus nach Raasay übersetzen konnten. »Dort drüben – da sind doch jetzt nur noch die, die zu Hause geblieben sind. Und die Frauen und Kinder.«

»Da werden die Rotröcke wohl nicht viel Unterschied machen«, sagte jemand.

Es war eine große Rauchwolke, die über der Insel lag. Es mussten viele Rebellenhäuser sein, die dort brannten.

Jan Veenstra schluckte. Er hatte gehofft, jetzt, wo die Rebellen geschlagen waren, würde wieder Vernunft einkehren. Das war nicht der Fall. Das hieß, für ihn bestand nach wie vor Lebensgefahr.

Lucy zitterte. »Vielleicht – vielleicht sollten wir auch lieber in die Berge gehen, bevor es zu spät ist«, sagte sie.

Jan fasste ihre Hand. »Wenn wir fliehen müssen, dann gehen wir nicht in die Berge. Dann gehen wir direkt nach London. Dort sucht uns keiner.«

Lucy versuchte zu lächeln. »Mir ist schlecht«, sagte sie.

11.

Der Pastor rannte um sein Leben. Wie gewohnt hatte er Roys Bruder Verpflegung in seinen Unterschlupf bringen wollen. Er hatte nicht bemerkt, dass ein Trupp Soldaten ihm gefolgt war. Hätte er sich doch nur umgedreht! Aber er hatte sich so sicher gefühlt. Immer war es gut gegangen, all die Wochen lang. Hier, auf Skye, hier war er doch unter Freunden! Aber niemand war dieser Tage mehr sicher.

Hector MacLeod hatte vor der Höhle gestanden, auf ihn gewartet wie immer. Der Pastor hatte ihm zugewinkt. Erst als sein Schützling plötzlich erstarrte, nach seinem Gewehr griff und begann, davonzulaufen, hatte der Pastor gemerkt, dass sie hinter ihm her waren. Da war er gerannt. Schneller als Roys Bruder war er gerannt, er war zwar nicht mehr jung, aber er war unverletzt. Roys Bruder war rasch am Ende seiner Kräfte. Er war schließlich stehen geblieben, hatte sich umgedreht und geschossen. Viele Schüsse waren gefallen, der Pastor hatte es nicht gewagt sich umzusehen, aber er hatte keinen Zweifel, wie das Gefecht ausgegangen war. Er war weitergerannt, und jetzt, da er völlig außer Atem war und nicht mehr weiter konnte, jetzt merkte er nur allzu deutlich, dass sie noch immer hinter ihm her waren. Herrgott, hilf mir!, dachte er.

Der erste Schuss ging fehl. Der Pastor hörte die Kugel an seinem Kopf vorbeipfeifen, und er wusste, jetzt kam das Ende. Es hatte keinen Sinn mehr weiterzulaufen. Er blieb stehen, drehte sich um und ging langsamen Schrittes seinen Verfolgern entgegen. Auch die waren stehen geblieben. Einen Moment lang standen sie sich Aug in Auge gegenüber, die englischen Soldaten und der Pastor.

»Mörder«, sagte Thomas Seaford. Das jedenfalls wollte er noch gesagt haben. Der Mann, der ihm am nächsten stand, hob sein Gewehr und schoss.

12.

»Da sind sie, die Mörder!«, rief der Doktor.

Jan blickte auf. In der Tat war drüben auf der anderen Seite des Wassers ein Trupp Soldaten erschienen. Marinesoldaten, nicht die örtlichen Milizen. Der Mann auf dem Pferd, in der blauen Uniform eines Captains, das konnte Fergusson sein. Wusste Fergusson, dass Jan sich hier versteckt hielt? Kam er jetzt, um ihn erneut festzunehmen?

»Ruhig Blut«, sagte der Doktor. »Das ist wohl lediglich ein Höflichkeitsbesuch. Sie werden das Haus nicht durchsuchen. Wenn wir uns in das Turmzimmer zurückziehen, wird sich niemand um uns kümmern.«

Es sei denn, jemand von den Dienstboten plauderte, dachte Jan. Aber was half's? Er hatte keine Wahl. Und auch Bruce hatte allen Grund, sich nicht finden zu lassen. Die überraschende Entlassung aus der Gefangenschaft – sie konnte jederzeit widerrufen werden.

Jan beobachtete, wie der Offizier drüben vom Pferd stieg und sich anschickte, ins Boot zu steigen.

»Kommen Sie«, sagte der Doktor. »Alles bleibt friedlich!«

In dem Augenblick fiel draußen ein Schuss.

Einen Augenblick herrschte Totenstille. Dann rannte der Doktor davon.

Jan stürzte auf die Terrasse. Lucy, diese Wahnsinnige! »Mein Gott, was hast du getan?«, rief er.

Die Soldaten starrten zu ihnen herüber, aber durch die Brustwehr und die Zinnen konnten sie keine Einzelheiten ausmachen. Lucy hielt sich die Schulter. Sie hatte nicht mit der Gewalt des Rückschlages gerechnet. Die Waffe lag auf dem Boden. Rasch trat Jan herzu und nahm das Gewehr auf.

»Ich habe ihn verfehlt«, murmelte Lucy, jetzt plötzlich ernüchtert.

»Ja.« Es machte keinen Unterschied.

Die Soldaten hatten das Wasser überquert und begehrten Einlass. Zwei Mann waren am anderen Ufer zurückgeblieben. Sie hatten die Gewehre von den Schultern genommen und starrten herüber. Aber da sich nichts regte und keine Gefahr erkennbar war, standen sie unschlüssig da. Auf diese Entfernung wäre es möglich, sie zu treffen, dachte Jan. Wenn das Gewehr geladen wäre. Und wenn es irgendeinen Grund gäbe, ausgerechnet diese beiden jungen Männer zu erschießen.

Unten war aufgemacht worden. Jan hörte raue Stimmen und Gepolter auf der Treppe. Die Tür flog auf, und die Soldaten stürmten auf die Terrasse. Jan ließ das Gewehr fallen.

»Es war ein Irrtum«, sagte er.

Der Offizier lachte. Es war Fergusson, so viel stand fest. Und es war außerdem klar, dass er ihn erkannt hatte. »Festnehmen!«, sagte er.

»Nein!«, rief Lucy. »Um Himmels willen! Er hat doch gar nichts getan!«

»Gar nichts getan!«, äffte der Offizier nach. »Junge Frau, dieser Mann hier hat auf Soldaten Ihrer Majestät geschossen!« Und zu seinen Leuten sagte er: »Los, hängt ihn auf!«

»Nein!«, schrie Lucy verzweifelt. »Ich war es, ich! Ich habe geschossen!«

»Bringt sie weg!« Der Mann würdigte Lucy keines Blickes. Zwei Soldaten packten sie und zerrten sie nach drinnen.

So sah also das Ende aus. Er hätte doch nachladen sollen. Wenigstens einen dieser Kerle hätte er mitnehmen können, dachte Jan. Er grinste.

Einer der Soldaten schlug ihm mit der Faust ins Gesicht. »Das Lachen wird dir schon vergehen!«

Ja, daran bestand kein Zweifel. Sie rissen ihm die Klamotten vom Leib. Zwei der Soldaten waren im Haus verschwunden, auf der Suche nach einem geeigneten Strick. Jan fragte sich, ob sie ihn nach unten schaffen würden, in das Arboretum vielleicht, dort gab es reichlich geeignete Bäume, oder ob sie ihn hier von einer der Zinnen hängen lassen würden. Jan konnte nur hoffen, dass sie schnell machten, und dass die Bediensteten dafür sorgten, dass Lucy nichts davon sehen würde. Ein falsches Wort, und sie würden beide gemeinsam hängen.

»Was ist das?« Einer der Soldaten hatte ihm den Brustbeutel heruntergerissen, zerrte das Papier heraus.

»Irgendwelche Dokumente. Der Bursche ist ein Kurier oder so etwas. Einer von diesen verdammten Rebellen ...«

Der Offizier griff nach dem Blatt, starrte auf den Text. »Tatsächlich«, sagte er. »Die Unterschrift des Prinzen!«

»Ich habe doch gesagt, es ist ein Irrtum!«

»Werd nicht frech!« Der Soldat schlug zu. Blut lief Jan über das Gesicht.

»Moment!« Fergusson trat auf Jan zu, fasste ihn unter dem Kinn. Jan spürte seinen stinkenden Atem. »Wo hast du dieses Papier her?«

»Von Lord Loudoun ...«

»Lüg nicht!« Der nächste Schlag traf ihn. Jan taumelte. »Peitscht ihn aus«, sagte Fergusson. »Wir werden die Wahrheit schon aus ihm herausprügeln.«

Hinrichtung

Auf dem Weg nach Fort Augustus, Schottland, 20. Mai 1746

1.

Als Jan aufwachte, war sein erstes Gefühl, dass er blind geworden sei. Er hatte höllische Schmerzen. Er konnte sich nicht bewegen, und er konnte nichts sehen. Erst allmählich wurde ihm klar, dass man ihm die Augen fest verbunden hatte. Er war an Händen und Füßen gefesselt und lag auf einer Art Karren, der offenbar einen holperigen Weg entlangfuhr.

Er lebte noch; das war zunächst einmal die Hauptsache. Je länger er am Leben blieb, desto größer war die Chance, dass irgendjemand erfuhr, was passiert war und ihn aus dieser misslichen Lage befreite. William Augustus. Würde der ihm helfen, oder würde er ihn hier schmoren lassen? Er war sich nicht sicher. Aber Normand MacLeod würde ihm helfen. Lucy würde ihm alles beichten, und dann würde er Himmel und Hölle in Bewegung setzen ...

Wo führten sie ihn hin? Je weiter sie sich von Dunvegan entfernten, desto schwieriger wäre es, seine Spur zu verfolgen. Und irgendein langwieriger Prozess – wozu die Mühe? Wäre es nicht viel bequemer, den Gefangenen einfach verschwinden zu lassen? Ihn zum Beispiel beim Übersetzen auf das Festland über Bord fallen zu lassen? Oder dafür zu sorgen, dass er an seinem Knebel erstickte?

Erst jetzt registrierte Jan bewusst, dass der Knebel ihn am Atmen hinderte. Der Schweiß brach ihm aus. Er konnte nicht einmal um Hilfe rufen. Und selbst wenn er könnte – würde jemand darauf reagieren? Ruhig bleiben, dachte Jan. Ganz ruhig atmen. Wenn er bisher nicht erstickt war, würde er auch weiterhin genügend Luft bekommen. Die Zunge ruhig halten. Warum war es so schwierig, die Zunge ruhig zu halten?

Der Wagen schwankte stärker. Jemand war aufgestiegen. Einer von Fergussons Folterknechten? Sie hatten auf ihn eingeschlagen, bis er das Bewusstsein verloren hatte. Nein, dies war keiner der Soldaten. Wer immer es sein mochte, er bewegte sich leichtfüßig, und schließlich rührte er sich gar nicht mehr. War er fort? Jan nahm alle Kraft zusammen und bewegte sich, soweit es seine Fesseln zuließen.

»Bist du wach?«

Das war geflüstert. Eine Frauenstimme? Wahrscheinlich. Noch einmal rührte sich Jan. Er hätte vor Schmerzen geschrien, wenn er es denn gekonnt hätte. So drang nur ein leises Stöhnen nach draußen.

»Leise!«, flüsterte die Stimme. »Keinen Laut!«

Jan rührte sich nicht.

»Ich nehme dir jetzt den Knebel ab.«

Tatsächlich wurde das elende Tuch um seinen Mund und der Lappen, den sie ihm zwischen die Zähne gepresst hatten, entfernt. Jan atmete tief durch. Einen Augenblick herrschte Stille.

»Wo sind wir?«, fragte Jan.

»Auf dem Weg nach Fort Augustus.«

»Nicht mehr auf Skye?«

»Nein. Du hast tief und fest geschlafen.«

Schlafen schien Jan das Beste, was er tun konnte. Vor allem jetzt, wo der Knebel fort war. Er würde schlafen und schlafen und die Schmerzen vergessen.

»Ich kann dir helfen«, sagte die Stimme.

Jan schreckte aus dem Halbschlaf hoch. »Wie denn?«

»Ich kann Hilfe holen.«

»Hilfe?« Woher sollte Hilfe kommen?

»Ich kann mich frei bewegen. Ich muss nur zurückbleiben und warten. Die Rebellen werden kommen. Ich werde ihnen erzählen, wer du bist und wo sie mit dir hin wollen, und der Prinz wird dich befreien.«

»Der Prinz wird mich befreien?«

»Nicht so laut! – Ja.«

Das klang gut. Nein, nicht gut. Es war falsch. Was machte diese Frau hier? Wie kam sie überhaupt auf diesen Wagen? War sie eine der Doxies, eine der Frauen, die mit den Soldaten über Land zogen? Und wenn schon. Es klang gut, was sie sagte, zu gut, um darüber nachzudenken. Ihre Stimme klang gut, und jetzt würde er schlafen ...

»Hast du gehört, was ich gesagt habe?«

»Ja.« Jan riss sich zusammen.

»Soll ich dir helfen?«

»Ja.«

Einen Augenblick herrschte Stille. Jan fragte sich, ob er mehr sagen sollte, aber er fühlte sich zu schwach. »Ja, hilf mir bitte.«

»Du musst mir mehr über dich erzählen. Ich muss wissen, wer du bist, was du hier machst, wie du in diese Lage gekommen bist. Nur dann kann ich dir helfen.«

Die Stimme klang sanft. Schade, dass er das Gesicht nicht sehen konnte, das zu der Stimme gehörte. »Nimm mir die Augenbinde ab!«, sagte er.

»Nein, das darf ich nicht.«

Das durfte sie nicht. Aber ihm den Knebel abnehmen und mit ihm reden, das durfte sie? Das durfte sie bestimmt auch nicht.

»Bist du eine Rebellin?«, fragte er.

»Nein, bin ich nicht. Ich bin Schottin, ich gehöre mit zu Cumberlands Armee, aber ich habe Mitleid mit dir. Aber wer bist du?«

»Ich bin Lehrer«, sagte er.

»Ja, das hast du gesagt, als sie dich festgenommen haben. Aber das ist nicht gut ...«

»Nicht gut? Warum nicht?«

»Weil es nicht stimmt! Wenn du nur ein Lehrer wärest, hättest du doch nicht auf Captain Fergusson geschossen ...«

Nein, hatte er ja auch gar nicht. Aber das durfte er nicht sagen. Und diese Stimme – klang sie jetzt ein kleines bisschen ungeduldig? Vielleicht täuschte er sich. Bestimmt täuschte er sich. Es war schwer, eine Stimme richtig einzuschätzen, wenn sie nur flüsterte.

»Wie bist du an das Papier gekommen?«, flüsterte die Stimme.

»Welches Papier?«

»Den Passierschein des Prinzen.«

»Wenn ich dir das sage, dann holst du mich hier raus?«

»Dann gebe ich den Rebellen Bescheid, und sie holen dich!« Sie streichelte seinen Arm. Es fühlte sich unendlich gut an. Es war unendlich gut. – Nein, es war nicht gut. Was hatte sie gesagt, die Stimme?

»Von wem hast du das Schreiben?«

Von Lord Loudoun, dachte Jan. Aber das durfte er nicht sagen. Das war gefährlich. »Von einem toten Rebellen«, sagte er.

Stille. Dann: »Das glaube ich nicht!« Es klang betörend.

»Aber es ist wahr«, sagte Jan. Er war sich nun sicher, dass die Frau ihm nicht helfen würde. Schade, dachte er. Damit war auch so gut wie sicher, dass weitere Verhöre und weitere Prügel folgen würden. Da nahm die Frau ihm die Augenbinde ab.

»Es ist wahr«, wiederholte er.

Keine Antwort. Es ruckte leicht, als die Frau vom Wagen sprang. Einen Augenblick lang lag Jan ganz still. Immerhin hatte sie ihn nicht wieder geknebelt. Und Fergusson schien nicht hier zu sein. Dies waren irgendwelche Milizen, die keine Ahnung hatten. Er hatte also noch eine Chance.

2.

»Sie sind weg!«

Lucy saß mit weit aufgerissenen Augen im Sessel in der Bibliothek und kaute auf ihren Haaren.

»Sie sind weg, Lucy. Du brauchst keine Angst mehr zu haben!« Der Doktor hatte vom Dach aus beobachtet, wie die Soldaten abgerückt waren. Als er sich sicher war, dass sie nicht zurückkehren würden, war er wieder heruntergestiegen.

»Was habe ich nur getan?«, flüsterte Lucy. »Mein Gott, was habe ich nur getan?«

»Es ist vorbei. Du bist in Sicherheit.« Schade nur, dachte der Doktor, dass sie dieses arrogante Schwein Fergusson nicht getroffen hatte.

»Darum geht es doch gar nicht. Es geht um Jan. Er muss frei kommen, sofort. Sie dürfen ihm nichts tun. Wir müssen ihm helfen!« Flehend sah sie den Arzt an.

»Was geschehen ist, lässt sich nicht mehr ändern. Du musst jetzt zunächst einmal an dich denken«, sagte der Doktor.

»An mich!«

Sie sah süß aus, wenn sie sich so empörte. »Ich kann dir Hilfe leisten«, schlug der Doktor vor.

»Hilfe leisten? Ich verstehe Sie nicht.« Lucy sah den Doktor fragend an.

»Bei der Schwangerschaft«, sagte er.

Lucy schwieg. Er wusste es also. Natürlich, er war ja Arzt. Andere würden es auch demnächst feststellen.

»Lucy, es tut mir leid«, sagte der Doktor. »Aber du musst den Tatsachen ins Auge sehen. Jan Veenstra ist der Vater, nehme ich an? – Ja, natürlich, Jan ist der Vater.«

Lucy schwieg, sah an dem Doktor vorbei in die Ferne.

»Du musst dich darauf einstellen. Er wird nicht zurückkommen.«

»Nein!«, schrie Lucy. »Wie können Sie so etwas sagen? Er muss freikommen, er ist doch unschuldig, niemand darf ihm etwas tun!« Wie konnte er so etwas Grässliches überhaupt denken?

»Es wird sich nicht verhindern lassen. Sein Leben oder deines – er hat sich für dich geopfert.«

»Das darf nicht sein, das darf nicht sein!«

Der Doktor schwieg einen Moment, dann sagte er: »Nein, natürlich darf es nicht sein. Und wir hoffen alle das Beste. Aber was immer geschieht, es ist völlig außerhalb unseres Einflussbereichs, Lucy, und wir können nur hoffen und abwarten. Vielleicht geschieht ja ein Wunder?«

»Ich bete dafür!«

»Ich auch«, log der Doktor. »Dennoch kann es nicht schaden, wenn man sich Gedanken darüber macht, was geschehen soll, wenn das Wunder ausbleiben sollte.«

»Ich weigere mich, daran zu denken.«

»Das ist unklug, Lucy.«

»Wenn Jan stirbt, dann bin ich eine Witwe, bevor ich überhaupt geheiratet habe,« verkündete sie trotzig. Sie verschränkte die Arme.

»Eine Witwe mit Kind?«

»Eine Witwe mit Kind, ja, natürlich.«

»Aber du weißt, dass das nicht unbedingt so sein muss, nicht wahr?«

Lucy starrte den Doktor an.

»Das Kind muss nicht geboren werden«, sagte er sanft. »Ich bin Arzt, wie du weißt. Ich könnte jederzeit ...«

Weiter kam er nicht. Lucy schlug ihm mit aller Kraft ins Gesicht. Der Doktor wich einen Schritt zurück.

Lucy ließ ihre Hand sinken. Es war sinnlos, den Mann zu schlagen. »Entschuldigung«, sagte sie. Die Finger ihrer Hand zeichneten sich deutlich auf seiner Wange ab.

»Bitte. Wir sind alle etwas erregt.« Der Doktor widerstand der Versuchung, sich die Wange zu reiben. Und seine Stimme – er wartete einen Moment, bis er seine Stimme unter Kontrolle hatte. »Du willst also das Kind austragen. – Gut. Ich kann dir versichern, dass ich für einen solchen Fall besser ausgerüstet bin, als jede Hebamme hier auf der Insel.«

»Nein«, sagte Lucy.

»Das solltest du dir überlegen. Wie leicht kann es bei so einer Geburt zu Komplikationen kommen. Das Kind kann feststecken, und dann gibt es für Mutter und Kind keine Rettung. Normalerweise nicht. Aber der Holländer Johann Palfyn hat ein Instrument entwickelt, eine Art Zange, mit der der Arzt rasch und problemlos helfen kann. Ich habe eine solche Zange ...«

Welch ein ungeheuerliches Ansinnen! Andererseits – wenn sich auf diese Weise das Leben des Kindes retten ließ, das sonst vielleicht in Gefahr war? »Vielleicht.«

»Es ist nur ein Vorschlag«, sagte der Doktor. Er lächelte. Lucy würde darüber nachdenken und am Ende zustimmen. Sie war ein vernünftiges Mädchen.

»Ich werde an den Duke of Cumberland schreiben«, sagte Lucy.

»Ja, tu das. Das kann nicht falsch sein. Am besten gleich. Ich kann den Brief nachher in die Post geben«, sagte er leichthin.

»Danke!« Lucy schöpfte wieder Hoffnung.

Der Doktor war zufrieden. Den zweiten, weitergehenden Vorschlag würde er ihr erst später unterbreiten, wenn die Geburt näher rückte und wenn Lucy genügend Zeit gehabt hatte, über die Konsequenzen nachzudenken. Er würde ihr vorschlagen, die Schande zu vermeiden und das Kind als sein Kind auszugeben. Schon immer hatte er sie begehrt. Und jetzt würde er sie tatsächlich bekommen.

3.

Ein Schuss krachte. Jan schrak hoch. Ein Überfall! Weitere Schüsse. Die Rebellen! Jan spürte, dass der Wagen sich schneller bewegte. Jemand schrie, feuerte die Pferde an, vermutlich der Kutscher. Das Geschrei endete in einem angstvollen Gewimmer, das schließlich ganz aufhörte, und der Wagen stand still. Draußen wurde weiter geschossen. Eine Kugel durchschlug die Plane über ihm. Jan konnte sich nicht rühren. Er spürte, wie Männer auf den Wagen aufsprangen. Einer kam zu ihm nach hinten, ein bärtiger, finsterer Geselle.

»Der Wagen ist leer!«, rief er nach hinten. »Nichts drin, nur dieser – dieser Gefangene.«

»Schneiden Sie mich los!«, bat Jan.

Der Mann bückte sich, nahm sein Messer und zerschnitt mit großer Hast Jans Fesseln. Jan schrie auf, als das Messer seine Haut ritzte.

»Schnell weg hier!« Der Mann zerrte Jan hoch. Seine Beine gehorchten ihm nicht, aber ein zweiter Mann sprang hinzu, und gemeinsam schoben und stießen sie Jan aus dem Wagen. Kaum waren sie heraus, warf jemand eine brennende Fackel in den Karren; die Plane ging in Flammen auf, die Pferde rasten in Panik los und stürmten mit dem Feuer im Nacken davon. Am Rand der Straße stand die Frau, die Jan den Knebel abgenommen hatte. Sie hatte ein Gewehr in der Hand und schoss in die Richtung, in die die Kutsche davon gerast war. Weitere Schüsse fielen; die Frau griff sich an den Arm und stürzte zu Boden.

Die Männer zogen Jan auf einen weiteren Karren, der inzwischen gewendet hatte.

»Weg hier! Nichts wie weg!« Der Wagen fuhr an. Jan riss sich los, sprang herunter, fiel, rappelte sich auf, zerrte verzweifelt die blutende Frau hinter sich her.

»Das Gewehr!«, rief jemand. »Das Gewehr! Lasst doch nicht das Gewehr liegen!«

Aber niemand kümmerte sich darum. Der Wagen hielt einen kurzen Moment, kräftige Hände rissen Jan und die Frau nach oben, und dann raste der Wagen davon. Jan registrierte, dass vor ihnen noch zwei weitere Wagen in dieselbe Richtung jagten.

»Die kriegen uns nicht«, sagte jemand. » Es sind nur Milizen. Mit denen werden wir fertig!«

Jan hörte die Erleichterung in seiner Stimme.

»Alles gut gegangen«, sagte ein anderer. »Diesmal keine Verluste.«

Jan riss sein Hemd in Streifen und verband der Frau den Arm. Zum Glück hatte sie nur einen Streifschuss abbekommen. »Danke!«, sagte sie.

»Ich muss mich bei Ihnen bedanken!« Draußen wurde nicht mehr geschossen; sie waren entkommen.

»Die Rebellion lebt also noch«, stellte Jan fest.

Sein Gegenüber lachte. »Die Rebellion ist längst gestorben. Jetzt geht es nur noch ums Überleben. Wir haben die Nachhut dieses Transports überfallen, um Lebensmittel zu erbeuten. Die Engländer haben unser Vieh geraubt, unser Getreide vernichtet. Hier gibt es inzwischen nichts mehr. Wenn wir lebend durch den nächsten Winter kommen, haben wir viel erreicht.«

»Aber jedenfalls haben wir den Mann befreit, der auf Captain Fergusson geschossen hat«, sagte die Frau. Sie lächelte.

»Ein Esser mehr!«, brummte der Mann.

»Ich werde Ihnen nicht zur Last fallen«, sagte Jan. »Wo sind wir hier? Und wie komme ich zurück nach Skye?«

»Gar nicht. Nach Skye, das ist völlig ausgeschlossen. Du kannst dich nur mit uns zusammen verborgen halten und warten, ob die Franzosen vielleicht ein Schiff schicken, das uns hier herausholt.«

»Es ist aber lange kein Schiff mehr gekommen«, sagte einer der anderen. Es klang mutlos.

»Aber der Prinz ist noch da. Er lebt noch immer, er ist noch immer in Freiheit, und sie werden versuchen, ihn zu holen. Davon bin ich fest überzeugt.«

»Wo kann denn jetzt noch ein Schiff landen?«, fragte Jan. »Jetzt, wo die Engländer überall sind?« Er sah ein, dass die Flucht nach Frankreich auch für ihn die letzte Möglichkeit war.

»Moidart«, erwiderte der Mann. »Genau dort, wo er auch vor einem Jahr angekommen ist.«

4.

Der Doktor hielt den Brief noch in der Hand, als Lucy in seine Wohnung gestürmt kam. Aus, dachte er. Fast wäre es gelungen, fast hätte er sie gehabt. Lucy zur Frau, Lucy im Bett – welch ein Triumph! Aber dieser Brief aus Edinburgh hatte ihn schlagartig ernüchtert. Die überraschende und völlig unbegründete Amnestie für Rebellenärzte war tatsächlich aufgehoben, Rattray war verhaftet worden. Der Besuch Fergussons auf Dunvegan hatte wirklich ihm gegolten, das war jetzt ganz klar. Und Fergusson würde nicht aufgeben. Er würde wiederkommen.

Lucy war verzweifelt. »Doktor, Sie müssen mir helfen! Jan muss endlich frei kommen! Mein Brief nach Inverness – wann haben Sie ihn für mich in die Post gegeben? Zwei Wochen ist das jetzt her. Cumberland hat nicht geantwortet.«

Der Doktor schüttelte den Kopf. »Das ist bedauerlich.« Er hatte den Brief nicht abgeschickt. »Schade für Jan. Aber wir können ihm nicht helfen. Er muss sich selbst helfen. Er hat Verbindungen zum Königshof, er ist der Freund des Duke of Cumberland, sie werden ihn freilassen, da bin ich mir ganz sicher.«

Lucy starrte den Doktor an. Das war gelogen, dachte sie. Das war ganz einfach gelogen! Der Doktor wusste genauso gut wie sie, was sich in Culloden abgespielt hatte. Cumberland ging über Leichen, wenn es ihm nur nützte! Von sich aus würde er Jan nicht retten – im Gegenteil!

»Lucy, sei vernünftig ...«

»Vernünftig? – Ich kann doch nicht hier sitzen und zusehen, wie der Mann, den ich liebe, von Mördern abgeschlachtet wird! Wir müssen doch etwas tun!«

»Wir können nichts tun ...«

»Sie sind ein Feigling, Doktor! Sie haben sich auf dem Dach verkrochen, als sie Jan verhaftet haben.«

»Es hätte niemandem genützt, wenn die Engländer mich auch verhaftet hätten«, sagte der Doktor. »Sie haben mich gesucht, das hat Simon ja eindeutig gehört.«

Lucy war wütend. Irgendetwas musste jetzt geschehen! Sofort! Da kam ihr der rettende Gedanke. »Bringen Sie mich zum Prinzen. Sie wissen doch, wo der Prinz steckt, oder? Bringen Sie mich zu ihm; er wird mich anhören, er wird mir helfen, so wie ich ihm helfen würde, und seine Männer werden ...«

»Hör auf, Lucy! Der Prinz ist ein einzelner Mann auf der Flucht, er kann niemandem helfen.«

»Bringen Sie mich zu ihm!«

»Ich weiß nicht, wo er steckt.«

»Dann zu Clanranald. Seine Leute würden bestimmt ...«

»Lucy, Schluss jetzt! Clanranald ist ein Flüchtling, genau wie der Prinz. Er hat obendrein einen Kopfschuss abgekriegt in Culloden. Seine Ländereien sind verwüstet, seine Leute tot oder im Gefängnis. Und wenn er selbst noch lebt, dann ist er inzwischen auf dem Weg nach Frankreich. Es gibt niemand, der den Rotröcken ihren Gefangenen wieder abjagen könnte. Absolut niemand. Ganz abgesehen davon, dass die MacLeods – und damit auch du – in diesem Konflikt auf der anderen Seite stehen. Das darfst du nicht vergessen. Deine Leute sind die Anhänger König Georgs. An ihn musst du dich wenden, wenn du Hilfe brauchst. Und warum sollte er dir nicht helfen? Der König ist kein Unmensch, das hat Jan selbst gesagt ...«

Lucy sah ihn an: »Helfen Sie mir, Doktor!«

Der Doktor wich ihrem Blick aus. »Schreib deinem Vater, Lucy. Warte, bis Normand MacLeod hier ist. Erzähl ihm alles. Wirklich alles.« Er blickte auf ihren Bauch. Die kleine Veränderung war jetzt klar erkennbar.

»Mein Vater ist weit weg! Sie sind der einzige Mensch hier in Dunvegan, der mir noch helfen kann!«

»Jan Veenstra muss dir wirklich sehr viel bedeuten«, sagte der Doktor. Es klang bekümmert.

»Ich würde alles für ihn tun!«

»Alles?« Der Doktor seufzte. »Also gut«, sagte er. »Wenn es denn sein muss: Ich fahre nach London. Ich suche deinen Herrn Vater auf und berichte ihm direkt, was hier geschehen ist. Er wird dafür sorgen, dass Jan Veenstra nichts passiert. Er wird dafür sorgen, dass Jan wieder frei kommt.«

»Ich danke Ihnen!« Lucy fiel ihm um den Hals.

»Alles?«, fragte der Doktor noch einmal.

Erst jetzt wurde Lucy klar, was der Mann gemeint hatte. Sie erschrak. Aber es gab kein Zurück mehr. »Alles«, bekräftigte sie.

Bruce, du bist ein Schwein, sagte der Doktor zu sich selbst. Ja, er war ein elendes, feiges Schwein. Aber er würde bekommen, was er haben wollte. Und er lebte. Und das sollte auch so bleiben. Behutsam löste er sich aus Lucys Umarmung.

»Komm«, sagte er.

5.

Die Stimmung war trübe. Der Mann, der Jan Veenstra losgeschnitten hatte, sagte: »Prinz Charles Edward Stuart – den haben sie entkommen lassen. Der hält sich irgendwo versteckt. George Murray, der große Befehlshaber, der ist inzwischen nach Frankreich geflohen. O'Sullivan – auch geflohen. Lord Elcho – nach Frankreich geflohen. John Drummond – nach Frankreich geflohen. Der milde Lochiel – nach Frankreich geflohen. Und selbst Clanranald, der ja bei Culloden den Kopfschuss gekriegt hat, der ist inzwischen in Frankreich. Andere haben sich nach Norwegen oder Schweden abgesetzt. Und ihr Geld, das haben sie natürlich mitgenommen. Aber uns nicht. Uns lassen sie hier verrotten.«

Die anderen nickten.

Jan wusste, dass er hier nicht bleiben konnte. Zwar hatten diese Leute ihn gerettet, aber dennoch waren sie ihm äußerst suspekt. Zwar duldeten sie seine Anwesenheit, doch erwarteten sie eigentlich von ihm, dass er sich an ihren Raubzügen beteiligte, und Jan weigerte sich, dies zu tun. Einer der Männer – ein bärtiger Kerl mit einem Kopfverband – kam Jan besonders unheimlich vor. Er sagte zwar nicht viel, aber wenn er sich unbeobachtet glaubte, warf er Jan böse Blicke zu.

Solange der Prinz noch in Schottland war, bestand die Hoffnung, dass weitere Schiffe aus Frankreich kämen, um ihn zu holen. Aber es war völlig unsicher, ob Jan rechtzeitig davon erfahren würde. Und ob sie ihn mitnehmen würden, das wusste auch keiner. Außerdem wollte er sowieso nicht nach Frankreich. Er wollte zu Lucy. Wenn er nicht nach Skye kommen konnte, dann mussten sie sich woanders treffen. Es gab doch eine vage Absprache, dass sie sich notfalls in London treffen würden. Und dies war jetzt der Notfall. Aber würde Lucy kommen?

6.

»Was glauben Sie, Simon, wann wird der Doktor in London sein?«

Der alte Simon sah die junge Frau kummervoll an. »Ich habe eine schlechte Nachricht für Sie«, sagte er. »Ich traue mich gar nicht, sie Ihnen zu sagen.«

»Raus mit der Sprache, Simon. Ist etwas mit Jan?« Die Angst schnürte ihr fast die Kehle zu.

Der alte Diener schüttelte den Kopf. »Von Jan habe ich keine Neuigkeiten. Aber ich habe mit den Leuten in Portree gesprochen; der alte Fred Duncan hat mir erzählt, dass er den Doktor gesehen hat, wie er auf einem Segler eine Passage nach Dublin gebucht hat.«

»Nach Dublin?«

»Ja, das habe ich auch nicht verstanden. Er wollte doch nach London. Aber er muss es sich anders überlegt haben. Er will nach Dublin, heißt es, und von dort bei erster Gelegenheit weiter in die Kolonien.«

»In die Kolonien? Nach Indien?«

»Nordamerika. – Er wird gesucht, heißt es, und er muss aus Schottland verschwinden.«

»Er hat mich belogen!«, stellte Lucy fest.

»Ja, so sieht es aus.«

»Das ist ungeheuerlich!« Wertvolle Zeit war vertan. Der Brief wäre vermutlich längst in London, und ihr Vater hätte reagiert. »Warum hat er das gemacht?«

»Das weiß ich nicht, My Lady.«

Er musste Angst gehabt haben, dass sie ihn aufhalten würde, dachte Lucy. Wer auf Soldaten schoss, der würde sich auch mit einem Doktor anlegen. Und er hatte recht! Sie hätte ihm gedroht, sie hätte ihn gezwungen. Er kannte sie. Und jetzt? - Sie hatte keine Wahl. »Ich werde selbst nach London fahren«, sagte sie.

»My Lady!« Simon war erschrocken. »Das würde Ihr Herr Vater nicht zulassen. Es ist nicht gut, wenn Sie in Ihrem Zustand eine solche Anstrengung unternehmen ...«

»Glauben Sie, dass Sie diese Reise besser überstehen würden als ich?«

»My Lady, ja, natürlich, ich bin selbstverständlich jederzeit bereit, für Sie nach London ...«

»Ausgezeichnet«, sagte Lucy. »Packen Sie, was Sie brauchen. Simon, Sie werden mich begleiten. Lassen Sie die Pferde satteln. In einer Stunde geht es los.«

7.

Auch Jan war auf dem Weg nach London. Nachdem er aus den Highlands heraus war, machte die Weiterreise keine Schwierigkeiten. Es gab zwar gelegentliche Kontrollen durch englisches Militär und durch örtliche Milizen, aber da offensichtlich war, dass Jan kein Schotte war, ließen sie ihn ohne Probleme passieren.

In dieser Hinsicht hatte der Mann es schwieriger, der sich an seine Fersen geheftet hatte. Vorsorglich hatte er den Kopfverband abgelegt. Aber sein schottischer Akzent und der dunkle Bart führten dazu, dass er einige Stunden festgehalten wurde. Woher kam die Narbe auf seiner Stirn? Zwar konnte er die Soldaten schließlich davon überzeugen, dass er kein Rebell sei – immerhin war er ja nicht auf der Flucht, sondern im Gegenteil auf dem Weg nach London – aber er verlor doch wertvolle Zeit, und er musste sich ein schnelles Pferd besorgen, um noch eine Chance zu haben, die Kutsche einzuholen.

Doch der Verfolger hatte Glück. Ein Rad war schadhaft geworden, und während Jan mit den anderen Reisenden in einem Gasthof auf die Reparatur wartete, hatte der Mann die Kutsche eingeholt. Von nun an sollte es einfach sein. MacGregor würde sich an Jan Veenstras Fersen heften, und er war sich sicher, über kurz oder lang würde Jan ihn zu Lucy MacLeod führen. Alle MacLeods mussten sterben. Aber Lucy, die war zuerst fällig. Niemand durfte ihn ungestraft auspeitschen!

8.

Lucy war inzwischen bei ihrem Vater angekommen. Was hatte sie sich alles ausgemalt, mit welchen Vorwürfen ihr Vater sie überschütten würde. Mit dem Lehrer geschlafen, als ihr Vater auf Dunvegan gewesen war, hatte sie sich heimlich zu ihm geschlichen, das Bett mit ihm geteilt. Schwanger war sie geworden, welch eine Schande, und dann hatte sie noch auf einen Offizier Ihrer Majestät geschossen und es zugelassen, dass der Vater ihres Kindes dafür verhaftet wurde. Geheult hatte sie, und auch gekotzt, aber er – er hatte ihr überhaupt keine Vorwürfe gemacht, hatte sie in den Arm genommen und scheinbar ungerührt akzeptiert, dass sein ganzer Lebensplan innerhalb von Minuten auf den Kopf gestellt worden war.

Es war immer ganz klar gewesen. Sein Sohn John würde seinen Besitz erben; er war der künftige 23. Laird von Dunvegan. Robert wollte Maler werden. Und seine kleine Lucy, die würde gut heiraten, den Sohn irgendeines anderen Landbesitzers, nicht unbedingt in Schottland, und sie würde eine gute Partie sein, hatte er immer geglaubt. Eine sehr gute Partie. – Wenn nicht der Krieg gekommen wäre. Die Ernte war geringer ausgefallen, die Kosten für die Milizen hatte der Staat bisher trotz aller Zusagen nicht übernommen, und eine grobe Schätzung ergab, dass Dunvegan inzwischen beinahe bankrott war.

»Jan ist ein guter Mann«, sagte Normand MacLeod. »Wenn du ihn wirklich heiraten willst, kannst du ihn haben.« Es klang müde.

»Papa«, sagte Lucy. Mehr konnte sie nicht sagen. Und dann, nach einem Blick auf das blasse Gesicht ihres Vaters: »Armer Papa.«

»Es ist nicht so gelaufen, wie ich gehofft hatte«, sagte Normand MacLeod.

»Der Krieg«, sagte Lucy. »Das ist doch nicht deine Schuld.«

»Nichts ist so gelaufen, wie ich gehofft hatte, gar nichts.«

»Weißt du was? Vielleicht bist du einfach zu viel allein. Vielleicht solltest du wieder heiraten!«

»Ja, vielleicht. Es gibt da eine junge Frau in Inchfure, Anne Martin heißt sie. Eine Verwandte von Duncan Forbes. Wir mögen uns, aber ich traue mich nicht. Die Hochzeit damals – das war viel zu früh. Deine Mama und ich – wir haben uns nie verstanden. Meine Geschwister haben es gleich gewusst, und sie haben sich über uns lustig gemacht, über unseren dauernden Streit um die banalsten Dinge. Und ihr habt gelitten. John am meisten. Und Robert. Du warst ja noch klein.«

»Das weiß ich alles gar nicht mehr.«

»Nein, Janet ist dann ja weggezogen, und wir sind nach Dunvegan gegangen.«

»Aber ihr habt euch noch versöhnt.«

»Zumindest haben wir es versucht«, sagte Normand. »Duncan Forbes hat vermittelt. Er ist ein großer Vermittler. Er hat gewusst, dass deine Mama todkrank war. Er hat gewollt, dass wir unseren Frieden miteinander machen, und das haben wir auch getan. Es war leichter in Dunvegan als vorher in Castle Leod mit all meinen Verwandten, die uns überall hineingeredet haben. Janet liebte es, Geld auszugeben. Wir haben Feste gefeiert, prächtige Kleider gekauft, und als dann alles vorbei war, waren wir pleite.«

»Da hast du unsere Leute nach Amerika verkauft«, sagte Lucy. Es war eine Feststellung, kein Vorwurf.

Normand MacLeod zögerte. »Es gab Hunger auf Skye«, sagte er. »Das ist meine Entschuldigung. Ob sie gilt, muss ein anderer entscheiden. Margaret hat mir nie verziehen, dass ich Alexander da mit hineingezogen habe. Dabei war es ursprünglich seine Idee gewesen. Sie hat einen Brief an Duncan Forbes geschrieben, in dem sie mir alles in die Schuhe geschoben hat. Hinterher hat es ihr dann leid getan. Sie hat nicht gewusst, dass Forbes als Richter längst alles unter den Teppich gekehrt hatte.«

»Einige hassen dich noch immer.«

»Ja. Ich habe dann versucht, in die Politik einzusteigen«, sagte MacLeod. »Auch das war wohl ein Fehler. Lord Lovat hat mir den Vorschlag gemacht. Es klang ganz vernünftig, aber ich hätte wissen müssen, dass man mit ihm keine Geschäfte machen darf.«

»Du bist gewählt worden«, stellte Lucy fest. »Die Leute wollen, dass du sie im Parlament vertrittst. Dagegen kann niemand etwas einwenden.«

Ihr Vater lachte traurig. »Die Demokratie funktioniert nicht ganz so, wie du dir das vorstellst«, sagte er. »Es sind nicht ›die Leute‹, die das Parlament wählen. Es sind ganz, ganz wenige reiche Männer. Um wahlberechtigt zu sein, musst du so viel Land besitzen, dass du im Jahr vierzig Shilling Grundsteuer zahlen musst. Das sind in Inverness-shire keine fünfzig Personen. Und die musst du nicht von deinen politischen Vorstellungen überzeugen, sondern die musst du einfach kaufen. Mit Geld. Du brauchst viel Geld, wenn du gewählt werden willst. Der Parlamentssitz für Inverness-shire hat mich an die tausend Pfund gekostet. Zuwendungen für gute Freunde. Das war vergleichsweise billig, aber die tausend Pfund, die hatte ich nicht.«

»Aber du bist trotzdem gewählt worden.«

»Lord Lovat hat mir das Geld geliehen.«

»Gegen hohe Zinsen vermutlich.«

»Das auch. Aber vor allem gegen die Zusage, im Parlament so abzustimmen, wie er das für richtig hielt.«

»Hast du das getan?«

»Nein«, sagte MacLeod. Das war ein Punkt, auf den er stolz war. Einer der wenigen Punkte. »Du siehst«, sagte er zu Lucy, »ich bin weder reich noch großartig, habe mich im Krieg als Feigling erwiesen, unser Vermögen verschleudert, und ob ich dir am Ende eine Mitgift geben kann, das hängt davon ab, ob Lord Lovat nun hingerichtet wird oder nicht. Du hast Pech gehabt mit deinem Vater.«

Lucy schüttelte den Kopf. »Du bist der beste Papa, den es gibt.«

»Ich werde mich erkundigen, wo Jan gefangen gehalten wird. Wenn er überhaupt gefangen gehalten wird.«

»Du glaubst, er ist frei?«

»Zumindest wurde sein Name nirgendwo in den Berichten aus Schottland erwähnt.«

»Dann ist er vielleicht längst wieder auf Skye!«

Der Laird schüttelte den Kopf. »Er kann nicht nach Skye. Die Insel wird zu gut überwacht. – Nein, wenn er in Freiheit ist, wird er eher hier nach London kommen. Er wäre nicht der Erste, der nach London geflohen ist. – Oder er ist auf dem Weg nach Frankreich.«

»Wenn er wirklich in London ist – wie sollen wir ihn dann finden? Die Stadt ist so schrecklich groß!«

»Wo hat Jan denn gewohnt, als er das letzte Mal hier in London war?«

Lucy überlegte. »Bei einem Buchhändler, glaube ich.«

Ihr Vater nickte. »Ich denke, ich weiß, wo das ist.«

9.

Jan war froh, dass er bei MacPherson, dem Buchhändler, unterkommen konnte. Kaum hatte er sich frisch gemacht, läutete es an der Tür.

Jan sah den Buchhändler an. »Erwartest du Besuch?«

MacPherson schüttelte den Kopf.

Es läutete noch einmal. »Bleib hier; ich sehe nach.«

Jan nickte. Während der Buchhändler nach unten ging, um zu öffnen, überlegte Jan, ob es einen Fluchtweg gab. Über die Dächer vielleicht? Oder wenigstens ein Versteck. Aber er brauchte kein Versteck. Die Stimme, die er von unten hörte – das war Lucys Stimme!

Jan und Lucy lagen sich in den Armen.

»Es tut mir so unendlich leid«, sagte Lucy. »Es war so töricht von mir, so unüberlegt …«

»Es ist ja alles gut gegangen«, sagte Jan.

»Ich weiß bis heute nicht, warum ich auf diesen entsetzlichen Menschen geschossen habe. Es war so furchtbar. Eine schreckliche Nachricht nach der anderen. Gerade hatten wir erfahren, dass der Pastor erschossen worden war. Und Roys Bruder. Und dann kam dieser Mörder auch noch zu uns nach Dunvegan … Aber natürlich hätte ich nicht schießen dürfen.«

»Man tut manchmal unüberlegte Dinge.«

»Ach, Jan, ich tue zu oft unüberlegte Dinge. Aber ich wollte doch nicht, dass du für mich verhaftet wirst. Ich hätte mich diesem Fergusson vor die Füße geworfen, aber sie haben mich nicht gelassen …«

»Das ist auch gut so«, sagte Jan. »Wie du siehst, habe ich alles heil überstanden.«

»Ich habe geheult, Jan, tagelang habe ich gelegen und geheult. – Damals, als wir zusammen ausgeritten sind, da hast du mich auf tausend Umwegen gefragt, ob ich nicht vielleicht deine Frau werden will. Und ich – ich fand das nur lustig, ich habe mit dir gespielt. Es ist ja noch Zeit, habe ich gedacht. Und auf einmal war keine Zeit mehr, und dann warst du weg …«

Jan streichelte Lucy. »Ich bin ja wieder da«, sagte er sanft.

»Ja. Aber ich hatte solche Angst, und ich habe mir geschworen, wenn wir uns jemals wiedersehen, dass das Erste, was ich sagen werde, sein wird: Ich liebe dich, Jan!«

Jan schluckte. »Ich liebe dich auch«, sagte er.

Lucy nahm Jans Hand, legte sie auf ihren Bauch. »Spürst du das?«

Jan schüttelte den Kopf. »Ich spüre nichts.«

»Das liegt an all dem Zeug. Aber nachher, wenn wir zusammen im Bett liegen, dann wirst du es spüren. Das ist unser Kind, das in meinem Bauch herumstrampelt.«

»Oh, Lucy!« Sie fielen sich wieder in die Arme.

Es klopfte. »Ja, was gibt's?«, fragte Jan.

Es war MacPherson. »Ich will euch nicht stören«, sagte er, »aber unten auf der Straße steht ein Mann. Ich habe das Gefühl, dass er das Haus beobachtet.«

»Ich komme.« Jan zog sich rasch an und folgte dem Buchhändler nach vorn, sah nach unten. Es musste inzwischen fast Mitternacht sein. Die Straße lag verlassen da.

»Er steht da drüben«, sagte MacPherson.

Ja, da stand tatsächlich ein Mann. »Wer ist das?«

»Niemand, den ich kenne. Ich beobachte ihn schon eine ganze Weile.«

Die Straße war beleuchtet, so wie es Vorschrift war in London, aber das Licht fiel nicht in jeden Winkel, und der Mann hielt sich im Schatten. Er stand nicht direkt vor dem Haus, sondern schräg gegenüber der Buchhandlung, vielleicht zwanzig Yards vom Eingang entfernt.

»Kann das Stone sein?«, fragte Jan.

MacPherson schüttelte den Kopf.

»Ich gehe hin und frage ihn, was er will,« sagte Jan.

»Du solltest besser warten …«, rief der Buchhändler, aber Jan war schon die Treppe heruntergesprungen. Im Nu hatte er den Laden durchquert. Die Tür war verschlossen. Es dauerte wertvolle Sekunden, bis er aufgeschlossen und den Riegel zur Seite geschoben hatte. Der Mann hatte gesehen, dass sich in dem Laden etwas tat, und er war aus dem Schatten herausgetreten. In dem Augenblick, als Jan auf die Straße lief, rannte er davon.

»Stehen bleiben!«, rief Jan.

Der Mann lief weiter. Jan rannte hinter ihm her, doch der andere war schneller, und es dauerte nicht lange, da hatte Jan ihn im Gewirr der engen Straßen und Gassen verloren. Enttäuscht kehrte er zur Buchhandlung zurück.

»Ich habe ihn nicht gekriegt«, sagte er. »Er war zu schnell für mich. Aber ich habe gesehen, wer es ist. Es ist Alan MacGregor.«

Lucy hatte nein gesagt, und auch der Buchhändler war dagegen. »Zum Duke of Cumberland? Warum?«, hatte er gefragt. »Warum willst du das tun?«

»Ich will ihn zur Rede stellen.«

»Warum?«

»Er soll sich rechtfertigen.«

»Vor dir? Wozu? – Er wird sich vor der Geschichte rechtfertigen müssen.«

»Die Geschichte hat doch schon entschieden. Er hat den Krieg gewonnen, und für das Volk ist er ein Held.«

McPherson schüttelte den Kopf. »Das Urteil der Geschichte wird nicht durch Schlachten und Kriege entschieden, sondern durch den, der die Geschichte schreibt. Und am Ende wird sich die Wahrheit durchsetzen.«

»Das mag so sein oder auch nicht, aber darauf kann ich nicht warten. Wenn es sonst keiner tut – ich will ihm die Wahrheit ins Gesicht sagen.«

»Damit er dich erneut verhaftet? – Hör auf den Rat eines alten Mannes: Vergiss ihn. Du hast dein Leben vor dir, wirf es nicht weg. Du hast andere Aufgaben.«

Jan schüttelte den Kopf. »Was immer man über ihn sagen mag«, sagte er, »William Augustus ist kein Feigling. Er wird sich einem Gespräch nicht entziehen. – Mein Gott, wir sind zusammen aufgewachsen. Wir sind Freunde.«

»Freunde?«

»Jedenfalls habe ich das immer geglaubt.«

»Du riskierst dein Leben. – Ich will dir da nicht hineinreden. Das steht mir auch überhaupt nicht zu. Aber du hast

Verantwortung nicht nur für dich, Jan, sondern auch für Lucy und für dein Kind. Das darfst du nicht vergessen.«

»Ich werde mich vorsehen. Und Lucy – Lucy will mit.«

»Was für ein Wahnsinn! Er lässt euch sofort festnehmen. Ihr kommt gar nicht an ihn heran!«

»Doch«, sagte Jan, »ich weiß schon, wie wir an ihn herankommen. Und dort kann uns niemand festnehmen.«

10.

Die ersten neun Männer sollten heute gehängt werden. Die Zeitungen hatten in allen Einzelheiten über die Prozesse berichtet. Jan war sich sicher, dass William Augustus es sich nicht nehmen lassen würde, sich die Hinrichtungen anzuschauen. Nicht offiziell natürlich, niemand sollte sagen, dass er sich an den Qualen der Rebellen weidete, sondern inkognito – genau wie damals, als sie gemeinsam dem Bull Baiting beigewohnt hatten, dem Stierkampf. Und er würde ganz vorn stehen. Wenn sie rechtzeitig kamen, konnten sie ihn nicht verfehlen.

Es war noch fast dunkel, als sie aus dem Haus gingen. Jan sah sich nach allen Seiten um. Die Stadt war bereits erwacht. Zahlreiche Menschen waren unterwegs; MacGregor war nicht zu sehen. Die Hinrichtungen sollten auf dem Kennington Common stattfinden, außerhalb der Stadt, ein ganzes Stück jenseits der Vauxhall Gardens, und Jan und Lucy ließen sich mit einer Droschke fahren, um nicht schon erschöpft zu sein, bevor die Veranstaltung begann.

Der Duke of Cumberland war schon da. Jan und Lucy schoben sich durch die Menge nach vorn. William Augustus sah sie nicht; genau wie Jan und Lucy achtete er nicht auf das, was hinter ihm lag. Der Platz füllte sich zusehends mit Menschen, Hunderte, wenn nicht Tausende strömten herbei, und als Jan und Lucy sich bis nach vorn durchgedrängt hatten, waren sie von der Menge eingekeilt.

Der Duke of Cumberland hatte die Berichte in der Presse nur überflogen, ihn interessierte vor allem das Ergebnis. Und das war mager genug: neunundvierzig Prozesse wegen Hochverrats bisher, aber nur siebzehn Todesurteile. Viel zu wenige. Da hatte er nun extra darauf gedrungen, dass die Verhandlungen nicht in Schottland stattfanden, wie es eigentlich das Gesetz verlangte, sondern in England. Er hatte sich durchgesetzt. Genützt hatte es wenig. Ein alter Mann, der schon zum Tode verurteilt worden war, war am Ende sogar auf Drängen des schwedischen Botschafters begnadigt worden. Unglaublich. Was ging es die Schweden an, wie hier in England Recht gesprochen wurde? Plötzlich schien das Leben der Verräter wichtiger zu sein als das Schicksal all derer, die dem Gesetz treu geblieben waren. Aber wenigstens diese neun, die waren jetzt fällig.

Es hieß, einige der Männer hofften auf eine Begnadigung oder zumindest eine Aufschiebung der Hinrichtung. Cumberland wusste, dass sie vergeblich hofften. Und Charles Edward Stuart würde auch nicht kommen und sie im letzten Moment vom Richtplatz befreien, wie das angeblich Robin Hood einst gemacht hatte. Es würde überhaupt niemand kommen.

In diesem Augenblick legte sich ihm eine Hand auf die Schulter. Cumberland fuhr herum. »Jan, alter Knabe, was für eine freudige Überraschung!« Er hatte sich gut im Griff, aber nicht gut genug. Jan merkte sehr wohl, wie erschrocken er war. »Was machst du für Sachen, Mensch!«

»Du weißt, was ich getan habe.«

»Dem Fergusson eins übergebrannt!« William Augustus lachte. »Das hätte ich dir nicht zugetraut. – Ich hoffe, du hast ihm die Eier weggeschossen!«

»Was redest du?« So hatte Jan sich die Begegnung mit dem Duke of Cumberland nicht vorgestellt. »Ich habe ihn nicht getroffen.«

William klopfte ihm auf die Schulter. »War nur ein Scherz. - Und wer ist die junge Dame?«

»Das ist – das ist Lucy MacLeod, meine künftige Gemahlin.«

»Freut mich, Sie kennenzulernen.« Es klang aufrichtig.

»Der Schuss war kein Scherz.«

»Nein.« Der Duke zögerte, sah Jan spöttisch an: »Zum Glück hast du ihn ja gar nicht abgefeuert.«

»Doch.«

»Nein. – Jan, ich kenne dich. Wie lange? An die zwanzig Jahre. Du bist ein anständiger Kerl. Du kannst niemand töten.«

»Doch.«

»Vielleicht im offenen Kampf, wenn jemand dich angreift und du in der Erregung bei der Verteidigung zu weit gehst, das will ich dir zubilligen, aber nicht aus dem Hinterhalt.«

»Doch«, beharrte Jan.

»Jan. Mein Freund. Wenn du wirklich auf Fergusson geschossen hättest, dann stündest du jetzt nicht hier. Dann wäre ich nicht in der Lage gewesen, dich zu retten. Aber als man mir berichtet hat, wie die Situation gewesen ist, wie sie dich angetroffen haben, da habe ich sofort gewusst, was passiert ist. Das Mädchen war das. Deine entzückende Begleiterin. Das Mädchen hat geschossen. Und du, anständig wie du bist, Narr der du bist, hast du dir die Flinte geschnappt und die Verantwortung auf dich genommen.«

Jan ärgerte sich. War er so leicht zu durchschauen? »Du hast mich also gerettet«, sagte er. »Und was war in Culloden?«

»Genau dasselbe. Du hattest einen Passierschein der Rebellen. Und der Vorschlag, den du mir unterbreitet hast, das war

Hochverrat. Du hast es gut gemeint, das will ich gar nicht bestreiten, aber es war dennoch Hochverrat. Ich hatte gar keine Wahl. Ich habe angeordnet, dass du nicht hingerichtet werden solltest. Festgenommen, nicht hingerichtet.«

»Ich hatte allerdings eher den Eindruck, dass du mich umbringen wolltest!«

»Das würde mir nicht im Traum einfallen! – Jan, das kann doch nicht dein Ernst sein! Das sind ungeheuerliche Vorwürfe, die du da von dir gibst, und wenn ich nicht wüsste, dass du eine sehr schwere Zeit hinter dir hast und nicht voll auf dem Posten bist, dann wäre ich jetzt ernsthaft böse. Aber so – du bist mein Freund, du wirst immer mein Freund bleiben.«

Fast hätte man es glauben können. William Augustus war ein guter Lügner. Aber zu viel war geschehen, was sich nicht mehr wegdiskutieren ließ. »Stone«, sagte Jan. »Du hast mir Stone auf den Hals geschickt! Und MacGregor!«

»Unsinn! Ich kenne keinen MacGregor ...«

»William, das ist unwürdig!«, rief Jan. Einige der Umstehenden sahen zu ihm herüber. Jan ließ sich nicht bremsen. »Du kannst doch nicht bestreiten …«

William Augustus zögerte. »Stone – Andrew Stone, falls du den meinst – der ist der Sekretär des Duke of Newcastle. Mit dem habe ich nichts zu schaffen, und den habe ich dir nicht auf den Hals geschickt. Da musst du etwas missverstanden haben«, sagte er. »Oder Stone hat irgendwelche Anweisungen missverstanden. Das tut mir sehr leid.« Er überlegte. Wie sollte er Jan wieder loswerden? Auf Deutsch sagte er: »Ich habe dich nach Schottland geschickt, weil ich sichergehen wollte, dass bestimmte Dinge über mich – ganz private Dinge – nicht an die Öffentlichkeit gelangen, das gebe ich zu. Du und ich, wir wissen, wie harmlos diese Dinge sind, aber darauf steht nun einmal die Todesstrafe.«

»Ich hätte nie darüber geredet«, rief Jan empört. »Nie im Leben!«

»Sprich bitte leiser, Jan! – Ja, kann sein, dass du nie darüber geredet hättest, aber wer kann sich da schon sicher sein? Wer weiß, was man vielleicht alles ausplaudert, wenn man betrunken ist, oder wenn einem jemand das Messer an die Kehle setzt? Und deshalb möchte ich nicht, dass du hier in London bist, sondern weit weg, in Schottland oder besser noch in den Kolonien. Verschwinde. Ich zahle dir die Überfahrt – dir und deiner Lucy!«

Jan schüttelte den Kopf.

Die Verurteilten waren inzwischen am Richtplatz eingetroffen. Viele tausend Menschen waren inzwischen auf dem Kennington Common versammelt, viel mehr, als man je zuvor bei einer Hinrichtung gesehen hatte. Männer, Frauen und Kinder drängelten um einen Platz in den vorderen Reihen, und diejenigen, die zu weit hinten standen und keinen freien Blick auf Galgen, Richtblock und das Feuer hatten, protestierten ärgerlich. Das Gedränge war allmählich so groß, dass niemand mehr umfallen konnte.

William sagte: »Sieh dir all diese Menschen an! Erinnerst du dich an den Affen, dem die Hunde das Pferd unter dem Hintern zerrissen haben? Ich habe damals gesagt, dass das Publikum lieber gesehen hätte, wenn statt des Pferdes ein Mensch zerfetzt worden wäre. Heute werden sie das Vergnügen haben – und, wie du siehst, ist das Interesse des Publikums ungleich größer. Und ich versichere dir, die Leute werden auf ihre Kosten kommen. Du denkst, das ist barbarisch? – Ja, das ist es. Aber so sind sie nun einmal, die Menschen.«

»Diese – diese Darbietung, ganz gleich, was ich davon halte, die hat immerhin noch den Anstrich der Rechtmäßigkeit. Aber ich habe Dinge gesehen, so barbarisch, dass kein zivilisierter Mensch sie für möglich halten würde. Und zwar Dinge, die du befohlen hast! – Ein Beispiel: Da ist ein Bauer, der in der Nähe von Culloden friedlich sein Feld pflügt. Er ahnt nicht, dass in unmittelbarer Nähe eine tödliche Schlacht tobt. Da stürmt eine Horde englischer Dragoner heran. Deine Dragoner, William Augustus! Seine junge Frau, das Baby auf dem Arm, sieht sie kommen. Sie läuft hinaus, um den Mann zu warnen. Zu spät. Einer der Reiter reißt ihr das Baby aus dem Arm, packt es am Beinchen, schleudert es durch die Luft. Die anderen schlagen mit ihren Säbeln auf die Frau ein, bis sie unter ihren Schlägen blutüberströmt zusammenbricht. Und der Mann ...«

William Augustus legte Jan die Hand auf den Arm. »Später!«, sagte er.

Die Gefangenen waren jetzt unter den Galgen angelangt. Ein Raunen ging durch die Menge. Die neun Männer wurden losgebunden und die Stufen zum Gerüst hinaufgeführt. Dort bekamen sie dann die Gelegenheit, ihre letzten Worte zu sprechen. Eine unnötige Milde, wie es Cumberland schien. Zumindest hätte man die Redezeit begrenzen sollen. Towneley sprach zuerst, der Anführer des Manchester Regiments. Er machte es kurz. Der Regen fiel auf seinen neuen Samtanzug.

»Wahrscheinlich will er nicht unnötig nass werden«, spottete William.

Jan sah sich um. Er erschrak. Er stieß Lucy an. »Zwei Reihen hinter uns«, sagte er.

Lucy nickte. Sie hatte den Mann mit der Narbe auch gesehen. Er beobachtete sie. Sie hatte damit gerechnet, dass er kommen würde.

Ein gewisser Morgan war als Zweiter an der Reihe. Eine lächerliche Figur. Er setzte sich umständlich die Brille auf die Nase, zog ein Gebetbuch aus der Tasche und las daraus mit nervöser Stimme laut vor. Er stellte die Geduld der Menge auf eine harte Probe. Morgan beschrieb lang und breit sein verpfuschtes Leben, verbunden mit verdrehten theologischen Ausführungen, die niemand verstand. Am Ende hob er seine Stimme und rief, so laut er konnte, jeder möge bitte das Buch kaufen, das er selbst verfasst habe. Es hieß *Die christliche Prüfung, oder die Einheit von Glauben und Vernunft.* Seine Tochter Mary werde es in Kürze veröffentlichen, der Erlös sei zur Unterstützung seiner Familie bestimmt.

Cumberland schüttelte den Kopf. »Wenn das Buch so wirr ist wie seine Rede, wird er damit nicht viel Erfolg haben.«

In diesem Moment wurde Jan klar, dass er diesen Mann hasste. Diesen selbstgefälligen Kerl, der nur Hohn und Spott für die Opfer seiner Kriegführung übrig hatte. Sein Herz schlug ihm bis zum Hals.

Falls William Augustus ebenfalls erregt war, so sah Jan ihm das nicht an. Er wirkte völlig entspannt. Er sagte: »Um auf Schottland zurückzukommen: Ich verstehe deine Empörung. Aber ich teile sie nicht. Bei so einem Aufstand geschehen böse Dinge, Jan. Das ist nicht schön, aber das liegt in der Natur der Sache. Es gibt Leute, die mir daraus einen Vorwurf machen. Und ich weiß, dass einige mich geradezu als eine Art Schlachter sehen. Aber mein Gewissen ist rein. Ich habe diesen Konflikt nicht begonnen, ich habe ihn vielmehr beendet. Ich habe Todesurteile ausgesprochen, das schon, und wie du siehst, lasse ich sie auch vollstrecken. Aber ich habe keinen Mord angeordnet. Weder an dir noch an schottischen Frauen und Kindern.«

»Willst du bestreiten, dass es passiert ist? Der Name des Mannes ist MacPhail...«

»Ich bestreite gar nichts. Der Name des Mannes interessiert mich nicht. Nenn mir die Namen der Dragoner, die diese

Schandtat begangen haben, und ich verspreche dir, dass ich sie hart bestrafen werde.«

»Woher soll ich die Namen wissen?«

»Siehst du? – Ich weiß sie auch nicht. Ich habe die Geschichte von der Frau und dem Kind auch gehört, aber ich kenne keine Namen«, log er. Er warf einen forschenden Blick auf Jan. Der konnte nicht wissen, dass die Reiter sich mit dieser Schandtat gebrüstet hatten. Das hatte er unterbunden. »Ich kann jetzt auch keine umfangreiche Untersuchung starten, das wirst du verstehen. Wir sind im Krieg ...«

»Der Krieg war in Culloden zu Ende.«

In diesem Augenblick warf Morgan sein Gebetbuch in die Menge. Viele griffen danach; das Gedränge wurde heftiger. Lucy wurde zur Seite geschoben, fast wäre sie zu Fall gekommen, schon standen mehrere Zuschauer zwischen ihr und Jan.

Cumberland sagte: »Der Krieg ist nicht zu Ende. Ich meine nicht den Aufstand. Ich meine die Ereignisse auf dem Kontinent. Die *Pragmatische Sanktion*. Der Krieg gegen Frankreich. Schottland war ein Ärgernis, weiter nichts. Aber was in Flandern geschieht, das ist wirklich wichtig.«

»Willst du damit sagen, dass der ganze Bürgerkrieg unwichtig war?«

»Nenne es bitte nicht Bürgerkrieg, Jan. Es war ein Aufstand, eine unprovozierte und verbrecherische – ach, egal. Jedenfalls war es vollkommen sinnlos. Glaubst du, es hätte einen Unterschied gemacht, ob am Ende ein König Georg oder ein König James regiert? – Für Leute wie uns vielleicht, für das Volk nicht. Was glaubst du denn, warum Frankreich den falschen Prinzen so halbherzig unterstützt hat? Weil Louis und seine Minister sehr wohl gewusst haben, dass selbst bei einem Sieg der Rebellen letztlich nur ein König von England durch einen anderen König von England ersetzt worden wäre, und weil auch ein anderer König von England die Interessen Englands vertreten würde und nicht die Interessen Frankreichs.«

»Ich habe den Prinzen kennen gelernt. Ich glaube, der Prinz ist ein ehrlicher Mann. Er steht zu seinen Verpflichtungen.«

»Glaubst du? – Ach, egal. Um was es wirklich geht, das ist die Freiheit des Welthandels. Die ist für uns unabdingbar. Darauf beruhen Englands Stärke und Reichtum. Und nur darum geht es bei den Ereignissen auf dem Kontinent. Bei der *Pragmatischen Sanktion*. Nicht etwa um Maria Theresias Erbanspruch, falls du das etwa glauben solltest. In Fontenoy haben wir knapp verloren, und jetzt, wo wir unsere Truppen ein Jahr lang abziehen mussten, da hat sich die Lage natürlich weiter verschlechtert. Ich muss so schnell wie möglich rüber nach Haag, um wenigstens zu verhindern, dass die Holländer aus dem Bündnis ausbrechen ...«

»William, weich mir nicht aus. Die *Pragmatische Sanktion* ist mir egal. Ich will von dir wissen ...«

»Gleich.«

Gerade zog der Henker jedem der Männer eine Kappe über das Gesicht, die bis zum Kinn reichte und die angeblich die Dunkelheit des Todes vorwegnehmen sollte. Einer der Männer zitterte und rief »O Gott, hilf mir!« Aber er half nicht. Der Galgen stand bereit. Als Erster wurde Towneley weggeführt. Cumberland registrierte, dass der Strick aus roten und weißen Strängen geflochten war. Hübsch, dachte er. Die Farben Englands. Die Schlinge zog sich zu. Towneleys Körper zuckte, dann hing er still.

Jan bemerkte, dass MacGregor sich suchend umsah. Lucy war nicht mehr zu sehen.

Jan wusste, was jetzt kommen würde. Er kannte das Urteil: »Die Gefangenen werden am Hals aufgehängt, aber nicht bis sie tot sind, sondern sie müssen heruntergeschnitten werden, wenn sie noch leben. Dann werden ihnen vor ihren Augen die Eingeweide herausgeschnitten und verbrannt, dann wird der Kopf abgetrennt, und der Körper wird in vier Teile geteilt …« *Hanged, drawn and quartered*, so wie es sich bei Hochverrat gehörte. Jan sah William Augustus an. Er kannte ihn. Nur deshalb war Cumberland hier. Für eine normale Hinrichtung hätte er sich nicht die Mühe gemacht.

Als Towneleys Körper drei Minuten gehangen hatte, zogen die Soldaten dem Mann die Schuhe, Strümpfe und Hose aus, und die Assistenten des Henkers entfernten die übrige Kleidung und auch die schwarze Kappe. Das Zeug wurde auf die Seite gelegt, in ordentlichen Bündeln, und mit einer Decke bedeckt, sodass es vor der Nässe geschützt war. Erst dann schnitten sie Towneleys nackten Körper los und legten ihn auf den Richtblock. Einen Augenblick lang hoffte Jan, dass der Mann tot sei, aber der Körper zuckte noch. Der Henker schlug auf ihn ein, bis er endlich still lag, dann schnitt er ihn der Länge nach auf, weidete ihn fachmännisch aus. Eingeweide und Herz warf er in das Feuer unter dem Galgen. Schließlich schlug er den Kopf mit einem Fleischerbeil ab, hielt ihn einen Moment lang hoch, sodass alle ihn sehen konnten, und schmiss ihn dann in den bereitstehenden Sarg. Die übrigen Körperteile folgten. Jan schauderte.

William Augustus sah ihn an: »Jan, alter Freund, du bist zu zart besaitet. Es tut mir leid, wenn du mit meinem Vorgehen in Schottland nicht einverstanden bist. Die eine oder andere Maßnahme mag in der Tat hart wirken oder Leid verursachen, das will ich gar nicht bestreiten. Aber das große Ziel – unser gemeinsames Ziel, Jan, das wir immer im Auge behalten müssen, das ist doch der Frieden.«

Inzwischen war Morgan an der Reihe. Bei ihm konnte kein Zweifel daran bestehen, dass er noch am Leben war, als er heruntergeschnitten wurde, und Jan sah, wie er vergeblich versuchte, die Hände des Henkers abzuwehren. Auch er wurde aufgeschnitten. Warum schrie er nicht? Konnte er nicht schreien, weil ihm der Strick den Kehlkopf eingedrückt hatte?

»Frieden und Fortschritt, darauf kommt es an. Nur wenn wir den Frieden aufrechterhalten, kann der Geist der Aufklärung gedeihen und der Wohlstand der Nation zur vollen Blüte kommen ...«

»Das sind hohle Sprüche, und du weißt es«, sagte Jan. »Mich beeindruckst du damit nicht. Ich tue das, was ich als Mensch für richtig halte. Ich folge meinem Gewissen.«

»Das ist ein gefährlicher Weg, Jan. Und wenn dir dein Gewissen vielleicht vorschlagen sollte, mich hier jetzt auf der Stelle zu erschießen, so muss ich dir sagen, dass der Versuch übel ausgehen würde. Du weißt, dass ich mit der Waffe ziemlich schnell bin. Und ohnehin kämest du aus dieser Menschenmenge nicht lebend heraus.« Auf Deutsch fügte er hinzu: »Noch einmal: Du weißt zu viel. Dinge, die niemals bekannt werden dürfen. Deshalb habe ich dich nach Schottland geschickt. Ich war mit dieser Lösung zufrieden. Es scheint so, dass andere damit nicht zufrieden waren. Mächtigere Leute als ich. Du bist hier nicht sicher. Nimm deine Lucy und verlass das Land.«

Jan antwortete nicht.

Ein weiterer Kopf wurde abgeschlagen und in die Höhe gehalten. Eine Hinrichtung folgte der anderen. Als der Henker das letzte Herz ins Feuer geworfen hatte, rief er laut aus: »Gott schütze König Georg!«, und die Menge antwortete: »Gott schütze ihn.«

Es war vorbei. Die Särge wurden abtransportiert. Der Richtplatz leerte sich. Die Menge bewegte sich jetzt in Richtung Fleet Street, wo die Köpfe der Hingerichteten auf Spießen zur Schau gestellt werden sollten.

Auch Cumberland wollte sich abwenden, aber Jan hielt ihn zurück. »Da stehst du nun im Siegesglanz«, sagte er. »Und wie viele hast du erschlagen für diesen Sieg? Wie viele Frauen und Kinder werden verhungern und erfrieren, weil du ihre Häuser zerstört, ihr Vieh geraubt hast? Diese Toten – sie müssen doch wie Mühlsteine um deinen Hals hängen!«

»Sie belasten mich. Ja, das muss ich zugeben. Sie belasten mich so, dass ich manchmal nachts nicht schlafen kann. Aber ich weiß doch, ich muss weitermachen. Für die Krone. Für England. Für uns alle. Selbst wenn ich daran zugrunde gehe, so gilt doch bis zuletzt für mich unser Motto: *Ich dien!*«

»Du dienst, ja, das ist richtig, aber merkst du denn nicht: Es ist der Teufel, dem du dienst!«

William Augustus antwortete nicht. Plötzlich stieß er Jan Veenstra zur Seite. Ein Schuss krachte, und Jan spürte, wie eine Kugel haarscharf an seinem Kopf vorbeizischte. Jan fuhr herum. MacGregor! Lucy war auf MacGregor losgegangen. Der hatte ihren Arm gepackt, versuchte ihr das Messer zu entreißen. Jan wollte ihr zur Hilfe kommen – zu spät! Als ihr die Klinge aus der Hand fiel, schoss Cumberland. MacGregor stürzte zu Boden. Die Umstehenden liefen schreiend auseinander.

William Augustus verzog keine Miene. Er sagte: »Und wieder einmal habe ich dir das Leben gerettet. Diesmal haben wir keine Zeit, darauf ein Bier zu trinken. Aber du könntest mir bitte auch einmal einen Gefallen tun. Verschwinde aus London, verschwinde aus England! Nimm deine Lucy mit und heirate sie irgendwo, wo ihr in Frieden leben könnt.«

Der Duke of Cumberland steckte seine Waffe ein.

»He, Sie da!«, rief einer der Offiziere, die den Richtplatz bewacht hatten. »Sie können doch nicht einfach …«

Doch, William Augustus konnte. Der Mann sprach nicht weiter. Er hatte den Duke of Cumberland erkannt. Der drehte sich um und ging. Niemand unternahm den Versuch, ihn aufzuhalten.

Epilog

Normand MacLeod heiratete wenig später seine Anne Martin aus Inchfure, mit der er eine weitere Tochter bekam. Der Laird wurde als Vertreter von Inverness-shire wieder ins Unterhaus gewählt. Er wurde sechsundsechzig Jahre alt. Sein Enkel, der Sohn von John MacLeod, folgte ihm als 23. Chief von Dunvegan.

Die meisten der beschriebenen Personen haben wirklich gelebt. Man kann in die Höhlen bei Elgol hineinklettern, und man kann Dunvegan Castle besichtigen und sich das Verlies zeigen lassen, in dem Normand MacLeod vielleicht, aber wahrscheinlich nicht, seine Frau verhungern ließ. Normand MacLeod hatte mit dieser ersten Frau einen Sohn John, der in der Geschichte kurz erwähnt wird, und eine Tochter, aber die hieß nicht Lucy. Und ihr Bruder Robert ist frei erfunden. Die Elfenfahne hängt in Dunvegan – jedenfalls das, was von ihr übrig ist. Offenbar hat nicht nur Lucy ein Stück herausgeschnitten.

Über das weitere Schicksal von Jan und Lucy gibt es nichts zu sagen; da sie beide frei erfunden sind. Es steht dem Leser frei, sich vorzustellen, was aus ihnen geworden ist. Der Autor jedenfalls wünscht ihnen alles Gute.

Quellen

Die geschichtlichen Ereignisse, die den Hintergrund der Geschichte abgeben, sind sehr gut belegt, und die meisten Quellen sind gut zugänglich. Eine umfassende moderne Bewertung des Aufstandes bietet Christopher Duffys Buch (2003) *The '45*. Die Darstellung der beiden großen Gegenspieler des Aufstandes von 1745 stützen sich auf das Buch von

Evan Edward Charteris (1913) *William Augustus, Duke of Cumberland, his early life and times (1721-1748)* und auf Charles Louis Kloses (1846) *Memoirs of Prince Charles Stuart*. Darüber hinaus habe ich auf die Original-Korrespondenz des Duke of Cumberland zurückgegriffen. Weitere Informationen zu den wichtigsten Akteuren auf Seite der Rebellen bietet Mairead McKerracher (2007) *The Jacobite Dictionary*. Das Leben von Cumberlands Sekretär wird von Norma Perry (1975) abgehandelt: *Sir Everard Fawkener, Friend and Correspondent of Voltaire*. Die Schönheit von Peggy Banks wird beschrieben in dem Buch des Earl of March (1911): *A Duke and his Friends*, einer Biographie von Charles Lennox.

Zur medizinischen Situation in der ersten Hälfte des 18. Jahrhunderts gibt es zahlreiche Quellen. Ich stütze mich auf Georg Fischer (1876): *Chirurgie vor 100 Jahren*. Die Behandlung der tödlichen Krankheit der Königin Caroline ist in dem Buch von W. H. Wilkens (1901) *Caroline the Illustrious* beschrieben. Die beschriebenen Behandlungsmethoden wurden tatsächlich angewendet; eine Nachahmung kann ich nicht empfehlen.

Die Darstellung von John Prebble (1962): *Culloden* enthält nicht nur zahlreiche Einzelheiten zum Schlachtverlauf, sondern unter anderem auch eine gute Beschreibung vom Los der Gefangenen nach dem Ende der Feindseligkeiten.

Edward Burts *Letters from the North of Scotland* bieten eine umfassende Darstellung des Lebens in Schottland in der ersten Hälfte des 18. Jahrhunderts. Die Beschreibung der Wäscherinnen in Inverness stammt z. B. aus diesem Buch. Roy Porter (1990) *English Society in the 18th Century* beschreibt dagegen das Leben in England zur damaligen Zeit.

The book of Dunvegan: being documents from the muniment room of the MacLeods of MacLeod at Dunvegan Castle, Isle of Skye

(1938-1939) enthält wichtige Unterlagen zur Geschichte von Dunvegan Castle und zur wirtschaftlichen Situation des Besitzes um 1745.

Die von Rev. Robert Forbes unter dem Titel *The Lyon in Mourning* 1746 bis 1775 zusammengetragenen jakobitischen Quellen enthalten unter anderem Informationen zur Flucht von Charles Edward Stuart und zu den Gräueltaten Cumberlands und seiner Soldaten. Der Mord an Elspeth MacPhail und ihrem Säugling ist bei John Prebble beschrieben.

Darstellungen des ›Bull Baiting‹ finden sich an verschiedenen Stellen im Internet. Vom Duke of Cumberland ist überliefert, dass er an derartigen Veranstaltungen (›Bear Baiting‹ in Hockney-in-the-Hole) teilgenommen hat. Bei Exekution der Rebellen ist er dagegen nicht gesehen worden. Die Beschreibung der Hinrichtungen in London stammt aus dem *Gentleman's Magazine*, Vol. 16 (1746), S. 383 und 398-399.

Für die Worte des Pastors habe ich Elemente englischer Predigten aus dem 18. Jahrhundert verwendet, z. B. aus J. Finlaysons Buch: *Sermons by Hugh Blair* (1840), aus *A Sermon Preached on the Occasion of the Present Rebellion in Scotland* des Bischofs von Oxford (1745) und *Nine Sermons Preached in the Parish of St. James, Westminster, on Occasion of the War and Rebellion in 1745* (1795). Bezüglich der atheistischen Äußerungen des Doktors habe ich dem Buch von Richard Dawkins *The God Delusion* (2006) einige Anregungen entnommen.

Die Texte der Lieder *The Great Silkie of Sule Skerry* und *The Battle of Harlaw* stammen aus der Sammlung schottischer Volkslieder von Francis James Child (Mitte 19. Jahrhundert). Das Lied *Killiecrankie,* das sich auf die entscheidende Schlacht des Jakobiten-Aufstandes von 1689 bezieht, wird häufig

Robert Burns zugeschrieben, aber es ist in Wahrheit älter. Burns hat es nur um drei Strophen ergänzt.

Die zitierten zeitgenössischen Bücher sind:

Jonathan Swift (1726): *The travels into several remote nations of the world by Lemuel Gulliver.*

Jonathan Swift (1729): *A Modest Proposal for Preventing the Children of Poor People in Ireland From Being a Burden on Their Parents or Country, and for Making Them Beneficial to the Publick.*

Samuel Richardson (1740): *Pamela: Or, Virtue Rewarded.*

Daniel Defoe (1719): *The Life And Strange Surprizing Adventures Of Robinson Crusoe.*

Edward Young (1742): *The Complaint, or Night Thoughts on Life, Death and Immortality.*

Bernard de Mandeville (1714): *The Fable of the Bees.*

Friedrich der Große (1740): *Anti-Machiavel, ou Essai de Critique sur Le Prince de Machiavel, publié par Mr de Voltaire.*

Niccolò Machiavelli (1532): *Il Principe.*

Die Übersetzungen der Textauszüge stammen jeweils von mir.